KB031921

레드 클로버

RED CLOVER

レッドクローバー

레드 클로버

마사키 도시카 지음
이다인 옮김

차례

프롤로그

편의점으로 들어선 가쓰키 쓰요시의 시야에 〈비소〉라는 글자가 들어왔다. 음료 코너로 향하던 걸음을 멈추고 잡지를 집어 들었다.

도요스 바비큐 사건에 관한 기사였다. 서두의 몇 줄을 빠르게 훑은 가쓰키는 이미 읽은 기사임을 깨닫고 그대로 잡지를 선반에 돌려놓으려 했다. 하지만 손에 힘을 너무 주었는지, 아니면 손바닥에 땀이 나 있었는지 표지는 이미 잔뜩 구겨져 있었다. 가쓰키는 하는 수 없이 차가운 우롱차와 함께 잡지를 계산대로 가져갔다.

편의점을 나온 가쓰키는 공원이라는 이름이 무색하게 푸르름이라고는 찾아볼 수 없는 광장으로 걸음을 옮겼다. 합성 고무를 바닥재로 사용한 광장의 한쪽 구석에는 안전성을 중시한 작은 미끄럼틀이 하나 놓여 있었지만, 평일의 오피스 밀집 지역에는 아이들의 모습은 없었다.

"진짜 죽겠다니까요."

벤치에 앉은 가쓰키의 귓가에 지나가던 행인의 목소리가 들려왔다.

스마트폰을 든 남자가 심각해 보이는 내용과는 달리 호탕하게 웃으며 가쓰키의 앞을 지나쳐 가고 있었다.

"아니, 정말이에요. 여기가 콩팥인가? 췌장? 아닌데, 간인가? 아무튼 이 언저리가 엄청나게 아프다니까요."

가쓰키는 자신도 모르게 고개를 들어 아하하, 하고 웃는 남자의 모습을 바라보았다. 30대 중반으로 보이는 남자는 정돈된 헤어스타일에 깔끔한 정장 차림으로 영업사원 같은 분위기를 풍겼다.

"글쎄요, 사실 얼마 전에 건강검진을 받아봤는데 딱히 문제는 없다더라고요."

그 말에 가쓰키는 안심하며 남자의 뒷모습을 배웅했다.

우롱차를 한 모금 마시며 고층 오피스 건물이 높이 솟은 하늘을 올려다보았다. 오늘도 잿빛이네, 하고 별 감정 없이 생각했다. 아직 장마가 끝나지 않은 도쿄는 요 며칠 비가 오는 것도 맑은 것도 아닌 애매한 날씨가 이어지고 있었다.

도우토신문을 정년퇴직한 가쓰키는 한 달쯤 전부터 계열 출판사에서 촉탁 사원으로 다시 근무를 시작했다. 월간종합잡지의 기자 겸 편집자라는 포지션으로 입사했지만 아직은 새로 나온 영화나 책을 소개하는 문화 파트만을 담당하고 있었다.

그런 가쓰키에게 도요스 바비큐 사건 기사를 써보지 않겠냐고 편집장이 제안한 것은 어제 퇴근 무렵의 일이었다. 그때 가쓰키는 운명이라고 하면 다소 과장되게 들릴지 모르지만, 눈에 보이지 않는 힘이 작용하고 있음을 느꼈다. 결국 다시 마주하게 될 인연이었다는 생각이 뇌리를 스쳤다.

도요스 바비큐 사건은 두 달 전쯤 일어났다. 5월 초의 긴 연휴가 이어지던 시기였다.

도요스 바비큐가든에서 비소가 들어간 음료를 마신 남녀 세 명이 사망하고 네 명이 비소 중독으로 병원에 이송되었다. 용의자는 마루에다 이쓰오, 34세. 사건 당일 열린 바비큐 파티의 주최자였던 그는 피해자들과 서로 아는 사이였다. 비소가 고농도로 함유된 와인, 샹그리아, 맥주 등의 건배용 음료는 전부 마루에다가 사전에 준비한 것이었다.

가뜩이나 충격적인 이 사건에 더 큰 관심이 쏠리게 된 것은 당시 사건 현장에 있던 사람이 찍은 동영상 때문이었다. 사건 발생 직후부터 촬영된 해당 동영상은 뉴스와 와이드 쇼(정치, 사회, 문화, 스포츠, 연예 등 다양한 분야를 다루는 TV 프로그램의 한 종류-옮긴이)를 통해 반복 송출되었다. 피해자들의 모습은 모자이크 처리해 내보냈지만, 바닥에 쓰러져 구토하거나 고통에 몸부림치는 광경을 알아보기에는 충분했다. 피해자들의 신음, 119를 찾는 다급한 외침, 어쩔 줄 몰라 하는 촬영자의 상기된 목소리가 생생하게 담겼고, 독가스로 인한 사고로 오해했는지 어서 도망치라고 소리치며 달아나는 사람들도 보였다.

마루에다 이쓰오는 화면 한쪽 구석에 찍혀 있었다. 동영상이 촬영되는 내내 그는 가만히 서서 괴로워하는 피해자들을 내려다보았다. 여러 방송에서 마루에다의 얼굴을 클로즈업하여 내보냈지만 그의 표정을 확실히 알아볼 수는 없었다. 다만 차분하게 서 있는 그의 모습은 마치 모든 감정을 잃어버린 듯 보였다.

현장에서 체포된 마루에다는 자신이 살해 목적으로 음료에 비소를 탔음을 인정했다.

사건 발생 초기에는 용의자가 피해자들과 가까운 사이라고 알려졌으나,

실제로는 그들이 최근 SNS를 통해 알게 되었으며 오프라인에서 만난 것은 그날이 처음이었다는 사실이 밝혀졌다. 무직이었던 마루에다는 SNS상에서 사업가를 사칭하며 존재하지도 않는 회사의 홈페이지를 만들어 링크를 걸어 두었다. 이를 본 사람들은 노력의 방식이 잘못되었다는 둥 그 정도 실천력이면 다른 일을 하지 그랬냐는 둥 목소리를 높였다.

분위기가 반전된 것은 이때부터였다고 가쓰키는 생각했다.

아마 가장 큰 이유는 피해자들이 모두 부족함 없는 삶을 누려왔기 때문일 것이다. 대부분 본인이나 배우자가 대기업에 다니고 있었을 뿐 아니라, 부유한 집안에서 태어났거나 정재계 주요 인사와의 인맥이 있었다. 그중에서도 가장 주목을 받은 것은 몇 년 전 강간죄로 체포되었다가 불기소로 풀려난 한 남자였다. 그의 할아버지가 유명 광고대행사의 회장이었다는 사실이 알려지며 할아버지 덕에 처벌을 면했다고 이전부터 온라인상에서 온갖 공격을 받고 있었다.

반면에 비정규직 신분으로 여러 직장을 전전하던 마루에다는 사건이 일어나기 몇 달 전 파견 계약이 끊긴 상황이었으며, 부모를 일찍이 여의고 낡은 목조 아파트에서 혼자 생활하고 있었다.

피해자와 용의자의 이러한 대비는 주간지와 인터넷을 중심으로 '상급시민 vs. 하급시민'의 양상으로 발전하기 시작했다.

그러나 일본 범죄사에 길이 남을 만한 충격적인 사건임에도 불구하고 단맛을 전부 빨아먹은 사람들의 관심은 금세 사그라들었다.

제1장 여름

1. 가쓰키 쓰요시 — 현재

“뭐, 사람들 관심이 줄어드는 건 어쩔 수 없죠.”

회사 근처 이자카야의 좁은 테이블에서 도쿠마루 아즈사는 새우 머리를 쪽 빨아먹으며 말했다. 동료인 도쿠마루와 단둘이 술을 마시는 것은 처음이었다.

“대량 학살이나 묻지마 살인 같은 건 요즘 안 먹힌다고요. 초반에나 잠깐 떠들썩하죠. 다들 그런 피비린내 나는 사건보다 연예인 불륜 소식을 더 궁금해하니까요. 저희야 아저씨들이 보는 자칭 인텔리 잡지다 보니 불륜과는 연이 없을 뿐이고, 그래서 매출도 시원찮은 거 아니겠어요?”

도쿠마루의 시원시원한 말투에 가쓰키 쓰요시는 쓴웃음을 지으며 고구마소주가 든 잔을 입으로 가져갔다.

도쿠마루의 말대로 대량 학살이나 묻지마 살인 같은 처참한 사건을 특집 기사로 낸 잡지는 판매 실적이 좋지 않았다. 그보다는 연예인의 불륜이나 외도, 가스라이팅 같은 자극적인 스캔들을 다루는 편이 눈에 띄게 팔려나가는 듯했다.

가쓰키와 도쿠마루가 담당하는 「월간 도우토」는 정치, 경제, 사회 분야를 아우르는 종합 잡지로 선정적인 연예인 스캔들은 다루지 않았다. 교수나 작가, 예술가, 칼럼니스트 등 이른바 지식인들의 시사 평론을 메인으로 소개하지만, 드랙퀸의 에세이나 일러스트레이터의 맛집 리뷰, 문화 및 생활 정보 같은 오락성을 강조한 지면도 4분의 1 정도를 차지했다. 타깃은 50대 이상이며 주요 독자층은 60대 남성이었다. 도요스 바비큐 사건 관련 기사는 지난달 호에 실렸다. 사회학자가 쓴 칼럼으로 이번 사건이 상징하는 현대의 격차 사회를 검증하는 내용이었다.

"현실감 있는 사건일수록 함부로 말하기 어렵긴 하죠. 게다가 요즘 같은 시대에는 언제 나한테 그런 일이 닥칠지 알 수 없잖아요. 불안하기도 하고 기분만 나빠지니까 굳이 알려고 하지 않는 사람이 많아진 거죠. 그에 비하면 연예인 스캔들은 마음껏 욕해도 되고 정의의 철권을 휘두르면서 스트레스 해소도 할 수 있으니 솔직히 다들 혹할 만해요."

도쿠마루는 물수건으로 손가락을 닦은 뒤 맥주를 한 잔 더 주문했다.

최근 국민 아이돌 보이그룹 멤버의 양다리 의혹을 시작으로 개그맨의 저질 불륜 스캔들, 인기 여배우의 기행 논란 등이 연이어 보도되며 뉴스와 신문 등 각종 매체에서 특종 경쟁을 이어가고 있었다. 그 사이에서 도요스 바비큐 사건은 이미 과거의 일이 되어버린 듯했다.

"재판이 가까워지면 다시 한번 주목받기는 할 텐데 말이야."

가쓰키가 나직이 말했다.

"가쓰키 씨, 인터넷 자주 보세요?"

"보려고는 하지."

"기사 댓글은요?"

"댓글은 잘 안 보기는 해."

"도요스 사건은 갈수록 피해자들에 대한 공격이 심해졌었잖아요."

가쓰키는 가만히 고개를 끄덕였다.

"특히 그 경상을 입었다던 무직 남성이요."

도쿠마루가 말하는 남성은 과거에 강간죄로 체포된 적이 있다던 피해자가 아닐까 생각했다. 아니나 다를까 "사토라는 그 남자 말이에요. 대학생 때 알고 지내던 여성을 성폭행했는데 할아버지가 힘을 써서 불기소 처분을 받았다는 소문이 돌았잖아요."라며 도쿠마루가 설명을 이어갔다.

"그래. 그 이야기라면 들어봤어."

"그 남자가 대학 졸업 후에 할아버지가 회장으로 있는 광고대행사의 자회사에 취직했다는 이야기는요?"

"정말이야? 그건 몰랐어."

"그럼 한 달도 안 돼서 그만뒀다는 것도 당연히 모르시겠네요."

다소 놀란 듯한 가쓰키를 보며 "그만뒀다기보다는 계속 무단결근을 했다는 것 같지만요."라고 도쿠마루가 덧붙였다.

"나이가 서른다섯인데 제대로 일해본 적이 한 번도 없다나 봐요. 어머니도 있는 집 딸이라 에비스에 있는 부모 명의의 타워맨션에서 자취한대요. MT타워에비스 1701호요."

"호수까지 알아?"

"인터넷에 이미 다 떴어요. 부모는 물론이고 형제들 이름이랑 사진, 일하는 곳까지요. 그뿐만이 아니에요. 옛날 사진이 하나둘씩 올라오더니 대학 친구들까지 같은 꼴을 당하고 있어요. 기사 댓글 창에는 차라리 죽지 그랬냐는 둥 죽어버리라는 둥 쓰레기라느니 나쁜 놈이라느니 죄다 욕이고, SNS에도 악플이 잔뜩이에요. 너무하다니까요."

"정말 너무하네."

삶은 풋콩을 입에 넣으며 동의를 표했다. 네티즌의 집단 공격이 얼마나 무서운지 가쓰키도 익히 들어 알고 있었다.

"정말 그럴까요?"

"응?"

"정말 너무한 걸까요?"

냉담함마저 느껴지는 차분한 말투에 가쓰키는 아무 말 없이 도쿠마루를 바라보았다.

"뭐랄까, 저도 머리로는 이해가 가요. 온라인상에서 신상을 털고 악플을 다는 행위도 엄연한 폭력이라는 사실은 충분히 인지하고 있어요. 그런데 한편으로는 그 정도 벌은 받아도 싸다는 생각이 드는 거죠. 그렇잖아요, 사토는 성범죄를 저질러놓고 아무런 죗값도 치르지 않았다고요. 너무한 사람은 과연 누구일까요?"

"글쎄."

불기소된 경위를 자세히 모르니까, 라고 덧붙이려 했지만 도쿠마루가 한발 먼저였다.

"사실 제일 무서운 건 그래, 좋아! 더 해봐! 하고 점점 더 열을 올리는 저 자신이에요."

그새 한숨 섞인 목소리로 바뀌어 있었다. 도쿠마루의 시선이 맥주잔 손잡이를 만지작대는 자신의 손에 가만히 머물렀다.

"제가 사토와 무슨 관련이 있는 것도 아니고, 어찌 됐든 비소로 살해당할 뻔한 피해자인데도 인터넷 댓글을 보다 보면 절대 용서할 수 없어, 제대로 벌을 받아야지, 호되게 한번 털려봐라, 더 험한 꼴을 당해라, 하고 정체를 알 수 없는 분노가 치밀어올라요. 게다가 화를 내면 낼수록 에너지가 차올라서, 이상하게 들리실 수 있겠지만, 비로소 살아있다는 느낌이 들어요. 전형적인 정의 중독에 빠진 거죠. 정말이지, 도파민의 노예나 다름없다니까요."

도쿠마루는 자조하듯 입술을 비쭉대더니 거침없이 맥주를 들이켰다.

타인을 욕하고 비난할 때 뇌에서 쾌락을 느끼게 하는 신경전달물질인 도파민이 분비된다는 것은 이미 널리 알려진 사실이었다. 감정적인 만족을 위해 점점 더 강한 자극을 추구하게 되니 공격성이 강해질 수밖에 없었다.

"가쓰키 씨는 어때요? 욕하는 사람들 마음이 이해되세요?"

"글쎄. 알 것 같기는 한데."

"하지만 가쓰키 씨는 안 그러시잖아요."

"나도 부조리하다고는 생각해. 화가 날 때도 있고."

"정말요? 가쓰키 씨도 그러시구나. 뭔가 의외예요."

"그래?"

가쓰키는 닭 연골 튀김으로 젓가락을 가져갔다.

"딱히 걱정도 없어 보이시고, 아무래도 좋은 시대를 살아 온 세대시잖아요."

시원시원한 말투에서 나쁜 의도는 느껴지지 않았다. 그렇기에 진심으로 하는 말임을 알 수 있었다.

"저도 결국은 쓰레기 같은 인간들이 잘만 먹고사는 이 사회의 부조리함에 화가 나는 걸지도 모르죠. 사토만 봐도 그렇잖아요. 일도 안 하는데 비싼 맨션에서 유유자적하면서 살잖아요. 무슨 짓을 저지르든 권력이 지켜주고요. 이렇게 불공평해도 되는 거예요? 세상을 상대로는 아무리 화내봤자 소용없지만, 분노의 화살이 실존하는 누군가를 향하면 그나마 화내는 맛이라도 있으니 이러는 거겠죠."

도쿠마루는 남은 맥주를 단번에 들이켜더니 "여기 한 잔 더 주세요!"라며 점원을 향해 맥주잔을 들어 보였다.

"시간 괜찮겠어? 딸이 있다면서."

그 말에 도쿠마루는 미간을 잔뜩 찌푸린 채 가쓰키를 험악하게 노려보았다.

"시간 괜찮겠어? 딸이 있다면서?"

도쿠마루는 가쓰키의 말을 천천히 되풀이하더니 "이보세요, 가쓰키 씨."라며 갑작스레 불량한 태도를 취했다. 테이블 위에 한쪽 팔꿈치를 올리고 상체를 앞으로 쑥 내밀더니 물었다.

"그 질문, 제가 남자였어도 하셨을까요?"

가쓰키가 대답할 새도 없이 도쿠마루는 하던 말을 이어갔다.

"제가 여자고 엄마니까 물어보신 거잖아요. 히라타랑 한잔하실 때도 딸이 있으니 일찍 들어가 봐야 하지 않겠냐고 물어보세요? 아니잖아요. 그 말인즉 아이를 돌보는 건 엄마의 몫이라고 단정 지으셨다는 거죠."

미취학 자녀를 둔 도쿠마루는 늘 정시에 퇴근했다. 가쓰키도 신문사 문화부에서 일할 당시에는 정시퇴근이 일상이었지만, 그저 한시라도 빨리 한잔하고 싶었을 뿐이었다. 또 그만큼 남들보다 일찍 출근하기도 했다. 그런 그와는 달리 도쿠마루가 일찍 퇴근하는 것은 어린이집에 있는 아이를 데리러 가기 위해서라고 생각했다. 가쓰키의 입장에서는 그녀를 배려해서 한 말이었다. 아니, 사실 자연스럽게 튀어나온 말이었다.

하지만 지적을 받고 보니 반론의 여지 없이 도쿠마루의 말이 옳았다. 이럴 때마다 가쓰키는 자신이 시대에 뒤처졌음을 느꼈다. 다 끝나버린 인간. 더는 필요 없어진 인간. 마치 무거운 짐을 넘겨받은 것처럼 분명하게 느껴지기 시작한 것은 아내 미와코를 떠나보내고부터였다.

미안하다고 말하려던 순간이었다.

"에이, 진심으로 가쓰키 씨를 탓하려는 건 아니니까 그런 얼굴 하지 마세요."

도쿠마루가 익살맞게 말했다. 그 모습은 무언가를 떨쳐버리려 하는 듯 보이기도 했다.

"가끔 이 세상 모든 것에 짜증이 나요. 만약 제 손바닥 위에 지구가 있다면 한 치의 망설임도 없이 바닥에 내팽개쳐서 산산조각을 내버릴 거예요. 다 죽어버려, 하고 소리치면서요. 전부 다 부숴버리고 싶을 정도의 이 분노는 도대체 어디에서 생겨나서 어디로 향하는 걸까요? 솔직히 저도 잘 모르겠어요."

그렇게 말하고는 겸연쩍은 듯 웃었다. 이미 제법 취했는지도 몰랐다.

"다 죽어버려, 라."

가쓰키는 무의식중에 중얼거렸다. 망설임 없이 흘러나온 그 말에 담긴 의미를 되새기며 그녀는 평소 이런 충동을 어디에 담아두고 사는 것일까 생각했다.

"뭐랄까, 조금씩 독을 삼키며 사는 기분이에요. 가끔씩 해독해 주지 않으면 스스로 만든 독에 자가 중독되어 버리는 거죠. …… 아까 하던 이야기 말인데요."

"응?"

"사람들이 살인사건보다 연예인 스캔들에 더 관심이 많다는 이야기요."

"그래."

"결국 다 남들이 실패를 맛보거나 나락으로 떨어지는 모습을 보고 싶은 거예요."

남의 불행은 나의 행복. 가쓰키는 가만히 생각에 잠겼다. 그녀의 말대로 자신과 비슷한 처지에 있는 사람이 불행한 상황을 마주한 모습을 볼 때 뇌가 기쁨을 느낀다는 것은 과학적으로 이미 증명된 사실이었다.

"이렇게 속 좁은 제 모습에 매일 같이 자기혐오를 느껴요."

"객관적으로 인지하고 있다는 것만으로도 대단하다고 생각해."

진심에서 우러나온 말이었다.

가쓰키는 도쿠마루의 말대로 자신은 좋은 시대를 살아왔다고 생각했다. 세상을 향한 분노나 무력감이 치밀어오를 때도 물론 많았지만, 적어도 스스로 독을 삼키며 사는 듯한 기분을 느껴본 적도, 자가 중독을 걱정해 본 적도 없었다. 시대적 분위기의 차이라고 믿어왔으나 어쩌면 단순히 좋은 환경을 타고난 덕분인지도 모른다.

여기까지 생각이 미치자 가쓰키는 스스로 자신의 인생을 이미 끝난 것으로 여기고 있음을 깨달았다. 그리고 끝나고 보니 내 인생은 완벽하게 행복했구나, 하고 새삼스레 느꼈다.

"……고 생각해요."

옆 테이블에 앉은 직장인들의 웃음소리에 도쿠마루의 목소리가 묻히고 말았다.

"응? 뭐라고 했어?"

가쓰키는 귀를 가까이 가져갔다.

"꼴 좋다고 생각해요."

예상했던 것보다 훨씬 큰 도쿠마루의 목소리가 가쓰키의 고막을 울렸다.

놀라서 움찔하는 가쓰키를 바라보며 도쿠마루는 하던 말을 이어갔다.

"도요스 바비큐 사건의 범인이 했던 말이잖아요. 어떤 마음이었는지 알 것도 같아요."

맞아, 그랬었지. 잊고 지냈던 기억이 떠올랐다.

── 꼴 좋다고 생각해요.

마루에다는 조사를 받던 중 이렇게 말했다.

이 사실이 언론에 대대적으로 보도되며 사람들은 마루에다가 피해자들에게 일방적으로 앙심을 품고 벌인 일이라고 받아들였다.

그러나 정작 마루에다는 구체적인 범행 동기를 밝히지 않고 있었다.

2. 모치즈키 지히로 —— 14년 전 · 여름 1

모치즈키 지히로는 언덕길 중간에 멈춰서서 눈 아래에 펼쳐진 풍경을 바라보았다.

옅은 쪽빛 바다와 수수한 마을. 구름이 떠다니는 하늘에는 갈매기 몇 마리가 따분한 듯 날아가고 있었다.

천천히 호흡하듯 파도가 넘실대는 바다는 지히로가 알고 있던 바닷물에 검정 물감을 살짝 섞은 듯한 짙은 색을 띠고 있어 여름인데도 차가워 보였다. 작은 항구에는 장난감 같은 고기잡이배 한 척이 정박해 있었다.

하이토 마을의 풍경은 지히로가 상상했던 홋카이도의 모습과는 전혀 달랐다. 라벤더 밭도 드넓은 목장도 없었다. 지평선까지 이어지는 초원은 물론, 여유롭게 풀을 뜯어 먹는 소나 말이나 양도 없었다.

지히로의 눈에 비친 것은 오래 써서 낡아버린 걸레짝 같은 초라한 광경이었다.

경사면에 펼쳐진 마을에 높은 건물은 찾아볼 수 없었고, 대부분이 2층으로 된 작은 주택이었다. 높은 곳에서 내려다보니 마을이 해안 쪽 평지와 산기슭의 경사면으로 나뉘어 있음을 알 수 있었다. 밝고 활기차 보이는 아랫마을과 달리 지히로가 서 있는 고지대가 우울하게 느껴지는 것은 햇볕이 충분히 들지 않는 탓인지, 아니면 단순히 기분 탓인지 알 수 없었다.

이곳이 엄마가 태어난 마을이구나. 이미 여러 번 했던 생각이 또다시 머리를 스쳤다. 엄마가 이 마을을 그토록 싫어했던 이유를 알 것도 같았다.

하아, 정신을 차리고 보니 또 한숨을 내쉬고 있었다.

사이타마에 살던 지히로가 홋카이도의 하이토 마을에 온 것은 그저께였다. 일이 정리될 때까지 엄마 아빠와 떨어져 할머니 집에서 지내기로 했다. 엄마는 자세한 설명을 해주지 않았지만 모든 일의 원인이 돈이라는 것쯤은 초등학교 5학년인 지히로도 알 수 있었다. 엄마와 아빠는 조만간 이혼하겠구나 싶었지만 애써 모르는 척 입을 다물었다.

언제까지 이 마을에서 지내야 하는지 아무도 말해주지 않았다. 지히로가 알고 있는 사실은 여름방학이 끝나면 2학기부터 이 마을에 있는 초등학교에 다녀야 한다는 것뿐이었다.

언제까지 할머니 집에서 지내야 해? 아빠랑 엄마는 헤어질 거야? 헤어지면 나는 어떻게 돼?

최악의 답변이 돌아올 것만 같아 아무것도 묻지 못했다.

지히로는 언덕에 우두커니 서서 옆으로 맨 작은 가방의 어깨끈을 손으로 꽉 쥐었다. 바다가 있는 쪽에서 미적지근한 바람이 불어왔다.

감자칩과 콜라를 사러 가기 위해 집을 나서던 참이었다. 할머니는 아침 일찍부터 일을 하러 나갔고, 집에는 지히로 혼자였다. 가장 가까운 가게는 언덕을 내려가 세 번째 사거리에서 오른쪽으로 꺾으면 나오는 초등학교의 대각선 건너편이라고 할머니가 가르쳐 주었다. "편의점은요?"라는 지히로의 물음에 할머니는 "멀어."라고 짧게 답했다. 해안 국도까지 내려가야 해서 걸어가면 한 시간 정도 걸리는 듯했다. 게다가 그 편의점은 전국 체인도 아니라서 지히로는 처음 들어보는 이름이었다.

막 정오를 지난 시간인데도 인적이 전혀 느껴지지 않았다. 어디선가 텔레비전 소리가 흘러나오고 집집마다 마당에 세탁물이 널려 있었지만, 마을은 기묘하리만치 고요했다.

문득 이 마을 전체가 거대한 덫처럼 느껴졌다. 모두가 숨을 죽이고 나를 감시하고 있는 걸지도 몰라. 이런 생각이 들자 두 다리가 얼어붙는 듯했다.

〈늘 웃는 얼굴이지만 겁이 많은 점이 다소 우려됩니다〉

생활 기록부에 적힌 선생님의 코멘트를 떠올렸다.

5학년이 되기 전까지는 〈잘 웃는다〉, 〈상냥하다〉, 〈온순하다〉, 〈친구들에게 양보를 잘한다〉 같은 내용이 대부분이었다. 지히로는 처음 보는 〈겁이 많다〉라는 표현이 마치 자신을 부정하는 것만 같아 스스로를 형상화한 기둥에 균열이 생긴 것 같은 기분이 들었다.

그 순간 등 뒤에서 들려오는 발소리에 지히로는 몸에 힘을 준 채 천천히 돌아섰다.

"너, 누구야?"

말을 걸어 온 것은 마른 체형의 여자아이였다.

지히로보다 서너 살 많은 중학생처럼 보였다. 남색 티셔츠에 붉은색 운동복 바지. 라즈베리색 립글로스를 바른 입술이 반짝반짝 빛났다.

지히로는 곧바로 미소를 지어 보이며 "나는 모치즈키 지히로야." 하고 대답했다. 나쁜 짓을 한 것도 아닌데 혼나지 않을까 괜히 긴장되었다.

"모치즈키?"

여자아이는 이해가 가지 않는다는 표정으로 지히로의 얼굴에서 할머니 집으로, 그리고 다시 지히로에게로 시선을 옮겼다. 할머니 집에는 〈시오지리〉라고 적힌 문패가 걸려 있었다.

"너, 이 동네 사람 아니지?"

시비를 거는 듯한 말투에 지히로는 심장이 쪼그라드는 듯했다. 하지만 두 볼에 힘을 주고 애써 웃는 얼굴을 유지했다.

"여기는 우리 할머니 집이야. 당분간 여기서 지내기로 했어."

미리 준비해 둔 대사 중 하나를 내뱉었다.

"엄마 아빠는?"

여자아이가 거리낌 없이 물었다. 물론 이 질문에 대한 대답도 준비되어 있었다.

"엄마랑 아빠는 사이타마에 있어. 사정이 생겨서 나만 할머니 집에 온 거야."

"무슨 사정?"

"자세한 건 나도 모르지만 일이 많이 바쁜 것 같아."

부모한테 버림받은 거 아니야? 네가 귀찮아진 거 아니야? 이런 질문이 되돌아올 것 같아 마음의 준비를 했지만, 여자아이는 가만히 생각에 잠긴 듯한 표정이었다.

"그럼, 너희 부모님은 살아있다는 거네?"

"응."

"엄마 아빠 둘 다?"

"응."

지히로는 미소를 지은 채 몇 번이고 고개를 끄덕였다.

부모가 살아있는데 어린아이 혼자 할머니 집에서 지내는 것은 역시 이상한 일일까.

“사실 우리 엄마가 이 마을에서 태어났어.”

“그래? 엄마 이름이 뭔데?”

“모치즈키 구니코. 결혼 전에는 시오지리 구니코였어. 혹시 우리 엄마를 알아?”

“알 리가 없잖아.”

여자아이는 불쾌한 듯 말했다.

“아, 그렇지.”

지히로는 밝은 미소를 지어 보이며 더욱 세차게 고개를 끄덕였다.

“지히로.”

“응?”

“라고 했지?”

“맞아, 모치즈키 지히로.”

“내 이름은 아카이 미쓰바야. 세잎클로버를 뜻하는 미쓰바.”

“아, 응.”

“그냥 편하게 미쓰바라고 불러도 돼.”

여자아이의 말투가 금세 누그러졌다. 화가 난 것이 아니라 원래 조금 난폭한 성격이 아닐까 싶었다.

“너 몇 학년이야?”

“5학년.”

“나는 중학교 2학년. 내가 언니네.”

"그렇구나."
"친구 좀 사귀었어?"
"아니, 아직. 그저께 왔거든."
친구를 사귀기는커녕 지히로는 이 마을에 온 이후로 할머니 이외의 누군가와 대화조차 나눠보지 못했다.
"이 근처에는 노인들밖에 없긴 하지."
"그래?"
"내가 친구 해줄게. 좋지?"
"응, 좋아."
입꼬리를 더욱 끌어올리며 고개를 끄덕였다.
"어디 가는 길이야?"
미쓰바는 지히로의 분홍색 가방을 힐끗 쳐다보며 물었다.
"그냥 잠깐 나왔어."
이렇게 대답한 것은 가방 속 지갑을 빼앗기면 어쩌나 걱정돼서였다.
"그럼 있잖아." 하고 미쓰바가 거드름을 피우며 말했다.
"내가 특별히 비밀 장소에 데려가 줄까?"
"비밀 장소……."
지히로는 미쓰바의 말을 되뇌며 잠시 시간을 벌었다. 가고 싶은지 가고 싶지 않은지 판단이 서지 않았다.
낯선 곳에 끌려가 나쁜 짓을 당하면 어쩌지, 하는 생각이 문득 들었다. 하지만 한편으로는 '특별히'나 '비밀'같은 단어에 마음이 끌렸다. 지히로는 아직 이 마을의 따분하고 우울한 표정밖에 보지 못했기 때문이었다.

미쓰바는 그런 지히로의 대답을 기다리지 않고 곧장 걸음을 옮겼다. “빨리 와. 이쪽이야.”라며 지히로를 향해 손짓했다.

미쓰바는 언덕 위로 향했다.

── 여기서 더 위쪽으로는 올라가지 말거라.

할머니의 당부가 떠올랐다. 이유를 묻는 지히로에게 할머니는 사람 사는 집이 별로 없어 위험하다고 말했다.

할머니의 당부를 어겨도 괜찮을까? 불안해진 지히로의 심장이 빠르게 뛰었다. 하지만 이제 와서 거절하면 미움받게 될 거야. 여전히 망설여졌지만 일단 미쓰바를 따라가 보기로 했다.

언덕 위쪽에도 집은 있었지만 잡초가 무성하게 자란 공터가 더욱 눈에 띄었고, 그 너머로는 울창한 산이 펼쳐졌다. 이 마을은 위로 올라갈수록 어두워지는 것 같았다.

“지히로! 어서 와, 이쪽이야.”

앞서가던 미쓰바가 몸을 돌려 또다시 손짓했다. 까만 눈동자를 빛내며 웃고 있었다. 미쓰바의 표정과 목소리에서 친밀감이 전해졌다. 불안이 단숨에 걷히며 지히로는 어쩐지 울고 싶어졌다. 정말 ‘특별히’데려가 주는 거였구나 싶어 발걸음이 한결 가벼워졌다.

두 사람은 산에서 가까운 사거리에서 왼쪽으로 꺾었다. 들어선 길에서는 더 이상 민가를 찾아볼 수 없었다. 그 대신 오른편에는 나무가 무성하게 자라 있었고, 왼편으로는 잡초가 제멋대로 자란 공터가 펼쳐졌다. 매미의 히스테릭한 울음소리가 지히로의 귓속을 파고들었다.

“여기야.”

미쓰바가 오른쪽을 가리키며 말했다.

나무 사이로 긴 돌계단이 이어졌다. 꼭대기에는 기둥문 같은 것이 보였다.

"신사야?"

미쓰바는 아무 대답 없이 미소를 지어 보이며 뒤쪽을 살폈다. 그 행동에서 지히로는 이곳에 온 사실을 사람들에게 들켜서는 안 되는구나, 하고 이해했다. 그래서 비밀 장소라고 했구나.

미쓰바는 "쉿!" 하며 검지를 입술로 가져가더니 돌계단을 오르기 시작했다. 지히로도 뒤따랐다. 양쪽으로 높이 솟은 나무들이 짙은 그림자를 드리웠고, 공기는 서늘하고 눅눅했다. 계단이 몇 개인지 세어보려 했지만, 마흔 개를 넘어선 무렵부터 헷갈리기 시작해 이내 그만두었다.

나무로 된 낡은 기둥문을 빠져나가자, 체육관 정도 되는 크기의 뻥 뚫린 공간이 나왔다. 바닥에는 잿빛 자갈이 깔려 있었다.

정면에는 작은 배례전(가볍게 예를 올리기 위해 본당 앞에 짓는 건물-옮긴이)이, 우측에는 금방이라도 무너져 내릴 것 같은 작은 목조 건물이, 그리고 바로 앞에는 돌기둥 두 개가 세워져 있었다. 있는 것은 이것이 전부라 지히로의 눈에는 버려진 장소처럼 보였다.

"좋아, 아무도 없네."

미쓰바는 그제야 목소리를 냈다.

"여기 신사 맞지?"

"맞아, 야미가미 신사. 이곳에 왔다는 사실을 아무한테도 말하면 안 돼."

"왜?"

"뭐, 이유는 곧 알게 되겠지."

미쓰바는 의미심장한 미소를 띠며 말했다.

여기가 비밀 장소라고? 지히로는 낙담했다. 신사라면 지도에 이미 나와 있을 터였다. 누구나 자유롭게 드나들 수 있는 장소이지 않은가.

이런 지히로의 속마음을 간파한 듯 미쓰바는 "비밀은 지금부터야. 따라와."라며 배례전 우측에 있는 목조 건물로 향했다. 미쓰바의 걸음에 맞춰 자갈 밟는 소리가 울려 퍼졌다.

지금은 폐허가 되었지만, 한때는 창고로 쓰였던 것 같았다. 건물 전체가 기울어진 탓에 나무판자 사이에 빈틈이 가득했고, 높은 곳에 딱 하나 있는 작은 창문은 유리가 깨져 있었다.

나무로 된 미닫이문에는 튼튼해 보이는 자물쇠가 걸려 있었다. 어떻게 안으로 들어갈 수 있을까 지히로가 고민하는 사이 미쓰바는 "절대 비밀이야."라며 거듭 강조하고는 건물 뒤편으로 향했다. 대나무가 빼곡히 자란 건물 뒤쪽에는 사람이 밟고 지나다닌 흔적이 있었다.

"여기만 빠지거든."

그렇게 말한 미쓰바는 널빤지 한 장을 떼어내더니 좁은 틈 사이로 몸을 밀어 넣었다.

지히로도 미쓰바를 따라 안으로 들어갔다.

습한 공기. 곰팡이와 흙, 그리고 나무 냄새. 네 평쯤 되는 건물 안에는 아무것도 없었다. 썩은 바닥을 뚫고 잡초가 자라 있었다. 나무 틈새로 응축된 여름 햇살이 얇게 쏟아져 들어왔다. 그뿐이었다.

비밀 장소라며 잔뜩 거드름을 피우더니 고작 다 쓰러져 가는 낡은 창고였단 말인가. 혼자만 아는 비밀기지나 은신처라고 여기는 것일까.

중학생이라더니 아직 어린애잖아? 어쩌면 시골에서 자란 탓인지도 몰랐다.

지히로는 이런 속마음을 들키지 않기 위해 주위를 빙 돌아보며 "멋지다!"라고 말했다.

"뭐가 멋져?"

날카로운 목소리가 되돌아왔다.

"응?"

미쓰바에게로 시선을 돌리자 차가운 눈빛과 맞닿았다.

"난 아직 아무 설명도 안 했는데."

지히로를 비난하는 듯한 말투였다.

"아, 그게 아니라."

지히로는 당황했다. 심장박동이 빨라지며 관자놀이 부근이 움츠러들었다. 가빠진 호흡 탓에 공기가 몸속으로 충분히 들어오지 않았다.

"비밀기지 같아서 멋지다고. 이런 데 처음 와봤거든."

목소리가 떨렸지만 다행히 들키지 않은 듯했다. 진지한 표정으로 지히로를 바라보던 미쓰바는 이내 흐음, 하고 건조하게 말했다.

"어린애 같네."

그러고는 작게 웃음을 터트리더니 "아, 그래. 아직 어린애지."라며 짐짓 어른스러운 표정을 지어 보였다.

"응, 5학년이니까."

지히로는 아하하, 하고 웃으며 어린아이처럼 보이도록 얼굴 옆에 손가락 다섯 개를 펼치며 말했다.

"쉿, 목소리가 너무 커."

미쓰바가 검지를 입술 앞에 가져다 대며 경고했다.

또 실수했나 싶어 긴장했지만 화가 난 것 같지는 않았다.

"아까도 말했지만 여기는 비밀 장소니까 아무한테도 들키지 않도록 조심해. 누가 오면 자갈 소리가 들려서 알 수 있기는 하지만, 그래도 되도록 작게 말해. 알겠지?"

지히로는 응, 하고 작은 목소리로 답했다.

"지금부터가 진짜 비밀이야."

미쓰바의 속삭임이 마치 의식을 치르는 것처럼 들려 지히로는 자신도 모르게 침을 삼켰다.

미쓰바는 느린 동작으로 바지 주머니에 손을 넣었다. 그 안에서 나온 것은 부적을 넣는 붉은색의 작은 파우치였다. 미쓰바는 보란 듯이 파우치 끈을 풀어 안에 들어있던 것을 손바닥 위에 꺼내놓았다.

새끼손톱만 한 옅은 회색빛의 무언가가 놓여 있었다.

"이."

미쓰바가 말했다.

"이?"

"이라고."

"치아 말이야?"

지히로가 자신의 입가를 가리키며 묻자 미쓰바는 지긋이 고개를 끄덕였다.

마침 이갈이를 하는 시기였던 지히로는 얼마 전 아래쪽 송곳니가 빠지고 새 이가 자라고 있었다. 그런 지히로가 미쓰바의 손바닥 위에 놓인 것이 치아라는 사실을 곧바로 알아채지 못했던 이유는 색과 질감이 전혀 달랐기 때문이었다. 지히로의 빠진 이는 하얗고 윤기가 났던 반면, 미쓰바가 보여준 이는 회색빛으로 바래 있었다.

어떻게 반응해야 좋을지 망설여졌다. 솔직한 심정으로는 그 치아가 어쨌다는 것인지 따져 묻고 싶었지만, 그랬다가는 미쓰바의 기분을 상하게 할 것 같았다. "멋지다!"도 아니고, "빠진 이라면 나도 잘 알아!"도 아니고. 물론 "귀엽다!"도 아니었다. 정답을 발견하지 못한 채 지히로는 일단 머릿속에 떠오른 질문을 던져보기로 했다.

"이거, 미, 미쓰바 거야?"

미쓰바의 표정을 살피며 신중하게 물었다.

조금 전 미쓰바라고 불러도 좋다고 했지만, 나이도 어린 게 건방지다거나 버릇없다고 생각하지 않을까 걱정되었다. 그렇다고 해서 다르게 부르면 왜 자신이 시킨 대로 미쓰바라고 부르지 않냐며 화를 낼 것 같기도 했다.

"아니, 내 건 아니야."

미쓰바는 지히로의 혼란과 긴장을 알아채지 못한 채 아무렇지 않게 대답했다. 그리고는 또다시 입을 다물었다.

"그럼 누구 건데?"

지히로는 미쓰바가 듣고 싶어 할 만한 질문을 던졌다.

"여기서 발견했어."

질문에 어긋난 답변이었다.

지히로는 땀이 맺힌 불그스름한 미쓰바의 손바닥을 보며 시골 아이의 손 같다고 생각했다.

짙게 새겨진 손금, 그중에서도 세로로 곧게 뻗은 선은 손목에 닿을 정도로 길었다. 저 선은 생명선일 테니 이 아이는 꽤 오래 살겠구나 싶었다.

"이 마을 사람들을 믿지 않는 게 좋아."

미쓰바는 그렇게 말하며 지히로의 시선으로부터 이를 보호하려는 듯 살짝 감싸 쥐었다. 그리고는 그대로 파우치에 담아 바지 주머니에 도로 넣었다.

—— 이 마을 사람들을 믿지 않는 게 좋아.

미쓰바의 말이 지히로의 가슴속에 서서히 퍼져나가며 어렴풋한 공포를 불러일으켰다.

"그게 무슨 말이야?"

"다들 한통속이 돼서 사람을 죽였거든."

무슨 말인지 좀처럼 이해할 수 없었지만 등줄기에 소름이 돋았다. 침을 삼켜보려 했으나 굳어버린 근육 탓에 목 부근이 움찔거릴 뿐이었다.

"너는 이 마을 출신이 아니니까 특별히 가르쳐 줄게."

미쓰바는 몸을 숙여 지히로와 눈높이를 맞췄다. 까맣게 빛나는 눈동자가 서서히 다가오는 것을 바라보며 무언가 터무니없는 이야기를 듣게 될 것이라는 예감에 지히로는 온몸에 힘을 주었다.

"이건 여기서 살해당한 사람의 이야."

응? 하고 되묻고 싶었지만, 공기가 빠져나가는 듯한 소리만 났다.

"맞아, 여기. 여기에 이가 묻혀 있었어."

미쓰바는 바닥을 가리키며 "너희 할머니한테 못 들었어?"라고 물었다.

"못 들었어."

바싹 마른 입에서 상기된 목소리가 새어 나왔다.

"뭐, 물어봐도 모르는 체하겠지. 마을 사람들이 다 같이 죽였으니까."

지히로를 똑바로 바라보는 미쓰바의 까만 눈동자는 너희 할머니도 그중 한 명이라고 비난하는 듯했다.

"시체도 이 아래에 묻혀 있을 거야. 이미 뼈만 남은 상태겠지. 꽤 깊이 묻은 것 같으니 다시 파내기도 힘들 테고."

미쓰바는 썩은 바닥을 발로 꾹 밟았다.

"누가 살해당했는데?"

입 안이 점점 더 마르면서 쉰 소리가 났다.

"여자였어. 예쁜 사람이었지."

마치 그 사람을 잘 아는 듯한 말투였다.

"그 사람은 왜 살해당했는데?"

"이 마을에 어울리지 않는 사람이었으니까."

"어울리지 않는다고?"

"너는 이 마을 출신이 아니라 말해도 모를 거야."

미쓰바의 대답은 두 사람 사이에 선을 긋는 듯했다.

근데, 하고 지히로가 벼르고 벼르던 말을 꺼냈다. 지금껏 애써 머릿속에서 떨쳐내려 했던 말, 절대 입 밖으로 꺼내고 싶지 않았던 말이 턱 끝까지 차올랐다.

미쓰바는 이 마을에서 자신에게 처음으로 말을 걸어 준 사람이다. 비밀을 알려주었다. 비밀 장소에도 데려와 주었다. 그러니 지히로도 자신의 비밀을 털어놓아야만 할 것 같았다.

숨을 크게 들이마시자 목을 꽉 막고 있던 무언가가 말끔히 벗겨졌다. 근데, 하고 지히로가 다시 입을 열었다.

"우리 엄마랑 아빠, 곧 이혼할 것 같아. 아마 둘 다 나를 원하지 않겠지. 내가 방해만 된다고 생각할 테니까. 보통 아이 혼자 이렇게 먼 곳에 맡겨두지 않잖아. 나는 엄마한테도 아빠한테도 미움받고 있는 게 분명해. 우리 엄마는 예전에 내 손금을 보고 '너는 생명선이 짧으니까 일찍 죽을지도 모르겠다. 불쌍해라.'라면서 웃은 적도 있어. 너무하지 않아?"

조금 전 미쓰바의 긴 생명선을 보고 떠오른 기억이었다. 짓궂게 웃는 엄마를 보며 혹시 보험금을 목적으로 살해당하지는 않을까 혼자 고민했던 것까지는 차마 털어놓지 못했다.

"내가 언제까지 이 마을에 있을지 모르지만, 어쩌면 이대로 쭉 할머니 집에서 살아야 할지도 몰라."

"친자식이 아닌 거 아니야?"

담담한 말투였다.

"지히로 너, 분명 친자식이 아닐 거야."

"아니, 그럴 리는 없는데…."

그런 유치한 희망은 이미 버린 지 오래였다.

"난 알 수 있어. 나도 친자식이 아니거든."

"응?"

미쓰바는 진지한 표정이었지만 그 말을 믿어도 될지 좀처럼 판단이 서지 않았다.

"특별히 알려줄게. 너한테만 말해주는 거야. 아무한테도 말하면 안 돼.

알겠지?"

깜빡임을 멈춘 두 눈이 지히로를 붙잡았다.

거대한 혀가 등줄기를 핥아 올리는 것처럼 오싹해지며 이유를 알 수 없는 공포감에 소름이 끼쳤다.

"나는 여기서 살해당한 여자의 딸이야. 그러니까 나한테는 복수할 권리가 있어."

미쓰바는 그렇게 말하며 파우치가 든 바지 주머니를 손으로 감쌌다.

'눈에는 눈'이라는 말이 지히로의 머리를 스쳤다. 미쓰바는 그런 말을 하고 싶은 것일까.

"언젠가 한꺼번에 다 죽여버릴 거야."

마치 지히로의 머릿속을 꿰뚫어 본 듯 미쓰바가 단호하게 말했다. 한 치의 망설임도 없는 맑은 목소리였다.

그날 밤은 왠지 들뜬 기분에 쉽사리 잠이 올 것 같지 않았다.

지히로는 눈을 뜬 채로 아래층에서 들려오는 소음에 귀를 기울였다.

텔레비전 소리가 뚝 끊기고, 창문이 하나둘 닫히고, 현관문이 열렸다가 닫히고, 화장실 물 내리는 소리가 났다가 멈추었다. 마지막으로 침실의 미닫이문이 커다란 소리를 내며 닫혔다. 할머니가 잠자리에 들기 전에 나는 소리였다. 지히로가 이곳에 와서 놀란 것은 할머니가 잠들기 직전에야 현관문을 잠근다는 사실이었다. 의아해하는 지히로에게 할머니는 "집 안에 사람이 있는데 뭐하러 문을 잠그니?"라며 이해할 수 없다는 얼굴로 말했다.

모든 소리가 멈추고, 짙은 밤이 내려앉았다. 사이타마와 하이토 마을은 고요함의 질이 어딘가 달랐다. 사이타마에 있을 때는 침대에 들어가면 방이 주변 소음을 모두 차단해 주었다. 하지만 이곳은 벌레 울음소리가 끊이지 않는데도 그 소란스러움이 끝없는 고요함을 몰고 왔다.

머리맡에 놓인 시계를 보니 아직 9시 반이었다.

사이타마에서는 더 늦은 시간까지 깨어 있었다. 하지만 무엇을 하며 시간을 보냈었는지 좀처럼 생각이 나지 않았다. 텔레비전을 봤었나? 공부를 했나? 아니면 게임을 했던가? 아니, 그 시간까지 게임을 하도록 엄마가 허락해줬을 리가 없었다.

지히로는 몸을 뒤척였다. 머리카락 한 줄기가 뺨으로 흘러내렸다. 그 감각에 의식을 집중하자 입술에 닿을 듯한 머리카락이 조금씩 자라나더니 이내 몸속으로 파고들어 뿌리를 내리는 상상이 머릿속에 가득 차 황급히 손으로 털어냈다.

사이타마에 있을 때 나는 어떻게 지냈었지? 무엇을 느끼고 무엇을 생각했지? 겨우 이틀이 지났을 뿐인데 이미 그때의 기억이 어렴풋해졌다는 사실이 두려웠다.

"아, 진짜 짜증 나."라던 엄마의 예민한 목소리. "너는 네 엄마를 빼다 박았구나."라던 아빠의 혐오감이 깃든 얼굴.

즐거웠던 일도 분명 많았을 터인데 불쾌한 기억들만 끊임없이 떠올랐다. 애써 즐거운 추억을 떠올리려 하자 그것은 자신과 꼭 닮은 다른 누군가의 기억인 양 낯설게 느껴졌다.

정말 즐거운 일이 있기는 있었나? 이런 의문이 커져만 갔다. 마치 내가 나에게서 분리되는 것 같았다. 심장박동이 빨라지고 호흡이 가빠졌다.

지히로는 눈을 꼭 감았다.

눈꺼풀 안쪽의 짙은 어둠 속에서 작은 파편이 나타났다. 미쓰바의 손바닥 위에 놓여 있던 치아였다.

어쩌면 살해당한 여자도 흙 속에 파묻혀 이런 식으로 서서히 기억을 잃어 갔던 것은 아닐까.

이런 생각을 하는 스스로가 어린애처럼 느껴졌다.

신사의 낡은 창고 바닥에 시체가 묻혀 있다느니 마을 사람들이 한통속이 되어 살해당했다느니 미쓰바가 살해당한 여자의 딸이라느니, 그중 어느 하나도 사실이라고 생각되지 않았다. 이 세상에는 유치한 거짓말을 하는 사람이 아주 많다는 사실을 지히로는 알고 있었다.

미쓰바는 자신이 친자식이 아니라고 했는데, 사실 지히로는 지금까지 세 명에게서 똑같은 이야기를 들은 적이 있었다. 그중에는 자신의 진짜 부모가 연예인이라 일 년에 딱 한 번 자신을 몰래 만나러 온다고 말하는 아이도 있었다. 지히로 역시 자신의 진짜 부모가 다른 사람이기를 바랐던 시기도 있었지만, 초등학교 저학년 때까지였다. 지금은 그런 기적 같은 일은 일어나지 않는다는 것을 누구보다 잘 알고 있다.

하지만 한편으로는 홋카이도의 시골 마을이라면 말도 안 되는 일이 벌어져도 이상하지 않은 듯한 기분이 들었다.

지히로는 천천히 이불을 빠져나왔다. 티셔츠와 바지로 갈아입고 조용히 계단을 내려갔다. 할머니는 잠귀가 어둡다는 것을 지히로는 이미 파악하고 있었다.

현관문을 열고 어둠 속으로 미끄러져 들어가듯 문밖을 나섰다.

가로등의 둔탁한 주황빛이 언덕을 희미하게 비추고 있었다.

지히로는 언덕 위쪽을 향해 걷기 시작했다.

아직 10시도 되지 않았는데 불이 켜진 집이 거의 없었다. 미쓰바의 말대로 이 주변은 노인들만 살고 있는지도 몰랐다. 언덕을 오를수록 사람 사는 집은 점차 뜸해지고 공터가 차지하는 비율이 높아졌다. 공터에 서식하는 벌레들은 지히로가 가까이 다가가자 울음을 뚝 그쳤다가 지히로가 지나간 뒤 다시 울기 시작했다.

사람이 없는 밤길을 혼자 걷는 것은 처음이었다. 가로등과 달빛밖에 없는데도 이상하게 하나도 무섭지가 않았다. 인적이 전혀 느껴지지 않기 때문인지도 몰랐다. 시비를 거는 사람도, 위협을 가하는 사람도 없었다. 투명 인간이 되어 인류가 멸종해버린 세상을 돌아다니는 기분이었다.

지히로는 언덕 아래를 돌아보았다.

하얀 달빛이 바다와 마을을 비추고 있었다. 차분한 바다에는 달빛이 만든 띠가 둘러 있었고, 먼바다에는 밝은 빛이 여기저기 흩어져 있었다. 처음 봤을 때 초자연현상이라고 생각한 지히로에게 할머니는 그것이 어화라고 하는 오징어잡이 배의 불빛이라고 설명해 주었다.

바다가 있는 쪽에서 미끈거리는 바람이 불어와 앞머리를 흩트려 놓았다.

낯선 마을에 와 있구나, 싶은 생각이 들었다. 지금 이곳에 서 있는 나는 실제로 존재하는 것이 맞을까.

지히로는 다시 사거리까지 올라가 왼쪽 길로 들어섰다. 조금 더 걸어 들어가 야미가미 신사로 이어지는 돌계단 앞에 멈춰 섰다.

위를 올려다보니 양쪽으로 무성하게 자란 나무들이 돌계단을 덮어씌우

듯 달빛을 가로막고 있었다. 위쪽은 칠흑 같은 어둠으로 둘러싸여 있어 기둥문이 보이지 않았다.

모든 빛을 빨아들일 것만 같은 압도적인 어둠을 지히로는 여태껏 단 한 번도 본 적이 없었다. 미지의 어둠을 목격하자 머리보다 몸이 먼저 공포를 느꼈는지 등에 소름이 돋았다. 지히로는 두려움을 떨쳐내고자 핫, 핫, 핫, 핫, 하고 사나운 짐승을 흉내 내듯 거칠게 숨을 내뱉었다.

그때 돌계단 위쪽에서 불빛이 나타났다. 작지만 선명하게 밝은, 마치 바늘구멍 사이로 햇볕이 새어 나오는 것처럼 보였다. 그것이 손전등 불빛이라는 것을 알아차리기까지 그다지 오랜 시간이 걸리지 않았다.

── 다들 한통속이 돼서 사람을 죽였거든.

미쓰바가 했던 말이 떠올랐다.

── 마을 사람들이 다 같이 죽였으니까.

돌계단을 내려온 것은 어떤 여자였다.

지히로는 순간적으로 몸을 숨기려 했지만, 숨으려던 것을 들키면 오히려 더 험한 꼴을 당할지도 모른다는 생각에 몸이 움직여지지 않았다.

꺅, 하고 소리를 지른 것은 여자 쪽이었다. 자신의 앞에 서 있는 것의 정체를 확인하기 위해 손전등을 지히로에게로 향했다.

"너 누구니?"

여자의 낮은 목소리는 만화 속 마녀 캐릭터를 연상케 했다.

"모치즈키예요."

눈이 부셔 가늘게 뜬 눈으로 지히로가 대답했다. 착해 보이는 미소를 지으려 했지만 오히려 반항적으로 보인 것은 아닐지 불안해졌다.

"성이 모치즈키야? 이름은 뭔데?"

"모치즈키 지히로예요."

여자는 짧은 침묵 뒤 무언가 깨달은 듯 아, 하고 목소리를 높였다.

"너 혹시 시오지리 아주머니댁에 온 아이니? 구니코 딸이야?"

그러고 보니 엄마가 이 마을을 싫어했던 이유 중 하나가 바로 어디를 가도 아는 사람이 있다는 것이었음이 떠올랐다.

"맞아요."

지히로의 대답에 여자는 그제야 손전등을 가슴께까지 내려주었다.

"나, 네 엄마 친구야. 하루카라고 해. 지금은 결혼해서 단자와 하루카지만, 예전 성은 다네다였어. 다네다 하루카라고 엄마한테 들어본 적 없니?"

지히로는 고개를 가로저었지만 하루카는 개의치 않는 듯했다.

"엄마는? 시오지리 아주머니댁에 엄마랑 같이 온 거지?"

지히로는 대답을 망설였다. 엄마는 지히로를 하이토 마을까지 데려다주지 않았다. 하코다테 공항에 내려 기다리고 있던 할머니에게 마치 짐을 건네듯 지히로를 맡기고는 그대로 하네다행 비행기를 타고 돌아갔다. 그때 일을 떠올리자 귀 뒤쪽이 저릿했다.

"그러니까, 엄마는 지금 어디에 있냐고 묻잖니. 아직 할머니 댁에 있어? 있으면 얼굴 좀 보러 가게."

"엄마는 이미 갔어요."

미소를 유지한 채 대답하려 하자 국어책을 읽는 듯한 말투가 되고 말았다.

"뭐야, 벌써 갔어? 그럼 여름방학 동안 너 혼자 여기에 있는 거니? 엄마가 다시 데리러 오는 거지?"

"아니요."

"아니야?"

"아마 할머니 댁에서 더 오래 지낼 것 같아요."

"너만?"

"네, 할머니랑 같이요."

할머니랑, 이라는 부분을 일부러 강조해서 말했다.

"그럼 너만 두고 갔다는 거야?"

홀쭉한 하루카의 얼굴이 짓궂은 웃음을 띠자 이빨을 드러낸 말처럼 변했다.

지히로는 두 주먹을 꽉 쥔 채 웃는 얼굴로 고개를 갸웃해 보였다. 저는 아직 어려서 자세한 것은 몰라요, 라는 의도가 전달되기를 바랐다.

"그래, 너만 두고 간 거구나."

하루카는 왠지 기뻐 보였다.

"혹시 너희 부모님 사이가 진짜 안 좋은 거니? 그런 소문을 들은 적이 있거든. 사실이었나 보구나. 나, 너희 엄마랑 소꿉친구야. 아무한테도 말 안 할 테니까 좀 알려줘 봐. 내가 네 엄마 고민 상담을 들어줄 수 있을지도 모르잖니?"

지히로는 고개를 반대쪽으로 젖히며 으음, 하고 애매한 소리를 냈다. 꽉 쥔 손바닥에 식은땀이 스며 나왔다.

하루카는 고개를 내밀고 가느다란 눈을 반짝이며 지히로의 대답을 기다렸다.

정말 말처럼 생겼네. 이런 속마음을 들키지 않기 위해 애써 미소를 유지

하려 하자 잔뜩 힘이 들어간 지히로의 양쪽 입꼬리가 부들부들 떨렸다.

"근데 이 위에는 신사가 있는 거죠?"

천진난만한 척을 하며 지히로가 화제를 돌렸다.

놀란 하루카의 얼굴이 히죽거림을 남긴 채 그대로 굳었다.

"이 시간에 참배를 다녀오시는 거예요?"

"참배는 무슨, 그럴 리가 없잖니. 요즘 운동 부족이라 계단을 올라갔다 내려갔다 하고 있었을 뿐이야. 그러는 너는 무슨 일이니? 이 시간에 어린 애가 혼자 돌아다녀도 되는 거야?"

어느샌가 보호자 같은 말투로 바뀌어 있었다.

"콜라가 마시고 싶어서 편의점이나 자판기가 없나 찾아보고 있었어요."

미리 생각해 둔 변명을 내뱉자 하루카는 "이런 곳에 편의점이나 자판기가 있을 리가 없잖아."라며 웃었다.

"할머니한테는 말씀드리고 나온 거야?"

예상치 못한 질문에 "아니요." 하고 솔직하게 답했다.

"그러면 여기서 만난 건 우리 둘만의 비밀로 하자. 알겠지? 아무한테도 말하면 안 돼. 만약 말하면 네가 밤에 혼자 돌아다녔다고 할머니한테 이를 거니까. 알겠어?"

"알겠어요."

"여름방학이 끝나면 오쿠야마 초등학교에 다니는 거니?"

"네, 맞아요."

"우리 딸은 1학년이거든. 이름은 도미에야. 단자와 도미에. 사이좋게 지내렴."

"네, 저야말로 잘 부탁드릴게요."

지히로가 고개를 숙였다.

하루카는 만족스럽게 웃더니 어째서인지 숲속으로 들어갔다. 그리고 다시 나타났을 때는 전기자전거를 끌고 있었다.

나무 그늘에 전기자전거를 숨겨두었다는 것을 지히로는 금세 알아챘다. 아무래도 하루카는 야미가미 신사에 온 것을 아무에게도 들키고 싶지 않은 듯했다. 그래서 여기서 마주친 사실을 둘만의 비밀로 하자고 제안한 것일까.

하루카가 떠난 뒤 혼자 남은 지히로는 돌계단을 가만히 올려다보았다.

아까보다도 어둠이 더욱 짙어 보였다.

—— 다들 한통속이 돼서 사람을 죽였거든.

미쓰바의 말이 귓가를 맴돌았다.

3. 가쓰키 쓰요시 —— 현재

술에 취한 도쿠마루가 전철에 오르는 것을 지켜본 뒤 가쓰키 쓰요시가 자택 맨션에 도착한 것은 10시를 조금 넘긴 시간이었다. 도쿠마루와의 대화로 오랜만에 인간의 생생한 감정을 목격한 기분이 들어, 몸 안에 이물질이 섞여 들어간 느낌이었다.

거실 창문을 열자 밤거리의 연주 소리가 희미하게 새어 들어오며 집을 비운 사이에 쌓인 고요함이 바람을 타고 흘러나갔다.

가벼운 티셔츠와 반바지 차림으로 갈아입은 가쓰키는 냉장고에서 캔맥주를 꺼내 식탁에 앉았다.

식탁에는 아직 아내 미와코의 유골과 영정사진이 그대로 놓여 있었다. 제단이나 불단을 마련하면 산 사람과 죽은 사람으로, 그리고 현재와 과거라는 시간 축으로 아내와 완전히 괴리되어 버릴 것 같은 기분이 들었다.

“건배.”

손에 든 캔맥주를 사진을 향해 내밀었다. 미와코는 웃고 있었다.

미와코가 세상을 떠난 지 어느덧 일 년이 지났다. 병변이 발견되고 불과 3개월 만에 떠나버렸다.

동갑이었던 미와코는 외국계 화장품 회사의 부장이었다. 정년은 65세로 가쓰키가 근무하던 신문사보다 5년이 늦었고, 직급정년제도 아니었다. 사실 가쓰키는 60세에 일을 그만두고 집안일을 도맡아 하며 반주를 곁들인 저녁 식사에 시간을 쓰고 싶었다. 하지만 미와코는 “당신이 집에 있으면 나도 일찍 들어가 봐야 할 것 같아서 괜히 더 부담되잖아.”라며 싫어했다. 정시 퇴근이 삶의 모토였던 가쓰키와 달리 아내의 퇴근은 늘 늦었다.

미와코와는 대학 시절에 처음 만나 서른이 되던 해에 결혼했다. 아이가 없어서인지 부부라기보다는 연인이나 친구 혹은 동지 같은 느낌이 강했고, 둘 다 낙천적인 성격이라 싸운 적도 거의 없었다.

아이가 있었다면 어땠을까? 미와코가 살아있었을 때도 이런 생각을 해 본 적은 있지만 가벼운 상상에 불과했다. 하지만 미와코를 떠나보낸 이후로 문득 이런 생각이 북받쳐 오를 때가 있었다. 아이가 있었다면 어땠을까? 이 말은 사실 미와코가 살아있다면 어땠을까를 대체하는 것임을 가쓰키는 자각하고 있었다.

미와코가 살아있다면——. 이렇게 가정하는 순간 그녀의 죽음을 받아들이는 것이 되고 만다.

“나 좀 취했나 봐. 맞지?”

취기는 조금도 느껴지지 않았지만, 손에 든 캔맥주를 들어 보이며 영정 사진에 말을 걸었다. 아무런 대답도 되돌아오지 않는다는 사실에 가슴이 저며 왔다. 미와코의 미소로부터 도망치듯 시선을 떨구자 식탁 위에 아무렇게나 던져 놓은 잡지의 〈비소〉라는 글자가 눈에 들어왔다.

두 달 전에 발생한 비소를 사용한 살인사건 관련 뉴스를 보고 많은 사람이 12년 전 사건을 떠올렸다. 가쓰키도 그중 하나였다.

어쩌면 12년 전 그 사건과 동일범이 아닐까.

경찰도 당연히 이를 의심했다. 마루에다 이쓰오가 범행에 사용한 비소는 12년 전 사건에 쓰였던 삼산화이비소와 동일한 것이었다. 하지만 과거에는 비소가 흰개미 퇴치용 살충제로도 흔히 쓰였기 때문에 이것만으로 그를 동일범으로 보기는 어려웠다. 마루에다는 자신이 음료에 비소를 탄 사실은 인정했지만, 비소를 입수한 경로를 비롯한 그 밖의 내용에 관해서는 입을 열지 않았다.

비소는 ‘어리석은 자의 독’이라고도 불렸다. 부검 시 간단히 검출되어 범죄의 흔적이 고스란히 드러나기 때문이었다. 하지만 체포되어도 상관없다고 생각하는 인간이라면 크게 신경 쓰지 않을 것이다.

게다가 비소가 검출되었다 해도 범인을 특정하지 못하는 경우도 있다.

하이토 마을 일가족 살인사건. 12년 전 홋카이도의 하이토 마을에서 일어난 사건이었다.

인구가 만 오천 명 정도 되는 하이토 마을은 하코다테에서 차로 한 시간 정도 떨어진 홋카이도 남부에 위치한 작은 마을로, 산과 바다로 둘러싸여 있어 대부분이 어업과 농업으로 먹고살았다. 이렇다 할 관광 명소가 없는, 하지만 특유의 여유로운 항구 도시의 모습을 고스란히 간직한 이 마을에서 일가족 네 명이 비소 중독으로 사망했다. 저녁 식사였던 스튜와 카레, 그리고 보리차에 비소가 들어있었다.

하이토 마을 일가족 살인사건이라고 불리지만, 실제로는 가족 모두가 목숨을 잃은 것은 아니었다. 남편, 아내, 초등학교 3학년인 장남, 그리고 놀러 와있던 남편의 어머니가 사망했고, 함께 살던 가족 중 유일한 생존자는 고등학교 1학년인 장녀였다.

사건 직후 피해자들의 이름은 얼굴 사진과 함께 보도되었다. 하지만 금세 익명 보도로 전환되었던 것은 장녀가 범인일 가능성이 있어서였다. 장녀 혼자만 비소를 섭취하지 않은 데다 사건 발생 당시의 정황에 관한 진술을 여러 차례 번복했다고 알려졌다.

용의자가 15세의 어린 소녀라는 점에서 경찰은 수사 경과 발표를 신중히 할 수밖에 없었다. 수사에 진전이 없는 와중에 장녀가 체포되지 않는 것은 무죄가 증명되어서가 아니라 결정적인 증거가 나오지 않아서라는 이야기가 돌았다.

이 사건에는 음지의 명칭이 있었다.

레드클로버 사건. 장녀의 이름에서 유래한 것이었다(장녀의 이름인 아카이 미쓰바는 일본어로 '붉은 세잎클로버'와 발음이 같다-옮긴이). 인터넷을 중심으로 퍼져

나간 장녀의 이름은 '아카미쓰'라고 줄여서 불렀고, 각종 사이트에 관련 글이 잔뜩 올라왔다.

이 사건이 가쓰키의 기억에 깊이 각인된 것은 장녀를 직접 본 적이 있어서였다.

가쓰키는 마흔일곱 살 때부터 쉰두 살 때까지 5년 동안 도우토신문의 홋카이도 지사에서 근무했다. 가쓰키의 마지막 지방 근무였다. 하이토 마을 일가족 살인사건은 그때 일어났다. 홋카이도 지사의 사무실은 삿포로에 있었지만, 당시 가쓰키는 하코다테 지국의 지원 요청을 받아 사건을 취재했었다.

사건 발생 직후의 하이토 마을은 마치 연휴의 관광지처럼 인파가 몰려 떠들썩했지만, 수사에 이렇다 할 진전이 없는 데다 장녀가 용의자 리스트에서 제외되었다는 소문까지 돌며 언론의 관심이 점차 줄어들었다.

가쓰키가 장녀를 본 것은 사건 발생으로부터 한 달 정도가 지났을 무렵이었다.

그날 아침, 사건 현장이었던 집 앞에는 기자들의 모습이 보이지 않았다. 그래서 그녀가 방심했는지도 모른다. 밖으로 이어지는 커다란 거실 창문이 열려 있었고, 커튼 틈새로 집 안이 들여다보였다. 티셔츠에 짧은 반바지를 입은 장녀는 거실 테이블에 걸터앉아 있었다. 마른 등과 하얀 목덜미는 어린 소녀처럼 가냘팠고 이제 막 잠에서 깬 듯한 나른한 분위기를 풍겼다. 가쓰키가 서 있는 곳에서는 그녀의 뒷모습밖에 보이지 않았는데, 목덜미에서 허리까지 이어지는 척추 라인에서 쉽게 눈을 뗄 수 없었다.

장녀가 텔레비전을 보며 컵라면을 먹고 있다는 것을 깨달은 가쓰키는 온몸의 털이 곤두섰다.

그녀가 엉덩이를 걸치고 앉아 있던 것은 온 가족이 둘러앉을 만한 크기의 좌식 테이블로, 한 달 전 그녀의 부모와 남동생, 그리고 할머니가 고통에 몸부림치며 목숨을 잃은 곳이기도 했다. 그 위에 아무렇지 않게 걸터앉아 아침부터 컵라면을 먹고 있는 장녀를 보며 가쓰키는 그로테스크한 괴물을 목격한 듯한 감각에 사로잡혔다.

그 순간 장녀가 창문 쪽으로 고개를 쓱 돌렸다. 가쓰키는 들켰을지도 모른다는 생각에 온몸이 뻣뻣하게 굳었다. 하지만 그녀는 표정의 변화 없이 텔레비전 리모컨을 손에 들었다. 1~2초가량 보였던 그녀의 얼굴은 아무런 감정도 읽어낼 수 없는 무표정이었지만, 한편으로는 약간의 자극만으로 웃음을 터트릴 것 같기도 화를 낼 것 같기도 했다.

가족을 잃은 그녀의 심정을 조금도 엿볼 수 없었다.

가쓰키는 자신이 이해할 수 있는 범위를 넘어선 대상에 대한 두려움과 동시에, 기괴하면서도 고독에 잠겨있는 괴물을 향한 애처로움을 느꼈다.

그로부터 12년이라는 시간이 흘러 도요스 바비큐 사건에 관한 첫 번째 기사가 나왔을 때 가쓰키의 뇌리에 떠오른 것은 그날의 광경이었다. 그리고 어쩌면 그녀가 또다시 범죄를 저지른 것은 아닐까, 하고 이성이 닿지 않는 부분에서 생각했다.

하지만 범인은 남자였다. 연령대도 달랐고, 아직은 하이토 마을과의 연관성도 발견되지 않았다.

가쓰키가 도요스 바비큐 사건 관련 기사를 닥치는 대로 찾아 읽었던 것은 그 너머에 하이토 마을 사건이 보여서였고, 더 정확히 말하자면 그 소녀가 사건 이후 어떻게 되었는지 신경이 쓰여서였다. 그래서 편집장에게 도요스 바비큐 사건의 기사를 써보지 않겠냐는 제안을 받았을 때, 가쓰키는 그 소녀의 뒷모습이 자신을 부른 것 같은 기분이 들었다. 하지만 한편으로는 자신이 어째서 12년 전에 슬쩍 봤을 뿐인 소녀에게 이렇게까지 마음을 쓰는 것인지 이해가 가지 않았다. 도요스 바비큐 사건이 일어나기 전까지 그녀에 관한 기억은 줄곧 깊숙한 곳에 가라앉아 있었다.

가쓰키는 아직 기사를 맡겠다고 답하지 않은 상태였다. 망설여져서가 아니라 가쓰키가 대답을 하기 전에 "한번 생각해 보세요."라며 편집장이 먼저 자리를 떴기 때문이었다. 편집장은 따로 언급하지는 않았지만, 혹시 12년 전에 가쓰키가 하이토 마을 일가족 살인사건의 취재를 담당했던 사실을 알고 제안한 것은 아닐까.

가쓰키는 손에 들고 있던 캔을 꽉 쥐어 찌그러트렸다. 미와코에게 그러지 말라며 종종 주의를 받았던 오래된 습관이었다.

맥주를 한 캔 더 마시려고 일어서던 차에 아, 하고 목소리가 새어 나왔다. 사진 속 미와코와 눈이 마주친 순간, 잊고 있었던 기억이 떠올랐다.

12년 전 가쓰키는 미와코에게 전화를 걸어 장녀를 봤다고 이야기했다. 테이블에 걸터앉아 컵라면을 먹는 장녀를 보고 왠지 모를 거북함을 느꼈던 것, 그와 동시에 커다란 슬픔을 느꼈던 것. 그리고 만약 우리에게 딸이 있었다면 장녀의 행동을 조금은 이해할 수 있었을까, 같은 말도 했었다. 미와코는 짧은 침묵 후 "당신 혹시 그 아이의 사진을 찍었어?"라고 물었다. "안 찍었지." 라고 가쓰키가 대답하자 "다행이다."라며 미와코는 다정한 목소리로 말했다. "나는 당신의 그런 점을 좋아하고, 또 신뢰하고 있어."

그때의 기억을 떠올리자 마음이 조금은 누그러들었다. 그 덕에 지금껏 몸 안의 세포들이 괴사한 것처럼 딱딱하게 굳어 있었다는 것을 깨달았다. 아내를 잃은 가쓰키는 앞으로 두 번 다시 진심으로 웃거나 행복을 느끼거나 무언가를 즐기는 일은 없을 것이라고 생각했다. 지금도 여전히 확신을 갖고 그렇게 말할 수 있다. 하지만 지금 이 순간만큼은 마치 햇볕을 가린 비구름처럼 줄곧 가쓰키를 뒤덮고 있던 미와코의 부재라는 감각이 한결 가벼워진 기분이 들었다.

"아, 그러네."

다시 건배를 외치며 새로 꺼내 온 캔맥주를 영정사진을 향해 내민 순간, 가쓰키는 새로운 가설을 떠올렸다.

홋카이도 지사에서 근무하던 5년 동안 가쓰키의 일상에 미와코의 모습은 없었다. 하지만 곁에 있지 않을 뿐 멀리 떨어진 어딘가에 그녀가 존재한다는 사실을 알고 있었다. 홋카이도에서 지냈던 시기를 떠올리자 그때의 감각이 되살아나는 듯했다.

존재하지 않지만 존재한다.

아무리 나이를 많이 먹어도, 내 인생도 내 마음도 뜻대로 되지 않는구나 싶었다.

"맡아주시는 건가요?"

도요스 바비큐 사건 기사를 써보겠다고 말하는 가쓰키에게 편집장인 후와 사카에는 기쁜 척 웃어 보였다.

후와는 가쓰키보다 대여섯 살 정도 어렸는데, 가쓰키와는 달리 탄탄하고 군살 없는 몸매 덕분인지 40대로 보였다. 자신이 담당하는 잡지 분위기와 달리 평소 행실은 대체로 가벼운 느낌이었지만, 옅은 색이 들어간 작은 안경에 가려진 눈은 좀처럼 웃지 않았다.

"마루에다의 자백이 필요한 시점이에요. 왜 대량 살상을 계획했는지, 비소는 어떻게 입수했는지, 지금 어떤 심정인지요. 마루에다는 부모가 일찍 돌아가셨다면서요. 가쓰키 씨는 워낙 인상이 좋고 마루에다의 아버지랑 나이대도 비슷하니까 뭐라도 말해주기를 기대해 봐야겠네요."

후와는 가벼운 말투였지만 가쓰키의 실력을 확인해 보려는 것임은 분명했다.

여러 언론 관계자들이 수감 중인 마루에다를 취재하기 위해 면회를 신청했다. 하지만 마루에다는 면회에 응하면서도 사건에 관해서는 좀처럼 입을 열지 않았다.

"뭐, 말처럼 쉽지는 않겠죠. 잘 안 돼도 가쓰키 씨를 탓하거나 하는 일은 없을 거예요."

마감한 지 얼마 되지 않은 편집부는 느긋한 분위기였다. 대체 휴무를 낸 사람도 있고, 행선지를 밝히지 않고 외출한 사람도 있었다. 총 여덟 명의 직원들 중 사무실에 있는 것은 가쓰키, 후와, 그리고 도쿠마루뿐이었다. 월간 도우토 편집부의 업무 내용이나 근무 형태가 다른 곳에 비해 여유로운 것은 후와가 편집장이 되었을 때 기존 방식을 모두 바꾸었기 때문이라고 들었다.

"그나저나 아직 두 달밖에 안 됐는데 벌써 관심이 식었네요, 이 사건."

"역시 사람들이 좋아하는 건 연예인 불륜 기사라니까요."

도쿠마루가 말을 얹었다.

"그러니까 더더욱 마루에다의 자백이 필요하다는 말이지."

후와는 대놓고 부담을 주었다.

가쓰키는 지금 당장이라도 수감 중인 마루에다를 만나러 가고 싶었다. 하지만 그가 아무 말도 하지 않는 것은 아닐까, 하고 반쯤 포기한 상태이기도 했다. 아무리 가쓰키가 인상 좋은 아저씨라도 다른 사람들에게 말하지 않은 내용을 말해줄 것 같지는 않았다.

"제 생각에는 말이죠."

후와는 경쟁사 잡지를 돌돌 말아 손바닥을 탁탁 두드리며 웃는 건지 진지한 건지 알 수 없는 묘한 표정으로 말했다.

"도요스 사건에 대한 관심이 벌써 식어버린 건 레드클로버에 비해 임팩트가 약해서 그런 거 아닐까요? 그게 몇 년 전이였죠?"

"12년 전." 가쓰키가 곧바로 대답하며 "저 사실 그 사건을 잠깐 취재했었어요. 홋카이도 지사에 있었거든요."라고 먼저 말을 꺼냈다.

"가쓰키 씨가 그 사건을 취재하셨다고요?"

그렇게 물은 것은 도쿠마루였다.

후와는 알고 있었는지 아닌지 알 수 없는 표정으로 "비소라고 하면 역시 하이토 마을에서 일어났던 그 사건이지."라며 동의를 구하는 눈빛으로 가쓰키를 바라보았다.

"어. 뭐, 그렇죠."

가쓰키와 후와는 존댓말과 반말을 섞어가며 어중간한 말투로 대화했다.

"그 사건은 열다섯 살밖에 안 된 장녀가 범인이 아닐까 하는 임팩트가 있었잖아. 그에 비하면 도요스는 아무래도 재탕 같은 느낌이 있지. 게다가 범인이 서른네 살 무직 남성이라서 사람들은 또야? 역시 그럼 그렇지, 하는 반응이고. 초반에는 마루에다가 레드클로버 사건의 범인인가 싶어서 다들 들썩들썩했지만 결국 그것도 아닌 것 같고."

"역시 아니래요?"

"소문에 의하면 아니라데."

"하지만 똑같은 비소를 사용했잖아요."

"뭐야? 가쓰키 씨는 연관 있다고 보는 거야?"

"아니, 글쎄요. 지금으로써는 마루에다와 하이토 마을의 연관성이 발견된 건 아니니까."

동일범이 아니라 해도 마루에다가 하이토 마을 일가족 살인사건의 영향을 받았을 가능성은 얼마든지 있었다. 다만 이 경우 범행까지 12년이나 걸렸다는 점이 마음에 걸렸다.

"가쓰키 씨, 12년 전에 봤어요?"

"네?"

"그 장녀요."

"아니요."

순간 거짓말을 했다. 테이블에 걸터앉아 컵라면을 먹는 장녀를 봤다는 사실은 미와코에게만 말했다. 만약 이 내용이 퍼지면 듣는 사람의 주관이나 상상이 덧붙여져 돌아다닐 것이 뻔했다. 그것은 장녀뿐만 아니라 피해자들까지 욕되게 하는 일이었다.

"레드클로버에 관한 새로운 정보는 없는 것 같네요."

도쿠마루는 컴퓨터 화면을 보며 조급하게 마우스를 클릭하고 있었다.

"보세요, 이 사진도 사건 발생 당시에 돌아다니던 거잖아요."

가쓰키와 후와는 도쿠마루가 가리키는 화면을 들여다보았다.

언뜻 보기에는 뉴스 사이트 같지만, 개인이 관리하는 홈페이지라는 것을 알 수 있었던 것은 장녀의 사진이 올라와 있기 때문이었다. 가쓰키도 본 적이 있는 중학교 졸업 사진이었다. 그 사진은 사건 직후 장녀의 실명, 그리고 '아카미쓰'라는 별명과 함께 퍼져나갔다.

인터넷에 돌아다니는 것은 중학교 졸업 사진 말고는 초등학교 졸업 사진과 운동회 단체 사진밖에 없었다. 사적인 사진들이 유출되지 않았다는 점에서 그녀의 주변 친구들을 칭찬하는 목소리도 있었지만, 가쓰키의 생각은 달랐다. 언덕을 한참 올라가야 나오는 허름한 집. 컵라면을 먹던 뒷모습과 두려울 정도의 무표정. 장녀의 사진이 유출되지 않은 것은 그녀가 좋은 친구들을 두어서가 아니라 사진을 찍어줄 사람이 없었기 때문이 아닐까.

"이것 좀 보세요. '레드클로버를 찾아라'라는 블로그인데, 결국 아카미쓰의 행방은 찾지 못한 걸로 결론이 났어요. 그래도 뭐, 개인정보가 노출되지 않은 건 잘된 일이겠죠."

현재 장녀는 스물일곱 아니면 스물여덟일 터였다. 가쓰키는 인터넷에서 성인이 된 그녀의 흔적을 찾을 수 없다는 사실에 안도했다.

"자취를 잘도 감췄네요."

후와가 말했다.

가쓰키도 같은 의견이었다. 주간지를 중심으로 여러 언론에서 미제 사건으로 남은 하이토 마을 일가족 살인사건을 주기적으로 다루었다. 하지만 유일한 생존자인 장녀의 행방을 보도한 곳은 없었다.

"그러고 보니." 도쿠마루가 퍼뜩 고개를 들며 말했다.

"그 사건, 아버지가 동반 자살을 계획한 거라는 설도 있었죠?"

"엄마가 그랬다는 설도 있었지."

후와가 대답했다.

"그리고 이웃 주민의 범행이라는 설도 있었죠. 그 가족을 아니꼽게 생각하던 마을 사람들이 결탁해서 일을 꾸몄다나 뭐라나."

12년 전, 장녀가 체포되는 일은 없을 것이라는 분위기로 흘러가자 각종 주간지와 와이드 쇼에서 진범을 찾기 위해 다양한 검증을 시도했다.

"장녀 다음으로 의심스러운 건 할아버지라는 주장도 있었잖아요. 비소가 할아버지 집에 있었던 거니까요."

범행에 사용된 비소는 과거 해충퇴치업에 종사했던 할아버지의 창고에 있었던 것이었다. 창고 문이 잠겨있지 않아 누구나 비소를 가지고 나갈 수 있었던 데다 따로 재고 관리도 하고 있지 않았다.

장녀의 할아버지는 사건 이후 세상을 떠났다.

"결국 전부 다 수상하다는 거네요."

도쿠마루가 이야기를 마무리 짓듯 말했다.

"근데 말이야." 후와가 고개를 돌리자 작게 우두둑, 하는 소리가 났다. "도요스 바비큐 사건 때문에 12년 전 레드클로버 사건도 다시 화제가 되기는 했지만, 이러니저러니 해도 순식간에 또 잠잠해졌어."

가쓰키 정도의 나이가 되면 12년 전은 불과 얼마 전 같은 가까운 과거다. 하지만 장녀에게는 그렇지 않다.

가족들이 목숨을 잃은 테이블에 걸터앉아 컵라면을 먹고 있었던 장녀는 그 후로 어떤 12년을 보냈을까. 생각해보려 했지만 그 어떤 상상도 할 수 없었다.

4. 단자와 하루카 —— 14년 전 · 여름 2

"제발 죽여 주세요."

깊숙이 숙였던 고개를 들었을 때, 등 뒤에서 인기척이 느껴져 목덜미가 서늘해졌다. 조심스럽게 돌아보자 달빛이 만든 명암의 차이만 있을 뿐 짙은 어둠 속 사람의 모습은 없었다.

단자와 하루카는 안도감에 작게 숨을 내쉬었다. 다시 정면을 향해 고개를 돌렸다. 천장에 매달린 커다란 방울을 울리는 노끈이 기다랗게 내려와 있었고, 배례전 문은 평소처럼 굳게 닫혀 있었다.

참배길 양쪽에 세워진 다 쓰러져가는 석등 말고는 복전함도, 데미즈야(참배하기 전 손과 입을 씻도록 물을 받아 놓은 곳-옮긴이)도, 고마이누(일본 신사에서 흔히 볼 수 있는 개와 비슷한 동물 형태의 돌 조각상-옮긴이)도 없는 무인 신사 —— 이곳 야미가미 신사는 오래된 역사를 가진 것으로 알려져 있었다. 하지만 지금처럼 폐허나 다름없는 상태가 되어버린 것은 하이토 마을 사람이라면 어릴 적부터 이 신사에 가까이 가면 안 된다는 말을 들으며 자라기 때문이었다.

그래서 더 효험이 있을 것이라고 하루카는 생각했다.

음력 칠월 보름이 지났는데도 더위는 느껴지지 않았다. 그렇다고 해서 시원한 것도 아닌, 온도 자체가 느껴지지 않는 날씨였다. 흙과 나무 냄새를 머금은 무거운 공기가 시간의 흐름을 막아섰다. 유일하게 들려오는 벌레 울음소리가 그 밖의 모든 소음을 빨아들인 듯했다.

주변을 둘러싼 형체 없는 무언가가 자신을 지켜보는 것 같은 느낌이 강해졌다. 왠지 섬뜩한 기분에 하루카는 불길한 생각을 떨쳐버리기 위해 고개를 작게 흔들었다.

그 순간 또다시 등 뒤에서 인기척이 느껴져 반사적으로 돌아섰다. 신경과민이라고 생각했다. 이런 늦은 시간에 신사를 찾는 사람이 있을 리 없었다. 그래서 일주일쯤 전에 돌계단 밑에서 어린아이를 마주쳤을 때는 심장이 멎는 듯했다.

구니코의 딸, 지히로——. 그날의 기억을 곱씹던 하루카는 어떻게 괴롭혀줄까, 하는 생각에 입꼬리가 저절로 올라갔다. 돌계단 아래에서 그 아이와 마주치기 전부터 소문으로 들어 알고 있었다. 구니코의 딸이 시오지리 아주머니댁에서 지내고 있고, 아무래도 구니코와 남편의 사이가 좋지 않은 것 같다고 말이다.

꼴 좋다고 생각했다. 나 빼고 모두가 불행해져야 한다.

"하루라도 빨리 제발 좀 죽여 주세요."

하루카는 배례전을 향해 손을 모으고 다시 한번 소리 내어 소원을 말한 다음 돌아섰다. 그 순간 꺅, 하고 소리를 지르고 말았다.

다 쓰러져가는 목조 건물 앞에 사람 그림자가 보였다. 아까 돌아봤을 때만 해도 분명 아무도 없었다. 귀신인가 싶어 소름이 끼쳤다. 떨리는 손으로 주머니에서 손전등을 꺼내 들었다.

"너 여기서 뭐 하는 거야!"

그림자의 정체를 확인한 순간 고성이 터져 나왔다.

"이 늦은 시간에! 깜짝 놀랐잖아!"

소원을 비는 데 방해를 받은 것, 그 모습을 들킨 것, 깜짝 놀란 것, 그리고 그 상대가 아카이 미쓰바라는 것에 견딜 수 없을 만큼 화가 치밀어 올랐다.

자신을 비추는 손전등 불빛에 꿈쩍도 하지 않고 미쓰바는 그저 미소를 짓고 있었다. 왠지 기분 나쁜 아이야, 하는 생각에 하루카의 두 볼이 일그러졌다.

—— 하루라도 빨리 제발 좀 죽여 주세요.

어둠 속에 울려 퍼진 자신의 목소리가 떠올라 혹시 저 아이가 들었을까 불안해졌다.

"어린애가 이렇게 늦은 시간에 마음대로 돌아다녀도 되는 거야? 네 엄마한테 다 말한다."

하루카는 그렇게 말하면서도 미쓰바의 부모라면 딸이 무엇을 하고 돌아다니든 신경 쓰지 않을지도 모른다고 생각했다. "다음에 또 이러면 선생님한테도 이를 거야."라고 덧붙였다.

미쓰바는 하루카에게 한 걸음 다가서며 무언가를 읊조리듯 말했다.

"됐으니까 어서 가!"

그 말을 듣고 분노에 휩싸인 하루카가 소리쳤다.

미쓰바는 뒤로 돌아 돌계단 쪽으로 걸어갔다. 돌계단을 내려가기 직전에 또다시 무언가 떠오른 듯 돌아서서 미소를 짓더니 하고 싶은 말이 있는 듯한 얼굴을 했다.

"어서 가라니까! 다시는 오지 마!"

하루카는 팔을 들어 쫓아버리는 시늉을 했다.

거실 커튼을 젖히자 하루카의 눈앞에 평소와 다름없는 아침 풍경이 펼쳐졌다.

회색빛의 하늘과 바다, 그리고 회색빛의 마을 풍경. 실제로는 아니었다. 오늘은 날씨가 맑아 하늘은 옅은 파란색이었고, 하늘보다 짙은 파란색의 바다는 제 무게에 못 이긴 듯 몸부림치며 출렁대고 있었다. 주택 지붕은 대체로 먹색이었고, 간혹 빛이 바랜 푸른색이나 붉은색이 섞여 있었다. 초등학교 운동장은 옅은 갈색, 숲과 공터는 옅은 초록색, 밭은 선명한 초록색, 해안가를 달리는 자동차는 흰색이나 은색이 많았다. 하나하나 확인해보면 다양한 색깔이 존재하지만, 마을 전체에 잿빛 필터를 씌운 것처럼 보이는 이유는 하이토 마을이라는 이름 때문인지 아니면 나고 자란 이 마을에 대한 이미지 때문인지 알 수 없었다.

콘플레이크를 담은 그릇을 식탁에 두고 잠옷 대신 입는 티셔츠와 반바지 차림 그대로 마당으로 나갔다. 마당이라고 해봤자 자갈이 깔린 한 평 정도 되는 좁은 공간으로, 딸아이가 플라스틱 재배 용기에 심은 보라색 나팔꽃이 덩그러니 피어 있을 뿐이었다.

하루카는 담배에 불을 붙인 다음 후, 하고 소리를 내며 연기를 내뱉었다. 산 쪽으로 고개를 돌려봤지만 산속 깊은 곳에 있는 미쓰바의 집은 보이지 않았다.

“엄마.” 하고 부르는 소리에 돌아보자 도미에가 창문으로 마당을 내다보고 있었다.

"밖에서 뭐 해?"

"아무것도 안 해. 식탁에 콘플레이크 있지? 그거 먹고 어서 준비해. 그보다 5학년에 모치즈키 지히로라는 전학생 있지? 오늘은 꼭 먼저 가서 인사하고 친구가 되어 줘야 해."

어떻게 하면 친구가 될 수 있는지 몰라 곤란해진 도미에는 아무 대답이 없었다. 입을 꾹 다문 채 엄마를 올려다보는 얼굴은 치켜 올라간 눈과 시옷자로 생긴 얇은 입술 탓에 무뚝뚝하고 못마땅해 보였다.

어쩜 저렇게 못생겼을까. 종종 하는 생각이었다.

딸의 얼굴을 볼 때마다 하루카는 배신당한 기분이 들었다. 낙담, 포기, 그리고 짜증. 아무리 좋게 봐주려 해도 단점밖에 보이지 않았다.

불공평하다——. 자신의 딸에게 결정타를 맞은 듯했다.

하루카는 인생에서의 모든 선택에 실패했다는 것을 자각하고 있었다. 진작에 이 마을을 떠났어야 했다. 하지만 별생각 없이 지금의 남편과 사귀다가 임신해 버렸다.

슬리퍼로 담배를 밟아 껐다. 갈매기가 머리 위에서 새된 소리로 울어댔다.

이제 고작 서른셋이다. 하지만 이미 다 늙은 노인네가 되어버린 기분이었다. 이대로 이런 시골 마을에서 앞으로 몇십 년을 더 살아야 한다고 생각할 때마다 출구가 없다는 것을 이미 알고 있는 어두운 터널을 계속해서 걸어가고 있는 듯한 절망감을 느꼈다.

그런데 반년 전, 터널 끝에서 한 줄기 빛이 새어 들어왔다. 그 빛은 함께 살던 시어머니의 죽음이 가져다준 것이었다.

남편을 일찍이 여읜 시어머니는 성격이 불같고 입이 험했다. 죽은 남편에게 운송회사를 넘겨받았는데, 직원은 하루카의 남편을 포함해 세 명뿐인 가족회사였다. 그럼에도 시어머니는 권력자 행세를 하며 공과 사를 불문하고 전부 제멋대로 하고 싶어 했다. 손녀의 이름을 지은 것도 그녀였다. 하루카는 미유라고 짓고 싶었지만, 절대자의 한 마디로 도미에가 되고 말았다. 만약 딸에게 미유라는 이름을 붙여줬더라면 그 귀여운 이름에 걸맞은 외모로 자라지 않았을까 하는 생각을 자주 했다. 시어머니가 "외모가 저 모양인 것만은 너를 쏙 빼닮았구나."라며 하루카를 타박한 것은 한두 번이 아니었다. 그때마다 하루카는 내가 아니라 당신 아들을 닮아서 그런 거라고 되받아치고 싶었지만, 시어머니 앞에 서면 늘 부리가 잘린 갈매기처럼 아무 말도 하지 못했다.

빨리 죽어버리면 좋으련만――. 언제부턴가 이런 생각을 하게 되었다.

처음에는 혀를 차는 것과 비슷한 가벼운 감각이었는데, 점차 시간을 들여 벼르고 벼른 날카로운 칼날 같은 소원으로 바뀌어 갔다.

시어머니가 급사했을 때 하루카는 소원이 이루어졌다는 사실에 전율을 느꼈다.

전화벨 소리가 울리기 전까지 하루카는 소파에서 졸고 있었다.

식탁 위에는 먹고 남은 그릇이 그대로 놓여 있었고, TV에서는 홈쇼핑 방송이 흘러나오고 있었다. 창문으로 들어오는 바람이 두 뺨을 기분 좋게 스치고 지나갔다. 남편이 집에 없다는 것만으로 이렇게 행복하다니, 하루카는 잠에서 깰 때마다 생각했다. 마치 이 세상을 구성하는 모든 입자가 바뀌어버린 것처럼 매 순간이 평화롭고 평온했다.

이런 만족스러운 시간을 방해한 전화는 역시나 남편 가쓰요시에게서 걸려온 것이었다.

수화기를 들자 "뭐야! 왜 아직도 집이야!"라며 가쓰요시가 내지르는 고함이 고막을 때렸다.

"몇 시에 올 건데! 나 배고프다고!"

벽에 걸린 시계를 보니 이미 10시를 넘긴 시각이었다. 도미에가 빨간 책가방을 메고 집을 나선 지 벌써 두 시간 넘게 지나 있었다.

"지금 막 나가려던 참이었어."

하루카는 대충 둘러댔다.

"뭘 꾸물대고 있는 거야! 하여간 느려터져서는! 점심은 햄버거랑 크로켓인 거 잊지 마! 그리고 마른오징어랑 치즈타라(대구를 얇게 저며 넣은 스틱형 치즈-옮긴이)도! 짭짤한 게 자꾸 당긴다니까."

일인실을 쓰고 있는 남편은 거리낌 없이 큰 소리를 냈다. 원래도 성격이 급한 남편이 평소보다 더 짜증을 많이 내는 것은 통증 때문인지, 아니면 심심해서인지 알 수 없었다.

가쓰요시는 한 달 전 자전거를 타다 넘어졌다. 다리 통증이 사라지지 않아 하코다테에 있는 병원에서 검사를 받아 본 결과, 오른쪽 무릎 인대와 반월판 연골이 손상되어 있었고 내부 출혈도 확인되었다. 곧바로 사흘 뒤로 수술 일정을 잡았고, 수술 후에는 한 달 동안 입원해 있어야 했다.

"빨리 와!"라며 가쓰요시는 자기 할 말만 하고 일방적으로 전화를 끊었다. 빨리 오라고 쉽게 말하지만 남편이 입원한 병원까지는 차로 한 시간 반은 걸렸다.

가는 길에 먹을 것을 사느라 병원에 도착했을 때는 이미 정오가 지나 있었다. 또 한소리 들을 것을 각오하고 병실 문을 열었더니 즐거운 대화 소리가 귀에 들어왔다.

네 평 정도 되는 크기의 병실에는 네 명의 남녀가 병문안을 와 있었다. 남자가 셋, 여자가 하나였다. 기름 냄새와 소스 냄새 사이에 달콤한 향이 섞여 있었다.

가장 먼저 하루카를 발견한 것은 창가 쪽에 앉아 있던 여자였다. "누가 오셨는데."라는 목소리에 사람들이 일제히 하루카를 바라보았다. 하루카는 그 시선에 몸 둘 바를 몰랐다. 하루카를 바라보는 여자는 밀크티 색으로 예쁘게 염색한 머리 위에 검은 선글라스를 얹고 있었다. 부드럽게 부푼 입술과 짙은 속눈썹이 눈에 띄었고, 군살 없는 매끈한 몸매를 과시하듯 민소매 티셔츠에 짧은 반바지를 입고 있었다.

하루카는 여자의 눈에 비친 자신의 모습이 어떨지 생각했다. 목이 늘어난 회색 티셔츠와 7부 기장의 청바지. 직접 염색한 볼품없는 황갈색 머리카락은 윤기가 없고 푸석푸석했다. 가늘고 긴 밋밋한 얼굴에는 대충 파운데이션을 바르고 눈썹만 그렸다. 누가 봐도 시골 출신 날라리처럼 보일 터였다.

하루카를 본 가쓰요시가 당황한 목소리를 냈다. 그의 손에는 이제 막 먹기 시작한 햄버거가 들려 있었고, 침대 테이블에는 프라이드치킨과 감자튀김, 다코야키, 콜라 등이 놓여 있었다.

"뭐야? 뭐 볼일 있어?"

남편은 일부러 더 차가운 말투로 말했다. 사람들 앞에서 멋있게 보이고 싶은 것일까. 하루카는 아무것도 모르는 척하며 "병문안을 와 주셔서 감사합니다." 하고 손님들에게 고개를 숙였다. "아, 아내분?" "안녕하세요."

"잠깐 들렀습니다." 등의 인사말이 돌아왔지만, 가볍게 여겨지는 듯한 기분이 들었다. 아는 얼굴은 한 명도 없었다. 아마 네 사람 다 하코다테 출신이겠지.

"갈아입을 옷이랑 먹을 것 좀 챙겨왔어."

하루카는 작은 목소리로 말하고는 사물함에 갈아입을 옷과 수건을 채워 넣고 남편이 부탁한 음식을 사이드 테이블에 올려놓았다.

남편은 "이제 가봐."라며 빨리 나가라는 듯 팔을 들어 쫓아내는 시늉을 했다.

병실을 나온 하루카의 귓가에 "너무해."라며 웃는 여자의 목소리가 들려왔다.

집으로 돌아가는 길에 핸들을 잡은 하루카의 눈앞에 병실에 있던 여자의 모습이 어른거렸다. 잠깐이라도 긴장을 늦추면 나도 그런 여자가 되고 싶었는데, 하는 생각이 들 것만 같아 서둘러 그녀의 단점을 찾았다. 볼의 애매한 위치에 점이 있었다. 화장이 과했다. 머리가 나빠 보였다.

어느샌가 병실에서 본 여자의 모습이 구니코로 바뀌어 갔다.

구니코는 하나도 안 예뻤다. 그런 생각을 하면서도 하루카는 구니코의 얼굴을 선명하게 떠올리지 못했다. 웃을 때 드러나던 가지런한 이, 머리를 쓸어올리던 얇은 손가락 끝에 수놓아진 연분홍빛 손톱, 햇빛에 눈이 부신 듯 가늘게 뜬 눈. 단편적인 기억들은 구니코의 얼굴을 떠올리려 애쓰는 하루카를 약 올리는 것 같았다.

구니코와는 같은 초등학교와 중학교를 나왔다.

이런 시골 마을에서 당연히 빨리 떠나야지. 나는 이런 시골 마을에 있을 사람이 아니야. 구니코는 늘 그렇게 말했다. 마치 자신의 미래가 눈에 보이는 것처럼 아무런 망설임도 없이 단언하는 그녀의 모습이 어린 하루카에게는 눈부셔 보였다. 특별히 예쁘지도 않은 구니코가 눈에 띄는 존재였던 것은 그녀의 근거 없는 자신감 때문이었음을 지금은 알고 있다. 나는 특별하다. 나는 행복해질 것이다. 때로는 아무 말 없이, 때로는 명확한 말로 구니코는 늘 그렇게 주장했다.

"웃기고 있네."

하루카는 콧방귀를 뀌며 소리 내어 말했다.

행복하게 사는 여자가 친정에 딸을 맡기고 갔을 리가 없다. 부부 사이가 나쁘거나 금전적으로 힘든 것이 분명했다. 이대로 남편에게 버림받으면 좋으련만. 무일푼 신세가 되어버리면 좋으련만. 밑바닥까지 떨어져 너덜너덜해진 채로 돌아오면 좋으련만. 나는 그런 비참한 구니코의 모습을 확인한 다음 이 마을을 떠나는 거야.

하루카가 꿈꾸는 미래에는 남편도 딸도 없었다.

국도를 빠져나와 하이토 마을로 들어섰다. 도미에가 다니는 초등학교 옆을 지나는데 좁은 보폭으로 터덜터덜 걸어가는 익숙한 뒷모습이 보였다. 분홍색 티셔츠와 치마. 깡마른 체구와 초등학생답지 않게 굽은 허리 탓에 빨간 책가방이 더욱 커 보였다. 도미에는 아직 이렇게나 작구나. 왠지 의외였다. 학교가 끝나면 여동생 집에 가 있으라고 한 것을 기억하고 있었는지 도미에는 집과는 다른 방향으로 걷고 있었다.

짧게 경적을 울렸지만 도미에는 반응이 없었다. 결국 창문으로 고개를 내밀어 "도미에!" 하고 부르자 그제야 뒤를 돌아보았다.

“나쓰키 이모네로 가라고 한 거 기억하고 있었구나. 장하네.”

조수석에 올라탄 도미에는 하루카의 칭찬에 안심한 듯 고개를 끄덕였다.

“하코다테에서 도넛 사 왔어.”

하루카의 말에 도미에는 “우와!”라며 양손을 가슴 앞에 모으고 조심스럽게 기쁨을 표했다.

귀여운 구석도 있네, 싶은 생각이 들었다. 엄마가 한 말도 잘 지키고, 건방지게 구는 법도 없다. 공부를 좋아하는지 숙제도 알아서 한다. 그리고 어쩌면 생각만큼 못생기지 않았을지도 모른다.

동생네 집에 잠시 들러 함께 도넛을 먹고, 곧 세 살이 되는 조카가 떼를 쓰기 시작하는 타이밍에 나왔다.

“오늘은 모치즈키 지히로랑 만났어?”

하루카가 묻자 조수석에 앉은 도미에는 고개를 가로저었다.

“못 만났어?”

이번에는 작게 고개를 끄덕였다.

“왜 그래, 정말. 친하게 지내라고 엄마가 몇 번을 말했어? 왜 아직도 안 만난 거야.”

도미에는 하루카가 졸업한 초등학교를 다니고 있었다. 한 학년에 한 반밖에 없는 것은 그때나 지금이나 똑같았고, 학생 수는 전 학년을 다 합해도 백 명 정도였다.

“그야 5학년이니까.”

“친하게 지내는 데 학년이 무슨 상관이야.”

"얼굴도 모르는걸."

"모르는 얼굴이 있으면 그게 그 아이겠지. 전학생이니까. 그런 것도 몰라?"

도미에는 아무 말 없이 엄마를 노려보았다.

"뭐야, 그 눈은!"

하루카는 도미에의 얼굴을 손바닥으로 내리쳤다.

도미에의 노려보는 듯한 눈은 곤란할 때 짓는 표정이라는 것을 알고 있었지만, 괜스레 짜증이 났다.

도미에는 얼굴을 감싸고 "…… 아파."라며 작게 중얼거렸다.

"세게 때리지도 않았는데 뭐가 아파? 일부러 그러는 거 다 알아. 너를 어쩌면 좋니."

불과 한 시간 전까지만 해도 딸에게 귀여운 면도 있다고 흐뭇해하던 자신이 타인처럼 느껴졌다. 역시 이 아이는 엄청나게 못생긴 것이 아닐까.

외모도 마뜩잖고 피부도 까무잡잡했다. 무엇보다 표정이 별로 없어서 음침한 구석이 있었다. 이 아이를 귀엽게 보는 사람이 과연 있기는 할까? 이런 생각이 들자 남편을 향한 증오가 점점 더 커졌다.

도미에는 굳어버린 몸을 한껏 웅크렸다. 그런 나약하고 소심한 태도가 시어머니 앞에 선 자신의 모습을 떠오르게 했다.

하루카는 일부러 크게 한숨을 내쉬며 직진하지 않고 산 쪽으로 핸들을 꺾었다. 야미가미 신사 앞을 지나가야겠다고 생각했다.

하루카의 머릿속에 새해 첫날의 기억이 되살아났다.

1월 1일 저녁 무렵, 생선회 간장이 떨어졌다는 이유로 시어머니에게 혼이 났다. 남편은 소파에 널브러져 술을 마시며 TV에서 하는 개그 프로그램을 보며 웃고 있었다. "너희 엄마는 정신을 어디다 팔아먹고 다니는 거니?" 하고 도미에에게 말하는 시어머니의 목소리를 들으며 하루카는 집을 나섰다. 국도변에 있는 편의점에서 산 생선회 간장은 시어머니가 즐겨 먹는 제품이 아니었다. 또 한소리 듣겠구나 싶어 집에 돌아가기 싫어진 하루카는 차를 타고 한참을 돌아다니다 야미가미 신사 앞에 다다랐다.

하루카는 돌계단 앞에 차를 세우고 마을을 내려다보았다. 해가 저문 마을을 하얀 눈이 거대한 담요처럼 덮고 있었다. 드문드문 켜져 있는 불빛은 금방이라도 바람에 꺼질 것처럼 희미했고, 자동차 헤드라이트가 도깨비불처럼 가끔씩 지나쳐 갔다. 어둠이 드리운 하늘은 왠지 모르게 꺼림칙했고, 고기잡이배 불빛을 찾아볼 수 없는 바다는 폐유를 흘려보낸 것처럼 걸쭉해 보였다.

"죽어버렸으면 좋겠다."

자연스럽게 목소리가 새어 나왔다.

"그 할망구, 빨리 죽어버렸으면 좋겠어."

그리고 한 달 후 시어머니가 갑작스럽게 세상을 떠나자 하루카는 그날 일을 떠올렸다. 돌계단 밑에서 충동적으로 내뱉었을 뿐인데 소원이 이루어졌다. 야미가미 신사에 재미 삼아 가면 안 된다고 말하는 이유를 왠지 알 것 같았다.

시어머니가 죽으면 모든 것이 달라질 줄 알았다. 하지만 현실은 그렇지 않았다.

운송회사의 경영은 시어머니의 남동생이 이어받았고, 남편의 직위는 바뀌지 않았다. 남편이 귀찮다며 사장직을 거부했던 것이다. 뭐, 그것까지는 괜찮았다. 가장 큰 오산은 시어머니가 죽어도 하루카에게는 돈이 한 푼도 들어오지 않는다는 사실이었다. 자유롭게 쓸 수 있는 돈은커녕 생활비가 늘어나지도 않았다. 남편 혼자 신이 나서 주말마다 1박 2일로 술을 마시러 하코다테에 가기 시작했다.

남편이 죽어야 끝난다. 하루카는 그제야 이해했다. 남편이 죽으면 시어머니의 유산과 더불어 남편의 사망보험금까지 손에 들어온다. 부모와 사이가 좋지 않고 친구라고 부를 만한 사람도 없는 하루카에게 이 마을에 남아 있을 이유는 없다. 돈만 있으면 이 마을을 떠나도 어디서든 살아갈 수 있다.

분홍색 가방을 옆으로 멘 소녀의 뒷모습이 하루카의 시야에 들어왔다.

자동차 소리에 소녀가 뒤를 돌아보았다. 구니코의 딸, 지히로였다. 앞유리 너머로 눈이 마주치자 지히로는 깜짝 놀란 듯 걸음을 멈추었다.

하루카도 깜짝 놀랐다. 야미가미 신사의 돌계단 밑에서 만났을 때는 밤이라 몰랐는데, 지히로는 이 마을 아이들에게서는 찾아볼 수 없는 세련된 분위기를 풍기고 있었다. 긴 속눈썹에 꽃봉오리 같은 입술. 하얀 피부는 생크림을 연상케 했다.

이 아이가 구니코의 딸이구나. 지히로가 딸기 케이크라면 도미에는 마른오징어였다. 이런 비유를 하게 만들다니, 눈앞의 지히로가 견딜 수 없을 만큼 미웠다.

하루카는 차에서 내려 지히로 앞에 섰다.

"엄마는 잘 지내니?"

한 대 때릴 기세로 물었다.

"아, 안녕하세요."

지히로는 미소를 지어 보이며 부자연스럽지만 똑 부러진 말투로 인사했다.

“엄마는 잘 지내냐고 묻잖아. 전화 통화 정도는 할 거 아니야.”

눈에 띄게 당황해하는 지히로를 보니 머리끝까지 솟구쳤던 피가 가라앉았다.

뭐야, 구니코랑 하나도 안 닮았잖아. 그 여자는 언제나 잘난 체하며 과시하기 바빴는데, 이 아이에게서는 소심함과 성실함이 엿보였다. 모녀 사이라 해도 성격은 정반대인 듯했다. 이러면 더 괴롭히는 맛이 있겠는걸, 하고 하루카는 속으로 입맛을 다셨다.

“혹시 너희 엄마 전화도 안 하니? 많이 힘든가 보구나. 혹시 너희 아빠랑 엄마 이혼이라도 하는 거야? 아니면 벌써 했나?”

“…… 그렇지는 않을 거예요.”

지히로는 고개를 갸웃하며 시치미를 뗐다.

“응? 그런 게 뭔데? 아빠랑 엄마가 이혼하는 거? 맞다, 너희 아빠가 엄마보다 한참 나이가 많다고 했지? 사장이라고 들었는데 진짜니? 어떤 회사야?”

“이자카야 같은 거 운영하는 회사예요.”

“뭐?” 하고 하루카는 몸을 뒤로 젖히며 큰 소리로 말했다. “술장사였어? 사장이라길래 얼마나 대단한 회사인가 했더니만 겨우 이자카야였어?”

“하지만 사이타마에 가게가 다섯 개 정도 있어요.”

지히로가 발끈했다.

“사이타마? 그럼 너희 집 사이타마야?”

지히로가 고개를 끄덕이자 “사이타마라고?” 하며 하루카는 또다시 몸을 뒤로 젖히며 말했다. 부글부글 끓는 듯한 웃음이 뱃속 깊은 곳에부터 차올랐다.

“잠깐만. 진짜 사이타마야? 어머, 이상하네.”

웃느라 숨을 쉬는 것조차 힘겨울 정도였다. 명치가 아파 히익, 하는 소리가 났다. 하루카는 눈꼬리에 맺힌 눈물을 닦아냈다.

“너희 엄마, 우리한테는 도쿄에서 산다고 했거든. 근데 사이타마였어? 구니코도 참, 허세는 여전하네.”

너희 엄마 말이야, 하고 말을 이어가려는데 누군가 뒤에서 지히로의 이름을 큰 소리로 불렀다. 미쓰바였다. 오래 입어서 다 해진 티셔츠에 붉은색 운동복 바지까지, 얼마 전 신사에서 마주쳤을 때와 똑같은 차림이었다.

이제 막 재미있어지려던 참이었는데 이대로 멈출 수는 없지. 하루카는 서둘러 숨을 한번 들이마신 다음 “너희 엄마 말이야.” 하고 지히로를 바라보며 말했다.

“이 마을에서 살 때 자기는 이런 시골 마을에 있을 사람이 아니라고, 반드시 성공해서 행복해질 거라고 항상 말했었거든. 스스로 특별한 존재라고 생각했던 거겠지. 근데 전혀 행복하지 않은 것 같네. 사이타마에, 술장사에, 부부 사이도 별로잖아. 아직 초등학생인 자기 딸을 이런 시골에 두고 가다니 말도 안 되지. 누구보다 이 마을을 싫어했으면서 자기가 싫어하는 마을에 자기 딸을 두고 가다니, 무슨 생각을 하고 사는 건지. 뭐, 혼자만 잘살려는 거겠지. 그런 점도 옛날이랑 똑같네.”

“무슨 얘기 해?”

미쓰바가 도발적인 미소를 지으며 대화에 끼어들었다.

어린애 주제에 위에서 내려다보는 듯한 건방진 표정이 구니코를 연상시켰다. 예전부터 느꼈지만 미쓰바의 뻔뻔한 태도가 구니코와 묘하게 닮아 있었다.

“그러고 보니 너랑 지히로네 엄마인 구니코랑 좀 닮았다. 핏줄이 이어진 것도 아닌데 말이야. 건방진 소리만 해대는 걸 보니 너도 틀림없이 불행해지겠네. 아이고, 불쌍해라.”

하루카는 곧이어 “도미에, 이리 와봐.” 하고 도미에를 향해 손짓했다.

도미에는 불안한 얼굴로 조수석에서 내렸다.

“이 아이가 내 딸이야.” 하루카는 도미에를 끌어당겨 품에 안았다.

“나라면 절대 도미에를 혼자 두지 않을 텐데. 엄마라면 그게 당연하지. 너희 엄마 전화번호 좀 알려줄래? 내가 엄마한테 말해줄게. 아이를 버려두고 가다니, 엄마라고 불릴 자격이 없다고 말이야. 자, 어서 번호 불러 봐. 휴대전화도 괜찮고, 집 전화도 상관없고.”

지히로는 입을 꾹 다문 채 고개를 가로저었다. 눈물이 빠르게 차올랐다.

하루카의 가슴 속에서 비뚤어진 기쁨과 정체 모를 분노가 소용돌이쳤다. 반드시 이 아이를 울려야 한다는 강한 충동을 느꼈다.

“아줌마, 또 소원 빌러 온 거예요?”

미쓰바의 말에 허를 찔렸다.

그게 무슨 말이냐고 되묻기도 전에 미쓰바는 “지히로, 가자.”라며 지히로의 팔을 잡아끌었다. 그러다 갑자기 “아, 맞다.” 하고 뒤를 돌았다.

“아줌마 소원이 꼭 이루어지기를 바랄게요.”

미쓰바는 마치 비밀을 공유한 사이인 양 미소를 지으며 말했다.

늦은 밤 야미가미 신사를 다시 찾은 하루카는 두 손을 모아 필사적으로 빌었다.

저희 남편 좀 죽여주세요. 제발 죽여주세요. 지금 당장 죽여주세요.

빌면 빌수록 마음이 초조해졌다. 마치 불길한 그림자가 뒤쫓아오는 듯했다.

남편의 수술이 성공적으로 끝나고 말았다. 마취 부작용이나 과다 출혈로 죽지 않을까 기대했던 하루카의 바람은 이루어지지 않았다. 하지만 아직 기회는 남아 있었다.

남편은 퇴원할 때까지 병원에 오지 않아도 된다고 했다. 무슨 일이 생기면 먼저 전화하겠다며 말이다. 아내의 부담을 덜어주기 위한 배려라고 생각하고 싶었지만 그의 성격상 그럴 리는 없었다.

다음 날 병원에 가보니 남편은 휴게실에 있었다. 그의 옆에는 이전에 병문안을 왔던 여자가 함께였다. 두 사람은 턱을 괴고 이제 막 교제를 시작한 연인처럼 웃는 얼굴로 서로를 마주 보고 있었다. 남편의 죽음을 갈망하던 하루카는 자신이 먼저 남편에게 버림받을 수도 있다는 가능성은 생각해본 적이 없었다.

이혼을 통보받기 전에 남편은 반드시 죽어야만 했다.

“지금 당장 그 사람이 죽게 해주세요!”

미쓰바에게 들킨 적이 있다는 사실도 잊은 채 하루카는 소리쳤다. 짙은 정적이 목소리의 잔향을 순식간에 집어삼켰다. 자신의 목소리가 아무 데도 닿지 않을 것처럼 느껴졌다.

“빨리 죽게——.”

갑자기 하던 말을 멈추었다. 퍼뜩 눈이 떠졌다.

뭐 하는 거지.

정신이 돌아온 듯한 기분이었다.

내가 지금 무슨 짓을 하고 있는 거지.

이렇게 중요한 일을 신에게 빌고만 있다니 바보 같았다. 효험이 있다고 진심으로 믿었던 자신을 한 대 때려주고 싶었다. 시어머니의 죽음은 그저 우연이었을 뿐이다. 그래, 당연하잖아. 기도로 사람을 죽일 수 있을 리 없으니까.

돌계단을 내려온 하루카는 자신이 무엇을 해야 하는지 명확히 이해했다.

미쓰바의 조부모는 하루카의 집에서 10분 정도 떨어진 곳에 살고 있었다. 지금은 노부부 둘이서 연금으로 생활하지만, 과거에는 해충퇴치업과 청소업을 했다고 들었다.

── 아줌마 소원이 꼭 이루어지기를 바랄게요.

그날 미쓰바는 그렇게 말한 다음 의미심장한 미소로 하루카에게 다가와 속삭였다.

── 우리 할아버지네 창고 문 열려 있어요. 살충제도 많아요.

하루카는 노부부의 집까지 달렸다. 두 사람은 이미 잠이 들었는지 집안에 불이 꺼져 있었다. 노란색 경차가 세워져 있는 주차 공간 뒤쪽으로 작은 창고가 하나 있었다.

하루카는 경차 옆을 지나쳐 창고로 갔다. 미쓰바의 말대로 창고 문은 손쉽게 열렸다.

손전등으로 안쪽을 비추자 발전기나 송풍기 외에 용도를 알 수 없는 여러

기기가 모습을 드러냈고, 선반에는 약품처럼 보이는 병들이 놓여 있었다. 바닥에 아무렇게나 쌓아둔 종이 상자 안에도 비슷한 병들이 들어있었다.

그것의 정체를 알지 못한 채 하루카는 선반과 상자에서 병을 각각 하나씩 집어 들었다. 해야 하는 일을 충실히 해내고 있음을 느꼈다.

창고를 빠져나왔을 때 신사에 자전거를 두고 온 것이 생각났다.

귓속에서 울리는 빠른 맥박 소리에 맞춰 종종걸음으로 왔던 길을 돌아갔다. 타는 냄새가 코끝을 스쳤지만 신경 쓰지 않았다.

돌계단 앞에 도착했을 때 사이렌 소리가 온 마을에 울려 퍼졌다. 어둠을 뚫는 그 소리는 소방차 사이렌이었다.

마을 아래쪽에서 적색등이 비일상적인 빛을 뿜어내고 있었다. 바다가, 집들이, 나무들이, 하늘이 어지럽게 돌아가는 붉은빛에 휩싸였다. 집집마다 차례로 불이 켜지는 것이 보였다.

타는 냄새가 다시 코끝을 찌른 것과 하늘로 솟아오르는 검은 연기가 눈에 들어온 것이 거의 동시였다.

경사면에 있는 마을 한가운데였다.

우리 집 근처야――.

다음 순간 짙은 연기 밑에서 불꽃이 튀며 한 줄기의 불길이 밤하늘을 향해 치솟았다.

집에서 나올 때 담뱃불을 제대로 껐던가. 하루카는 멍하니 생각했다.

사이렌 소리가 더욱 커졌다. 적색등이 늘어났다. 타는 냄새가 강해졌다. 하지만 모든 것이 멀어져가는 느낌이었다. 온몸의 감각이 흐릿해지는 와중에도 약병을 쥔 두 손의 떨림만은 분명했다.

아직 몰라. 확실히 보이지도 않잖아. 하지만 하루카는 불타고 있는 것이 자신의 집이라고 확신했다. 마치 이 마을을 내려다보는 고요한 눈이 알려준 것처럼.

5. 가쓰키 쓰요시 —— 현재

접견실에 나타난 마루에다 이쓰오를 본 가쓰키 쓰요시는 위화감을 느꼈다. 평범하다, 라는 단어가 머릿속에 떠올랐다.

문득 TV에서 본 검찰 송치 당시의 영상이 생각났다. 마루에다는 시선을 내리깔는 경향이 있었지만 얼굴을 숨기려고 하지는 않았다. 그렇다고 해서 언론을 의식하는 것 같지도 않은 담담한 태도였다. 검은 머리와 조심스러운 눈빛을 가진 그는 제법 멀끔한 청년처럼 보이기도 했다. 가쓰키는 그 점이 의외라고 생각했던 것이다.

아크릴 벽 너머의 마루에다에게서는 잔혹함도 냉담함도 전혀 느껴지지 않았다. 오히려 송치 당시보다도 더욱 인상이 옅었다. 개성이라고 부를 만한 부분이 조금도 남아 있지 않아 어느 집단에든 묻어갈 수 있을 것 같았다. 회색 티셔츠와 트레이닝바지를 걸친 몸은 상상했던 것보다 체격이 작았고, 신장은 170센티미터가 될까 말까 하는 정도였다.

이 남자는 대량 살상을 계획했고 실제로 세 명의 목숨을 빼앗은 자다. 가쓰키는 다시금 그 사실을 스스로에게 일깨웠다.

마루에다는 가쓰키의 얼굴을 슬쩍 확인한 다음 곧바로 시선을 떨구었다. 그 동작이 낙담한 것처럼 보여 가쓰키는 자신이 그가 기대했던 사람이 아니라는 사실을 알아챘다. 나이 때문일까, 아니면 분위기 때문일까. 편집장인 후와 사카에는 인상이 좋고 아버지뻘인 가쓰키를 보면 마루에다가 입을 열지도 모른다고 말했지만, 실제로는 그와 반대로 마루에다는 자신과 동세대인 대화 상대를 기다리고 있었는지도 모른다.

가쓰키는 아크릴 벽 너머로 명함을 보여주며 자기소개를 한 뒤 면회에 응해준 것에 대한 감사 인사를 전했다. 마루에다의 시선이 흥미 없는 듯 가쓰키의 명함을 오갔다.

"몸은 좀 어때요?"

가쓰키의 물음에 마루에다는 시선을 피한 채 고개만 살짝 끄덕였다. 쌍꺼풀이 진 눈꺼풀은 무거워 보였고, 광대뼈 아래에는 희미하게 그림자가 져 있었다.

"단도직입적으로 물을게요. 지금 어떤 기분인지 알려줄 수 있습니까?"

마루에다는 귀찮다는 듯 고개를 갸웃댔다. 몇 초 더 기다려 봤으나 그 이상의 반응은 없었다.

"꼴 좋다고 생각해요."

가쓰키는 신중하게 말을 꺼냈다.

"조사를 받을 때 그렇게 말했다던데 지금도 그렇게 생각하시나요?"

마루에다는 다시 고개를 갸웃했다. 생각하고 하는 행동이 아니라 그저 이 상황을 넘기기 위한 의미 없는 행동임을 알 수 있었다.

가쓰키는 이미 반쯤 포기한 상태였다. 지금까지 여러 언론 관계자들이 마루에다를 만났지만 마루에다는 그들과 대화할 의지도 없었고, 사건에 관해 이야기한 적도 없었다.

이대로 일방통행인 채 면회 시간이 끝나버릴 것 같은 예감에 초조해진 가쓰키는 "마루에다 씨는 12년 전 하이토 마을에서 일어난 사건과 관련이 있습니까?"라고 가장 묻고 싶었던 질문을 던졌다.

하지만 가쓰키는 이미 그 질문에 대한 답을 알고 있었다.

마루에다 이쓰오는 하이토 마을 일가족 살인사건의 범인이 아니다.

소문에 불과했던 이 정보가 사실로 밝혀진 것은 어제의 일이었다. 알려 준 것은 도우토신문 사회부에서 함께 일했던 동료였다.

이건 오프 더 레코드인데, 라며 그는 마루에다의 12년 전 알리바이가 밝혀졌다고 말했다. 하이토 마을 일가족 살인사건이 발생했을 당시 스물두 살이었던 마루에다는 개인이 운영하는 도쿄 스미다구의 한 인쇄업체에서 근무하고 있었다. 인쇄업체 사장이 작성한 업무 일지에 마루에다가 그날 출근했던 기록이 남아 있었다고 한다.

이 내용이 어째서 오프 더 레코드인지 묻는 가쓰키에게 동료는 마루에다가 관여되어 있는지 없는지를 명확하게 밝히지 않음으로써 경찰은 하이토 마을 일가 살인사건의 진범이 움직이기를 기대하고 있는 것이 아니겠냐고 말했다.

하지만 그가 범인이 아니라고 해서 정말 아무런 접점도 없는 것일까.

어차피 또 고개를 갸웃대기만 하겠지. 거의 포기하고 있었는데, 하이토 마을 사건에 관한 질문에 마루에다가 두 눈을 번쩍 떴다. 반짝임을 되찾은 눈동자에서 무언가를 기대하는 기색이 전해졌다.

예상 밖의 반응에 가쓰키는 몸에 열이 올라 자신도 모르게 두 주먹을 꽉 쥐었다.

"관련이 있습니까?"

순간적으로 다시 물어보았지만, 그가 범인이 아니라는 것은 확정된 사실이었다. 그렇다면…….

"그 사건에 영향을 받은 겁니까? 모방 범죄인가요? 그렇다면 이유는 무엇입니까?"

마루에다의 관심을 놓치지 않기 위해 연달아 질문을 던졌다. 설마 하면서도 "아니면 그 사건에 관해 무언가 알고 있는 겁니까? 예를 들어 범인이 누구인지 짐작이 간다든가." 하고 질문을 이어갔다.

가쓰키를 바라보는 마루에다의 표정은 어딘가 평온하면서도 금방이라도 웃음을 터트릴 것처럼 보였다. 마루에다의 왼쪽 위에 있는 가로로 긴 창문을 통해 희미하게 들어오는 햇빛이 그의 오른쪽 얼굴에 옅은 그림자를 드리웠다.

마루에다가 천천히 입을 열었다.

"하이토 마을 사건, 오랜만에 들어보네요."

처음 듣는 그의 목소리는 표정과 마찬가지로 평온하면서도 예의 바르게 느껴졌다.

마루에다는 이런 표정과 목소리로 "꼴 좋다고 생각해요."라고 말했던 것일까.

"처음에는 다들 물어봐 줬는데 요즘은 아무도 물어보지 않더라고요."

아마 다들 그에게 알리바이가 있다는 오프 더 레코드 정보를 입수했기 때문이리라.

그보다 가쓰키가 신경 쓰였던 부분은 '물어봐 주었다'라는 표현이었다. 마치 그 질문을 받고 싶어 했던 것처럼 들렸다.

그것이 사실일까? 그는 하이토 마을 일가족 살인사건에 관한 질문을 받고 싶은 것일까?

"그 사건에 관해 마루에다 씨는 무언가 알고 있는 겁니까?"

"그쪽은요?"

예상하지 못한 답변에 가쓰키는 말문이 막혔다.

"가쓰키 씨라고 하셨죠. 가쓰키 씨는 그 사건에 관해 무엇을 알고 계신가요?"

마루에다는 상체를 살짝 앞으로 내밀며 물었다. 그의 눈빛은 탐색하는 것 같기도, 기대하는 것 같기도 했다.

하이토 마을이라는 화제에 굶주려 있는 듯 보였다. 마루에다는 그 사건에 관해 이야기하고 싶은 것일까? 만약 그렇다면 이유는 무엇일까?

"마루에다 씨는 그 사건이 일어났을 때 어떤 생각을 하셨나요?"

가쓰키는 다른 각도로 접근했다.

그 순간 마루에다의 눈빛에서 반짝임은 사라지고 낙담한 기색이 역력했다.

흥미를 잃고 단념한 듯했다. 가쓰키가 그가 원하던 이야기를 하지 않아서였다. 하이토 마을 일가족 살인사건에 관해 알고 싶은 것은 가쓰키뿐만이 아니라 마루에다도 마찬가지인지도 몰랐다.

문득 의문이 들었다. 마루에다는 그동안 여러 언론 관계자를 만났지만 말은 거의 하지 않았다. 그렇다면 그는 왜 계속해서 면회에 응하는 것일까?

"실은 12년 전에 저는 신문사의 홋카이도 지사에 있었습니다. 그때 그 사건을 취재했고요."

마루에다의 눈에 힘이 들어갔다. 애써 숨기려 하지만 뒷이야기를 듣고 싶어 하는 것이 느껴졌다. 그런 그의 표정을 보며 가쓰키는 맞는 방향으로 가고 있다고 판단했다.

"사건 현장이었던 주택은 고지대…… 라고 하면 좋게 들리지만, 마을에서 제법 떨어진 산속에 있었습니다. 마루에다 씨도 뉴스에서 보셨는지 모르겠지만 낡은 2층짜리 목조 건물이었죠. 원래는 근처 신사에서 제사를 담당하는 궁사를 위해 마을에서 관리하는 집이었다고 하더군요."

가쓰키는 하던 말을 잠시 멈추고 땀이 찬 손바닥을 바지에 닦았다.

"보셨나요?"

"네?"

"가쓰키 씨는 실제로 그 집을 보셨나요?"

"네, 봤습니다."

일부러 가볍게 대답하자 마루에다는 "그리고요?"라며 이야기를 재촉했다.

"무슨 말이 듣고 싶으신 건가요?"

"뭐든지요."

"뭐든지요?"

"아니요." 마루에다는 고민하는 표정으로 말했다.

"보도되지 않은 내용이랄까……."

"보도되지 않은 내용."

가쓰키는 그 말을 되뇌며 마루에다가 원하는 것이 과연 무엇일지 생각했다.

"아니요. 보도할 수 없었던 내용이라고 해야겠네요."

마루에다가 정정했다.

장녀를 말하는 거구나. 가쓰키는 생각했다. 마루에다는 유가족인 장녀에 관한 이야기를 듣고 싶은 것이다.

"당시 고등학교 1학년이었던 장녀만 목숨을 건졌죠."

시험 삼아 장녀의 이야기를 꺼내 보았다.

"보셨습니까?"

"네?"

"그 장녀 말이에요. 가쓰키 씨, 보셨습니까?"

가쓰키는 순간 고개를 끄덕이고 말았다.

"보신 거군요?"

마루에다는 기쁜 기색을 드러내며 상체를 더욱 앞으로 내밀었다.

"어땠나요? 어떤 모습이었나요? 울고 있었나요? 웃고 있었나요? 아무렇지 않아 했나요?"

갑자기 스위치가 켜진 것처럼 말이 많아졌다.

"먼발치에서 잠깐 봤을 뿐이라서요."

"울고 있었는지 웃고 있었는지 정도는 알 수 있지 않나요?"

"마루에다 씨는 그녀를 아는 겁니까?"

그렇게 물었을 때 교도관이 면회 시간이 종료되었음을 알렸다.

순순히 자리에서 일어나 안쪽 문으로 걸어가던 마루에다는 어색한 동작으로 멈춰 섰다. 뒤를 돌아본 그는 진지한 표정이었다.

"그녀는 지금 어디에 있는 걸까요?"

그 말을 들은 가쓰키는 몸에 전류가 흐르는 듯했다.

도쿄구치소에서 나오자 옅은 회색빛 구름을 뚫고 나오는 햇살이 습도가 높은 지면을 약하게 밝히고 있었다.

땀이 관자놀이를 타고 흐르는 느낌에 가쓰키는 정신을 차렸다. 반사적으로 옆으로 메고 있던 가방에서 스마트폰을 꺼내 들었다.

재앙을 부르는 생명체의 꼬리를 목격한 듯한 이 감각을 지금 당장 누군가에게 말하고 싶었지만, 말하고 싶은 상대가 미와코임을 깨닫고 스마트폰을 도로 가방에 집어넣었다. 발끝에서부터 술렁거림이 올라와 그 불안감을 떨쳐버리기 위해 역으로 향하는 발걸음을 재촉했다.

평소 잡담에도 거의 응하지 않는 마루에다가 왜 그렇게까지 말을 많이 했던 것일까.

가쓰키가 다른 기자들과 달랐던 점은 12년 전 하이토 마을 일가족 살인사건을 취재했다는 것, 더 정확히 말하자면 장녀를 직접 봤다는 것이었다.

—— 어땠나요? 어떤 모습이었나요?

마루에다의 말을 다시 생각해보았다. '그녀'라는 호칭에서 친밀감이 느껴지지는 않았던가.

—— 그녀는 지금 어디에 있는 걸까요?

마루에다의 마지막 말은 무엇을 의미하는 것이었을까. 그는 하이토 마을 일가족 살인사건의 범인이 누구인지 알고 있는 것일까. 아니면 장녀에 관해 무언가 알고 있는 것일까.

12년 전에 마루에다가 근무했다던 인쇄업체는 세월감이 느껴지는 2층짜리 주택 건물이었다. 1층을 점포로 사용하고 있는 듯 색이 바랜 〈명함 · 포스터 · 스피드 인쇄〉라고 적힌 간판이 붙어 있었다.

미닫이문을 열고 들어갔지만 아무도 없었다. 희미한 형광등이 켜져 있는 가게 안은 정면에 카운터가 있었고, 그 옆에 2인용 테이블과 가쓰키가 봐도 오래된 모델임을 알 수 있는 복사기가 한 대 놓여 있었다. 카운터 안쪽에 작업 공간이 따로 마련되어 있는 듯했지만, 인쇄기 가동음은 들리지 않았다.

"실례합니다."

가쓰키가 두 번을 외치고 나서야 안쪽에서 "네, 나가요."라며 작업복을 입은 70대 전후의 남자가 나타났다. 목에 걸치고 있던 수건으로 얼굴에 맺힌 땀을 닦으며 "어서 오세요." 하고 인사를 건넸지만, 가쓰키가 손님인지 아닌지를 확인하려는 듯한 표정을 하고 있었다. "죄송합니다. 손님으로 온 건 아닙니다."라는 가쓰키의 말에 "역시 그랬구먼."이라며 자신의 예상이 맞았는지 뿌듯한 표정을 지었다. 이 남자가 사장이겠구나 싶었던 가쓰키의 추측도 맞았다.

"그거죠? 마루에다 때문에 온 거죠?"

가쓰키가 내민 명함을 보고 사장이 물었다.

"바쁘신데 죄송합니다."

"보다시피 바쁘지 않아서요."

사장이 웃었다.

"여기에도 기자들이 왔었나요?"

"처음에는 그랬죠. 요즘은 아무도 안 오지만."

"12년 전에 홋카이도의 하이토 마을에서 비소를 사용한 살인사건이 있지 않았습니까."

"아, 알리바이 말하는 거구먼."

사장은 무슨 말인지 알겠다는 듯 "잠시만 기다려봐요."라며 가게 안쪽으로 서둘러 걸어 들어갔다. 다시 돌아왔을 때 그의 손에는 대학노트 한 권이 들려 있었다.

"경찰한테도 말했지만 절대 틀렸을 리가 없어요. 그 사건이 일어났던 날 마루에다는 아침 9시부터 저녁 6시까지 여기서 일했어요. 참고로 그 주에는 하루도 빠지지 않았고요."

사장은 노트를 확인하며 틀림없다는 양 고개를 끄덕였다.

"여기서 일할 당시 마루에다 씨는 어떤 직원이었나요?"

"매번 하는 말이지만 비교적 성실하게 일했어요. 열정적이라고 할 수는 없어도 그 나이대 친구들에 비하면 착실한 편이었지."

"그랬군요. 꽤 성실하게 일했나 보네요."

구치소에서 받은 인상과 일치했다.

"무단결근을 한 적도 없었고, 지각도 안 했을 겁니다. 뭐, 아르바이트라서 일을 쉬면 그만큼 월급이 줄어드니까요."

“마루에다 씨와 친하게 지냈던 사람은 없었습니까?”

“글쎄, 그건 잘 모르겠네요.”라며 사장은 머리카락이 없는 머리를 긁적였다.

“젊은 사람이 패기가 없달까, 좀 어둡달까. 말을 걸어도 대화가 이어지지를 않았어요. 그래서 업무에 관련된 거 말고는 거의 말을 안 했었지.”

“혹시 마루에다 씨가 하이토 마을 사건에 관해 언급했던 적은 없었나요?”

“전혀요. 한때는 동일범이 아니냐는 말도 있었지만, 그 녀석은 하이토 마을 사건을 아예 몰랐던 것 같아요.”

“몰랐다고요? 그게 무슨 말씀이신가요?”

“아니, 경찰한테도 말했는데 하이토 마을 사건이 일어나고 나서 일주일 정도 지났을 때였나? 우리 집 국화에 진드기가 생겨서 살충제를 샀거든요. 옛날에는 살충제로 비소를 쓰기도 했으니까 하이토 마을 사건에 쓰인 비소가 어쩌면 오래된 살충제일지도 모르겠네, 같은 이야기를 마루에다한테 했었어요. 근데 그게 뭐냐는 반응이었거든. 홋카이도에서 일가족 네 명이 비소로 살해당했다고 알려줬는데도 별 관심이 없어 보였고요.”

별 관심이 없어 보였다——. 가쓰키는 사장의 말을 속으로 되뇌었다.

사장의 말이 사실이라면 마루에다는 하이토 마을 일가족 살인사건을 실시간으로 접한 것도 아니었고, 또 처음 접했을 때도 별다른 흥미를 보이지 않았던 것이 된다. 아니면 혹시 연기를 했던 것일까? 하지만 빈틈없이 연기하는 마루에다의 모습은 상상이 가지 않았다.

그는 언제부터 하이토 마을 일가족 살인사건에 관심이 생긴 것일까. 어떤 계기가 있었던 것일까.

"그래서 그 녀석이 도요스 바비큐 사건의 범인이라는 이야기를 들었을 때 정말 놀랐어요. 그런 엄청난 짓을 저지를 만한 녀석인 줄은 꿈에도 몰랐으니까요."

"마루에다 씨는 여기에서 언제까지 일했나요?"

"여기에서 일한 건 일 년 반 정도였어요. 그만두고 나서 무슨 일이 있었던 건지. 비소는 또 어떻게 손에 넣었데? 바보 같은 짓이나 저지르고 말이야."

사장의 혼잣말은 가쓰키의 의문과 일치했다.

인쇄업체를 그만둔 후로 마루에다에게 무슨 일이 있었던 것일까. 비소는 어떻게 구한 것일까. 의문만 계속해서 늘어갔다.

정말 마루에다가 범인이 맞을까. 정신을 차려보니 거기까지 생각이 미쳐 있었다. 누군가를 감싸고 있다거나 누군가를 대신해 죄를 뒤집어썼을 가능성은 없는 것일까.

세 시간 후, 가쓰키는 하코다테 공항에 도착했다.

인쇄업체를 나와 곧장 하네다 공항으로 이동해 하코다테행 비행기에 몸을 실었다.

비행기에서 내려 사무실로 전화를 걸었으나 편집장인 후와는 자리를 비운 탓에 취재 현장에서 바로 퇴근하겠다고만 간략히 전했다. 오늘은 금요일이니 자세한 내용은 주말 지나 월요일에 보고해야겠다고 생각했다.

가쓰키는 몇 시간 전을 돌이켜 보았다. 예상과 달리 구치소에 있던 마루에다는 가쓰키와의 대화에 응해주었다.

하지만 그것은 가쓰키의 인상이 좋아서도 아니고 가쓰키가 그의 아버지와 나이대가 비슷해서도 아니었다. 아마 마루에다는 하이토 마을 일가족 살인사건에 관한 것이라면 다른 누구와도 대화를 이어갔을 것이다. 지금까지는 그저 마루에다가 원하는 정보를 가진 상대가 없었을 뿐이었다. 마루에다가 그동안 면회에 응한 이유는 하이토 마을 일가족 살인사건에 관해, 더 구체적으로 말하자면 유가족인 장녀에 관해 알고 싶어서가 아니었을까.

하코다테 공항에서 하이토 마을까지는 렌터카로 움직였다.

하코다테 시가지를 빠져나와 하코다테만을 따라 이어진 국도를 달렸다. 가는 길에 넓은 주차장이 마련된 쇼핑센터나 슈퍼마켓, 파친코 가게, 체인 레스토랑, 휴대폰 매장 등이 드문드문 보였다. 전국 어디에나 있을 법한 과소화가 진행 중인 지방 도시 같은 분위기였다. 경치가 멋지다고는 말하기 어렵지만, 저 멀리까지 내다보이는 맑은 하늘이 홋카이도다운 웅대함을 느끼게 했다.

그래, 이런 풍경이었지. 눈에 비친 모습과 과거의 기억이 일치했다. 하이토 마을 일가족 살인사건을 취재하며 여러 번 지나다닌 길이었다. 그때는 홋카이도 신칸센이 개통되기 전이었는데, 지금은 하코다테에서 가까운 호쿠토에 역이 생겼다.

"추억이네."

무의식중에 혼잣말이 튀어나왔다. 하지만 자신이 정말 이 풍경을 그리워하고 있었는지는 알 수 없었다.

이런 여행을 하고 싶었다고 가쓰키는 문득 생각했다. 조수석에 미와코를 태운 채 정처 없이 여유롭게 차를 타고 달리며 전국을 여행해보고 싶었다.

미와코가 살아있었을 때는 단 한 번도 생각해보지 않은 일이었다. 외출을 즐기지 않는 가쓰키는 휴일 대낮부터 술을 마시는 것을 최고의 사치로 여겼다. 낮잠을 자고 저녁이 되면 산책 겸 가까운 술집에 가는 것이 휴일을 보내는 기본적인 루틴이었다. 미와코도 술을 좋아해서 온종일 가쓰키와 함께 술을 마셔줄 때도 있었지만, 대체로는 친구들과 여행을 가거나 식사를 하러 나갔다. 가끔은 함께 여행을 가면 어떻겠냐고 미와코가 제안했지만, 어물쩍 넘겨버리는 사이 더는 묻지 않게 되었다. 여행은 마음만 먹으면 언제든 갈 수 있다고 가쓰키는 당연하게 생각했다. 정년퇴직하고 나면 어차피 시간은 차고 넘칠 테니 굳이 지금이 아니어도 괜찮다고 말이다.

미와코와 함께 보낸 인생은 완벽하게 행복했다. 그렇게 생각하면서도 가쓰키의 가슴 속은 후회로 가득했다.

액셀을 밟는 발에 힘이 들어갔다. 강을 지나는 고가 위를 달리자 좌측으로 바다가 보였다. 푸른 하늘이 비치는 수면은 7월임에도 차가워 보였고 흰 파도가 가볍게 지나가고 있었다. 점차 상업 시설이 줄어들고 공터와 민가가 늘어나기 시작했다.

전방에 보이던 언덕이 가까워지고 있었다. 멀리에서 봤을 때는 옅은 회색으로 보였는데, 지금은 짙은 녹색에 가까웠다. 저 언덕 부근에 하이토 마을이 있다.

—— 그녀는 지금 어디에 있는 걸까요?

가쓰키를 하이토 마을로 향하게 한 것은 마루에다의 이 한 마디였다. 어쩌면 그의 술수에 넘어가 버린 것인지도 모른다.

마음이 술렁거렸다. 가쓰키의 안에 상반되는 두 의견이 부딪히고 있었다.

정말 괜찮은 걸까?

하이토 마을에 가기로 마음을 정한 순간부터 아니, 가보면 어떨까 생각한 순간부터 이 질문이 머릿속을 떠나지 않았다.

하이토 마을 일가족 살인사건에서 홀로 살아남은 장녀는 가족을 잃은 유족이다. 그런데도 그녀는 의심의 눈초리를 받으며 이름과 얼굴이 세상에 알려졌고, 사람들은 재미 삼아 그녀를 입에 올렸다. 현재 장녀의 행방은 알 수 없지만, 분명 그 사건은 '레드클로버'라는 별명과 함께 그녀의 인생을 끈질기게 따라다녔을 것이다.

그렇게 생각하니 괜찮을 리 없다고 쉽게 답이 나왔다.

가쓰키는 스스로에게 변명을 하고 있었다. 무언가를 조사하거나 확인하기 위해 하이토 마을에 온 것이 아니라 그저 오랜만에 이 지역을 둘러보러 와보고 싶었을 뿐이라고 말이다. 하지만 한편으로는 잘하면 장녀의 행방을 찾을 수 있을지도 모른다는 간사한 기대감도 있었다.

가쓰키는 자신이 왜 이렇게까지 장녀의 일에 마음이 흔들리는지 이해가 가지 않았다.

미와코와의 대화가 기억나서일까. 아니면 미와코가 살아 있었던 시절의 분위기가 다시 느껴져서일까.

그 순간 가쓰키의 머릿속 한 부분이 안달이 난 것처럼 술렁거렸다.

소중한 것을 잊은 듯한 기분이 들었지만, 생각해내려 하면 할수록 점점 멀어져 갔다.

하이토 마을로 들어서자마자 국도에서 오른쪽으로 꺾었다. 언덕을 올라갈수록 집이 점점 줄어들었다. 산으로 들어서기 바로 직전에 사거리가 나왔다. 그곳에서 포장도로가 끝나고 그 너머는 산길이었다. 장녀가 살던 곳은 사거리 너머 산속에 한 채밖에 없는 허름한 집이었다.

하지만 그 집은 이미 사라지고 없었다. 집이 철거되고 남은 공터에는 무릎까지 오는 잡초만 무성하게 자라 있었고, 뒤편으로 높게 자란 나무들에 곧 삼켜질 것 같았다. 한때는 이곳에 집이 있었던 흔적을 전혀 찾을 수 없었다.

하이토 마을 일가족 살인사건 발생 후 석 달쯤 지난 어느 날 밤, 장녀의 집에 불이 났다. 방화에 의한 화재로 밝혀졌으나 범인은 찾지 못했다. 당시 그 집에는 혼자 남은 장녀가 살고 있었는데, 불타고 남은 잔해에서 시신은 발견되지 않았다. 그래서 사람들은 장녀가 집에 불을 지르고 모습을 감춘 것이 아니냐며 수군거렸다.

화재로 집이 소실된 이후 가쓰키가 이곳을 방문한 것은 처음이었다. 눈을 살짝 감고 원래 이곳에 있었던 집의 모습을 떠올렸다. 균열이 눈에 띄는 거무스름한 시멘트벽, 하얀 얼룩이 곰팡이처럼 들러붙은 문, 녹이 슨 함석지붕.

장녀는 이곳에 없다. 이미 알고 있었지만, 공터를 직접 눈으로 확인하자 시간의 흐름이 뼈저리게 느껴졌다.

가쓰키가 하이토 마을 일가족 살인사건을 취재했던 것은 사건 발생으로부터 두 달이 조금 안 되는 기간으로, 그 후로는 하이토 마을을 한 번도 방문하지 않았다. 이후 관련 기사를 보게 될 때마다 장녀가 컵라면을 먹는 모습이 떠올랐지만, 여느 사건들과 마찬가지로 얼마 가지 않아 깊은 기억 속으로 가라앉았다.

가쓰키는 허리에 손을 얹고 몸을 뒤로 젖혔다. 목과 허리 근육이 늘어나는 감각에 "으윽." 하고 소리를 냈다. 그 순간 나무 향이 강하게 코를 찔렀다.

그러고 보니 신사가 있었지. 잊고 있었던 또 다른 기억이 떠올랐다. 가본 적은 없지만 언덕을 다시 조금 내려가 사거리에서 오른쪽으로 가면 돌계단이 나올 터였다.

별생각 없이 그쪽으로 걷고 있는데, 차양 모자를 쓴 작은 체구의 여자가 조심스러운 걸음으로 돌계단을 내려오고 있었다.

여자는 가쓰키를 발견하고는 흠칫 놀란 듯 멈춰 섰다. 70대로 보이는 그녀는 잡초 같은 것이 들어있는 비닐봉지를 손에 들고 있었다.

"나는 아무 짓도 안 했어."

여자는 다급하게 변명하는 말투로 말했다.

그녀가 무슨 말을 하는 것인지 이해하지 못한 가쓰키는 아무 대답도 하지 못했다. 가쓰키의 침묵을 비난의 의미로 받아들였는지 여자는 "그냥 잡초나 뽑았을 뿐이라니까."라며 보란 듯이 비닐봉지를 내밀었다.

"수고가 많으시네요."

여전히 상황을 파악하지 못한 가쓰키는 일단 가볍게 고개를 숙였다. 그러자 여자는 의아한 표정으로 물었다.

"뭐야? 당신 이 마을 사람 아니야?"

가쓰키는 "예."라고 짧게 대답했다.

"어디서 왔어?"

"도쿄입니다."

"도쿄?" 여자는 경계하는 표정으로 "그거구먼, 아카이 사건을 다시 들춰내려고 왔나 보네."라고 말했다.

"아니요, 저는 그냥 여행하다 잠깐 들른 겁니다."

여자가 그 말을 믿었는지 아닌지 알 수 없었다. 하지만 가쓰키는 “그러고 보니 10년도 더 전에 이 마을에서 큰 사건이 일어났었죠?” 하고 부자연스럽다는 것을 알면서도 밑져야 본전이라는 생각에 말을 꺼냈다.

여자는 주름에 파묻힌 가느다란 눈으로 가쓰키를 가만히 바라보다가 이내 “흥!”하고 콧방귀를 뀌고는 아무 말 없이 자리를 뜨려 했다.

“저기, 아무 짓도 안 하셨다는 게 무슨 말씀이시죠?”

가쓰키가 다급하게 물었다.

여자는 걸음을 멈추고 질문의 의미를 이해하려는 듯한 얼굴로 돌아보았다.

“아까 그러셨잖아요. 아무 짓도 안 하셨다고요. 그게 무슨 말씀이신가요?”

“아무 짓도 안 했으니 그걸로 됐잖아. 이곳 출신도 아니면서 뭘 알겠어.”

여자는 빠르게 자기 할 말만 내뱉고는 의외로 흐트러짐 없는 걸음걸이로 멀어져 갔다.

가쓰키는 높고 가파른 돌계단을 올려다보았다. 울퉁불퉁하게 깎인 돌이 거칠게 쌓여 있었고, 손잡이는 따로 없었다. 양쪽으로 높게 솟은 나무들이 가지와 잎사귀를 빽빽하게 펼쳐 돌계단 위로 짙은 그림자를 드리우고 있었다.

기둥문까지는 계단이 백 개 가까이 될 것 같았다. 올라가 볼까 고민한 것은 아주 잠깐이었다. 올라가지도 않았는데 “아이고.” 하고 중얼거리며 가쓰키는 왔던 길을 다시 돌아가려 했다. 그 순간 언덕 아래에 펼쳐진 광경이 눈에 들어왔다.

가쓰키의 시선이 향한 곳은 하늘과 바다가 마주 닿은 먼 바다였다. 아직

해가 지지 않은 이른 저녁 무렵의 푸른 하늘에는 붓으로 그린 듯한 옅은 구름이 떠 있었다. 옅은 군청색의 바다에서는 함부로 다가갈 수 없는 차가움과 혹독함이 느껴졌다. 하늘과 바다가 교차하는 지점에는 부드러운 푸른 빛을 가득 머금은 얇은 띠가 둘려 있었다. 그것을 수평선이라고 부른다는 것을 머리로는 이해하고 있으면서도 가쓰키는 신비로운 무언가를 목격한 듯한 감각에 사로잡혔다.

그 광경을 한참 동안 바라보고 있으니 미세한 입자로 잘게 부서진 자신이 머리 꼭대기에서 빠져나갈 것 같은 느낌을 받았다.

시선을 돌리자 오른쪽에는 작은 항구가 있었고, 흰색 고기잡이배 몇 척이 정박해 있었다. 해안가를 달리는 자동차는 그리 많지 않았고, 주택 지붕들이 이제 막 지기 시작한 태양 빛을 반사하고 있었다. 조용한 풍경이었다. 12년 전에도 같은 풍경을 봤던가. 기억해내려 했지만, 기억은 여전히 모호했다.

가쓰키는 차로 돌아와 언덕길을 천천히 내려갔다.

책가방을 멘 남자아이 둘이 길가에 쭈그려 앉아 벌레로 보이는 무언가를 관찰하고 있었다. 주택 마당에는 나이가 지긋한 여인이 빨래를 걷고 있었다. 지나가는 사람이 있으면 장녀에 관해 물어볼 생각이었지만, 결국 아무에게도 묻지 못한 채 언덕의 막다른 곳까지 내려왔다. 여기서 왼쪽으로 꺾어 길을 따라 직진하면 국도로 되돌아간다.

충동적으로 하이토 마을까지 왔지만 장녀의 행방을 쫓는 것에 대한 갈망이 가쓰키를 소극적으로 만들었다.

국도로 들어서기 직전에 있는 상점 주차장에 차를 세웠을 때, 가쓰키는 12년 전에도 이곳에 들렀던 것을 기억해냈다.

마흔 전후로 보이는 여자가 계산대를 지키며 잘 아는 사이인 듯한 손님과 즐겁게 대화를 나누고 있었다. 갈아입을 속옷과 양말을 사고 싶었지만 보이지 않아 차가운 우롱차만 계산대로 가져갔다. 옆으로 비켜서는 여자 손님에게 가쓰키는 "감사합니다." 하고 가볍게 인사했다.

가쓰키는 사건에 관해 물어봐야겠다고 마음먹었지만, 정작 입에서 튀어나온 말은 전혀 다른 것이었다.

"저 인덕 위에 신사가 있죠?"

"언덕? 신사요?"

짚이는 것이 없어 보이는 가게 주인을 대신해 "야미가미 신사를 말하는 거 아니야?"라고 여자 손님이 대답했다.

"저 언덕을 쭉 올라가면 나오는 곳 말하는 거죠?"

산 쪽을 가리키는 그녀에게 가쓰키는 그렇다고 답했다.

"칠흑 같은 어둠을 뜻하는 '야미'에 신을 뜻하는 '가미'가 붙어서 '야미가미 신사'라고 불려요. 근데 오랫동안 지키는 사람이 없었고, 참배하러 가는 사람도 거의 없을걸요?"

"그런 신사가 있었어? 나는 십 년이나 살았는데 몰랐네. 안쪽에는 갈 일이 없으니까."

"뭐, 마을에 살면 굳이 갈 필요가 없기는 하지."

두 사람의 대화에서 '마을'은 바다에 가까운 지역을, '안쪽'은 산에 가까운 지역을 가리킨다는 것을 알 수 있었다. 가게 주인은 십 년쯤 전에 하이토 마을로 시집을 왔고, 여자 손님은 이 마을에서 태어난 듯했다.

"관광하러 오셨어요?"

여자 손님이 물었다.

"네, 뭐. 신사를 돌아보는 걸 좋아해서요."라고 아무 말이나 내뱉었다.

"그런 분들 꽤 있죠. 폐가 마니아라든가."

"네, 폐가도 좋아해요. 근데 그 신사로 올라가는 돌계단을 보니까 저한테는 무리일 것 같아서 바로 포기했어요."

그렇게 말하며 배를 어루만지자 여자들이 소리 내어 웃었다.

가쓰키는 지금도 비만이기는 하지만, 미와코를 떠나보낸 후로 체중이 8킬로그램이나 빠졌다. 하지만 그 정도로는 남들이 보기에 변화가 느껴지지 않는 듯했다.

"아까 그 돌계단 앞에서 연세가 조금 있으신 여자분을 만났는데 이상한 말씀을 하시더라고요. 아무 짓도 안 했다고 하셨던 것 같은데. 조금 화가 나신 것 같기도 했고요."

"틀림없이 안쪽 주민이었을 거예요."

여자 손님의 얼굴에 옅은 미소가 떠올랐다.

"그 신사는 불길한 장소로 여겨지거든요. 저희 할머니가 그러셨는데, 옛날에는 저주의 신사라고도 불렸다고 하더라고요."

"저주의 신사."

가쓰키는 자신도 모르게 여자의 말을 되뇌었다.

하하하, 하고 여자 손님은 웃음을 터트리더니 "물론 미신이에요. 게다가 옛날이야기라 요즘 사람들은 잘 모를 거예요."라며 가쓰키가 보기에는 그녀도 충분히 요즘 사람인데 그런 말을 했다.

"그래? 난 전혀 몰랐어. 좀 무서운데."

가게 주인은 진심으로 기분 나빠하고 있었다.

"다 지어낸 이야기지, 뭐."

여자 손님은 별일 아니라는 듯 웃어넘기며 다시 가쓰키를 바라보았다.

"그러니까 그 아주머니도 사실은 무슨 짓을 하신 걸지도 모르죠."

장난스러운 표정으로 말했다.

"네? 그게 무슨 말씀이시죠?"

"예를 들면 저주 같은 거요. 그 신사에서 누군가를 저주하면 현실로 이루어진다는 전설이 있거든요. 어쩌면 그분도 누군가를 저주하러 간 게 들켰다고 생각하신 거 아닐까요?"

대수롭지 않은 듯한 말투에 그녀의 말이 농담인지 진담인지 좀처럼 판단이 서지 않았다.

"뭐야, 그만해."

가게 주인이 진지한 표정으로 말렸다.

아하하, 하고 여자 손님이 다시 웃음을 터트렸다. "미신이라니까. 내가 어렸을 때 떼를 쓰면 야미가미 신사에 데려가서 벌을 받게 할 거라고 할머니가 자주 겁을 줬거든. 어느 마을에나 이런 이야기 하나쯤은 있잖아. 이런 미신보다는 실제 살인사건이 훨씬 더 무섭지."

"산속에 있는 집에서 일어났던 사건 말하는 거지? 나 가본 적은 없는데, 불이 났다고 하지 않았나?"

하이토 마을 일가족 살인사건을 말하는 것이었다. 가쓰키의 머릿속에 방금 보고 온 광경이 펼쳐졌다. 장녀에 관해 물어볼 기회라고 생각했지만 여자 손님이 한발 먼저였다.

"저주받은 건 이 마을인지도 모르겠네. 인구에 비해 화재가 유독 잦았잖아. 저주의 신사 때문인가. 아, 그러고 보니 그 신사에서도 작게 불이 난 적이 있었어. 역시 저주받은 게 분명해."

"그만 좀 하라니까."

"어차피 안쪽 이야기잖아. 우리랑은 상관없다고."

대화가 끊이지 않는 두 사람을 향해 "실례합니다만." 하고 가쓰키가 조심스럽게 말을 걸었다.

"예전에 이 마을에서 가족 네 명이 비소로 살해당한 사건이 있었죠? 신사에서 가까운 곳이라고 들었는데, 방금 말씀하신 산속에 있는 집이 사건 현장이었나요?"

아무것도 모르는 관광객인 척 질문을 던졌다.

"맞아요, 맞아." 여자 손님은 주저 없이 대답했다. "근데 가족이 다 죽은 건 아니고, 고등학교 1학년이었던 큰딸은 무사했어요."

그렇게 말하며 의미심장한 미소를 지어 보였다.

"살아남은 그 아이는 지금 이 마을에 없는 건가요?"

은근슬쩍 물었다.

"없는 것 같더라고요. 그 아이가 범인이라서 증거를 없애려고 자기 집에 불을 지르고 도망쳤다는 소문이 돌았었거든요."

그 말에 가쓰키는 작은 기대를 품고 물어보았다.

"그 아이는 어디로 갔을까요? 믿고 의지할 사람은 있었으려나."

"글쎄요."

역시나 쉽게 답을 얻을 수 있을 리가 없었다.

"그러고 보니까." 가게 주인이 입을 열었다. "그 사건에 관해 다시 알아보고 다니는 사람이 있는 것 같던데요?"

자신을 말하는 것인가 싶어 놀랐지만 그것은 아닌 듯했다.

"한 달쯤 전에 똑같은 질문을 받았었거든요."

한 달 전이라는 타이밍이 다소 마음에 걸렸다.

도요스 바비큐 사건이 일어난 지 이미 두 달 반 정도가 지났다. 하이토 마을 일가족 살인사건과의 연관성에 주목하던 언론 관계자들이 사건 직후 이곳을 방문했던 사실은 알고 있었다. 하지만 한 달 전이라면 이미 정리되었을 무렵이 아니던가.

하이토 마을에서 다시 하코다테로 돌아왔을 때는 이미 동쪽 하늘에 땅거미가 지고 있었다.

가쓰키는 고료카쿠공원에서 가까운 코인 주차장에 차를 대고 근처 건물 5층에 있는 도우토신문 하코다테 지국으로 향했다. 조금 전 전화 통화에서는 잠시 들르겠다고만 했을 뿐 자세한 이야기는 하지 않았다.

가쓰키가 홋카이도 지사에서 근무할 당시 함께 일했던 오야마 지국장은 2년 후 정년퇴직을 앞두고 있었다. 도쿄에서 나고 자란 그는 지방 근무를 계기로 홋카이도의 매력에 빠져 본사 발령을 계속해서 거절하고 있는 듯했다.

가쓰키가 하코다테 공항에서 산 기념품을 건네자 오야마가 차를 내왔다.

"뭔가 의외네. 가쓰키 씨가 월간 도우토라니."

미니사이즈 도라야키(둥글납작하게 구운 밀가루 반죽 사이에 팥소를 넣은 화과자의 한 종류-옮긴이)를 입 안에 한가득 밀어 넣으며 오야마가 말했다.

"그런가?"

가쓰키는 도라야키에 손을 대지 않고 미지근한 녹차만 홀짝홀짝 마셨다.

"월간지니까 유유자적과는 거리가 멀잖아. 문화부에 있을 때보다도 바쁘지 않아?"

미와코의 반대로 60세 현역 은퇴를 단념할 수밖에 없었던 가쓰키는 도우토신문에 남아 독자센터에서 계약직으로 일할 생각이었다. 독자센터는 스케줄 근무라 정시에 퇴근할 수 있을 것 같아서였다. 하지만 미와코의 죽음이 가쓰키가 그리던 정년 이후의 청사진을 전부 바꾸어버렸다. 지금까지 그려온 청사진 속에서 미와코 없이 살아갈 수는 없었다. 마음 편히 여생을 보낼 수 있을 리 없었다. 인생을, 생활을, 그리고 자기 자신까지도 근본부터 바꾸지 않으면 살아갈 수 없을 것 같았다. 아니, 그렇게 생각했다기보다 직감한 것에 더 가까웠다. 가쓰키는 이것을 미와코가 보낸 메시지로 받아들였다. 그래서 자신에게 가장 어울리지 않는 곳에서 다시 일하기 시작했던 것이다.

"아직 제대로 일을 못 하고 있어. 공짜 밥 먹는 꼰대지 뭐."

"꼰대라니, 그런 말 하지 마. 나랑 겨우 두 살밖에 차이 안 나잖아. 게다가 꼰대는 그런 자각이 없어서 꼰대인 거라고."

오야마는 가쓰키가 배우자를 떠나보냈다는 사실을 알고 있을 터였다. 하지만 굳이 언급하지 않는 쪽을 택한 것 같았다. 그런 그의 선택이 고마웠다.

"그래서? 뭘 알아보러 온 거야?"

오야마는 흥미로운 표정으로 몸을 앞으로 쑥 내밀며 물었다. 그러더니 가쓰키가 대답하기도 전에 "혹시 도요스 사건이랑 관련 있어?"라며 도화선에 불을 댕겼다.

"사실 오늘 오전에 도쿄구치소에 가서 마루에다를 만났어."

"정말이야?" 오야마가 큰 소리로 물었다.

"그래서 뭔가 알아냈어? 동기는? 비소를 입수한 경로는?"

"아니, 전혀."

"역시, 면회에는 응하지만 입은 열지 않는다고 듣기는 했어."

"근데 12년 전 하이토 마을 일가족 살인사건에는 관심을 보이더라고."

"하지만 결국 마루에다는 하이토 마을 사건과는 무관한 걸로 밝혀졌다며."

"뭐야, 사건 당시의 알리바이가 있다는 오프 더 레코드 정보를 알고 있었나 보네?"

"뭐, 그렇지. 그럼 진짜 나쁜 의미로 그 사건에 영감을 받은 거 아니야?"

"12년이나 지나서 모방 범죄를 저지른다고?"

"타이밍을 계속 기다렸을 수도 있지."

오야마의 말대로 만약 마루에다가 하이토 마을 일가족 살인사건의 영향을 받은 것이라면 그 시기는 사건이 일어났던 12년 전이 아니다. 인쇄업체 사장의 말에 따르면 그 당시 마루에다는 사건에 전혀 흥미가 없어 보였기 때문이다. 그렇다면 도대체 언제, 또 무엇을 계기로 그는 하이토 마을 일가족 살인사건에, 그리고 유족인 장녀에게 흥미를 갖게 된 것일까.

"그래서 면회에서는 무슨 이야기를 했어?"

바로 대답할 수 없었다. 객관적으로 돌이켜보면 거의 가쓰키 혼자 말했을 뿐 별다른 정보를 얻어내지 못했다.

"마루에다는 유족인 장녀가 지금 어디에 있는지를 알고 싶어 했어."

"그래서 하이토 마을까지 갔다 온 거야? 이 정도 행동력은 내가 알던 가쓰키 씨가 아닌데."

"실은 근처에 사는 사람들한테 이것저것 물어보고 싶었는데, 막상 가니까 용기가 안 나더라. 사건 당시에 겨우 열다섯 살이었던 소녀에 관해 이제 와서 다시 들춰내는 게 맞나 싶은 생각이 들어서."

"이건 내가 아는 가쓰키 씨가 맞네."

오야마가 웃었다.

"뭐, 사비로 온 거니까 혼나지는 않겠지."

"사실 나도 얼마 전에 하이토 마을 사건 현장을 보러 갔었어."

"언제?"

"한 달쯤 전이었나. 도쿄에서 기자가 찾아왔었거든. 가쓰키 씨처럼 도요스 사건이랑 하이토 마을 사건의 연관성을 찾으려고 사건 현장에 다녀왔다더라고. 그리고 돌아가는 길에 잠깐 여기에 들렀다면서 장녀의 행방을 혹시 모르냐고 묻더라. 그 후에 나도 왠지 신경이 쓰여서 보러 가봤지."

"한 달 전에?"

하이토 마을에서 마지막으로 들렀던 가게 주인이 가쓰키와 똑같은 질문을 한 사람이 있었다고 했었다. 그녀가 말한 사람이 바로 그 기자였던 것일까. 만약 그렇다면 그 기자는 구치소에서 마루에다를 만난 사람 중 한 명일지도 모른다. 마루에다가 하이토 마을 일가족 살인사건에 관심이 있다는 것을 알고 조사하러 왔을 가능성이 있었다.

자신과 마찬가지로 두 사건을 연관 지어 조사하는 기자가 아직 있는 것일까. 그렇게 생각하니 동지가 있다는 든든함과 뒤처지면 안 된다는 초조함, 그리고 장녀를 그냥 내버려 두었으면 좋겠다는 염치없는 마음이 동시에 느껴졌다.

“그나저나 마루에다가 이번 사건 전에도 체포된 적이 있었던 건 알고 있지?”

“응, 절도 사건이었나?”

가쓰키는 가방에서 사건 자료를 꺼내며 대답했다. 경찰에서 배포한 보도 자료를 비롯해 도우토신문 소속 기자가 밤낮으로 경찰서를 방문해 얻은 정보들, 그리고 다른 언론에서 낸 기사들을 살펴보며 가쓰키가 나름대로 정리한 것들이었다.

마루에다는 8년 전, 26세의 나이에 절도죄로 벌금형을 받은 적이 있었다. 자료에 따르면 누군가 카페에 잠시 두고 나간 물건을 훔치려다 걸린 듯했다.

“잡힌 게 삿포로였다는 것도 알고 있지?”

가쓰키의 머릿속에서 탁, 하고 무언가가 부딪히는 소리가 났다.

“아니, 그건 몰랐어.”

“뭐야, 아직 초짜네.”라며 오야마가 웃었다.

“마루에다가 왜 삿포로에 있었어?”

“혼자 여행을 왔대. 그런 말 있잖아. 삶이 막막한 사람은 북쪽으로 향하게 되어 있다고.”

마루에다는 8년 전 삿포로에 왔었다. 8년 전이면 하이토 마을 일가족 살인사건으로부터 4년이 지난 후였다.

하이토 마을과 삿포로──. 타지 사람이 보기에는 다 같은 홋카이도일지 모르지만, 오가는 시간으로만 따지면 도쿄와 삿포로보다 멀었다. 차로 가든 기차를 타든 편도로 다섯 시간은 걸린다. 그러니 마루에다가 삿포로에 있었다 해도 섣불리 하이토 마을 사건과 연관 지을 수는 없었다.

하지만 머릿속에서 탁, 하는 소리를 내며 부딪힌 무언가가 "어서 떠올려. 떠올려야 해."라고 가쓰키에게 호소하는 듯했다.

제2장 사슬

6. 시오지리 에쓰코 —— 14년 전 · 가을

단자와의 집에 불이 난 지 한 달이 지났다.

그 후로 시오지리 에쓰코는 일주일에 한 번 있는 나이트 근무가 불안해졌다. 집에 혼자 있는 손녀 지히로가 괜찮을지 걱정되어 일하는 중에도 몇 번이고 엉덩이가 들썩거렸다.

지히로와 살기 시작한 지 벌써 두 달이 넘었다.

참 얄궂다고 생각했다. 딸인 구니코와 살 때는 돈을 벌기 위해 일주일에 절반은 나이트 근무를 했지만 불안을 느낄 여유 따위는 없었다. 만약 그때 어린아이가 목숨을 잃는 화재가 발생했다면 나이트 근무를 하지 않아도 되는 직장으로 옮겼을까. 그리고 만약 그때 직장을 옮겼다면 딸과의 관계도 달라졌을까.

에쓰코는 만약을 상상하는 성격은 아니었다. 한가한 사람들이나 그런 무의미한 가정을 하며 사는 것이라고 생각했다. 그러니 쉰일곱 살이 된 지금, 어쩌면 에쓰코 자신도 한가한 인간으로 전락한 것인지도 모른다.

생각해 보면 과거에 비해 제법 한가해지기는 했다.

딸이 초등학교에 입학하던 해에 남편이 집을 나간 후로 에쓰코는 생활비를 벌기 위해 병원에서 간호조무사로 일하며 파친코 매장 청소를 병행했다. 하이토 마을에는 마땅한 일자리가 없기도 했고, 사람들에게 무슨 말을 들을지 몰라 하코다테에서 일자리를 구했다. 딸이 이 마을을 떠난 후에도 같은 생활을 이어오다 2년 전에 두 곳을 모두 그만두고 요양병원에서 청소 일을 시작했다. 경차를 운전해 편도로 한 시간 넘게 걸리는 하코다테까지 통근하는 것은 여전했다.

수입은 줄었지만 혼자 먹고사는 데 어려움은 없었다. 하지만 앞으로는 어떻게 해야 좋을지 예상이 되지 않았다. 지히로가 언제까지 이곳에 있을지 알 수 없기 때문이었다.

딸에게 전화가 걸려 온 것은 석 달쯤 전인 7월 초의 일이었다.

"당분간 아이를 좀 맡아줬으면 좋겠어. 미안해."

딸은 자신의 근황을 전하지도, 에쓰코의 사정을 묻지도 않고 조금도 미안하지 않은 말투로 말했다. 다른 대화는 할 생각이 없음을 넌지시 내비치는 듯했다. 아니나 다를까 무슨 일이 생긴 거냐고 묻는 에쓰코의 말을 무시하고 딸은 최소한의 내용만 전하고는 다시 연락하겠다며 일방적으로 전화를 끊었다.

그것이 몇 년 만의 통화였는지 정확히 기억나지 않았다.

고등학교를 중퇴하고 마을을 떠난 딸과 그 후로 한 번도 만나지 못했다.

전화 통화를 한 것도 손에 꼽을 정도였고, 딸이 어디에서 무엇을 하며 지내는지 에쓰코는 알 길이 없었다.

그래도 결혼했을 때는 전화가 왔었다. 아니, 결혼하기로 정했을 때였던가. 상당한 자산가의 아들과 결혼하게 되었다며 우쭐한 목소리로 말하던 딸은 얼마 후 부탁하지도 않은 결혼식 사진을 보내왔다. 작은 티아라를 쓰고 어깨와 쇄골이 드러난 웨딩드레스를 입은 딸의 얼굴은 짙은 화장 때문인지 눈도 눈썹도 입술도 유난히 또렷했고, 억지로 만들어낸 듯한 미소를 짓고 있었다. 그것은 아마 딸의 인생에서 정점이라고 부를 만한 행복한 순간이었을 것이다. 하지만 반짝임을 흩뿌리는 듯한 딸의 모습을 보며 내가 잘못 키웠다, 하고 에쓰코는 왠지 모르게 그런 생각을 했다. 아니, 애초에 자신은 딸을 키우지 않았다. 자신은 그저 생활비를 벌었을 뿐이고 딸을 키운 것은 시간이었다. 딸과 마주하고자 조금 더 노력했다면 이런 사진을 보내오는 어른이 되지 않았을지도 모른다. 그런 생각을 했던 것을 기억하고 있었다.

지히로가 태어났을 때는 어땠던가. 에쓰코는 자신에게 손녀가 생겼다는 것도, 지히로라는 이름의 여자아이라는 것도 알고 있었다. 그러니 언젠가 딸이 전화로 알려주었을 터였다. 하지만 전화를 받은 기억이 없었다. 어쩌면 결혼했을 때와 달리 지히로의 사진을 보내오지 않아서일지도 몰랐다.

대화 소리에 퍼뜩 눈이 떠졌다.

에쓰코는 깊이 잠드는 편이었다. 기절하듯 잠들었다가 무언가에 낚아채이듯 잠에서 깼다. 잠깐씩 조는 일은 거의 없었다.

"거기 공터로 바뀐 거 봤어?"

에쓰코를 깨운 것은 지히로가 아닌 다른 여자아이의 목소리였다.

창문 너머의 햇빛은 희미했고, 천장의 네 귀퉁이와 전등 주변에 옅은 그림자가 드리워져 있었다. 저녁 무렵이 되었음을 짐작했다.

"거기가 어디야?"

이번에는 지히로의 목소리였다. 손녀가 친구를 데려온 것 같았다.

"도미에네 집 말이야. 불에 타고 남은 걸 다 철거해 갔어. 편의점이라도 생기면 좋을 텐데 그런 곳에 생길 리가 없겠지."

학교에서 사귄 친구가 아닐까 생각했다. 옅은 웃음이 섞인 목소리였다.

이 근처에는 노인들만 살고 있어 어린아이를 찾기 어려운 데다 지히로는 소극적인 편이었다. 이 마을 출신이 아니기도 해서 친구를 못 사귀면 어쩌나 걱정했는데, 집에 데려올 정도로 가까운 친구가 있다는 사실에 에쓰코는 안도했다.

에쓰코는 이불 속에서 아이들의 대화에 귀를 기울였다.

두 아이 모두 미닫이문 너머에 있는 방에서 에쓰코가 자고 있을 것이라고는 전혀 예상하지 못했을 것이다. 아직 일하고 있어야 할 시간인데다 집 앞에 차도 세워져 있지 않으니 집에 아무도 없다고 생각하는 것이 당연했다.

오늘 에쓰코는 일 년에 두세 번은 하는 실수를 저지르고 말았다. 쉬는 날인 줄 모르고 출근했다가 동료에게 지적을 받고서야 깨달았다. 게다가 운 나쁘게 집으로 돌아오는 길에 자동차 시동이 꺼져 그대로 정비소로 견인되었다. 렌터카는 나중에 보내주기로 되어 있었다.

"거기서 도미에의 유령이 나온대."

여전히 옅은 웃음이 섞인 목소리로 친구가 말했다.

“응, 그래서 그쪽으로는 다니지 않고 있어.”

지히로의 목소리는 겁을 먹은 듯했다.

“근데 도미에의 유령이면 하나도 안 무서운걸. 만약에 나타나잖아? 나라면 괴롭혀서 울려버릴 거야.”

아이들은 참 잔혹하구나, 하고 에쓰코는 가만히 생각했다. 한 아이가 화재로 목숨을 잃은 것보다도 그 아이의 유령이 나온다는 소문이 남은 아이들의 마음을 움직이는 듯했다.

“그치? 내가 말한 대로 됐잖아.”

지히로가 뭐라고 대답했지만 공기가 새어 나가는 듯한 소리가 날 뿐 제대로 알아들을 수 없었다. 그 와중에 두 아이의 대화를 듣고 있으니 마치 투명 인간이 된 것 같아 에쓰코는 드물게 유쾌한 기분이 들었다.

“응, 맞아. 내가 몇 번이나 말했잖아. 불길한 예감이 든다고. 도미에네 집에 나쁜 일이 일어날지도 모른다고, 누군가 죽을지도 모른다고 말이야. 그치, 기억나지? 그랬더니 진짜 불이 났잖아.”

들리지는 않지만 지히로가 또 뭐라고 대답했을 것이다. 몇 초 뒤 다시 친구의 목소리가 들려왔다.

“나 말이야, 그런 거 잘 알아채거든. 도미에네 엄마가 분명 무슨 짓을 저지를 거라고 생각하고 있었어.”

두 아이의 대화가 점점 불온한 방향으로 흘러가자 에쓰코는 이불 속에서 미간을 찌푸렸다.

“그 아줌마, 우리 엄마랑 친구라고 했어.”

지히로가 조심스럽게 말했다.

"뭐? 나 그런 이야기는 못 들었는데."

"지난번에 우연히 만난 적이 있는데, 그때 그 아줌마가 그랬어."

"그게 언제였는데?"

"내가 이 마을에 온 지 얼마 안 됐을 때였어. 미쓰바가 신사에 데려가 줬었잖아. 그날 밤에 몰래 산책하러 나갔었는데 그 아줌마가 돌계단에서 내려왔어."

상대가 아카이 미쓰바였다는 말인가. 게다가 지히로를 야미가미 신사에 데려갔던 것인가. 에쓰코는 언짢음에 혀를 끌끌 차고 싶은 심정이었다.

그 아이는 신뢰할 수 없다. 아니, 그 아이뿐만 아니라 그녀의 가족 모두 ── 아빠, 엄마, 중학생인 미쓰바, 초등학생인 다쿠마까지 네 사람 모두 무슨 짓을 저지를지 몰라 방심할 수 없었다. 그 가족과는 마을 자치회 소속이 다르기도 하고 이렇다 할 교류도 없어 자세히는 모르지만, 사람들이 입을 모아 그렇게 말하는 데에는 이유가 있을 터였다. 그렇게 안쪽에 살고 있는 것 자체가 수상쩍은 증거라고 생각했다.

아카이 가족이 하이토 마을로 이사를 온 것은 딸에게 결혼 소식을 듣기 2년 전쯤의 일이었다. 이웃의 말로는 야미가미 신사를 관리하는 조건으로 마을 자치회에서 돈을 일부 지급하기로 되어 있는 듯했다. 하지만 약속이 지켜지지 않아 지급을 끊었다고 들었다. 가장으로 보이는 남자는 과거에 시멘트 공장에서 일했다고 했지만, 지금은 일을 하는지 아닌지 알 수 없었다. 부부가 주변 동네 파친코에 틀어박혀 산다는 이야기도 들어본 적이 있었다.

소문에 따르면 아카이 가족은 도이모토의 핏줄인 듯했다. 도이모토는 마을 중턱에 사는 노부부로, 과거에는 해충퇴치업과 청소업을 했다. 도이모토의 아내가 데려온 사생아가 아카이 가족의 가장이라고 알려져 있었다.

"왜 지금까지 말 안 했어?"

지히로를 비난하는 듯한 미쓰바의 말투에 에쓰코는 흠칫 놀랐다.

"그야 그 아줌마가 밤에 몰래 돌아다닌 걸 할머니한테 이른다고 해서."

자신이 갑자기 대화에 등장한 것에 움찔한 에쓰코는 반사적으로 숨을 참았다.

"그렇다고 나한테까지 말을 안 해?"

"아무한테도 말하지 말라고 하니까 무서워서."

"나한테는 전부 다 말하라고 했잖아."

"미안해."

"뭐, 됐어. 어쨌든 그 아줌마는 지금쯤 기뻐하고 있겠네."

"왜?"

"도미에가 죽었으면 좋겠다고 생각했으니까. 그 아줌마는 도미에의 존재가 귀찮았던 거야."

저 아이는 어쩌려고 저런 거짓말을――. 에쓰코는 그렇게 생각하면서도 마음 한 켠에 찝찝함을 느꼈다.

미쓰바는 중학생이다. 아직 초등학생인 지히로와 달리 마을 사람들이 떠들어대는 소문을 듣고 무언가를 알고 있을지도 모른다.

화재가 발생한 지 벌써 한 달이 넘었지만 단자와 하루카는 딸의 장례식에도 참석하지 않고 홀연히 모습을 감춰버렸다. 경찰에 잡혀갔다는 소문도 있었고, 남편에게 쫓겨났다는 소문도 있었다. 집에 불을 지른 것은 역시 하루카가 아니었을까. 사람들은 그렇게 추측했다. 딸의 존재가 귀찮아졌다거나 바람난 남편에 대한 복수였다거나 보험금을 노렸다거나 의심해 볼 만한 동기는 얼마든지 있었다.

"도미에네 엄마가 밤에 몰래 신사에 간 건 도미에가 죽게 해달라고 발원하기 위해서였을지도 모르지."

"발원이 뭔데?"

"신사에서 소원을 비는 거야. 어른들도 많이들 해. 근데 바보 같은 짓이지. 신사에 가서 소원을 빌 만큼 간절하면 직접 죽이는 편이 빠를 텐데. 불을 지른다든지 살충제를 먹인다든지 방법은 얼마든지 있으니까."

미쓰바는 위험한 말을 하고 있었다.

"…… 그 아줌마가 불을 지른 거 아니지?"

지히로가 잔뜩 겁을 먹은 듯한 목소리로 물었다.

"질렀을지도 모르지."

이런 이야기가 나올 줄 알았다면 자신이 방 안에 있다는 사실을 아이들에게 알렸을 것이다. 하지만 이미 타이밍을 놓친 지 오래였다.

결국 두 아이가 밖으로 나갈 때까지 에쓰코는 꼼짝도 하지 못했다.

지히로가 미쓰바와 친하게 지내도록 놔두어도 괜찮을까.

에쓰코는 불안감을 느끼면서도 그런 자신을 이제 나이 먹은 거라며 비웃어주고 싶어졌다. 딸과 함께 살았을 때는 딸이 누구와 친한지도 몰랐고 신경조차 쓰지 않았으니 말이다.

"이제는 오른쪽 왼쪽도 모르는 거야?"

여자의 날카로운 목소리가 귓가로 날아들었지만 에쓰코는 평소대로 주변 공기의 일부가 되어 침대 옆 쓰레기를 회수했다. 에쓰코가 담당하는 구역은 2층의 동측 병동으로, 2인실 10개와 휴게실, 세면장, 화장실이 있었다.

"이래서는 어린애보다도 못하잖아. 어린애들도 오른쪽 왼쪽은 안다고."

작은 목소리지만 날카로운 것으로 찌르는 듯한 말투였다. 오른쪽 침대를 쓰는 환자의 딸이었다. 환자는 70대의 조용한 여인이었고 딸은 에쓰코보다 서너 살 어린 50대 초반으로 보였다.

딸은 엄마에게 라디오 조작법을 가르치고 있었다. "방금 말했잖아." "벌써 잊어버렸어?" "몇 번을 말해야 해?"라며 엄마를 호되게 꾸짖는 것은 종종 있는 일이었다. 그렇게 화가 날 정도면 엄마를 만나러 오지 않으면 될 텐데 딸은 매일같이 병문안을 왔다.

반대로 왼쪽 침대를 쓰는 환자는 입원한 지 석 달이 넘었는데 누가 찾아온 것을 한 번도 보지 못했다. 그녀가 휴게실에서 전화 통화하는 것은 몇 번인가 본 적이 있는데, 매번 상대에게 미안한 듯 원래도 굽은 등을 더 깊이 굽히고 있었다. "이번 주 중으로 입원비를 내야 한 대……."라고 작은 목소리로 말하던 것을 에쓰코는 기억하고 있었다.

달그락, 하고 무언가가 쓰러지는 소리가 나더니 "아, 뭐 하는 거야!" 하는 딸의 짜증스러운 목소리가 들려왔다. 돌아보니 침대 테이블 위에 머그잔이 넘어져 있었다.

"귀찮게, 진짜."

딸이 쏟아진 차를 휴지로 닦아냈다.

"행주를 좀 가져올까요?"

에쓰코가 다가가 말을 걸었다.

"손이 미끄러져서요. 죄송해요."

환자가 미안한 듯한 표정으로 딸과 에쓰코에게 말했다.

"이제는 손도 못 쓰는 거야? 제대로 하는 게 대체 뭐야?"

테이블 위를 닦던 딸이 고개를 들어 "아주머니, 차가 이불에도 묻었네요. 좀 갈아주시겠어요?"라고 물었다.

에쓰코는 그 여자의 눈에 자신이 몇 살로 보이는지 궁금했다. 서너 살 정도밖에 차이 나지 않을 터인데 혹시 자신의 어머니와 비슷한 연배로 보는 것은 아닐까. 그렇게 생각해도 화가 나거나 충격을 받기는커녕 그렇구나, 하고 납득할 만했다.

자신과 비슷한 나이대의 여자들이 왜 계속해서 현역으로 일하려고 하는 것인지, 도대체 몇 살까지 살고 싶은 것인지 에쓰코는 이해가 가지 않았다. 오래 살고자 하는 욕심 때문에 쓸데없는 생각을 하게 되는 것이다. 남편이 집을 나간 이후로 에쓰코가 생각하는 것은 오로지 오늘뿐이었고, 미래의 일이라고 해봤자 기껏해야 내일까지였다. 앞일을 고민해봤자 기대도, 불안도, 걱정도 전부 헛되이 사라진다는 것을 에쓰코는 잘 알고 있었다.

병실을 나서자 복도 끝에 있는 또 다른 환자가 보였다. 손잡이를 잡고 터벅터벅 걷고 있었다. 에쓰코는 등이 굽은 환자의 가냘픈 뒷모습을 가만히 바라보았다.

자신이 한 행동은 반드시 자신에게 되돌아온다.

에쓰코가 확신을 갖고 그렇게 말할 수 있게 된 것은 쉰 살을 넘기고부터, 특히 이곳 요양병원에서 일하기 시작하고부터였다. 에쓰코는 그 광경을 매일

같이 목격했다. 딸에게 혼나기만 하는 여자는 그동안 똑같은 말로 딸을 혼내왔을 것이다. 가족이 상대해 주지 않는 여자는 그동안 이기적으로 살아왔을 것이다.

그렇게 생각하자 이 작은 병원 안에서도 인간이 만들어가는 새로운 연쇄 반응이 존재하는 것처럼 느껴졌다.

휴게실로 들어가자 복도에서 봤던 등이 굽은 환자가 TV를 보고 있었다.

점심 식사 시간이 가까워서인지 휴게실에는 그 환자 혼자였다. TV 앞 의자에 앉은 그녀는 체구가 작아 연약해 보였고, 얇아진 새하얀 머리카락 사이로 속살이 비쳤다. 70대 후반쯤으로 보였다. 그녀는 두 손으로 휴대전화를 들고 있었는데, 그 감촉을 느끼려는 듯 엄지손가락 끝으로 휴대전화를 문지르고 있었다.

TV에서는 일기예보가 나오고 있었다. 홋카이도가 아니라 관동지방의 자세한 날씨를 전하고 있었다.

환자는 문득 에쓰코를 바라보며 "딸이 도쿄에 있거든요." 하고 상냥한 말투로 말을 걸었다.

갑작스러운 그녀의 말에 에쓰코는 곧바로 반응하지 못했다. 그녀는 말수가 적은 편이라 병실에서 쓰레기를 버릴 때나 "고마워요."라고 가끔 인사를 건넸을 뿐 지금까지 대화를 나눠본 적이 없었다.

"그러시군요. 저희 딸은 사이타마에 있어요."

말할 생각이 없었는데 엉겁결에 그 말이 입에서 튀어나왔다.

"어머나, 사이타마 어디요?"

"사이타마현 사이타마시인 것 같아요."

전기 포트에 물을 넣으며 에쓰코는 대답했다. '같아요'라고 말한 것은 지히로를 데리고 있게 되기 전까지 딸이 어디에 사는지 전혀 몰랐기 때문이었다. 게다가 최근에 알게 된 것도 딸에게 직접 들은 것이 아니라 초등학교에 제출한 지히로의 서류를 통해 확인한 것이었다.

"우리 큰딸은 도쿄 세타가야구에 살아요. 쉰이 넘었는데도 아직도 결혼을 안 해서 부끄러워 죽겠어요. 입만 열면 일, 일, 일밖에 몰라요. 여자가 무슨 일을 그렇게 하는지. 둘째는 마흔이 다 돼서 겨우 결혼하더니만 이번에는 아이를 안 낳겠다고 하는 거 있죠. 지금은 미야자키에 있어요. 저보고 미야자키로 오라는데 어떻게 부모한테 그렇게 멀리까지 오라고 할 수가 있을까요. 정말이지, 첫째도 둘째도 불효자라니까요."

그녀는 가녀린 목소리로 담담하게 말했다.

눈꺼풀이 처진 삼각형 모양의 작은 눈. 회색빛의 탁한 눈동자가 또렷이 에쓰코를 향하고 있었지만, 감정이 전부 빠져나간 것처럼 어딘가 멍한 인상이었다.

말을 끝낸 그녀는 에쓰코의 대답을 기다리지 않고 다시 TV로 시선을 돌렸다. 무릎 위에 올려둔 휴대전화를 엄지손가락으로 계속 문지르고 있었다. 그 모습이 점점 움츠러드는 것처럼 보였다.

에쓰코는 그리 머지않은 미래의 자신의 모습을 보고 있는 듯한 착각에 빠졌다.

자신도 곧 저 환자처럼 될지도 모른다. 병에 걸려 입원해서 병문안을 오는 가족도, 의지할 지인도 없이 혼자서 죽음으로 향하는 시간을 보내게 될 것이다. 남들에게 외롭겠다, 불쌍하다, 안쓰럽다 같은 말들을 듣게 될 것이다.

이미 각오하고 있는 바였다. 하지만 막상 그날이 오면 이것이 현실일 리 없다는 생각에 사로잡히지는 않을까. 과거의 자신을 저주하거나 가족에게 불만을 토로하지는 않을까. 에쓰코는 미래의 자신에게 불안감을 느끼고 있었다.

일주일에 한 번 있는 나이트 근무를 마치고 집에 오면 늘 아침 7시 반 정도였다.

언덕 중턱에 있는 자신의 집을 발견한 에쓰코는 안도했다. 지히로에게 자신이 집을 비운 사이에 절대로 불을 사용하지 말라고 입에 침이 마르도록 당부했지만, 그래도 걱정이 사라지지는 않았다.

산에는 단풍이 들기 시작했다. 언제 계절이 바뀌었을까. 얼마 전까지만 해도 초록빛으로 뒤덮여 있었는데, 어느덧 주황색과 노란색이 경쟁하듯 산을 물들이고 있었다.

차에서 내린 에쓰코의 코끝에 잡초를 태우는 냄새가 스치며 또다시 화재의 기억이 떠올랐다. 킁킁대며 다시 냄새를 맡았지만 더는 느껴지지 않았다. 기분 탓이었나보다 생각하며 집으로 들어가려는데 "어서 와." 하고 등 뒤에서 누군가 말을 걸어왔다.

"이제 일 끝나고 오는 거야? 나이트 근무였어? 고생했겠네."

언덕 위 이웃집에 사는 난부였다. 이웃집이기는 하지만 밭을 사이에 두고 10미터는 족히 떨어져 있었다. 쉰 살 정도 된 난부는 이 주변에서 에쓰코와 마찬가지로 젊은 부류에 속했지만, 에쓰코와 달리 근처에 사는 노인들과도 가깝게 지냈다. 눈썹이 없고 살짝 부은 듯한 가는 눈을 가진 그녀는 얌전해 보이는 외모와 달리 거침없는 말투의 수다쟁이였다. 오늘도 트레이드마크인 수건을 목에 두르고 있었다.

"아이고, 나도 늙었나. 나이트 근무도 이제 쉽지 않네."

에쓰코는 허리를 두드리며 대답했다.

"무슨 소리야. 아직 젊잖아. 손녀가 온 뒤로 점점 더 젊어지는 거 아니야? 지히로 정말 착하더라. 마주칠 때마다 인사도 잘하고. 도시에서 태어난 아이인데 정말 대견해."

사실은 '도시에서 태어난 아이'가 아니라 '구니코한테서 태어난 아이'라고 말하고 싶었던 것이 아닐까, 하고 에쓰코는 추측했다. 하지만 사실 에쓰코도 같은 생각이었다.

"그런가." 하고 모호하게 대답하는 에쓰코에게 "근데 냄새 안 나?"라며 난부가 얼굴을 잔뜩 찌푸린 채 물었다.

"냄새?"

"또 싸우나 봐."

난부는 고개를 돌려 언덕 위쪽을 가리켰다. 그리고는 다시 에쓰코를 바라보며 "아카이네 집." 하고 작은 목소리로 말했다.

에쓰코는 "아, 그래."라고만 대답했다. 아카이 가족의 장녀인 미쓰바와 지히로가 가깝게 지낸다는 사실을 알게 된 것은 일주일 정도 전의 일이었다.

"그 쓰레기 집 말이야, 또 집 주변에 음식물 쓰레기를 대충 던져놨나 봐. 그래서 마을 자치회 사람들이 아침부터 한마디 하러 올라갔는데, 결국 싸움이 나서 쓰레기를 태우기 시작했나 보더라고. 정말이지, 올해로 벌써 이게 몇 번째인지 모르겠어. 봐 봐, 냄새나잖아."

난부는 냄새의 미립자를 가리키듯 검지를 치켜들었다. 그러고 보니 희미하게 이상한 냄새가 나는 것 같기도 했다. 아까 차에서 내릴 때 느꼈던 타는 냄새가 기분 탓이 아니었던 것일까.

"우리도 상황이 어떤지 보러 안 갈래?"

"아니, 나는 괜찮아."

"그럼 미안하지만 차로 나 좀 데려다줄 수 있어? 우리 집 아저씨가 아까 아카이네 집에 갔는데 아직도 안 와서 말이야. 나 얼마 전에 허리 다쳐서 언덕 올라가기가 좀 힘들거든."

난부가 말을 걸어온 이유를 그제야 깨달았지만, 거절하면 뒤에서 어떤 험담을 해댈지 몰랐다. 그렇지 않아도 에쓰코는 원래 동네 사람들과 사이가 그다지 좋지 않았고, 건방진 딸과 함께 살 때는 차가운 시선을 받기도 했었다. 지금은 그 딸이 낳은 아이를 데리고 있다는 이유로 주목을 받고 있으니 되도록 조용히 지내고 싶었다.

난부를 조수석에 태우고 언덕 위로 향했다. 집을 기준으로 언덕 위쪽으로는 가게나 마을 시설이 없어서 거의 갈 일이 없었다.

"우리 집 아저씨는 사람이 많을수록 좋지 않겠냐고 해서 따라갔거든. 자치회 소속이 다르니까 굳이 끼지 않아도 되는데 말이야. 하지만 그 집 사람들이 무슨 짓을 할지 모르니까."

조수석에 앉은 난부는 혼자서 말하고 있었다.

"도이모토 씨 댁에도 아카이네 좀 어떻게 해달라고 사람들이 몇 번이나 말하러 갔었다더라. 근데 전혀 대화가 안 통한대."

사거리를 지나자 포장도로가 끝나고 불규칙한 흔들림이 밑에서부터 전해졌다. 활엽수와 침엽수가 양쪽으로 펼쳐졌다. 탄내를 확실히 맡은 직후, 나무 사이에서 가늘게 뻗어 올라가는 연기가 보였다.

"거봐, 역시 태우고 있잖아!"

난부가 차 앞 유리에 얼굴을 갖다 대듯 들이밀며 외쳤다.

아카이 가족의 집은 산길을 따라 100미터 정도 올라간 곳에 덩그러니 있었다. 원래는 야미가미 신사에서 제사를 지내는 궁사의 가족들이 지낼 수 있도록 지어놓은 집인 듯했다. 하지만 타지에서 오기로 했던 궁사는 결국 오지 않았고, 신사도 집도 오랫동안 비어 있었다. 이후 그 집에는 산림조사원들이 돌아가며 산 적도 있었지만, 아카이 가족이 이사를 오기 전까지 꽤 오랜 시간 빈집이었다.

"이러다 언젠가 산불이 나는 거 아니야?"

난부의 혼잣말에 에쓰코는 또다시 단자와의 딸인 도미에가 화재로 세상을 떠난 것을 떠올렸다. 이제 곧 난로를 켜는 계절이 온다. 점점 더 걱정이 커질 수밖에 없었다.

아카이의 집 앞에는 차가 이미 세 대나 세워져 있었다. 에쓰코는 맨 뒤에 차를 세우고 난부가 내리기를 기다렸다. 하지만 그녀는 아카이 가족의 집을 바라보기만 할 뿐 좀처럼 내리려 하지 않았다.

목조 시멘트로 된 이층집. 칙칙한 빨간색의 삼각 지붕은 강풍이 불면 날아가 버릴 것처럼 약해 보였다. 곳곳에 균열이 생긴 시멘트벽이 거무스름해진 것은 세월 탓인지 아니면 쓰레기를 태운 연기 탓인지 알 수 없었다.

집 주변에는 낡은 타이어와 목재, 선풍기, 의자, 자전거 같은 대형쓰레기가 나뒹굴고 있었다. 집 옆에 세워진 오래된 경트럭의 짐칸에도 쓰레기가 쌓여 있었다.

아카이 가족의 집을 에워싸듯 예닐곱 명이 서 있었다. 그 사이로 흔들리는 불꽃과 연기가 슬쩍 보였다. "그만두시게! 이러다 정말 산불로 번진다니까!" 하고 누군가 소리쳤다.

"단자와 씨 집에 불이 났었잖아."

난부가 나직이 말했다.

순간 조금 진 화재를 걱정하던 속마음을 간파당한 기분이 들었다. 난부의 얼굴을 슬쩍 살폈지만 그녀는 여전히 아카이 가족의 집을 바라보고 있을 뿐이었다.

"단자와 씨네 며느리 말고 아카이 가족 중에 누가 불을 지른 게 아니냐고 하는 사람도 있더라."

에쓰코는 너무 놀란 나머지 목소리가 나오지 않았다.

"그냥 소문이야."라며 마치 '소문'이라는 단어를 붙이면 무슨 말을 해도 괜찮다는 듯 난부는 하던 말을 이어갔다.

"그도 그럴 것이 아카이 부부라면 둘 다 자주 쓰레기를 태우니까 불을 어떻게 붙이는지 잘 알 거 아니야. 그 부부라면 그럴 만하다고 다들 그러더라. 단자와 씨 댁에 멍청한 아들 녀석, 알지? 하코다테의 병원에 입원해 있었던 덕에 목숨을 구했다며. 그 아들 녀석이 글쎄 작년이었나? 아카이네 경트럭에 부딪힐 뻔해서 길길이 화를 냈었대. 그 일에 원한을 품고 불을 지른 게 아닐까, 하고 말하는 사람도 있어."

심장이 경종을 울리듯 빠르게 뛰기 시작했다. 마음에 걸리는 것이 있었다. 그것이 무엇인지 생각이 날 듯 나지 않았다. 아니, 생각이 났지만 생각하고 싶지 않은 것일지도 몰랐다.

흡, 하고 에쓰코는 짧게 숨을 들이켰다.

—— 도미에네 집에 나쁜 일이 일어날지도 모른다고, 누군가 죽을지도 모른다고 말이야.

불현듯 선명하게 기억이 되살아났다.

일주일 전 미쓰바는 마치 도미에가 죽을 것을 알고 있었던 것처럼 말했다.

만약에, 하고 에쓰코는 신중하게 생각했다. 만약에 아카이 부부가 단자와 씨 집에 불을 지르자고 이야기를 나눴다면? 만약에 그 대화를 미쓰바가 들었다면?

아니, 설마 그럴 리가 있을까. 에쓰코는 머릿속에서 위험한 상상을 떨쳐버렸다. 그 화재는 담뱃불에 의한 것으로 이미 밝혀졌다.

난부를 데려다주고 곧바로 집으로 돌아갈 생각이었는데 "잠깐 나가서 상황 좀 볼까?" 하고 난부가 재촉하는 탓에 차에서 함께 내리고 말았다.

코를 자극하는 매캐한 연기 냄새가 순식간에 콧구멍 안으로 흘러들어오며 에쓰코의 뇌리에 불이 났던 날 밤의 기억이 되살아났다.

그날 밤 에쓰코는 지히로가 자신을 깨우기 전까지 소방차 사이렌 소리를 전혀 듣지 못했다. 지히로와 함께 밖으로 나가자 이미 마을 사람들이 삼삼오오 모여 피어오르는 불길과 연기를 바라보고 있었다.

그때는 이미 도미에가 목숨을 잃은 후였을까. 문득 그런 생각이 머리를 스친 탓에 에쓰코는 무의식중에 어금니를 꽉 깨물었다.

"어서 불 끄라니까! 위험하다고!"

한 남자가 소리쳤지만, 이미 그 목소리에서 체념이 묻어났다.

집을 에워싸고 있는 사람들 너머에서 불길과 연기가 하늘로 치솟고 있었다. 탁, 탁, 하고 무언가가 터지는 소리가 났다.

불을 피우고 있던 것은 아카이 가족 중 아내였다. 불을 피우고 있다기보다 그저 불길 앞에 서 있을 뿐이었지만, 뻔뻔한 태도 때문인지 나쁜 짓을 꾸미고 있는 사람처럼 보였다.

늦가을임에도 불구하고 반팔 티셔츠에 운동복 바지를 입고 있었다. 둘 다 남자 옷으로 보일 만큼 큰 사이즈였지만, 관리하지 않아 살이 찐 몸을 가리기에는 제격이었다. 대충 올려묶은 흐트러진 머리. 맨발에 신은 남성용 샌들. 그 모든 것이 더러워 보였다.

그녀는 한 손에 들고 있던 검은 비닐봉지를 불길 속으로 던졌다.

앗, 하고 마을 사람들이 놀라 소리쳤다.

그 소리에 반응한 것인지 불길만 멍하니 바라보던 여자가 사람들 쪽으로 시선을 돌렸다. 입술을 꾹 다문 채 히죽대며 비웃음을 짓고 있었다.

그녀와 눈이 마주치지 않기 위해 에쓰코는 반사적으로 등을 돌렸다.

그대로 차에 올라타 꺼림칙한 기분을 떨쳐내듯 액셀을 꾹 밟았다. 그 후로는 액셀을 거의 밟지 않고도 차는 느릿느릿 달려 에쓰코를 집까지 데려다주었다.

차에서 내렸을 때 눈앞에서 갑자기 누군가 튀어나왔다.

"뭐 하는 거야?"

순간적으로 나무라는 듯한 말투가 튀어나왔다.

상대는 잠시 큰일 났다 싶은 얼굴을 했지만, 금세 여유로운 표정을 지어 보였다. 아카이 가족의 장녀인 미쓰바였다. 그녀는 지금 분명 에쓰코의 집에서 나왔다.

문이 열려 있었던 것은 아닐까. 집에 들어가려던 차에 난부가 말을 걸어와 그대로 아카이 가족의 집으로 가지 않았던가.

"우리 집에서 뭐 하는 거니?"

"으음, 아무것도요?"

미쓰바가 히죽거리며 말했다. 사람을 무시하는 듯한 웃음이 지금 막 보고 온 그녀의 엄마의 얼굴과 겹쳐 보였다.

"아무것도, 라니. 우리 집에 온 거 아니야? 무슨 용건이라도 있니?"

"지히로랑 놀고 싶어서 데리러 왔을 뿐이에요. 집에 없는 것 같아서 그냥 가려고요."

"평일인데 있을 리가 없잖아. 너, 학교는 어떻게 하고?"

"생리통이요."

미쓰바는 뻔뻔하게 받아쳤다.

"학교 빠지고 돌아다니면 안 되지."

"네에."

미쓰바는 장난스러운 태도로 일관하며 자리를 뜨려 했다. 하지만 한 걸음 내딛더니 갑자기 멈춰 섰다.

"근데 지히로, 진짜 구니코 딸이에요?"

두 사람을 이름으로 부른 것에 에쓰코는 괘씸함을 느꼈다. 하지만 상대는 아직 중학생인 어린아이였다. 진심으로 화를 내는 것은 어른스럽지 못하다고 스스로를 타일렀다.

"왜 그런 걸 물어보니?"

"그야 지히로가 버려졌으니까요."

"그럴 리가 없잖아."

"그럼 왜 지히로만 여기에서 지내요?"

마땅한 답을 찾지 못한 에쓰코는 "지히로는 뭐라고 했니?"라고 되물었다.

"뭐라더라? 뭐라고 했었지?"

미쓰바는 뒷짐을 진 채 애태우듯 말했다. 그러더니 "아, 생각났다!"라며 웃는 얼굴로 에쓰코를 바라보았다.

"엄마한테 미움받고 있는 게 분명해, 내가 방해만 된다고 생각할 테니까, 라던데요?"

이 말을 남기고 미쓰바는 신이 난 발걸음으로 자신의 집과는 반대 방향인 언덕 아래로 내려갔다.

그녀의 뒷모습이 보이지 않게 된 후에야 에쓰코는 현관문 손잡이를 잡았다. 역시나 문은 잠겨 있지 않았다. 미쓰바가 멋대로 집에 들어갔던 것은 아닐까. 찬장에 넣어둔 현금과 통장, 인감 등을 확인했지만 사라진 물건은 없었다.

나이트 근무를 마친 몸에 피로감이 무겁게 엉겨 붙었다. 잠을 자보려 했지만 몸은 피곤한데 머리는 맑아서 평소답지 않게 좀처럼 잠이 오지 않았다.

오랜만에 환풍기 날개라도 닦아볼까 싶었다. 그러자 이곳저곳이 눈에 들어와 배수구를 청소하고 가스레인지와 전자레인지를 닦다 보니 연말에나 하는 대청소처럼 되어버렸다. 지금까지는 연말연시 할 것 없이 일을 해왔다. 오히려 연말연시에 출근하면 수당을 받을 수 있어 자진해서 출근하기도 했다. 젊었을 때는 앞뒤 가리지 않고 딸과 먹고사는 것만 생각했다.

그 덕에 딸에게 하루 세끼 밥을 먹일 수 있었고 필요한 것도 사줄 수 있었다. 용돈도 주었고 고등학교 진학도 시켰다. 부족함 없이 해줄 만큼 해주었다고 생각했다.

그런데 그 이상 무엇을 더 바란 것일까.

에쓰코는 그것이 늘 궁금했다.

이렇게까지 잘해주는데 무엇이 불만이지? 힘들게 보내준 고등학교를 왜 멋대로 그만두고 집을 나간 거지?

지금껏 딸의 마음을 이해하지 못했다.

에쓰코에게 딸이란 머릿속도 마음속도 전혀 읽을 수 없는 존재였다. 물론 지금도 마찬가지였다.

수도꼭지의 물때를 닦아내던 에쓰코의 귓가에 미쓰바의 목소리가 다시금 되살아났다.

—— 엄마한테 미움받고 있는 게 분명해, 내가 방해만 된다고 생각할 테니까, 라던데요?

그럴 리 없다고 믿고 싶었지만 그럴 수 없었다. 구니코라면 얼마든지 가능한 이야기였다. 생각해 보면 에쓰코 자신도 딸의 존재를 귀찮게 여겼던 적이 있었다. 딸만 없으면 이런 고생을 하지 않아도 됐을 텐데, 하고 말이다. 하지만 이것은 이 세상 모든 엄마들이 한 번쯤은 생각하는 현실 도피에 가까운 일시적인 감정이지 않은가. 결코 진심이 아닌 마음의 착각 같은 것이었다.

에쓰코는 2층으로 올라가 지히로의 방으로 들어갔다. 한때 딸이 썼던

방이라 딸의 책상과 책장, 그리고 서랍이 그대로 남아 있었고, 지금은 그 위에 지히로의 물건들이 조심스럽게 놓여 있었다. 햇볕에 그을린 다다미 바닥, 압정 자국이 눈에 띄는 누런 벽지. 커튼만 지히로를 위해 새로 달아 주었다.

딸은 가구 이외의 모든 것을 처분하고 나갔다. 책도, 앨범도, 옷도, 일기도, 노트도, 편지와 연하장까지 전부 버렸다. 사진 한 장조차 남기지 않았다. 마치 자신이 이곳에 존재했던 흔적을 깨끗이 지우려는 것처럼. 이 집에서 지냈던 것이 인생의 오점이라도 되는 것처럼.

지히로와 이야기를 해야 한다. 그렇게 생각하면서도 무엇을 물어봐야 할지, 어떤 말을 해줘야 할지 감이 오지 않았다. 답이 나오지 않는 문제로 고민하는 것은 에쓰코의 성격에 맞지 않아 '뭐, 어떻게든 되겠지.' 하고 일단 머릿속에서 지웠다. 그러자 더러워진 접시를 닦지 않고 내버려 둔 것처럼 자꾸만 신경이 쓰였다. 이 과정을 반복하는 사이 며칠이 흘렀다.

"학교는 어떠니?"

일을 쉬는 날 저녁, 카레라이스를 한술 뜨며 에쓰코는 지금까지 몇 번이고 물어봤던 것을 또다시 물었다. 대답은 이미 알고 있었다. "똑같아요." 아니면 "그냥 그래요." 아니면 "괜찮아요." 중 하나일 터였다.

"그냥 그래요."

지히로는 성실하게 미소를 지어 보이며 "할머니는 일하는 거 어떠세요?" 하고 되물었다. 이것도 매번 반복되는 패턴이었다.

"나도 그냥 그렇지."

그렇게 대답하자 지히로는 목소리를 높여 웃으며 "똑같네요."라고 말했다.

식사 시간에는 항상 텔레비전을 켜 두었다. 대화가 거의 없는 에쓰코와 지히로 사이를 떠들썩한 텔레비전 소리가 메워주었다.

홋카이도 동부에서 열리고 있는 계절에 맞지 않는 축제 현장의 모습이 지역 뉴스를 통해 소개되고 있었다. 마을 활성화 사업의 일환으로 대학생들이 기획한 행사인 듯 어두운 밤의 신사에 화려한 조명이 켜져 있었다.

"그러고 보니 우리 집 근처에도 신사가 하나 있단다."

지히로가 미쓰바의 손에 이끌려 야미가미 신사에 갔다 온 것이 떠올라 한 번쯤 확실히 말해둬야겠다고 생각했다.

"야미가미 신사라고 하는데, 그곳에는 되도록 가지 않는 게 좋아."

아무렇지 않은 척하려 했더니 퉁명스러운 말투가 나와 버렸다.

"알겠어요."라고 대답한 지히로는 잠시 망설이더니 "근데 왜 가면 안 돼요?" 하고 조심스럽게 물었다.

"가면 안 되는 건 아니지만, 신이 있는 장소니까 장난삼아 가지 않는 게 좋아."

형형색색의 조명으로 환히 밝혀진 텔레비전 속 신사의 모습을 보며 말하려니 영 설득력이 없었다. 아니나 다를까 지히로는 에쓰코의 대답에 실망한 듯했다.

사실인지 아닌지 알 수는 없지만, 하고 에쓰코는 전제를 달고 말했다.

"야미가미 신사에는 오래전부터 아주 강력한 신이 살고 있는데, 심술궂은 성격이라 사람들의 나쁜 소원만 들어준다더구나. 그러니까 그 신사에서 나쁜 소원을 빌면 안 돼. 설사 소원이 이루어진다 해도 언젠가 자기 자신한테 되돌아올 테니까."

이런 설명으로 과연 이해할 수 있을까. 사실 에쓰코 자신도 미심쩍은 전설 정도로만 받아들이고 있었다. 하지만 전설에는 교훈이 담겨 있는 경우가 많으니 위험해 보이는 곳에는 굳이 가까이 가지 않는 편이 자신을 위하는 길이었다.

야미가미 신사는 에도시대에 북전선(과거에 해상교역을 목적으로 오사카와 홋카이도를 오가던 배-옮긴이)을 타고 왔다가 그대로 정착한 사람들이 지은 것으로 알려졌다. 이후 소유권 분쟁이 발생하며 마을이 두 개로 나뉘었고, 마을 안쪽으로 쫓겨난 패자들이 야미가미 신사에서 적들을 저주했다고 한다. 그 밖에도 궁사가 살해당했다느니 반대로 살해했다느니 시체가 묻혀 있다느니 하는 이런저런 소문들이 많았다. 기록은 아무것도 남아 있지 않았고, 에쓰코 또한 어릴 때 부모에게 들었을 뿐 어디까지가 진실인지 알지 못했다.

하지만 에쓰코는 장소의 힘과 생각의 힘을 막연하게 믿고 있었다. 믿는다기보다 두려워하는 것에 더 가까웠다. 저주나 사념, 분노와 같은 부정적인 감정들이 한데 모인 장소에는 검은 연기가 천천히 소용돌이치는 듯한 불길한 기운이 붙어 있는 것처럼 느껴졌기 때문이다.

지히로는 숟가락을 든 손을 가만히 멈춘 채 다음 말을 기다리고 있었다. 에쓰코는 물로 목을 축인 다음 다시 입을 열었다.

"인간은 무심결에 나쁜 생각을 하기도 하잖아. 누군가를 원망한다거나 저주한다거나. 그래서 되도록 그 신사에는 가지 않는 게 좋아. 세상에는 인간이 감당할 수 없는 일들이 아주 많으니까 말이야."

"그게 다예요?"

지히로는 무언가를 살피는 듯한 눈빛으로 물었다.

"그게 다냐니, 무슨 뜻이니?"

"그 신사에 가면 안 되는 이유요. 다른 건 없어요?"

도시에서 나고 자란 소녀에게 원한이나 저주 같은 것들은 시시하게 들리는 것일까.

"그게 다란다."

에쓰코가 대답하자 지히로는 생각에 잠긴 듯했다.

"그럼 빌면 이루어져요?"

잠시 후 지히로가 에쓰코의 눈을 바라보며 물었다.

"뭐를?"

"나쁜 소원이요."

—— 도미에네 엄마가 밤에 몰래 신사에 간 건 도미에가 죽게 해달라고 발원하기 위해서였을지도 모르지.

불길한 바람처럼 미쓰바의 목소리가 귓속으로 흘러 들어왔다.

지히로가 그 이야기를 하고 있다는 것을 알면서도 에쓰코는 대답할 수 없었다. 소원이 이루어지는가, 이루어지지 않는가. 둘 중 하나를 고르자면 이루어지지 않는다고 곧바로 결론이 나왔지만, 그것은 자신의 손이 닿는 범위 내에서의 대답이라고 생각했다.

"글쎄다. 그건 잘 모르겠네."

결국 솔직하게 대답하는 수밖에 없었다.

지히로는 다시 시선을 내리깔았다. 무언가를 생각하는 듯한 표정이었다. 살짝 내민 입술이 꽃봉오리 같았다.

구니코와 닮았다——. 문득 그런 생각이 들었다. 지히로와 함께 지낸 지 벌써 석 달이나 되었는데 지금에야 처음 느낀 감정이었다.

언제까지 지히로를 데리고 있어야 하는 걸까. 딸은 이 아이를 어떻게 할 생각인 걸까. 이대로 쭉 여기에 둘 생각인 걸까.

딸에게 전화가 걸려 온 것은 두 번뿐이었다. 곧바로 지히로를 바꿔주었지만, 두 사람의 대화도 오래 이어지는 것 같지는 않았다.

지히로를 맡아주었으면 좋겠다는 연락을 처음 받았을 때, 딸이 혹시 감옥에라도 가는 걸까 싶었다. 하지만 지히로의 말을 들어보니 남편의 사업이 기울며 부부 사이도 점점 나빠졌다는 것을 짐작할 수 있었다. 이혼한다 해도 딸이 이 마을로 돌아오는 일은 없을 것이다. 지히로를 맡길 때도 에쓰코에게 하코다테 공항까지 와 달라고 했을 정도였으니 말이다.

열여섯 살이었던 딸은 서른세 살이 되어 있었다. 훌쩍 나이를 먹었지만 에쓰코의 눈에는 점잖은 체하는 여인의 탈을 쓴 어린아이로 보였다.

"…… 어요?"

지히로의 목소리가 에쓰코의 귓가를 지나쳐갔다. 따라잡으려 했지만 말꼬리밖에 붙잡지 못했다.

"응? 뭐라고 했어?"

"그 집에 왜 불이 났어요?"

"담뱃불 때문이라더구나."

에쓰코는 신중하게 대답했다.

"그게 정말일까요?"

"달리 뭐가 있다는 거니?"

"그야 아줌마 혼자 살아남은 게 이상하잖아요."

미쓰바의 말을 곧이곧대로 믿은 것일까. 아니면 학교에도 소문이 난 것일까.

"도미에의 엄마는 도미에를 많이 아꼈단다. 그래서 도미에가 세상을 떠나서 아주 많이 슬퍼하고 있어."

에쓰코는 입에서 나오는 대로 아무 말이나 했다. 단자와 하루카는 딸과 동갑이라 같은 초등학교와 중학교를 나왔지만 에쓰코에게는 거의 모르는 사람이나 다름없었다

"정말요?"

"그럼."

"그렇구나." 지히로는 작게 중얼거리고는 시선을 내리깔고 카레를 뒤섞기 시작했다.

"자기 자식을 귀찮게 여기는 엄마는 이 세상 어디에도 없단다."

에쓰코는 자연스럽게 이야기를 꺼냈다.

지히로는 에쓰코의 말이 들리지 않는 것처럼 계속해서 카레만 뒤적거릴 뿐 아무리 시간이 지나도 입에 넣으려 하지 않았다.

"엄마는 제가 거추장스럽다고 했어요."

여전히 시선을 내리깐 채 침착한 목소리로 말했다.

미쓰바가 의기양양한 태도로 했던 말이 사실이었던 것일까. 지히로는 미쓰바에게 이런 이야기까지 털어놓은 것일까. 그렇게 생각하니 그 건방진 계집아이에게 왠지 진 것 같은 기분이 들었다.

"너 때문에 하고 싶은 일을 못 한다고, 너 때문에 인생이 망했다고 했어요. 시끄럽다고, 치근대지 말라고, 짜증 난다고요."

카레를 뒤섞는 끈적한 소리가 불쾌한 울림을 머금고 있었다.

"아빠는 거의 집에 오지 않았어요. 집에 와도 저를 무시했어요. 제가 엄마랑 닮아서 싫대요. 하지만 엄마는 제가 아빠를 닮아서 싫다고 했어요."

감정을 꾹꾹 눌러 담은 담담한 말투였다. 내리깐 속눈썹은 까맣고 길었다. 그러고 보니 딸의 속눈썹도 까맣고 길었다는 것이 떠올랐다.

아이를 낳는 게 아니었는데——. 엄마라면 누구나 하는 생각이다. 현실도피에 불과하다. 진심이 아니다.

그래서 에쓰코는 그렇게 생각하는 것에 죄책감을 느끼지 않았다. 실제로 딸이 없었다면 그렇게까지 고생하지 않아도 되었을 테니까.

시끄러워. 귀찮아. 치근대지 마. 짜증 나. 성가셔. 이런 감정을 느낀 적도 셀 수 없이 많았다. 엄마라면 누구나 순간적으로 이런 생각을 하지 않는가. 아니, 실제로 소리 내어 말한 적도 있었다.

네 아빠를 빼닮았어, 하고 딸에게 화풀이했던 기억이 떠올랐다. 집을 나간 에쓰코의 남편은 하코다테에서 만난 술집 여자와 동거를 시작했고, 일 년 후 차에 치여 죽었다. 너도 네 아빠처럼 제 명에 못 살 거다, 라고 말한 적은 혹시 없었던가.

지금 기억났다는 것은 거짓말이었다. 잊어버린 것은 아니었지만 기억하고 있을 만한 일도 아니라고 생각했다. 엄마와 딸 사이에 나쁜 말 좀 할 수도 있지. 어차피 진심은 전해졌을 테니까. 오히려 나쁜 쪽은 먹고살기 위해 필사적으로 일하는 엄마에게 고마워할 줄 모르는 딸이 아닌가.

에쓰코는 눈앞의 지히로를 다시 바라보았다. 새로운 눈으로 바라본 지히로는 새싹이 돋아나는 듯한 에너지로 가득 차 있었지만, 오밀조밀한 작은 얼굴은 슬플 정도로 천진난만했다.

순간 자신의 눈에 비친 것이 누구인지 혼란스러웠다.

시끄러워. 귀찮아. 치근대지 마. 짜증 나. 성가셔. 한때 자신이 내뱉었던 말이 귓가에 울려 퍼졌다.

자신이 한 행동은 반드시 자신에게 되돌아온다——. 에쓰코는 자신도 그 연쇄의 일부라는 사실을 깨달았다.

7. 가쓰키 쓰요시 —— 현재

한밤중에 내리기 시작한 비는 오후가 되어도 그치지 않았고, 바람이 모래를 옮기는 듯한 소리를 내며 주변 풍경에 옅은 회색빛 천을 덮어놓은 것 같았다.

도쿄구치소로 들어선 가쓰키 쓰요시의 심장박동에 빗소리가 낮은 이명처럼 달라붙어 있었다. 몸이 무겁게 느껴지는 것은 수분을 머금은 옷 때문만이 아니라 숙면하지 못한 탓이 컸다.

마루에다 이쓰오와의 첫 번째 면회로부터 정확히 2주가 지났다.

접견실에서 마루에다를 기다리는데 심박수가 빠르게 올라가는 것이 느껴졌다. 가쓰키는 두 주먹을 꽉 쥐었다.

문이 열리고 마루에다가 나타났다. 가쓰키를 알아보고 가볍게 고개를 숙였다. 지난번에는 낙담한 기색을 보이며 눈을 피하더니, 오늘은 가쓰키의 표정을 읽으려는 듯 시선을 떼지 않았다.

"무언가 알아내셨나요?"

의자에 앉자마자 마루에다가 입을 열었다. 담담한 말투를 의식하고 있지만 그의 눈에서 채 숨기지 못한 고양감이 드러났다.

문득 중학교 동창의 얼굴이 떠올랐다. 다수결로 반장이 되었을 때 그는 이런 눈을 하고 있었다. "왜 나야? 귀찮게, 정말."이라며 얼굴을 찌푸렸지만 검은 두 눈동자는 뜨겁게 빛나고 있었다. 반장으로 뽑혀서가 아니라 부반장이 당시 인기가 많았던 여학생이기 때문이었다.

아크릴 벽 너머의 마루에다가 갑자기 어리게 느껴졌다. 나이 드는 것을 거스르지 못한 무력한 어린아이 같았다. 세 명이나 살해한 그는 이변이 없는 한 사형 선고를 받을 것이다. 그렇게 생각하자 가쓰키의 가슴이 찢어질 듯 아팠다.

왜 죽인 거지? 무엇이 그를 이렇게 만든 거지? 묻고 싶은 충동을 애써 억눌렀다. 지금 이런 질문을 하면 마루에다는 또다시 입을 닫을지도 모른다.

"마루에다 씨는 8년 전에 절도 혐의로 체포된 적이 있었죠. 장소는 삿포로역이었고요."

마루에다의 한쪽 관자놀이가 움찔했다.

좋아, 정답인지도 몰라. 가쓰키는 이렇게 생각하면서도 답답함을 느꼈다.

"8년 전, 10월 14일에 마루에다 씨는 왜 삿포로에 있었던 겁니까?"

마루에다가 입을 열지 않는 것은 가쓰키가 직접 대답하기를 바라서인 듯했다.

"혼자 여행을 갔나요? 아니잖아요."

지난 2주 동안 가쓰키는 마루에다의 과거를 거슬러 올라가며 다시 살펴보았다.

대부분이 이미 각종 언론을 통해 낱낱이 밝혀져 있었지만, 그가 살았던 집이나 일했던 곳, 다녀갔을지도 모르는 가게들을 돌아다니며 그곳에서 만난 사람들에게 이야기를 들었다. 새로운 정보는 얻지 못했지만, 마루에다가 한때 존재했던 공간에 직접 가봄으로써 조금이나마 그의 과거를 들여다본 듯한 기분이 들었다.

하이토 마을 일가족 살인사건이 일어났던 12년 전, 마루에다는 인쇄업체에서 일하고 있었다. 그 후로는 공장에서 일하거나 폐기물 이송, 상품 포장 같은 단기 파견직을 전전했다.

마루에다는 스무 살에 어머니를 병으로 떠나보냈고, 그로부터 6년 후 아버지를 잃었다. 아버지는 자살이었다. 인쇄업체에서 일하던 당시, 마루에다는 아버지와 둘이서 도쿄 고토구의 아파트에서 살고 있었다. 아파트 계약을 해지한 것은 아버지가 세상을 떠나고 몇 달 후였다. 그리고 얼마 지나지 않은 10월 14일, 집도 직업도 없는 마루에다는 삿포로에서 체포되었다.

"마루에다 씨는 죽을 생각으로 삿포로에 갔던 거 아닙니까?"

가쓰키에게는 홋카이도 지사에서 근무할 당시 담당했던 잊을 수 없는 사건이 두 개가 있었다. 하나는 하이토 마을 일가족 살인사건이고, 다른 하나는 그로부터 4년 후에 일어난 조잔케이 동반자살 사건이다.

삿포로의 안방이라고 불리는 조잔케이 온천에서 멀지 않은 임산 도로 갓길에 세워진 왜건 차량 안에서 남녀 네 명이 사체로 발견된 것은 마루에다가 절도 혐의로 체포된 다음 날 이른 아침이었다. 남성은 각각 30대와 60대, 여성은 둘 다 20대였다. 모두 눈에 띄는 외상은 없었고, 창문을 가린 차 안에서 불에 탄 연탄이 나왔다. 인터넷으로 알게 된 네 사람이 모여 집단자살을 실행에 옮긴 것으로 보였다.

홋카이도가 아닌 각자 다른 지역에 살고 있던 네 사람을 모은 것은 도쿄에 사는 29세 여성이었다. 그녀는 홋카이도의 숲속에서 죽는 것을 고집하며 함께 자살할 사람을 모집했다. 자살 희망자는 10월 14일 오전 10시에 삿포로역 북쪽 출구에 있는 분수대 앞에서 만나기로 되어 있었다.

"마루에다 씨는 체포되었던 날인 10월 14일 오전 10시에 삿포로역 북쪽 출구의 분수대 앞에 있지 않았나요?"

마루에다는 긍정도 부정도 하지 않았다. 그저 한결같이 맑은 눈으로 가쓰키를 바라볼 뿐이었다. 그의 얼굴에서 알기 쉽게 감정이 드러나지는 않았지만, 오랫동안 꽉 물고 있던 어금니의 힘이 조금은 풀어진 듯한 분위기였다.

역시 그랬던 것인가. 가쓰키는 짧게 숨을 내뱉었다. 몸에 남아 있던 힘은 빠져나가는데 가슴속에는 오히려 무거운 것이 쌓여 가는 듯했다.

당시 가쓰키는 편집 데스크로 일했기 때문에 실제로 취재를 하고 원고를 쓴 것은 젊은 기자였다. 가쓰키는 그녀가 했던 말을 떠올렸다.

—— 왜 7인승 왜건을 빌렸을까요?

네 명이면 소형 승용차를 빌리는 것이 일반적이지 않냐는 것이 그녀의 의문이었다. 그 점에 크게 신경 쓰지 않았던 가쓰키는 “처음 만난 사이라 좁은 차에 타기 싫었나 보지.”라는 식으로 대답했었다.

가쓰키의 관심을 끈 것은 몇 인승 차량이었는지보다 자식 또래의 젊은 이들 사이에서 죽은 60대 남성이었다. 군마현에서 혼자 살고 있던 그는 몇 달 전에 직장을 잃었다. 나이로만 보면 세 명의 젊은이를 잘 타일러 자살을 막았어야 하는 연장자였다. 하지만 그는 처음 만난 젊은이들과 함께 죽는 것을 선택했다. 가쓰키는 그의 인생에 대해 생각해 보면서도 한편으로는 연장자로서 죽음을 서두르는 젊은이들을 말려주었으면 좋지 않았을까 하는 생각을 하지 않을 수 없었다.

하지만 지금은 그가 60년이나 살았기 때문에 오히려 절망과 고통을 알았던 것이 아닐까, 이를 악물고 버텨내려 해도 절망과 고통이 깊어지기만 한다는 사실을 알았던 것이 아닐까, 하는 생각이 들기도 한다.

“마루에다 씨.”

가쓰키가 나지막이 마루에다의 이름을 불렀다.

“8년 전 삿포로에서 무슨 일이 있었던 겁니까?”

“찾으셨나요?”

“네?”

3초가량 흐른 뒤에야 무엇을 묻고 싶은 것인지 깨달았다.

“하이토 마을의 장녀 말입니까?”

가쓰키는 신중하게 입을 열었다.

마루에다는 맑은 눈빛으로 긍정의 대답을 대신했다.

“마루에다 씨는 그녀와 아는 사이지 않습니까? 어디서 어떻게 만난 건가요?"

가쓰키는 잠시 하던 말을 멈추고 자꾸만 앞질러 가려 하는 마음을 진정시켰다. 두 손은 여전히 주먹을 꽉 쥔 채였지만, 힘을 풀면 그 안에 있던 소중한 무언가가 빠져나갈 것 같은 기분이 들었다.

"8년 전 삿포로였던 거 아닙니까?"

아버지의 죽음 이후 마루에다는 아파트를 정리하고 가재도구를 처분했다. 그때 이미 그는 죽을 생각이었던 것이 아니었을까. 그리고 자살 희망자를 모집하는 인터넷 글을 보고 삿포로로 향했다. 그곳에서 장녀와 만났을 가능성은 없을까. 렌터카 업체에서 7인승 왜건을 빌린 이유가 처음에는 마루에다와 장녀를 포함해 6명이었기 때문이라고 생각하는 것은 비약일까.

"드셨나요? 카레."

가쓰키의 질문에 정곡을 찔린 듯 마루에다의 눈빛이 멍해졌다.

"징기스칸 양고기는요? 소바는요? 온천에는 들어갔었나요?"

조잔케이 온천거리에서 산 안쪽으로 조금 더 들어가면 관광지로 유명한 댐이 하나 있다. 그 바로 앞에 소박한 2층짜리 온천이 있는데, 노천온천만큼이나 인기였던 것이 1층에 있는 레스토랑이었다. 징기스칸이나 소바 외에도 온천과는 어울리지 않는 본격적인 인도 카레와 난을 먹으러 오는 손님이 많았다.

가쓰키는 홋카이도 지사에서 근무할 당시 몇 번인가 그 온천에 가본 적이 있었다. 지금은 하코다테 지국에 있는 오야마가 굳이 차를 태워 데려가 주었던 것이다. 술을 마시지 않는 오야마 덕분에 온천을 즐기고 나와서 마음 편히 생맥주를 마실 수 있었기 때문에 평소 외출을 꺼리는 가쓰키조차 거절하지 않고 늘 따라나섰다.

집단 자살을 한 네 사람은 10월 14일 오후에 그 온천과 레스토랑을 방문했다. 만약 마루에다가 함께 자살할 생각이었다면 그도 온천에 들어갔다가 레스토랑에서 식사를 했을 가능성이 있었다.

"저는 거기서 소바를 주로 먹었어요. 마루에다 씨는 젊으니까 역시 카레였나요?"

가쓰키가 웃으며 말하자 마루에다는 추억을 되짚는 듯한 표정을 지었다.

"그때 그녀도 함께였던 거 아닌가요? 하지만 지금은 그녀가 어디에 있는지 모르는 거고요. 제 말이 틀렸나요?"

사건에 관한 내용은 일절 입을 열지 않으면서도 마루에다가 언론 관계자와 계속해서 만나는 이유. 그것은 바로 장녀의 행방을 아는 사람을 찾기 위해서다. 가쓰키는 그렇게 생각했다.

"가쓰키 씨는 알고 계신가요?"

마루에다가 입을 열었다.

가쓰키를 향한 눈빛은 기대와 체념을 오가는 것처럼 보였다.

"제 질문에 대한 대답은 하나도 해 주지 않으시네요."

"결국 가쓰키 씨도 그녀가 어디에 있는지 모르시는 거군요."

낙담한 듯했지만 기분이 나빠 보이지는 않았다.

"마루에다 씨가 일으킨 사건에 그녀가 관여되어 있나요?"

마루에다는 천천히 시선을 아래로 향하며 쑥스러운 듯 미소를 지었다.

"그렇다면 멋지겠네요."

마치 좋아하는 여자아이에 관해 이야기하는 중학생 같았다.

"아닌가요? 그녀는 관여되어 있지 않나요?"

다시 가쓰키를 바라본 마루에다는 더는 웃고 있지 않았다.

"그녀는 이미 죽었을지도 몰라요."

날카로운 눈빛은 무언가를 호소하는 것 같기도, 도움을 요청하는 것 같기도 했다.

8. 마루에다 이쓰오 —— 8년 전 · 가을

마루에다 이쓰오는 자신의 인생이 특별히 불행하다고는 생각하지 않았다.

이 세상에는 영양실조로 목숨을 잃는 아이들이나, 다치거나 병에 걸려 고통받는 사람들이 많다. 이 순간에도 비참하게 살해당하는 사람, 호흡곤란으로 발버둥 치는 사람, 고통에 울부짖는 사람이 어딘가에, 하지만 분명하게 존재한다. 그렇게 생각하면 자신이 불행하다고는 도저히 인정하기 어려웠다.

스물여섯 살에 천애고아가 된 후로 집도, 안정적인 직장도, 이렇다 할 인간관계도 없이 인터넷 카페에서 먹고 자면서도 불행과는 다르다고 생각했다.

하지만 이것이야말로 '불행 뇌'라는 말을 들어본 적이 있다.

불행한 사람은 더 불행한 사람을 찾으려고 한다. 행복한 사람은 더 행복한 사람을 찾으려고 한다. 거기까지는 일반적인 사고 패턴이다. 하지만 양쪽이 크게 다른 점은 불행한 사람은 더 불행한 사람을 찾아 위안을 삼는 반면, 행복한 사람은 더 행복한 사람을 발견하면 더욱 탐욕스럽게 행복을 추구한다는 것이다.

불행한 사람은 그 자리에 가만히 웅크린 채 움직이지 않는다. 행복한 사람은 더 높은 곳을 향해 계속해서 나아간다.

이쓰오에게 이런 이야기를 들려준 것은 같은 인터넷 카페를 이용하던 남자였다. 까무잡잡한 그의 얼굴은 주름이 깊고 앞니가 없었다. 일흔 살 가까이 되어 보였지만 50대라고 했다. 인터넷 카페 1층에 있는 편의점에 갔을 때 "너 이 위에서 지내지?"라며 남자가 먼저 말을 걸어왔다. 지저분한 회색 작업복 섬유 한 올 한 올에 땀과 기름, 때와 먼지가 배어 있는 듯 그것들이 뒤섞인 냄새가 코를 자극했다.

남자는 돈이 들어왔으니 자신이 한턱내겠다며 이쓰오에게 도시락과 설탕이 들어간 캔 커피를 사 주었다. 이쓰오는 단 음료를 좋아하지 않았지만, 차를 마시고 싶다고 말하지 못했다. 남자는 대화 상대를 찾고 있었던 듯 이쓰오를 가까운 공원으로 데려가 벤치에 나란히 앉아 함께 도시락을 먹었다.

"네가 그렇게 담담하게 있을 수 있는 건 행복해 본 적이 없어서 아니야?"

남자는 길 건너에 있는 맨션을 바라보며 말했다. 상아색 타일에 석양이 내리쬐며 금가루를 뿌린 것처럼 한쪽 벽면이 반짝였지만, 이쓰오의 눈에는 베란다에 널어놓은 하얀 이불이 더욱 눈부시게 느껴졌다.

"그런 걸까요."

일단 그렇게 대답했지만 깊이 생각한 것은 아니었다.

"나는 그렇다고 생각해. 그럼 하나 물어보자. 지금까지 아아, 행복하다, 하고 생각했던 적 있어?"

남자는 이쓰오를 바라보며 물었다.

아아, 행복하다. 남자가 한 말을 자신의 목소리로 재생해봤지만 아무런 기억도 떠오르지 않았다.

"거봐." 하며 남자가 웃었다. "없지?"

"그러네요."

"하지만 그게 정상이야. 행복이란 건 그 당시에는 모르는 거니까. 잃어버린 다음에야 아, 그때 행복했었구나, 하고 깨닫는 경우가 대부분이라고. 그러니까 주변에서 보면 행복해 보여도 당사자들은 행복하지 않다는 거지. 반대로 자신보다 좋은 환경에 있는 사람들과 비교하면서 자신이 불행하다고 생각하는 사람도 많을 거고."

남자의 이야기는 선문답 같았다.

이 남자는 어째서 행복이나 불행에 연연하는 것일까. 이쓰오에게는 볼 수도 만질 수도 없는 것은 존재하지 않는 것이나 마찬가지라서 자신의 삶과는 아무 관련 없는 일처럼 느껴졌다.

"내가 그랬거든." 남자는 다시 맨션으로 시선을 돌렸다. "내가 이래 봬도 사업을 했었거든. 이벤트 회사. 대학 나와서 2년 후에 창업했는데 꽤 잘됐어. 마침 버블 시대였어서 롯폰기에서 돔페리뇽 마시고, 새해 연휴에는 하와이에 가거나 스노보드를 타거나 하면서 한창 잘 놀았지. 버블이 꺼진 후에도 순조로웠어. 제법 비즈니스 센스가 있었거든. 그 무렵에 결혼해서 애도 낳고

아, 참고로 아내는 모델 출신이었어."

또 버블 이야기인가. 이쓰오는 지긋지긋했다. 이미 여러 번 버블 시대를 지나온 사람들의 이야기를 들은 적이 있었다. 본인에게는 유일무이한 무용담일지 모르지만, 이쓰오에게는 모든 이야기가 다 똑같이 들렸다. 그때는 좋았지. 그때는 내가 잘 나갔지. 그때의 내가 진짜 나야. 결국 다들 그런 말을 하고 싶은 것처럼 보였다.

"근데 말이야." 하고 남자의 목소리가 어두워졌다. "리먼 쇼크로 망해버렸어. 일을 너무 많이 벌였던 거지. 은행에서 더는 돈을 빌려주지 않으니까 눈 깜빡하는 사이에 망했어. 회사도 인간도 무너지는 건 한순간이더라."

헤헤, 하며 멋쩍게 웃은 남자는 캔 커피 냄새가 나는 숨을 내뱉었다.

"그러니까 내 말은 나도 그 당시에는 행복하다고 느끼지 못했다는 거야. 성공했다고는 생각했어. 하지만 더 많이 벌어서 더 높은 곳까지 올라가고 싶었어. 나는 아직 행복을 논할 레벨이 아니야, 같은 느낌이었는지도 모르지."

남자는 이쓰오를 바라보며 "마쓰사카규(미에현 마쓰사카시 근방에서 비육한 일본 3대 고급 소고기 중 한 종류-옮긴이) 먹어본 적 있어?" 하고 물었다.

"아니요."

기억을 더듬지 않고도 바로 대답할 수 있었다.

"오우미규(시가현에서 오랜 기간 비육한 일본 3대 고급 소고기 중 한 종류-옮긴이)는? 오마 참치(아오모리현 오마 앞바다에서 어획한 고가의 참치-옮긴이)는? 국산 장어는?"

"없어요."

"나는 있거든. 아무렇지 않게 매일 먹었어." 남자는 자랑스러운 듯 말했다. "근데 이제 와서 생각해 보면 모르는 편이 나았어. 시가도, 크루즈도,

롤렉스도, 존롭도 모르는 편이 나았다고. 쉽게 말하면 이럴 꼴이 될 거였으면 애초에 행복 같은 건 모르는 편이 낫다는 말이야. 너는 행복했던 적이 없으니까 발버둥 칠 일도 없잖아?"

남자가 무슨 말을 하고 싶은 것인지 이쓰오는 여전히 이해할 수 없었다. 단순한 푸념인 것일까, 아니면 이쓰오가 불행하다고 말하고 싶은 것일까.

남자는 그 후로도 몇 번인가 말을 걸어왔다. 그런 그가 귀찮아진 이쓰오는 다른 인터넷 카페로 옮겼다.

인터넷 카페에서 만난 남자의 이야기를 흘려들었다고 생각했다. 그런데 가끔 그의 말이 떠오를 때가 있었다.

── 행복해 본 적이 없다.

그 남자는 이름도 나이도 모르는 이쓰오의 인생에 관해 그렇게 단언했다. 정말 그런 것일까, 하고 이쓰오는 이따금 생각했다. 나는 지금까지 행복했던 적이 정말 없었나. 행복이 뭔지 몰라서 어디로도 나아가지 못하고 머물러 있는 것일까.

이쓰오가 철들기 시작할 무렵에는 이미 고토구의 아파트에 살고 있었다. 이쓰오가 세 살이었을 때 야마가타에서 세 가족이 함께 도쿄로 이사를 왔다고 들었다. 대부분 가장 오래된 기억이 서널 살 때라고 하지만, 이쓰오는 야마가타에 관한 기억이 전혀 없었다. 이쓰오에게 또렷하게 남아 있는 가장 오래된 기억은 초등학교 1학년 때의 일이었다. 학교에서 집으로 돌아왔을 때 평소라면 일하고 있어야 할 아빠가 좁은 거실에 누워 텔레비전을 보고 있었다. 테이블 위에 있던 재떨이에서 가늘게 피어오르는 연기가 창문 높이까지 올라갔을 때쯤 흰색에서 연보라색으로 바뀌었고, 또다시 흰색으로 바뀌며 심지가 풀리듯 퍼졌다가 이내 사라졌다.

평범한 광경인데 모든 소리가 사라진 것처럼 느껴졌다. 인정사정없는 고요함 속에서 담배 연기를 제외한 모든 것이 움직임을 멈춘 듯 보였다. 무언가 두려운 일이 일어나는 것은 아닐까. 어렴풋이 그런 예감이 들었다. 그렇게 생각한 것은 그날 아버지가 자동차 부품 공장을 그만두었다는 사실을 알게 된 이후였기 때문에 어쩌면 뒤늦게 덧붙여진 기억인지도 모른다.

돌이켜보면 이쓰오는 늘 받아들이기만 했다.

그날을 기점으로 아버지가 여러 차례 이직을 반복하게 된 것도. 얼마 가지 않아 구직 자체를 포기한 것도. 결국 현실을 받아들이지 못하고 방에 틀어박혀 지내게 된 것도.

어머니가 벌어오는 돈으로는 늘 부족했던 것도. 그 와중에 류머티즘에 걸려 수입이 더 줄어든 것도. 어머니마저 점차 표정을 잃고 말이 없어진 것도.

부모 때문에 고등학교를 중퇴해야 했던 것도. 월급을 모두 부모에게 줘야 했던 것도. 그런데도 고맙다는 말을 한 번도 듣지 못한 것도.

이쓰오는 언제나 받아들였다. 어쩔 수 없는 일이야, 다른 방법이 없잖아, 하고 생각하면서.

몸에 이상을 느끼면서도 병원에 가지 않았던 어머니는 구급차로 실려 간 날 밤에 숨을 거두었다.

그때도 아버지는 방 안에서 나오려고 하지 않았다. 마치 즉신불(승려가 직접 미라화하여 불상이 되는 일본 불교에서 볼 수 있는 독특한 수련 방법의 하나-옮긴이)이 되려는 것처럼. 하지만 끝까지 술과 담배를 끊지 못하다가 어느 날 갑자기

목을 맸다.

방문 손잡이에 매달린 아버지를 본 이쓰오는 몇 분 동안의 짧은 패닉 상태가 지나간 후 안도의 한숨을 내쉬었다. 아버지가 죽어서가 아니다. 아버지가 기차에 뛰어들지 않아서 다행이라고 생각했다. 투신자살을 한 경우 유족에게 거액의 손해배상금이 청구된다는 이야기를 들어본 적이 있었다. 아버지가 목을 맸는데 그런 생각이나 하는 자신에게 진절머리가 났다.

어머니의 죽음도 아버지의 죽음도 이쓰오는 받아들였다고 생각했다. 내가 어떻게 할 수 있는 일이 아니었다, 어쩔 수 없는 일이다, 하고 말이다. 다만 목을 매주어서 다행이라고 생각한 자신만은 차마 받아들일 수 없었다.

홋카이도의 숲속에서 죽는다. 이 문장에 끌린 이유는 비일상적인 광경을 떠오르게 하기 때문이었을 것이다. 스마트폰을 바라보며 이쓰오는 그렇게 스스로 분석했다.

이쓰오가 가본 여행이라고는 학교 수학여행뿐이었다. 2박 3일로 닛코 동조궁(일본 도치기현에 있는 도쿠가와 이에야스의 신사로 유네스코 세계문화유산으로 등재되어 있다-옮긴이)에 갔었다. 딱히 즐거웠던 기억은 없다. 다만 누레진 속옷과 뒤꿈치가 해진 양말을 들키지 않기 위해 고심했던 것만은 기억하고 있다.

홋카이도, 숲, 죽는다. 이 단어들을 가슴에 새기듯 되뇌자 자신의 인생에 처음으로 한 줄기 빛이 쏟아져 들어오는 듯한 기분이 들었다.

10월 14일 오전 10시, 이쓰오는 삿포로역 북쪽 출구에 있었다. 역에서 나오자 아치형 분수가 길게 늘어선 광장이 보였다. 평일이라 그런지 한산했다. 택시 승강장에는 손님을 기다리는 택시가 줄지어 서 있었다. 갈색이나 노란색 같은 가을의 색으로 물든 가로수 잎이 푸른 하늘 아래 펼쳐져 있었다.

자살 희망자들은 금방 알아볼 수 있었다. 택시 승강장을 등지고 분수 옆에 무리 지어 서 있는 다섯 명. 젊은 여자가 셋, 이쓰오와 또래로 보이는 남자가 하나, 아버지뻘의 남자가 하나. 그중 여자 한 명이 말을 하고 나머지 넷이 듣고 있는 듯했다. 여자는 서른 정도 됐을까. 미소를 띤 부드러운 표정은 죽으려고 하는 사람처럼 보이지 않았다. 이쓰오가 서 있는 곳에서 얼굴이 보이는 것은 그 여자뿐이었지만, 다른 네 사람에게도 특이한 점은 느껴지지 않았다. 평범한 친척 모임처럼 보이기도 했다.

그들 사이에 들어가는 것이 망설여졌다. 아니, 주눅이 든 것인지도 모른다. 어떻게 하지. 이쓰오는 고민하며 발밑으로 시선을 떨구었다. 낙엽이 바삭, 하고 마른 소리를 내며 바람을 타고 날아와 이쓰오의 운동화 끝에 닿았다.

고개를 들자 자살 희망자 다섯 명이 이쓰오를 바라보고 있었다. 가슴 속 깊은 곳이 뜨거워졌다. 본능적으로 시선이 바닥을 향하려는 것을 겨우 참아낸 이쓰오는 고개를 꼿꼿이 든 채 다섯 명이 있는 곳으로 걸음을 내디뎠다.

"이치조입니다." "요시다입니다." "루나입니다." "다카마쓰입니다." "스즈키입니다."

본명인지 가명인지 알 수 없었지만, 순서대로 자기소개를 한 다섯 사람에게 이쓰오는 "마루에다입니다."라고 본명을 말했다.

"방금 다른 분들한테는 말씀드렸는데, 홋카이도는 이미 단풍의 계절이에요."

이쓰오에게 설명한 것은 자신을 이치조라고 소개한 서른 살 정도 되어 보이는 여자였다. 먼발치에서 봤을 때와 마찬가지로 부드러운 미소를 띠고 있었다. SNS로 자살 희망자를 모은 것이 이 여자가 아닐까 생각했던 이쓰오의 추측이 맞아떨어진 듯했다.

"원래는 푸른 숲속을 상상했는데 단풍도 멋지더라고요. 그랬더니 스즈키 씨가……, 맞죠?" 하고 하던 말을 잠시 멈추더니 아직 어린 티가 나는 여자에게 시선을 돌렸다.

자신을 스즈키라고 소개한 여자가 동의하듯 작게 고개를 끄덕였다.

"스즈키 씨가 단풍 명소를 알고 있대요. 이야기를 듣고 보니 저도 여행 책자에서 봤던 기억이 났어요. 사실 저는 대학 졸업여행으로 딱 한 번 홋카이도에 온 적이 있거든요. 그때는 여름이어서 안 갔지만, 언젠가 가보고 싶다고 생각했어요. 그래서 결과적으로는 잘된 것 같아요. 일단 거기로 가보면 어떨까요?"

드라이브를 제안하는 듯한 가벼운 말투였다.

이치조와 함께 요시다라는 나이 많은 남자가 렌터카 업체에서 7인승 흰색 왜건을 빌려 왔다. 요시다가 운전석에, 이치조가 조수석에 앉았다. 두 번째 줄에는 젊은 여자 두 명이, 세 번째 줄에는 이쓰오와 다카마쓰라는 남자가 앉았다. 다카마쓰는 세상의 자질구레한 일들로부터 도망치듯 고개를 푹 숙인 채 아까부터 스마트폰만 만지고 있었다.

이치조의 말에 따르면 호헤이쿄댐이라는 곳이 목적지인 듯했다.

"그 댐은 삿포로시 미나미구에 있는데, 미나미구는 거의 산이래요. 조잔케이 온천이라고 들어본 적 있으세요? 유명하죠. 조잔케이 온천도 미나미구에 있어요. 호헤이쿄댐은 조잔케이 온천에서 조금 더 안쪽에 있고요."

운전석의 요시다만 맞장구를 칠 뿐, 다른 사람들은 듣고 있는지 아닌지도 알 수 없었다. 적어도 이쓰오의 옆에 앉은 다카마쓰는 스마트폰에서 눈을 떼지 않았다. 슬쩍 보니 퍼즐 게임을 하고 있었다.

"…… 대학 졸업여행은 8월이었어요. 여자 넷이서 왔었는데 저희가 홋카이도 면적을 얕본 거죠. 삿포로와 오타루와 후라노를 하루에 다 돌아보는 계획을 세웠어요. 결국 계획대로 되지 않아서 그냥 되는 대로 돌아다녔는데, 하루에 소프트 아이스크림을 세 개씩 먹기도 하고 노천온천에 들어가기도 하고…… 아, 그리고 그때 마침 삿포로에 있는 오도리공원에서 비어가든 행사를 하고 있었거든요. 친구 한 명이 신나서 과음하는 바람에……."

이치조의 들뜬 목소리는 이쓰오의 귓가에 머무르지 못하고 그대로 흘러갔다.

중간에 잠시 쇼핑센터에 들러 이치조와 요시다가 화로와 연탄을 사 왔다. 창문 너머로 본 두 사람은 부녀의 모습으로밖에 보이지 않아서 자신이 그들과 같은 차에 타고 있다는 사실이 이상하게 느껴졌다.

차는 시가지를 빠져나가 강변의 일방통행 길을 달려 산 바로 옆에 있는 커다란 다리를 건넜다.

알록달록 단풍이 든 산이 은빛으로 빛나는 강을 내려다보고 있었다. 맑게 갠 푸른 하늘이 왠지 모르게 쓸쓸해 보였고, 낯선 사람들과 차를 타고 달리는 자신의 모습이 비현실적으로 느껴졌다.

"아침에 일어나면 또 하루가 시작되는 건가, 하고 절망적인 기분이 들어요."

한참 동안 이어진 긴 침묵을 깬 것은 핸들을 잡은 요시다였다.

이쓰오 옆의 다카마쓰가 스마트폰에서 잠시 시선을 떼고 앞을 바라보았다.

“언제부터였을까요. 기억은 안 나지만 벌써 몇 년은 아니, 몇십 년은 된 것 같아요. 차라리 밤낮이 바뀌면 그나마 나을 텐데 나이를 먹어서 그런가, 아침마다 성실하게 눈이 떠지더라고요. 그러면 아, 또 하루가 시작되는 건가, 또 하루를 살아내야만 하는 긴가, 싶은 거죠. 깊은 구덩이에 밀려 떨어진 기분이랄까요.”

또 하루가 시작되는 건가——. 이쓰오는 그 말을 마음속으로 되뇌었다. 요시다의 마음을 이해할 수 있을 것도 같았지만, 자신은 다르다고 생각했다.

이쓰오의 하루에는 시작과 끝이 없었다. 그저 무의미하게 갈 곳 없는 시간이 눈 앞에 펼쳐질 뿐이었다.

돌이켜보면 이쓰오에게도 시작과 끝이 존재하던 시절이 있었다. 이쓰오가 초등학생일 때 아버지는 이미 방에 틀어박혀 지냈지만, 한 해의 마지막 날에는 해넘이 국수를 먹었고 새해 첫날에는 떡국을 먹었다. 한 해를 마무리 짓는 감상적인 기분과 한 해가 새로 시작되는 설레는 기분을 맛본 적이 있었다. 한 해뿐만이 아니었다. 하루에도 시작과 끝이 있었고, 계절에도 시작과 끝이 있었고, 그 밖에도 수많은 시작과 끝이 있었다. 하지만 어느 순간부터 시간은 고여 있는 늪처럼 흘러가고 있는지 아닌지조차 모호해졌다.

요시다는 신세 한탄을 이어갔다.

두 번이나 이혼한 것. 자식이 없는 것. 직장을 잃은 것. 완치를 기대할 수 없는 병에 걸린 것.

“앞으로 꽤 고통스러워질 것 같아요. 입원할 돈도 없고, 걱정해줄 사람도 도와줄 사람도 없고요. 혼자 고민하고 고통받으며 죽어 가겠죠. 게다가 저는 운이 나쁜 편이라 죽을 만큼의 고통만 느끼면서 정작 죽지는 못할지도 몰라요. 더 살아봤자 저한테 좋은 일은 일어나지 않을 테니 그럴 바에는 차라리 빨리 편해지고 싶어요.”

이 남자도 설마 버블 시대의 이야기를 하려는 것일까 생각했지만 아니었다.

“오늘로 드디어 끝난다고 생각하니 오랜만에 기분이 참 좋네요. 이상한가요?”

요시다는 옅은 웃음을 지으며 자신의 이야기를 마무리 지었다.

어느샌가 앞뒤 좌우로 산이 펼쳐졌다. 넓은 편도 2차선 도로는 잘 정비되어 있는 것치고 교통량이 적었다.

도로가 1차선으로 줄어든 지 얼마 되지 않아 “우측이 조잔케이 온천이에요.” 하고 이치조가 말했다. 반사적으로 고개를 돌리자 호텔 몇 채와 단풍으로 물든 산이 보였다.

“저도 기분이 좋아요.”

둘째 줄에 앉은 여자가 갑작스레 입을 열었다. 루나라는 여자였다. 긴장했는지 상기된 목소리였다.

조수석의 이치조가 뒤를 돌아보며 격려하듯 미소를 지었다.

“저 이번에는 꼭 죽고 싶어요. 지금까지 두 번 시도했는데 실패했거든요. 죽은 후를 상상하면 속이 후련하고 기분이 좋아져요. 아까 삿포로에 도착했을 때 이번에야말로 진짜 죽을 거라고 엄마한테 전화했어요. 그랬더니 이제 그만 좀 하래요. 죽겠다는 사람치고 진짜 죽는 경우 못 봤으니까 일일이 보고하지 말래요. 귀찮다고요. 저는 엄마한테 유서를 남기고 왔어요. 당신 때문에 죽는 거라고, 당신이 나를 죽인 거라고요. 유서를 읽을 때 엄마가 어떤 마음일지를 상상하면 정말 기분이 좋아져요. 제 죽음으로 엄마의 마음을 죽일 수 있다면 죽는 보람이 있어요."

이치조는 루나를 바라보며 응, 응, 하고 수긍했다.

루나는 자신을 사랑해주는 사람도, 자신을 필요로 하는 사람도 없다고 했다. 그녀는 지난 24년 동안의 인생을 울면서 이야기했지만 그 목소리는 이쓰오의 귀를 스쳐 지나갈 뿐이었다. 요시다의 이야기도 루나의 이야기도 어디에나 있을 법한 흔한 이야기로 들렸다. 이쓰오는 분명 자신의 인생도 마찬가지일 것이라 생각했다.

목적지에 도착한 것은 오후 한 시쯤이었다. 넓은 주차장은 평일임에도 불구하고 3분의 2 이상이 차 있었다.

이치조가 재촉하는 바람에 억지로 차에서 내렸지만, 산에 둘러싸여 있을 뿐 댐 같은 것은 보이지 않았다. 호헤이쿄댐을 보기 위해서는 이곳에서 전기버스를 타고 이동해서 또다시 케이블카를 타고 올라가야 하는 듯했다. 전기버스 승차권 판매소에는 스무 명 정도가 줄을 서 있었다.

이쓰오는 단풍에도 댐에도 흥미가 없었지만, 이의를 제기하는 것도 제안을 거부하는 것도 귀찮아서 앞장서 걷는 이치조를 따라 전기버스와 케이블카에 올랐다.

전망대에서 내려다본 광경은 이쓰오가 갖고 있던 막연한 이미지를 때려

부술 만큼 박력이 넘쳤다.

울퉁불퉁한 바위의 표면이 드러난 깎아내린 듯한 계곡. 그곳에 자란 나무들은 선명한 색으로 물든 잎을 넓게 펼쳤고, 죽은 듯이 고요한 댐 호수가 그 색을 비추고 있었다. 지상과 수중이 마치 두 개의 세계로 나뉜 것처럼 보였다.

"우와, 대단하다. 정말 예뻐."

바로 옆에서 관광객의 목소리가 들렸다.

"신비로워."

"비일상적인 느낌이야."

"왠지 빨려 들어갈 것 같아."

"오금이 저리는걸."

수많은 목소리가 잡음처럼 이쓰오의 귀를 스쳐 지나갔다.

단풍으로 물든 산은 댐 호수 끝까지 이어졌고, 멀어질수록 모든 색이 뒤섞여 보였다. 단풍을 비추는 댐 호수는 거울처럼 빛났고, 깊이를 가늠할 수 없을 만큼의 차가움을 머금고 있었다.

예쁘네, 하고 이쓰오는 생각했다. 그렇게 생각한 자신이 낯설게 느껴졌다. 타인이 된 자신이 이곳에 서서, 타인이 된 자신이 아름다운 광경을 눈에 담고, 타인이 된 자신이 예쁘다고 생각하는 듯했다. 어쩌면 자신은 이미 한참 전에 죽은 것은 아닐까?

순간 팔을 붙잡혀 깜짝 놀랐다. 고개를 돌리자 어린 여자가 이쓰오의 왼쪽 팔을 붙잡고 있었다. 스즈키라는 여자였다.

"뛰어내리려고?"

스즈키는 진지한 얼굴로 물었다. 두 눈동자에 활활 타오르는 단풍이 비쳐 보였다.

"어?" 하고 목소리를 낸 순간, 자신이 양손으로 난간을 붙잡고 상반신을 내밀고 있었다는 것을 깨달았다. 자신이 떨어지는 것 같기도, 수면이 올라오는 것 같기도 해서 평형감각이 사라졌다. 이쓰오는 난간을 잡은 손에 힘을 주어 몸의 중심을 바로잡았다.

"안 될 거야?"

스즈키가 물었다. 아마 여섯 명 중에 그녀가 가장 어릴 것이다. 짙은 화장을 한 가면 같은 얼굴에서 채 숨기지 못한 어린 티가 났다.

어떻게 대답해야 좋을지 고민하는 사이 그녀는 훌쩍 멀어져 갔다.

"그쪽은 무슨 일이 있었어?"

다카마쓰가 작은 목소리로 물어 온 것은 전망대에서 내려가는 케이블카 승차장으로 걸어가던 도중이었다. 나머지 네 사람은 앞서 걸어가고 이쓰오와 다카마쓰가 그들을 뒤따르는 형태가 되었다. 바람이 불기 시작하며 목 안으로 들어온 차가운 공기 탓에 금세 등에 소름이 끼쳤다.

다카마쓰는 점퍼 주머니에 양손을 찔러 넣고 3미터 정도 앞의 바닥을 바라보며 걸었다. 이쓰오의 시선을 느꼈는지 잠시 눈을 맞추었다.

"…… 딱히."

달리 할 말이 떠오르지 않았지만 다카마쓰가 다음 말을 기다리는 듯하여 조금 덧붙였다.

"딱히 무슨 일이 있었던 건 아니야."

그래, 딱히 아무 일도 없었다. 괴롭지도 않았다. 슬프지도 않았다. 불행하지도 않았다. 무슨 일이 있어서가 아니라 아무 일도 없어서. 아무 일도 없는 하루하루를 살아가는 것에, 시작도 끝도 없는 하루하루를 살아가는 것에 지쳤을 뿐이다. 아니, 지쳤다고 할 만큼 거창한 일도 아니다. 그저 귀찮아졌을 뿐이다.

"나도."

속삭이듯 작지만 단단히 마음을 먹은 듯한 목소리로 다카마쓰가 말했다.

"나도 딱히 무슨 일이 있었던 건 아니지만, 이제 됐다 싶어서. 어차피 앞으로 즐거운 일도 기쁜 일도 없을 테니 더는 사는 의미가 없잖아."

앞서 가던 네 사람이 다카마쓰의 목소리에 귀를 기울이는 것이 느껴졌다.

"결국 나한테는 무리였어. 무리라기보다 안 맞는 거지, 사는 게. 사는 데에도 재능이 필요하다는 생각이 들어. 즐거움을 느끼거나 행복을 느끼거나 보람을 느끼거나 하는 거. 나한테는 그런 게 전혀 없거든. 아무것도 없어. 좋아하는 것도 하고 싶은 것도 갖고 싶은 것도. 그냥 사는 것 자체가 고통이야. 그래서 이제 어쩔 수 없는 것 같아. 내가 나로 존재하는 한 절대로 행복해질 수 없을 거야."

다카마쓰의 마지막 말이 귓가에 맴돌았다.

내가 나로 존재하는 한 절대로 행복해질 수 없을 거야——.

그 의미를 생각하자 인터넷 카페에서 만난 남자에게 "과거로 돌아갈 수 있다면 언제로 돌아가고 싶어?"라는 질문을 받았던 기억이 떠올랐다. 그는 이쓰오의 대답을 들을 생각이 없었던 것처럼 "나는 말이야." 하고 곧바로 자신의 이야기를 시작했다. "리먼 쇼크 1년 전. 아니다, 3년 전인가. 아,

잠깐만, 기다려봐. 이왕이면 결혼 전으로 가보고 싶기도 해. 다른 여자랑 결혼했으면 돈이 떨어져서 정도 떨어졌다는 말은 안 들었겠지. 돈이 없어지자마자 이혼하자고 하다니, 정말 정 없는 여자라니까. 뭐, 얼굴만 보고 선택한 나도 잘한 건 없지만. 이럴 줄 알았으면 공무원이나 간호사 같은 안정된 직업을 가진 여자랑 결혼할 걸 그랬어."

나는 언제부터 다시 시작하면 좋을까. 아무리 생각해봐도 답이 나오지 않았다.

아버지가 죽은 후에 아파트 계약을 해지했을 때일까. 아버지가 죽기 직전일까. 그때 아버지의 자살을 막을 수 있었다면 어땠을까. 아니, 어머니가 구급차로 실려 가기 전일까. 억지로라도 어머니를 병원에 모시고 갔으면 좋았을까. 아니면 그보다 더 전일까. 중학생 때나 초등학생 때일까. 그때 필사적으로 공부했다면 무언가 달라졌을까. 하지만 어느 시점으로 돌아가든, 언제부터 다시 살든, 자신은 결국 똑같은 길을 걷게 되었을 것이라는 생각을 지울 수가 없었다.

다카마쓰의 말처럼 내가 나로 존재하는 한 몇 번을 다시 살아도 결국 지금의 나에게 도달할 수밖에 없는 것이다.

케이블카에서 내려 전기버스로 갈아탔다.

"정말 예뻤지?" "다음에 또 오자." "나 화장실 가고 싶어졌어." "추우면 자주 가고 싶어지지." "아, 저기 봐. 저거 무슨 새지?" "단풍은 지난주가 절정이었을까?" "날씨가 좋아서 다행이지 않아?"

관광객들의 목소리가 차 안을 가득 채웠지만, 이쓰오를 포함한 여섯 명은 입을 꾹 다물고 있었다. 관광객 대부분은 중년이었는데, 그 나이까지 어떻게 살아남은 것일까 이쓰오는 궁금해졌다. 그들과 동년배인 요시다의 모습을 살피자 그는 기묘하리만치 평온한 얼굴로 창밖 풍경을 바라보고 있었다.

"정말 예뻤죠?"

다시 왜건에 올라타 여섯 명만의 세계가 되자 이치조가 들뜬 목소리로 말했다. 조수석에서 몸을 비틀어 뒤를 돌아보며 "그쵸, 예뻤죠? 가길 잘했죠?"라며 동의를 구했다.

"꽤 쌀쌀하네요. 배도 고프지 않아요? 아까 스마트폰으로 찾아보니까 이 근처에 당일치기 온천이 있는데, 노천온천이 진짜 좋대요. 거기 레스토랑도 인기가 엄청 많은데 징기스칸이랑 소바도 먹을 수 있고, 온천인데 카레랑 난도 판대요. 한번 가보지 않으실래요?"

여전히 드라이브를 제안하는 듯한 가벼운 말투였지만, 죽음에서 멀어지려는 것이 아니라 오히려 적극적으로 다가가려는 의도가 전해졌다.

"노천온천이라니, 몇 년 만이지."

운전석의 요시다가 진지하게 말했다.

이쓰오는 아무래도 좋았다. 양고기에도 카레에도 흥미가 없었다. 그저 차가워진 몸이 따뜻한 장소를 원할 뿐이었다.

요시다가 차를 출발시키려 하기 직전이었다.

"정말 괜찮아?"

둘째 줄에서 여자의 목소리가 들렸다.

"징기스칸 먹고, 온천에 들어가고, 그런 다음 죽는 걸로 정말 괜찮냐고."

스즈키였다. 대각선 뒤에 앉은 이쓰오에게는 그녀의 무릎 위에 놓인 검은색 백팩이 보였다. 백팩에는 노란색 곰 인형이 달려 있었다.

잠시 침묵이 흘렀다.

"혹시 다른 데 가고 싶은 거야?"

스즈키를 바라보는 이치조는 미소를 짓고 있었다.

질문이었지만 타이르는 것처럼 들렸다. 어차피 가고 싶은 곳도, 하고 싶은 일도 없잖아? 그럼 그냥 내가 하자는 대로 하면 돼, 라고 말하는 듯했다.

"그게 아니라, 죽어도 괜찮냐고."

"그럼, 괜찮지." 이치조가 쓴웃음을 지었다. "그러려고 온 거잖아?"

"말해두는데."

이치조의 말을 무시하고 스즈키는 옆자리에 앉은 루나에게로 시선을 돌렸다.

"네가 죽어도 너희 엄마는 슬퍼하지 않아. 너희 엄마는 네가 어떻게 되든 상관 안 한다고."

비웃음이 섞인 목소리였다.

이쓰오는 몇 시간 전에 루나가 했던 말을 떠올리려 했지만 거의 기억이 나지 않았다.

"네 죽음으로 엄마의 마음을 죽인다고? 아까 그렇게 말했지?"

그 말은 기억하고 있었다. 자신의 죽음으로 엄마의 마음을 죽일 수 있다면 죽는 보람이 있다고. 그녀는 분명 그렇게 말했다.

"바보 아니야?"

스즈키의 목소리가 터져 나왔다. 웃는 것 같기도, 화가 난 것 같기도 했다.

"죽일 수 있을 리가 없잖아. 반대라고, 반대. 네가 살해당하는 거야. 네가 네 엄마한테 살해당하는 거라고."

루나가 왈칵 울음을 터트렸다.

"아저씨도 마찬가지예요."

스즈키는 운전석 시트를 뒤에서 퍽 치며 말했다. 요시다는 놀란 얼굴로 스즈키를 돌아보았다.

"이혼해서 혼자가 됐고, 일자리도 잃었고, 결국 병까지 걸렸다고 했죠? 아저씨, 진짜 이대로 죽어도 괜찮아요? 아저씨한테서 가족도 일도 빼앗아 간 사람이 있을 거 아니에요. 이대로 당하고만 있어도 괜찮아요? 얌전하게 살해당해도 괜찮냐고요."

그쪽도, 하고 스즈키는 뒤를 돌아 다카마쓰를 바라보았다. 그녀의 눈동자는 갓난아기처럼 새까맣게 빛이 났다. 그 맑은 두 눈에 이쓰오는 숨이 멎는 듯했다.

"사는 게 고통스럽다고, 사는 데 재능이 없다고 했지? 근데 그건 결국 이 세상에 살해당하는 거나 마찬가지 아니야?"

스즈키는 아주 잠깐 이쓰오와 눈을 맞췄다. 그 순간 이쓰오는 자신도 모르는 사이에 가슴 속 깊은 곳에 묻혀 있던 무언가를 발견한 듯한 기분이 들었다.

"다들 스스로 죽는 걸 선택했다고 생각하겠지만 틀렸어. 당신들은 살해당하는 거야. 게다가 당신들을 죽이는 녀석들은 당신들이 죽어도 아무렇지 않을 거고. 자기가 죽였다고 생각도 안 할걸? 당신들이 죽었다는 사실조차 깨닫지 못할지도 모르지."

스즈키가 천천히 다섯 명의 얼굴을 돌아보았다.

아이들이 떠드는 소리가 조용해진 차 안으로 흘러 들어왔다. 로프웨이 한 번 더 탈래! 한 번 더 타고 싶어! 저건 로프웨이가 아니야 케이블카야. 엄마, 제발! 한 번만 더 타자! 주차장에서 어린 남매가 고집을 피우고 있었다.

옆자리의 다카마쓰가 흡, 하고 숨을 들이마셨다.

"고통스럽다고!"

들이마신 숨을 단번에 내뱉듯 소리쳤다.

"괴롭고 고통스러워서 살아갈 수가 없다고! 즐거운 일도, 하고 싶은 일도, 아무것도 없다고! 희망이 없어! 살아갈 의미가 없다고! 넌 모르겠어?"

얼굴이 시뻘게진 다카마쓰는 자신의 허벅지를 주먹으로 내리치고 있었다.

"맞아."

조수석에서 이치조가 말했다. 미소가 사라진 얼굴은 새하얗게 질려 있었다. 눈, 코, 입은 위치에 맞게 붙여 놓은 구성품처럼 감정이 하나도 담겨 있지 않아 달걀귀신을 연상케 했다.

"앞으로 좋은 일은 하나도 없을 거야. 더는 웃을 일도 없어. 지쳤다고. 너무 힘들어. 이런 마음으로 왜 굳이 살아야 하는 건데?"

"그래서 죽는다고?"

"그래."

"그래서 살해당하겠다고?"

이치조는 대답하지 않았다.

"힘들어서 못 살겠으면 힘들게 만든 원인을 배제하면 되잖아."

배제한다. 내 세상에서 그들을 배제한다——. 머릿속에서 문장이 멋대로 짜 맞춰졌다.

"순순히 살해당해도 괜찮아? 당신들을 죽이려는 녀석들은 당신들을 성가시게 날아다니는 파리 정도로밖에 생각 안 할걸. 그런데도 화가 안 나? 제발 죽여주세요. 시키는 대로 하겠습니다. 제가 거슬리신다면 사라져 드리겠습니다. 이런다고? 죽어야 하는 건 당신들이 아니라 당신들을 죽이려고 하는 녀석들 아니야?"

스즈키가 목소리를 낼 때마다 입안에서 혀가 부딪히는 희미한 소리가 났다. 소리가 전달되는 공기의 파동이 눈에 보였다. 자동차 방향제 냄새가 코끝을 찔렀고, 에어컨을 통해 들어오는 바깥 공기가 차갑게 느껴졌다. 밖에서는 아직도 아이들이 떠들고 있었다. 로프웨이, 케이블카, 로프웨이, 케이블카……. 어린 남매가 다투는 소리가 들렸다.

오감이 예민해지는 것을 느꼈다. 이상한 감각이었다. 마치 육체는 사라지고 오감에 사고가 깃든 것 같았다.

몸 안에서 불꽃이 터졌다. 그리고 다음 순간 무언가가 격하게 타올랐다.

이쓰오는 떠올렸다.

초등학생 때 담임이 부모라면 참관수업 정도는 오는 게 당연하다고 말했던 것을. 급식비를 내지 않았으니 급식을 먹을 자격이 없다며 자신을 웃음거리로 만들었던 것을.

중학생 때 동창들에게 교복을 크게 입는다며 놀림 받았던 것을. 신문을 배달하는 자신을 뒤에서 놀려대던 것을. 교실에 들어가면 자신의 책상에 항상 누군가가 앉아 있었던 것을. 자신을 보고도 비켜주지 않았던 것을.

아버지에게 술을 끊으라고 말했을 때 너만 없었으면 힘들게 살지 않아도 됐을 거라는 말이 되돌아왔던 것을. 생활 보호 대상자 신청을 하러 갔던 어머니가 쫓겨나다시피 했다며 울었던 것을. 아르바이트를 하던 회전초밥집에서 성격이 어둡다는 이유로 '이쿠라(어둡다는 뜻의 형용사 '쿠라이'를 연어알 '이쿠라'에 빗대어 붙인 별명으로 보인다-옮긴이)'라고 불렸던 것을. 인쇄업체 사장에게 젊은 사람이 살아있는 건지 죽어있는 건지 모르겠다는 말을 들었던 것을.

단숨에 밀어닥친 기억들로 머리가 터질 것 같았다. 마치 사람 형태의 불꽃이 된 것처럼 머리끝부터 발끝까지 뜨거웠다.

나는 화가 난 거구나, 하고 깨달았다. 담임에게, 동창들에게, 부모에게, 함께 일하던 동료들과 사장에게. 지금까지 만났던 모든 사람에게 격한 분노를 느낀 것이다.

"이대로 살해당해도 괜찮아?"

스즈키의 목소리가 이쓰오의 고막을 진동시켰다.

괜찮을 리 없잖아——. 두근거리는 심장이 그렇게 대답하는 듯했다.

그래, 내가 왜 죽어야 하는데? 죽어야 하는 건 그 녀석들 아닌가?

죽여야겠다——.

입 밖으로 소리 내어 말했는지 아닌지 알지 못했다. 정신을 차리고 보니 다섯 명의 시선이 일제히 이쓰오를 향해 있었다. 이쓰오는 스즈키와 눈을 맞췄다.

"난 내릴 거야."

스즈키가 말했다.

집단자살 계획에서 내린다. 이 차에서 내린다. 두 가지 의미로 들렸다.

"나도 내릴래."

이쓰오가 말했다. 생각하기도 전에 말이 먼저 나왔다.

이쓰오와 스즈키가 왜건에서 내렸다.

스즈키는 차량 오른쪽에, 이쓰오는 왼쪽에 서 있었다. 몇 초가 흐르고, 곧 일 분이 지났다. 더 내리는 사람은 없었다. 차 안의 네 사람은 하나같이 멍한 상태였다.

가축 같다고 생각했다. 곧 도살당할 네 마리의 가축. 그들의 죽음을 아무도 슬퍼하지 않겠지.

왜건은 천천히 출발해 주차장을 빠져나갔다.

"바보 같아."

스즈키가 경멸하는 듯한 목소리로 말했다.

스즈키를 다시 보니 그녀는 이쓰오가 어려워하는 타입의 여자였다. 어깨까지 내려오는 머리카락을 밝은색으로 염색하고, '요즘 젊은 여자'라는 가면을 쓴 것처럼 짙은 화장을 하고 있었다.

"실패했어. 차에서 너무 일찍 내렸나 봐."

주차장 버스 정류장에서 배차 시간표를 보며 스즈키가 말했다.

"방금 떠났나 보다. 다음 버스는 한 시간 후에나 있대. 일반 노선버스도 있기는 한데 정류장까지 한 시간은 걸어가야 해. 어떻게 할래? 기다릴래? 걸어갈래? 아니면 댐에서 뛰어내릴래? 마지막 건 농담."

그녀는 그렇게 말하며 분홍빛 혀끝을 살짝 내밀었다.

"너는 어떻게 할 건데?"

"뭐가?"

"앞으로."

"앞으로?"

이쓰오는 버스를 기다릴지 아니면 걸어갈지를 묻는 것이 아니었다.

"차에서 너무 일찍 내렸다고 한 건 버스 시간 때문이 아니야. 이왕이면 마지막까지 같이 있다가 저 사람들이 죽는 모습을 볼 걸 그랬다, 라는 의미."

스즈키가 옅은 웃음을 지으며 말했다.

버스 정류장에는 이쓰오와 스즈키, 두 사람뿐이었다. 앞에 보이는 주차장에서 차가 한 대씩 빠져나가고 있었다.

"저 사람들 온천에 가는 걸까? 노천온천에 들어가서 여기가 천국이야, 같은 말을 하려나. 배가 고프다고도 했었지? 양고기나 카레를 먹으면서 서로 맛있다고 이야기하려나. 이제 곧 죽을 거면서 건방지게. 죽을 거니까 먹을 자격도 없는데 말이야."

스즈키는 마치 혼잣말처럼 중얼거렸다. 하지만 이쓰오는 그녀가 차분하게 화를 내고 있다고 느꼈다. 스스로 죽음을 선택한 네 사람에게, 그리고 그들을 죽음으로 몰고 간 녀석들에게.

"너는 처음부터 죽을 생각이 없었던 거지?"

"그랬을지도 모르지."

"그럼 왜 온 거야?"

"화가 나서."

"뭐에?"

"모든 것에."

"모든 것에?"

"죽고 싶다고 말하는 녀석들한테도, 그렇게 생각하게 만든 녀석들한테도. 이 세상 모든 것에 괜히 화가 나. 그냥 다 죽어버리면 좋을 텐데 싶은 생각 안 들어?"

그녀가 이쓰오를 올려다보며 물었다.

"들어."

눈에 보이지 않는 존재가 그렇게 대답하도록 종용하는 듯했다.

"우리가 죽는 건 모두가 죽은 다음이라고 생각 안 해?"

우리, 라는 단어가 선명하게 울려 퍼졌다.

"생각해."

"너는 누구를 죽일 거야?"

"전부 다. 나를 죽고 싶게 만들었던 사람들 전부 다."

스즈키는 이쓰오를 바라보며 작게 고개를 끄덕였다. 이쓰오는 자신이 정답을 말했다는 것을 깨달았다. 그 순간 달콤하게 저릿한 감각이 온몸을 감쌌다.

이것이 행복이구나. 이쓰오는 정수리를 강하게 얻어맞은 것 같았다. 이 감각을 사람들은 행복이라고 부르는 것이구나.

"다 죽이고 나면 꼴 좋다, 하고 기분이 좋아지겠지?"

그렇게 말하며 스즈키는 가방에서 원통형의 갈색 물건을 꺼냈다. 빨간색 뚜껑이 닫힌 약병이었다. 스즈키는 "줄게."라며 대수롭지 않게 건냈다.

이쓰오는 반사적으로 받아들었다. 분말이 들어 있는 것 같았다. 이게 뭐야? 하고 물어보려 했지만, 스즈키가 한발 먼저였다.

"비소."

스즈키는 이쓰오에게 가까이 다가와 귓가에 속삭였다. 그녀의 숨은 따뜻한 우유처럼 달콤한 향이 났다.

"어?"

"많이 죽일 수 있어. 이미 실험도 해봤어."

어? 하고 재차 물었지만 그녀는 다시 말해주지 않았다.

"어떻게 할 거야?"

각오를 묻는 것이라고 판단한 이쓰오는 "할 거야."라고 대답했다.

"아니, 그거 말고." 스즈키가 웃으며 말했다. "버스를 기다릴 건지 걸어 갈 건지 물어본 거야."

"너는?"

"그쪽은?"

"걸어가 볼까."

"그럼 난 버스를 기다릴게."

"나도 버스로 갈래."

"그럼 난 걸을게."

장난을 치는 것 같지는 않았다. 스즈키는 여기서 헤어질 생각이라는 것을 깨달았다.

이쓰오의 가슴속에서 무수히 많은 작은 손들이 그녀를 원하며 꿈틀대고 있었다. 욕구를 고스란히 드러내며 조금 더 같이 있고 싶다고 매달리고 싶었지만, 그렇게 하면 그녀가 말한 '우리'에서 제외되고 말 것이라는 확신이 들었다.

알겠어, 하고 이쓰오는 대답했다.

"나는 걸어갈게."

"그거 빨리 집어넣어."

스즈키는 이쓰오가 손에 들고 있던 용기를 눈으로 가리켰다. 이쓰오가 가방 지퍼를 닫자마자 "잘 가."라며 헤어짐을 고했다.

"또 만날 수 있을까?"

이쓰오가 다급히 물었다.

스즈키는 그런 이쓰오가 신기하다는 듯 바라보았다.

"만날 수 있을지도 모르지."

"언제?"

"그쪽이 약속을 지켰을 때?"

스즈키가 장난스럽게 웃었다. 짙은 화장을 하고 있었지만, 웃으니 하얀 치아가 무방비하게 드러나 더욱 천진난만해 보였다.

"그때 만나러 가볼까."

혼잣말처럼 내뱉으며 작게 손을 흔들었다. "또 만나."

그날로부터 8년이라는 시간이 흘렀다.

8년이나 걸렸다. 아니, 8년밖에 참지 못했다. 두 가지 마음이 공존했다.

만약 신이 나타나 인생에서 딱 한 번 소원을 들어준다고 한다면 사람들은 언제, 어떤 타이밍에 그 기적을 사용하려 할까. 아끼고 아끼다 죽을 때까지 사용하지 못하는 사람도 있을지도 모른다. 하지만 그렇다고 해도 언제든지 사용할 수 있는 기적을 보유하고 있다는 것은 인생의 중심에 꺼지지 않는 희망을 품고 있다는 뜻이기도 하다. 어쩌면 그것이 소원을 이루는 것보다 더 행복한 인생이 아닐까.

홋카이도에서 스즈키에게 받은 비소는 이쓰오에게 기적이자 희망이었다.

그날 호헤이쿄댐에서 그녀와 헤어진 후 이쓰오는 삿포로역으로 가는 노선버스를 탔다. 산에서 내려가는 동안 하늘과 산, 나무와 밭 위로 순식간에 땅거미가 내려앉았다.

종점인 삿포로역에서 내린 이쓰오는 북쪽 출구 앞 광장으로 향했다. 분수에서 물은 나오고 있지 않았고, 가로등이 분수 아치를 희뿌옇게 물들이고 있을 뿐이었다. 이곳에서 자살 희망자 여섯 명이 만난 지 8시간 정도밖에 되지 않았지만, 그때부터 쭉 이어져 온 현실이라고는 믿기지 않을 만큼 멀게 느껴졌다.

퇴근하는 사람들은 조급하게 역 앞을 오갔고, 젊은이들은 무리 지어 서 있었다. 불과 몇 미터밖에 떨어져 있지 않은데 그들과 같은 지면에 서 있다는 감각이 없었다. 자신은 8시간 전과는 전혀 다른 세계에 와 있다고 생각했다.

앞으로 내가 해야 할 일은 그녀에게 받은 비소를 사용하는 날까지 살아가는 것이다.

이쓰오는 도쿄로 돌아갈 돈이 없었다. 역 안을 돌아다니다 보니 카페 의자에 여자 핸드백이 놓여 있는 것이 눈에 들어왔다. 화장실에 갔는지 테이블 위에 음료는 있지만 사람은 없었다. 이쓰오는 카페로 들어가 핸드백을 손에 들었다. 하지만 금세 점원에게 발각되어 순찰 중이던 경찰에게 넘겨졌다. 하지만 운이 좋았다. 이쓰오는 만약의 상황을 대비해 비소를 역 안의 물품 보관함에 넣고 열쇠를 나무 밑에 숨겨두었다. 지금까지 자신의 머리가 이렇게까지 잘 돌아갔던 적이 있었나 싶은 생각이 들었다.

하이토 마을 일가족 살인사건을 떠올린 것은 도쿄로 돌아온 후였다.

이쓰오는 인터넷 카페에서 먹고 자며 일용직 파견 일을 하고 있었다. 소리가 나오지 않는 텔레비전을 멍하니 보고 있는데, 불현듯 과거의 기억이 머리를 스쳤다.

몇 년 전에 홋카이도에서 비소를 사용한 살인사건이 있었다. 당시 일하던 인쇄업체 사장이 그 사건에 관해 말해주지 않았던가.

〈홋카이도 비소〉라고 인터넷으로 검색하자 하이토 마을 일가족 살인사건에 관한 사이트가 여러 개 나왔다. 차례대로 클릭해 내용을 살펴보는 사이 그 사건이 '레드클로버 사건'이라는 이름으로도 불린다는 것, 그리고 사건 직후에 장녀인 '아카미쓰'가 범인으로 의심받았었다는 것을 알게 되었다.

장녀의 사진이 올라와 있는 사이트를 발견했다. 중학교 졸업 사진이었다.

그녀다, 하고 이쓰오는 직감했다. 얼굴이 열이 확 오르는 것을 느꼈다. 화장을 지우고, 머리 스타일을 바꾸고, 4살 정도 어려진 상태로 카메라를 노려보면 그녀는 이런 모습을 하고 있지 않을까.

—— 많이 죽일 수 있어. 이미 실험도 해봤어.

귓가를 간지럽히던 속삭임과 따뜻한 우유 향이 나던 숨결.

비소를 갖고 있는 것만으로 살아갈 의미와 희망이 생겼다.

이쓰오는 돈을 모아 아파트를 빌렸다. 여전히 파견 일을 전전하는 생활이지만, 갈색 용기를 바라보며 빨간 뚜껑을 만지면 자신의 마음을 어루만져 주는 것처럼 위로가 되었다.

어쩌면 조금 더 참을 수 있었을지도 모른다. 하지만 꿈이 이루어진 이후의 세계를 너무나도 보고 싶었다. 아니, 그보다 그녀를 만나고 싶었다. 칭찬받고 싶었다.

제3장 불

9. 모치즈키 지히로 ── 13년 전 · 초여름

“저기 봐, 돼지가 또 도망간다!”

남자아이의 목소리에 모치즈키 지히로는 창밖을 내다보았다.

검은색 책가방을 등에 멘 남자아이가 운동장을 빠져나가던 참이었다. 포동포동 살이 오른 몸에 반소매 티셔츠와 무릎까지 오는 바지. 팔과 다리는 속이 꽉 차 터질 듯한 소시지 같았고, 짧은 목에는 골고루 지방이 붙어 있었다. 미쓰바의 동생, 초등학교 2학년인 아카이 다쿠마였다.

다쿠마는 느리게 걸었다. 두꺼운 다리를 양옆으로 벌리고 좁은 보폭으로 천천히 신중하게 걸어갔다. 2층에서는 더러워진 바지가 보이지 않았지만, 그 독특한 걸음걸이에서 큰 쪽이든 작은 쪽이든 실수를 한 것이라고 예상해 볼 수 있었다.

“저 돼지 또 싼 거 아니야? 지독한 냄새.”

남자아이의 비웃음이 아이들의 마음을 대변한 듯 교실 분위기가 하나로 뭉쳐진 것처럼 느껴졌다. 하지만 아무도 창문으로 얼굴을 내밀고 직접 그 아이를 놀리지는 않았다. 어디까지나 자신들과는 상관없는 광경을 멀리서 바라보는 듯한 분위기였다.

다쿠마는 팔을 들어 얼굴을 닦았다. 울고 있는지도 몰랐다.

조퇴하는 다쿠마를 몇 번인가 본 적이 있었다. 저학년 아이가 데리러 온 부모도 없이, 보호해주는 선생님도 없이 혼자 조퇴한다는 것이 지히로는 믿기지 않았다.

"뚱뚱하니까 똥도 엄청 많이 싸겠지?" "하지 마, 더럽잖아." "더러운 건 걔지." "잘 씻지도 않아서 냄새나." "그냥 놔두라니까."

남자아이와 여자아이가 웃으며 말다툼을 하고 있었다.

그 목소리가 지히로의 고막을 찌르며 머릿속에 출렁거리는 잔물결을 일으켰다. 오감이 기묘하게 예민해지는 감각에 휩싸였다.

그들이 자신의 이야기를 하는 것 같은 기분이 들었다.

다쿠마의 험담인 척하며 사실은 내 이야기를 하는 것은 아닐까.

관자놀이 부근에서 두근두근 맥이 뛰며 두피가 꽉 오그라들었다.

지히로는 아무렇지 않은 척 팔을 굽혀 손목에, 다음으로는 팔꿈치 안쪽에 코를 가까이 댔다. 딱히 냄새는 느껴지지 않았다. 어젯밤에도 꼼꼼히 목욕했으니 당연했다.

하지만 다른 사람에게는 냄새가 느껴질지도 모른다고 생각하니 어쩌면 나도 모르는 사이에 실수를 한 건 아닐까, 하고 단숨에 얼굴에 핏기가 가셨다.

자세를 바꾸는 척하며 의자 위에서 엉덩이를 살짝 움직여 보았다. 뜨뜻

미지근하지도 않았고, 차갑지도 않았다. 별다른 이변은 느껴지지 않았다. 괜찮아, 실수하지 않았어.

"지히로도 괜찮지?"

갑자기 자신을 부르는 목소리가 들려왔다.

지히로는 깜짝 놀라 목소리가 난 쪽으로 시선을 돌렸다.

세 명의 여자아이가 자신을 바라보고 있었다. 심장이 쿵쾅쿵쾅 뛰며 "어?" 하고 무방비한 목소리가 새어 나왔다.

"마루야마 동물원으로 괜찮냐고 아까부터 묻잖아. 사람이 말하는데 듣고 있어?"

모두가 피카라고 부르는 아이가 비난하는 말투로 물었다.

수학여행을 앞두고 조를 나눠 자유여행 계획을 세우고 있던 참이었다. 오쿠야마 초등학교의 6학년 학생들은 총 16명이라 책상을 네 개씩 붙여 네 개의 모둠으로 나뉘었다. 담임은 교실을 나간 뒤로 아직 돌아오지 않았다.

여기저기에서 "자유시간이 너무 짧아." "우리도 동물원 가도 괜찮지?" "북극곰 보고 싶다.", "다수결로 정하자." 같은 들뜬 목소리가 들려왔다. 조금 전 다쿠마를 놀리던 남자아이도 "시계탑은 별 볼 일 없으니까 패스할래." 같은 말을 하고 있었다. 불과 십몇 초 만에 다쿠마는 모두의 기억에서 사라져 버렸다.

"응, 좋아."

지히로는 상냥하게 답했다. 짧게 대답하면 쌀쌀맞게 느껴질까 봐 "마루야마 동물원 너무 좋지."라고 서둘러 덧붙였지만, 지히로의 말을 들어준 사람은 없었다.

지히로를 뺀 나머지 세 명은 얼굴을 맞대고 “다른 조 애들도 다 마루야마 동물원에 간다는 거 아니야?” “그럼 자유여행이 아니잖아.”라며 함께 웃었다. 지히로는 웃는 얼굴로 고개를 끄덕였다. 맞아, 맞아, 하고 동의를 표하려는 의도였다.

“나 다람쥐원숭이 돔에 들어가 보고 싶었어. 다람쥐원숭이 진짜 귀엽지 않아?” “다람쥐원숭이가 어떻게 생긴 건데?” “조그매서 다람쥐 같은 원숭이야.” “이름 그대로잖아.”

아하하, 하고 웃는 세 사람에게 맞춰 지히로도 서둘러 아하하, 하고 웃어봤지만 그 웃음소리는 누구에게도 닿지 않았다.

세 사람은 가볍게 음표를 주고받는 것처럼 시선을 맞추며 함께 웃고 대화를 나누었다. 3주 후로 다가온 수학여행에는 즐거운 일밖에 없을 것이라고 굳게 믿고 있는 것처럼 보였다.

지히로는 이해할 수 없었다.

갑자기 배가 아프면 어떻게 하지? 버스에서 토하면 어떻게 하지? 길을 잃으면 어떻게 하지? 화장실을 못 참을 것 같으면 어떻게 하지?

이 아이들 앞에서 구토하는 모습, 실수로 오줌을 싸는 모습, 설사 범벅이 되는 모습. 아이들이 더러워, 최악이야, 저리 가, 하고 떠들어대는 모습. 혐오감으로 가득한 아이들의 얼굴. 똥쟁이, 구토인간 같은 별명까지.

일어날지도 모르는 최악의 장면들만 차례로 머릿속에 떠올랐고, 즐거운 일 같은 건 무엇 하나 상상할 수 없었다.

기억과 비슷하다고 생각했다. 사이타마에서 아빠 엄마와 살았을 때의 기억.

하이토 마을에 온 지 어느덧 일 년이 다 되어가고 있었다.

사이타마에 관한 기억이라고는 엄마의 짜증 섞인 목소리와 아빠의 밀어내는 듯한 눈빛뿐이었다. 하지만 분명 즐거운 일도 있었을 터였다. 아빠의 사업이 기울기 전까지는 집에 돈도 있었고 아빠 엄마의 사이도 좋았다. 아빠는 일이 바빠 거의 집에 없었지만 그래도 셋이서 외식을 했고, 놀이공원이나 수족관에도 갔었고, 여름방학에는 오키나와로 여행도 다녀왔다. 다음 휴가 때는 하와이에 데려가 줘, 하고 호텔 가든 풀에서 비키니를 입은 엄마가 아빠에게 어리광부리던 것도 기억하고 있었다. 그때 아빠는 그럴까, 다음에는 하와이에 가볼까, 하고 웃었다.

하지만 머릿속에 떠오르는 이런 광경들은 타인의 기억처럼 서먹하게 느껴졌다. 그때 자신이 어떤 기분이었는지가 빠져있어 마치 자신의 기억 속에 자신이 존재하지 않는 것 같았다.

지히로의 입 안에서 싱긋, 싱긋, 싱긋, 하는 소리가 쌓여 갔다. 앞니가 보일 정도로 입술을 벌린 다음 입꼬리를 올리고 있으면 볼 안쪽에서 이런 소리가 만들어졌다.

신나게 대화를 주고받는 세 사람을 번갈아 보면서도 절대 눈이 마주치지 않도록 주의하는 사이 세 개의 입술이 지히로의 눈앞에 가까이 다가왔다. 꿈틀거리는 징그러운 연체동물이 끽, 끽, 하고 이해할 수 없는 새된 소리를 내고 있었다. 날카로운 이빨을 숨기고 있다가 자신이 방심한 틈을 노려 덤벼들 것 같았다.

“있잖아, 타조랑 누구랑 닮은 것 같지 않아?” “응? 누구?” “아아, 알 것 같아.” “진짜? 누군데?” “혹시 이즈미?” “맞아!” “닮은 것 같기도 하고.”

"그 꽉 다문 입 모양이 닮았어." "그러네." "아하하, 완전 닮았어."

이즈미가 누구인지도 몰랐지만 지히로는 "정말이네." 하고 중얼거리며 아하하, 하고 웃었다. 피카가 고개를 홱 돌려 지히로를 응시했다.

"억지로 안 웃어도 돼."

피카의 얼굴에 비웃음이 어려 있었다.

지히로는 숨을 쉬기가 힘들었다. 머릿속에서 산소가 빠져나가며 정신이 혼미해졌다.

"어? 억지로 웃은 거 아닌데."

겨우 대답하며 아하하, 하고 다시 웃어 봤지만 알맹이가 없는 것처럼 허무하게 울려 퍼진 것을 자각했다.

피카는 금세 지히로에게서 시선을 거두고 이즈미 말이야, 하고 옆에 앉은 히나에게 말을 걸었다.

—— 이 마을 사람들을 믿지 않는 게 좋아.

지히로는 이럴 때마다 미쓰바가 했던 말이 떠올랐다. 하이토 마을에 온 지 얼마 되지 않았을 무렵, 야미가미 신사의 낡은 목조 건물에서 미쓰바가 알려준 것이었다.

미쓰바의 말은 사실이었다. 다들 한통속이 되어 지히로를 괴롭혔다. 방심하면 곧바로 위해를 가할 것 같아서 항상 긴장하고 있어야 했다.

세 사람은 아직 지히로가 모르는 이즈미에 관해 즐겁게 대화를 이어가고 있었다.

아, 싫다. 푸딩이 천천히 굳어가는 것처럼 지히로의 가슴 속에서 불쾌한 기분이 형체를 갖춰가기 시작했다. 정말 싫다. 전부 다 싫어. 싫다는 생각이 싫은 일들을 더 많이 끌어당긴 것일지도 몰랐다.

이 세 명과 한 조가 된 것도 그렇다. 예전 학교에서는 조를 나눌 때 제비뽑기를 했었는데, 여기서는 친한 친구들끼리 모였다. 혼자 남은 지히로는 세 명인 조에 들어가야 했다.

이럴 때 미쓰바라면 어떻게 했을까.

미쓰바의 행동을 상상하는 것이 이미 버릇이 되어 있었다. 투명한 미쓰바가 어디선가 나타나 지히로의 몸을 뒤덮는 듯한 감각을 느꼈다.

—— 언젠가 한꺼번에 다 죽여버릴 거야.

처음 만났던 날 미쓰바는 그렇게 말했다.

미쓰바라면 정말 그럴지도 모른다.

"그니까 지히로, 억지로 안 웃어도 된다니까."

피카가 지긋지긋하다는 표정으로 내뱉은 말에 지히로는 그제야 자신이 줄곧 옅은 미소를 짓고 있었다는 것을 깨달았다.

미쓰바는 감자 칩을 먹으며 "나라면 그냥 무시하지."라고 말했다.

학교를 마치고 바로 온 미쓰바는 위아래 모두 붉은색 운동복 차림으로 테이블 앞에 한쪽 무릎을 세우고 앉아 있었다. 옆에는 나일론 소재의 가방이 내팽개쳐져 있었다.

미쓰바의 대답이 상상과 달랐던 것에 지히로는 실망감을 느꼈다.

어쩌면 설명을 잘못했는지도 몰라, 하고 문득 생각했다. 피카의 기분 나쁜 웃음도, 공범 같았던 세 아이의 분위기도 충분히 전달되지 않았는지도 모른다. 지히로는 그렇게 생각하면서도 미쓰바의 심기를 거스르고 싶지 않아 "응, 나도 무시했어."라고만 대답했다.

미쓰바의 입술에 감자 칩 부스러기가 붙어 있었다. 립글로스 색보다 조금 옅은 혀가 천천히 입술을 핥았지만 부스러기는 떨어지지 않았다.

"하지만 왠지 미쓰바라면 되갚아주려고 하지 않을까 싶었어. 예전에 복수할 권리가 있다고 했었으니까."

작년 여름의 일을 이야기하고 싶었다.

그때 미쓰바는 야미가미 신사의 오래된 창고에서 붉은색 파우치에 들어 있던 작은 치아를 보여주었다. 그리고 자신이 그곳에서 살해당한 여자의 자식이다, 그러니 복수할 권리가 있다, 라고 비밀을 말해주었다.

"그랬었나."

미쓰바는 쌀쌀맞게 대답하며 일어섰다.

아직 일 년도 지나지 않았는데 먼 과거의 일처럼 느껴졌다. 미쓰바가 야미가미 신사에 데려가 준 것도, 살해당한 여자에 관해 이야기해준 것도 그날 한 번뿐이었다. 그날 미쓰바가 몇 번이고 '특별히'라고 말해주었던 것을 지히로는 똑똑히 기억하고 있었다.

하지만 그 후로 지히로가 그날 이야기를 꺼내면 미쓰바는 시치미를 떼거나 무시하며 대화를 차단했다. 그럴 때마다 지히로는 자신이 더 이상 미쓰바에게 특별한 존재가 아닐지도 모른다는 생각에 불안해졌다.

사실은 알고 있었다.

미쓰바는 거짓말쟁이다. 야미가미 신사에서 살해당한 여자는 없다. 창고 바닥에 시체가 묻혀 있지도 않다. 물론 미쓰바가 그 사람의 자식일 리도 없다. 부적 파우치 안에 들어 있던 치아도 분명 미쓰바의 유치일 것이다.

"가기 싫어?"

냉장고 앞에 서 있던 미쓰바가 돌아보며 물었다.

"응?"

"수학여행."

"글쎄."

"삿포로지?"

"응."

"나 때도 삿포로였어. 댐 호수를 보러 갔었는데 진짜 크고 고요하더라. 식인 호수 같았어."

"식인 호수?"

처음 듣는 단어였다.

"사람이 떨어지기를 숨죽이고 가만히 기다리고 있는 느낌이랄까. 내가 초등학생이었을 때는 수학여행을 가을에 가서 단풍이 엄청났었어. 호수가 거울처럼 단풍을 비춰서 두 개의 세계가 존재하는 것 같았어. 어쩌면 그게 사냥감을 방심하게 만드는 함정일지도 모르지. 지히로도 댐 호수 보러 가?"

"응, 코스에 들어가 있어."

"수학여행 가기 싫어?"

미쓰바의 손에는 요거트가 두 개 들려 있었다. 평소처럼 하나는 집에 가져갈 생각이겠지.

"그 세 명이랑 가야 하는 게 싫은 것 같아."

그렇게 대답한 순간, 그럼 안 가면 되잖아? 하고 머리가 멋대로 미쓰바의 대답을 예상하는 바람에 "아, 그래! 아프다고 하고 빠질까? 나 뭐래."

라고 다급하게 덧붙였다.

“왜?”

미쓰바의 검은 눈동자가 한층 더 반짝였다.

“왜 네가 핑계를 대고 빠져야 해?”

입꼬리가 미세하게 올라가 있었지만, 웃는 얼굴이 아닌 싸움을 거는 듯한 표정이었다. 짙은 어둠을 뚫고 등 뒤에서 몰래 다가오는 듯한 얼굴. 무기를 든 손을 조용히 휘두를 것 같은 얼굴. 미쓰바가 이런 얼굴을 할 때마다 지히로는 야미가미 신사의 낡은 창고에서 나눈 대화가 떠올랐다.

“내가 아까 무시할 거라고 말한 건 계속 참겠다는 뜻이 아니야. 일일이 상대하지는 않지만 계속 담아두는 거지. 그리고 때가 오면 한 번에 되갚아주는 거야.”

되갚아준다는 말에서 역시 미쓰바는 작년 여름의 일을 기억하고 있다고 확신했다.

“그럼 어떻게 하는데?”

그렇게 묻는 지히로의 목소리가 갈라졌다.

“네가 아니라 그 세 명이 안 가면 되지.”

“어, 하지만, 어떻게?”

미쓰바는 다시 테이블 앞에 앉았다. 아까와는 달리 지히로의 바로 옆이었다. 아무도 없는데 굳이 지히로에게 가까이 다가와 귓가에 속삭였다.

“죽었으면 좋겠어?”

귓속으로 흘러들어온 목소리에 놀란 지히로는 어? 하고 몸을 뒤로 젖혔다.

"그 세 명이 죽었으면 좋겠냐고."

지히로는 반사적으로 고개를 가로저으려 했다. 하지만 미쓰바가 자신을 시험해 보고 있는 것은 아닐까 싶은 생각이 들었다. 여기서 부정하면 자신에게 실망한 미쓰바에게 버려질 것 같은 기분이 들었다.

죽었으면 좋겠어——. 차마 소리 내어 말하지는 못하고 살짝 고개만 끄덕였다.

미쓰바는 또다시 지히로의 귓가에 대고 "우리 할아버지 집 창고 말이야, 열쇠가 안 잠겨있어."라고 속삭였다.

그 말의 의미를 이해하지 못하고 어어, 하는 얼빠진 소리가 새어 나왔다.

"급식에 넣어보면 어때?"

지히로는 그제야 미쓰바가 살충제를 말하는 것임을 깨달았다. 미쓰바의 할아버지 집 창고에 사람을 손쉽게 죽일 수 있는 살충제가 많다는 이야기를 들어본 적이 있었다.

미쓰바는 시험하는 듯한 눈빛으로 지히로를 바라보았다. 지히로의 내면을 꿰뚫어 보고, 점수를 매기고, 합격 여부를 판가름하려 하고 있었다.

"그럼 너는 수학여행을 갈 수 있잖아."

하지만, 하고 부정하는 말이 입에서 나오려던 순간이었다.

"특별히 너한테만 알려준 거야. 비밀 꼭 지켜야 해."

뜨뜻미지근하고 달콤한 숨을 내뱉으며 미쓰바가 말했다.

특별히——. 그 말이 눈부시게 아름다운 울림을 감싸고 지히로의 내면 깊숙한 곳까지 스며들었다. 그 감각이 몇 초간 지히로를 꼼짝도 못 하게 만들었다.

그 사이 미쓰바가 벌떡 일어났다.

아무 일도 없었다는 듯 “슬슬 가볼게.”라며 요거트를 두 개 다 가방에 집어넣었다.

현관으로 향하던 미쓰바는 “아, 맞다.” 하고 지히로를 돌아보았다.

“엄마한테 연락 왔어?”

“음, 아니.”

다음 말은 예상할 수 있었다.

“아, 역시 너 버려졌나 보네. 분명 친자식이 아닐 거야.”

한숨 섞인 목소리였지만 조롱하는 기색이 역력했다.

미쓰바가 하는 말도, 목소리의 울림도, 마치 대본에 쓰여있는 것처럼 평소와 똑같았다. 너무 많이 들어서 이제는 아무렇지도 않았다.

“전에 도미에네 아줌마가 너한테 말했잖아. 엄마라면 자기 아이를 버리지 않는다나 뭐라나. 그렇게 말해놓고 그 아줌마 도미에가 죽으면 좋겠다고 생각했다는 게 웃기지 않아? 그리고 정말 그대로 되어버렸으니 너도 조심해야지.”

미쓰바는 돌려 말했지만 결국 너도 엄마한테 살해당할지 몰라, 라고 말하고 있었다.

지히로는 언덕을 올라가는 미쓰바의 뒷모습을 배웅했다. 점차 멀어져가는 미쓰바는 지히로와는 다른 세계로 향하는 것처럼 보였다.

“저 애, 매일 오는 거지?”

갑자기 들려온 목소리에 고개를 돌렸다. 이웃집에 사는 이토였다.

“안녕하세요.”

이토는 웃는 얼굴로 인사하는 지히로를 무시하고 “걔, 아카이네 딸이지? 매일 뭐 하러 온다니?”라며 무뚝뚝한 얼굴로 말했다.

“매일은 아니에요.”

지히로의 목소리가 작아졌다.

“얼마 전에는 해 뜰 무렵에 나가는 것도 봤는걸.”

할머니가 나이트 근무를 하는 날이었던 것일까.

미쓰바는 반드시 할머니가 집에 없을 때만 찾아왔다. 학교를 마치고 들를 때도 있었고, 휴일에 올 때도 있었다. 할머니가 나이트 근무를 하는 날에는 자고 가기도 했다.

“너무 가깝게 지내지는 마라.”

이토는 그렇게 말하며 돌아섰다.

—— 급식에 넣어보면 어때?

미쓰바가 그렇게 속삭인 것은 2주쯤 전의 일이었다.

그 후로 지히로는 구토하는 일이 잦아졌다.

시작은 교실에 들어온 은색의 스텐 급식 통 안에 든 크림 스튜를 봤을 때였다. 미쓰바의 말이 떠올라 그 안에 독이 들었을지도 모른다는 생각이 든 것이다.

미쓰바와 같은 생각을 하는 사람이 있을지도 모른다. 미쓰바의 할아버지네 창고에서 살충제를 훔친 사람이 있을지도 모른다. 악의를 품고 급식에 독을 탄 사람이 있을지도 모른다. 만약 그렇다면 그 악의는 자신을 향해 있을 것만 같은 기분이 들었다.

지히로는 다른 친구들이 먹는 모습을 확인한 다음, 스튜를 살며시 입으로 가져가 조심스럽게 삼켰다. 그 순간 독은 냄비가 아니라 자신의 식판에 묻어 있을지도 모른다는 생각이 들어 먹은 것을 전부 게워내고 싶은 충동에 휩싸였다.

하지만 학교에서는 절대 토할 수 없었다. 구토쟁이라고 불리게 될 것이 분명했다. 학교가 끝나자마자 서둘러 집으로 돌아가 화장실로 뛰어 들어갔다. 이 패턴의 반복이었다.

"…… 정말이지, 이렇게 갑자기. …… 대체 무슨 생각을 하는 건지, 그 녀석……."

운전석에 앉은 할머니가 또다시 구시렁댔다. 아까부터 계속 같은 말을 반복하고 있었다.

어제 두 달 만에 엄마에게 전화가 걸려왔다.

"엄마가 내일 만나러 갈게. 예쁘게 하고 나오렴."

엄마는 들뜬 목소리로 말했다.

지히로는 사이드미러에 비친 자신의 얼굴을 확인했다. 괜찮으려나, 하고 불안감이 차올랐다. 작은 네모 안에 갇힌 얼굴은 창백했고 눈 밑은 살짝 거무스름해서 예뻐 보이지 않았다.

"…… 아직 초등학생인 애한테 하코다테까지 오라니……. 쉬는 날이었으니 망정이지……."

어쩌면 할머니는 지금 자신이 소리 내어 말하고 있다는 사실을 깨닫지 못하고 있는지도 몰랐다.

"할머니, 죄송해요."

지히로의 말에 할머니는 “어?” 하고 속마음을 들킨 사람처럼 깜짝 놀라며 또렷해진 목소리로 “뭐가?” 하고 물었다.

“모처럼 쉬는 날이신데.”

할머니는 “어쩔 수 없잖니. 그리고 지히로의 탓도 아니고.”라며 한결 부드러워진 말투로 말했다.

지히로는 퉁명스러운 태도의 할머니가 무서웠던 적이 한 번도 없었다. 스스로도 놀랄 만한 일이었다. 할머니는 겉과 속이 같은 사람이었다. 겉으로 드러나는 모습이 할머니의 전부였고, 무언가를 숨기거나 꿍꿍이가 있는 것처럼 보인 적이 없었다. 그래서 할머니의 진심을 살피거나 의심할 필요가 없었다.

엄마와 만나기로 한 호텔은 하코다테항 근처였다.

넓은 로비에는 노란빛 조명이 벽과 바닥에 부드러운 그림자를 드리우고 있었다. 탄력 있는 진홍색 카펫은 발소리는 물론, 신발에 붙은 더러움까지도 빨아들일 듯했다.

호텔에 들어온 것은 오랜만이었다. 사이타마에서 살았을 때는 엄마 아빠를 따라 호텔 레스토랑이나 카페에 몇 번인가 가본 적이 있었다. 엄마가 특히 좋아했던 곳은 신주쿠역 서쪽 출구에 있는 호텔의 고층 라운지였다. 유리로 된 천장에서 햇볕이 쏟아져 들어왔고, 커다란 창문으로 끝없이 펼쳐진 도쿄 거리의 풍경이 내려다보였다. 엄마는 꼭 창가 자리에 앉아 애프터눈티를 주문했다. 그 라운지가 땅보다 하늘에서 더 가깝다고 느꼈던 것도, 하얀 찻주전자와 컵이 반짝반짝 광택이 났던 것도, 거리를 내려다보는 엄마가 싱긋 미소를 짓고 있었던 것도 기억하고 있었다. 하지만 그때 자신이 어떤 감정이었는지가 기억에서 빠져있었다.

만나기로 한 호텔 1층 라운지에서 엄마의 모습을 발견했다.

열 달 만에 보는 엄마는 더 젊어진 듯했다. 아이보리색 원피스에 에메랄드그린 빛의 스톨을 두르고 있었다.

"지히로! 우리 예쁜 딸, 잘 지냈어?"

엄마는 외국 사람 같은 과장된 몸짓으로 지히로를 꼭 끌어안았다. 이런 말을 들어본 것도, 안겨본 것도 처음이라 어떻게 반응해야 좋을지 알 수 없었던 지히로는 우두커니 서 있기만 했다.

"오랜만이다. 키도 좀 큰 것 같은데?"

몸을 떼어낸 엄마는 입꼬리를 끌어올리며 말했다. 엄마의 입술은 부자연스럽게 부풀어 있었고, 기름막을 씌운 것처럼 번들거렸다. 문득 라즈베리색 립글로스를 바른 미쓰바의 입술이 떠올랐다.

"맞지? 그새 키가 큰 거지?"

두 손으로 어깨를 잡고 흔드는 엄마를 보며 지히로는 깜짝 놀랐다. 이렇게 기분 좋게 웃는 엄마의 얼굴을 보는 것이 얼마 만인지 기억나지 않았다.

"응, 컸어. 5센티미터 정도."

"그래? 5센티미터나 컸구나. 그럼 벌써 130센티미터는 넘었겠네?"

10센티미터 넘게 틀렸다. 130센티미터였던 것은 초등학교 4학년 때였다. 하지만 143센티미터라고 솔직하게 말하면 엄마의 기분을 상하게 할 것 같아 "응, 넘었어."라고만 대답했다.

지히로의 뒤를 본 엄마의 얼굴이 순식간에 굳었다.

"엄마까지 뭐 하러 왔어."

차가운 표정과 말투에 아, 엄마다, 하고 지히로는 생각했다.

"지히로를 혼자 보낼 수는 없잖니."

할머니도 똑같이 차가운 말투였지만 엄마와는 확실히 달랐다.

"흥, 손녀한테는 잘해주나 보네."

엄마의 목소리가 끈적하게 바뀌었다.

할머니는 아무 대답도 하지 않았다. 그대로 잠시 침묵이 흘렀다.

지히로의 고막에 두근대는 심장 소리가 울려 퍼졌다. 몸 안에서 공기가 조금씩 빠져나가는 듯한 기분이 들었다.

나 때문이냐고 차라리 묻고 싶었다. 나 때문에 엄마랑 할머니가 싸우는 거야? 어떤 대답이 돌아온다 한들 그렇게 물어보는 편이 후련할 것 같았다.

"뭐, 됐어."

이내 엄마는 귀찮다는 듯 말하며 한쪽 손을 들어 직원을 불렀다.

"홍차 두 잔이랑 코코아 한 잔이요."

지히로는 차가운 사과주스를 마시고 싶었지만 말하지 못했다.

"어쩐 일이야, 이렇게 갑자기. 무슨 일 있어?"

목소리를 낮추고 묻는 할머니를 무시하고 엄마는 미소를 지으며 지히로를 바라보았다.

"있잖아, 엄마랑 아빠는 한참 전부터 따로 살고 있어."

엄마는 생글생글 웃으며 말했다. 그리고 지히로가 작게 끄덕이는 것을 확인한 다음, "이혼했거든." 하고 단호하게 고했다.

지히로는 또다시 고개를 끄덕였다. 솔직히 전혀 동요하지 않았지만, 조금은 놀라거나 상처받는 척하는 것이 좋지 않을까 싶어 불안해졌다.

"언제 했어?"

할머니가 물었지만 엄마는 할머니에게 눈길조차 주지 않았다.

"하지만 괜찮아." 엄마는 자신감 넘치는 말투로 이어갔다. "엄마는 지히로를 포기하지 않았어. 친권은 엄마한테 있어. 그러니까 앞으로도 지히로는 엄마의 소중한 딸이야."

엄마가 무슨 말을 하고 싶은 것인지 이해할 수 없었지만 지히로는 잠자코 듣고 있었다.

"사실 꽤 힘들었어. 네 아빠 말고. 네 아빠는 자기만 생각하는 사람이니까 오히려 친권 같은 건 필요 없다는 식이었지. 근데 그쪽 부모가 참견하지 뭐야. 근데 결국 시늉만 한 거였더라고. 진심으로 너를 원한 게 아니었어."

"그만 해라. 애한테 할 소리가 아니잖아."

그때 직원이 다가와 엄마와 할머니 앞에 홍차를 내려놓았다. 지히로의 코코아는 없었다.

"코코아는 시간이 조금 더 걸리는 모양이구나."라며 작은 목소리로 말하는 할머니에게 "잘 저어야 하니까요." 하고 웃으며 대답했지만, 스스로 무슨 말을 하고 있는지 알지 못했다.

"있잖아, 엄마가 가게를 열 거야." 홍차를 한 모금 마신 뒤 엄마는 다시 이야기를 시작했다. "에스테틱이라고 알아?"

"피부관리 말하는 거지? 얼굴 마사지 같은 거 해주는 곳."

"맞아, 피부관리 숍. 엄마가 자격증을 땄거든. 그래서 회원제 에스테틱 숍을 운영해 보기로 했어. 대단하지?"

엄마는 활짝 웃으며 말했다.

"멋지다!"

지히로는 가슴 앞에 두 손을 모았다.

"엄마한테 가게를 맡기고 싶다는 사람이 있어. 사이타마가 아니라, 도쿄야. 도쿄의 메구로라는 곳."

"우와."

"지히로도 엄마가 행복해지면 좋겠지?"

"응."

"엄마도 지히로가 행복했으면 좋겠어. 지히로는 지금 행복하지?"

그렇게 말하는 엄마의 입가에 미소가 번졌다.

"응."이라는 대답을 강요당한 기분이었다.

"그럴 줄 알았어. 지히로한테는 하이토 마을 같은 환경이 잘 맞을 거라고 처음부터 생각했거든. 학교는 어때?"

"이번 주에 수학여행 갈 거야."

이번에도 강요당했다. 강요한 것은 누구였을까. 엄마일까, 아니면 다른 무언가일까.

"기대되겠네."

"응, 기대 돼."

"어디로 가?"

"삿포로."

"삿포로 어디?"

"동물원이랑 전망대랑 댐이랑."

"좋겠네."

어색하게 웃고 있는 엄마는 별로 흥미가 없어 보였다.

지히로는 할 말을 찾지 못해 "응, 기대 돼." 하고 했던 말을 반복했다. 똑같은 말을 하다니, 바보 같다고 생각하면 어쩌나 불안해졌다.

"지히로가 즐거워 보여서 정말 다행이야."

마무리하듯 엄마가 말했다.

"다행이라니. 앞으로 지히로는 어떻게 할 셈이야?"

할머니가 상체를 앞으로 쑥 내밀었다. 할머니는 목소리를 낮춰 물었지만, 힘이 들어간 낮은 목소리가 오히려 공기 중을 진동시켰다.

"지히로는 지금 생활이 즐겁다잖아. 친구들이랑도 헤어지기 싫겠지."

엄마의 입꼬리는 분명 올라가 있는데 지히로를 바라보는 눈은 웃는 것처럼 보이지 않았다.

"그럼 앞으로도 지히로랑 따로 살 생각이야?"

"지히로는 이대로 하이토 마을에서 살고 싶지?"

"지히로는 아직 애라고."

"지히로한테는 시골이 어울리잖아."

"정말 이대로 방치할 거야?"

그제야 할머니에게 시선을 돌린 엄마는 어느샌가 험악한 표정을 짓고 있었다.

"지히로가 귀찮다는 거야?"

"그런 말을 하는 게 아니잖아."

"그럼 그런 식으로 말하지 마. 지히로가 신경 쓸 거 아니야."

"네 멋대로 말하지 마."

"잘난 척 설교하지 마!"

엄마가 목소리를 높였다.

주위를 슬쩍 둘러보던 지히로는 통로를 사이에 두고 떨어져 있는 옆 테이블에 앉은 아저씨와 눈이 마주쳤다. 신문을 손에 든 아저씨는 지히로를 격려하듯 미소를 지어 주었다. 겨우 그것만으로도 지히로는 울고 싶어졌다.

"돈 걱정은 안 해도 돼."

엄마는 퉁명스럽게 말하고는 가방을 챙겨 일어섰다. 하지만 무언가 생각난 듯 다시 자리에 앉더니 "자, 이거. 선물이야."라며 가방에서 꺼낸 작은 종이봉투를 지히로에게 내밀었다.

"고마워. 열어봐도 돼?"

"그럼."

노란색 곰돌이 뜨개 인형. 지히로는 노란색도 곰 인형도 좋아하지 않았다.

"우와, 귀여워."

"책가방에 달면 좋지 않을까?"

"응! 그렇게 할게."

"그럼, 또 보자."

엄마가 일어섰다.

"벌써 가려고?"

엄마는 덩달아 자리에서 일어난 할머니를 무시하고 테이블 너머로 지히로의 뺨을 어루만졌다.

"우리 둘 다 행복하게 살자."

그렇게 말하며 싱긋 웃어 보였다.

지히로는 자신이 엄마의 보고 싶어 하는 표정을 짓고 있는지 신경 쓰였다. 싱긋, 싱긋, 싱긋, 하는 소리가 입 안에서 만들어지고 있으니 괜찮아. 잘 웃고 있어.

지히로는 문득 코코아가 아직 나오지 않았다는 사실을 깨달았다.

엄마를 만나고 온 지 이틀이 지났다. 오늘은 할머니가 나이트 근무를 하는 날이었다.

평소처럼 할머니는 불단속을 당부한 뒤 경차를 타고 나갔다.

할머니와 교대하듯 미쓰바가 찾아왔다. 저녁 식사를 하고, 과자를 먹고, 텔레비전을 보거나 만화책을 읽으며 밤을 맞았지만 미쓰바는 엄마한테 연락이 왔냐고 좀처럼 묻지 않았다.

지히로는 뒤늦게 깨달은 것이 있었다.

엄마가 눈앞에 있을 때는 긴장과 불안, 그리고 안 좋은 예감이 뒤섞여 무슨 일이 일어나고 있는지 제대로 이해하지 못했다. 하지만 시간이 흐르며 짙은 안개 속에서 가장 소중한 한 가지가 선명하게 떠올랐다.

—— 엄마는 지히로를 포기하지 않았어.

엄마는 분명 그렇게 말했다.

그 말인즉 엄마는 자신을 버린 것이 아니라는 뜻이다. 그저 따로 살고 있을 뿐이다. 예를 들자면 기숙사에 들어가거나 유학을 가는 것과 비슷하지 않을까. 게다가 지히로 또한 자신이 사이타마로 돌아가고 싶은 것인지 확신이 없었다. 이 마을에 있으면 사이타마로 돌아가고 싶을 때도 있지만, 사이타마에 가면 이 마을로 돌아오고 싶어질 것 같기도 했다. 지히로는 언제나 선택하지 않은 쪽을 원했다.

"내일모레네, 수학여행."

이불에 누워 만화책을 읽고 있던 미쓰바가 말했다.

밤 10시가 넘어 2층 방에 올라와 있었다. 지히로는 잠옷으로 갈아입었지만 미쓰바는 여전히 티셔츠에 운동복 바지 차림이었다.

"준비는 다 했어?"

만화책에 시선을 고정한 채 미쓰바가 물었다.

"응, 거의 다 했어."라고 대답하며 지히로는 구석에 있는 보스턴백을 가리켰다.

"아니, 그거 말고."

고개를 든 미쓰바는 경멸하는 눈빛으로 지히로를 바라보았다.

지히로는 숨을 참았다. 사실 미쓰바가 무슨 말을 하는 것인지 알고 있었다.

"전에 알려줬잖아."

아니나 다를까 미쓰바가 먼저 이야기를 꺼냈다.

지히로가 아무 대답도 하지 않자 "할아버지 창고에 뭐가 있는지 알려줬잖아."라며 목소리를 높였다.

"수학여행, 벌써 내일모레잖아. 그럼 내일 안 하면 늦지 않아? 너희 반에 싫은 애들이 있다고 말한 건 지히로 너였잖아. 같이 가기 싫다며. 그래서 특별히 알려준 거라고. 지히로한테만 알려준 거라고."

미쓰바는 이불 위에서 몸을 일으켜 한쪽 무릎을 감싼 채 지히로를 향해 고개를 내밀고 있었다.

몇 가지 변명을 미리 준비해두었지만, 머릿속이 새하얘졌다.

뭐였더라. 미쓰바가 지적하면 뭐라고 말하려고 했더라. 초조해질수록 기억은 점점 더 멀어져갔다. 침을 삼키고 싶었지만 목이 움직이지 않았다. 괴로움에 숨을 힘껏 들이마시려 했더니 코에서 이상한 소리가 났다.

"뿌힝?" 미쓰바가 배를 잡고 웃기 시작했다. "지금 뿌힝이라고 했지. 뿌힝이라고."

미쓰바는 이불 위에 쓰러져 발을 버둥거리며 웃었다.

"뿌힝이라고 해버렸네."

그 모습에 안심한 지히로는 코를 양손으로 잡고 뿌힝이라고 해버렸네, 뿌힝이라고 해버렸어, 하고 웃으며 반복했다. 수학여행 이야기로 돌아가지 않기를 간절히 바랐다.

"어라?" 몸을 일으키던 미쓰바가 의아한 표정을 지었다. 책상 옆에 걸어 놓은 책가방을 바라보고 있었다.

"저 노란색 곰 인형 어디서 났어?"

"엄마한테 받았어."

엄마가 만나러 와주었던 것을 드디어 미쓰바에게 말할 수 있게 되었다. 지히로는 서둘러 대답했다.

미쓰바는 아무 말 없이 미간을 찌푸렸다. 지히로를 탓하는 듯한 표정이 설명을 요구하고 있었다.

"안 그래도 말하려고 했는데, 그저께 일요일에 엄마가 만나러 왔었어."

"그런 말 안 했잖아."

미쓰바의 목소리가 낮게 가라앉았다.

"너무 갑자기 연락이 왔었고, 또 하이토 마을이 아니라 하코다테에서 만났거든. 다 말하려고 했어. 이건 미쓰바한테만 말해주는 건데, 우리 엄마랑 아빠 이혼했대. 하지만 엄마는 나를 포기하지 않았다고 했어. 친권? 그건 엄마가 갖고 있으니까 나는 앞으로도 계속 소중한 딸이라고 했어."

이야기를 시작하자 멈출 수 없었다.

"그리고 또 내가 하이토 마을에 있는 건 나를 위한 거라고 했어. 나한테는 이 마을이 잘 맞는다고 생각하나 봐. 엄마는 내가 행복했으면 좋겠대. 그리고 엄마는 도쿄에서 에스테틱 숍을——."

지히로는 흠칫 놀라며 그대로 입을 다물었다.

미쓰바가 조용히 지히로를 노려보고 있었다.

"너는 정말 아무것도 모르는구나."

의외로 차분한 목소리였다.

명치에서부터 안 좋은 예감이 끓어올라 자칫 방심했다가는 토해버릴 것 같았다. 오늘은 아직 토하지 않았다는 사실이 신경 쓰였다.

"너희 엄마가 너를 포기하지 않은 건 돈 때문이야. 아동 수당이라고 알아? 자식을 낳으면 돈을 받을 수 있어. 그거 말고도 이것저것 이득을 보는 게 많다고. 근데 그것도 중학생까지만이야. 네가 중학교를 졸업하면 더는 필요 없어질 거야."

"하지만."

"하지만이 아니라고!"

미쓰바는 있는 힘껏 이불을 내리쳤다. 머리카락 한 가닥이 볼에 달라붙어 있었다.

"너네 엄마는 너 같은 건 아무래도 상관없다고. 자기밖에 생각 안 한다고. 안 그랬으면 이런 마을에 너를 두고 갈 리가 없잖아."

미쓰바는 무릎으로 기어 책상으로 다가가 지히로의 가방에서 노란색 곰 인형을 잡아 뜯었다.

"이런 걸 소중하게 매달고 다니다니, 바보 아니야?"

몸 안에서 피가 쭉 빠져나가는 기분이었다.

미쓰바의 말이 맞았다. 처음 받았을 때부터 알고 있었다. 노란색 곰 인형은 엄마가 마음을 담아 고른 선물이 아니라 공항에서 우연히 눈에 들어온 것을 계산대로 가져갔을 뿐이라는 사실을 말이다. 분명 엄마는 자기가 먹을 초콜릿을 고를 때 몇 배는 더 신중했을 것이다.

신이 나서 떠들어대던 자신을 갈기갈기 찢어 버리고 싶었다.

"그래도 괜찮아. 나도 마찬가지거든."

미쓰바의 목소리가 다정해졌다.

"나도 너랑 똑같아. 나는 그 사람들의 친자식이 아니라고 했잖아. 딱 보면 알지."

지히로는 고개를 끄덕였지만 미쓰바의 말을 진심으로 믿는 것은 아니었다.

미쓰바의 부모를 몇 번인가 본 적이 있었다. 지방으로 가득한 몸을 인형 탈처럼 뒤집어쓴 두 사람은 무뚝뚝한 표정과 지저분한 옷차림까지 쌍둥이처럼 똑 닮아 있었다.

"나는 중학교를 졸업하면 살해당할 거야. 너는 아직 괜찮아. 3년 넘게 남았으니까. 나는 이제 아홉 달 남았어. 으음, 유예 기간이 조금 더 있을지도 모르지. 중학교를 졸업하자마자 죽이면 의심받을 수도 있으니까. 하지만 나는 얌전히 살해당하지는 않을 거야. 죽기 전에 먼저 죽일 거니까. 반드시 그렇게 할 거야. 그러니까 너도——."

미쓰바가 갑자기 하던 말을 멈추었다.

"울어?"

고개를 기울여 지히로의 얼굴을 들여다보았다.

지히로는 고개를 가로저었다. 자신이 울고 있다는 느낌은 없었다. 얼굴을 슬쩍 닦아봤지만 역시나 손은 젖어 있지 않았다.

"지히로도 완전히 버려지기 전에 네가 먼저 버리는 게 좋을 거야. 죽기 전에 먼저 죽이면 된다고. 우리한테는 그럴 권리가 있으니까. 엄마 같은 건 없어도 괜찮아. 내가 지히로의 엄마가 되어 줄게."

미쓰바가 천천히 손을 뻗어 지히로의 머리를 다정하게 쓰다듬었다.

"알겠지? 내가 엄마가 되어 줄게."

그렇게 말하며 미쓰바는 천천히 티셔츠를 벗었다. 부풀어 오른 가슴을 덮은 흰색 브래지어는 색이 바랬고, 언뜻 보기에도 옷감이 늘어난 것을 알 수 있었다.

지히로에게 시선을 고정한 채 미쓰바는 브래지어를 걷어 올렸다.

봐서는 안 된다고 생각하면서도 지히로의 시선이 팽팽한 가슴 한가운데 있는 작은 유두와 연분홍빛 유륜으로 향했다.

미쓰바가 지히로의 뒤통수를 잡아 끌어당겼다. 앗, 하고 정신을 차렸을 때는 이미 입술이 가슴에 닿아 있었다. 땀 냄새에 뒤섞여 따뜻하게 데운 우유 같은 달콤한 냄새가 났다.

"우유 먹어도 돼."

머리 위에서 미쓰바의 목소리가 들려왔다. 열감을 머금은 상기된 목소리였다.

"너는 내 딸이니까. 자, 어서."

가슴에 대고 꾹 눌렀다. 산소를 원하던 입술이 열리자 마치 처음부터 그렇게 할 생각이었던 것처럼 미쓰바의 유두를 입 안에 머금었다.

"앗."

그 짧은 탄성은 지히로가 처음 들어보는 울림이었다.

지히로의 입 안에서 유두가 단단해져 갔다. 갓난아기처럼 빨아들이자 혀끝이 닿았다. 미쓰바가 비명 비슷한 소리를 냈다. 그 소리에 재촉당해 혀를 빠르게 움직였다. 머릿속에 우윳빛 안개가 퍼져나갔다. 끼익, 하는 금속음이 관자놀이를 관통했다. 온몸의 모공이 수축과 팽창을 반복했다. 지히로는 정신없이 입술과 혀를 움직였다.

미쓰바는 지히로의 머리에 두 손을 감은 채 몸을 떨었다. 뜨겁고 눅눅한 호흡 사이로 짧은 비명이 몇 번이고 끼어들었다. 연약한 동물이 잡아먹히는 듯한 소리. 하지만 잡아먹히고 있는 것은 지히로였다.

다음 날 아침, 지히로는 고열에 시달리며 구토와 설사를 반복했다.

구역질과 복통으로 신음하는 지히로의 혀끝에 가슴의 탄력이 몇 번이고 되살아났다.

유두를 입 안에 머금었을 때 고통이나 자극을 느끼지는 않았는지 돌이켜 생각했다.

이불 속에 혼자 누워 있으니 어째서인지 하코다테에서 엄마를 만났을 때 자신의 코코아만 나오지 않았던 것이 떠올랐다.

10. 가쓰키 쓰요시 —— 현재

—— 그녀는 이미 죽었을지도 몰라요.

가쓰키 쓰요시의 고막에 마루에다 이쓰오의 목소리가 달라붙어 있었다.

결국 마루에다는 아무것도 말하지 않은 것이나 다름없었다. 도요스 바비큐 사건에 장녀가 연관되어 있는지, 8년 전 삿포로에서 일어난 집단자살 사건 현장에 마루에다와 장녀가 함께 있었는지, 마루에다와 장녀가 아는 사이였는지까지 전부 침묵으로 일관했다.

그녀는 이미 죽었을지도 몰라요. 그렇게 말한 뒤 그는 이런 말을 이어갔다.

—— 그녀가 살아있는지 알고 싶어요.

생각에 잠긴 표정이었다.

—— 그걸 알게 되면 전부 다 말해줄 겁니까?

가쓰키의 물음에 마루에다는 대답하지 않았다. 그런 그의 모습은 협상하려는 의도가 아니라 어떻게 해야 좋을지 스스로 결정을 내리지 못하고 있는 것처럼 보였다.

장녀는 죽은 것일까. 가쓰키의 뇌리에 테이블에 걸터앉아 컵라면을 먹던 장녀의 모습이 떠올랐다. 신기하게도 그 모습을 떠올릴 때마다 마치 물감을 덧칠한 것처럼 색채와 윤곽이 선명해져 갔다. 자신의 기억은 장녀의 있는 그대로의 모습일까, 아니면 덧칠해진 모습일까. 가쓰키는 알 수 없었다.

“그거 억측이지?”

편집장인 후와 사카에는 안경에 가려진 눈을 살짝 찌푸리며 물었다. 날카로운 표정이었다.

“맞아요. 전부 제 억측이에요.”

가쓰키는 후와의 시선을 고스란히 받아냈다.

“장녀는 정말 죽은 걸까?”

후와의 중얼거림은 가쓰키의 의문과 일치했다.

그녀는 죽은 것일까. 아니면 어딘가에 살아 있는 것일까.

“가쓰키 씨가 아카미쓰를 찾아낼 수만 있다면 만사 오케이지만, 다른 언론에서도 여태껏 못 찾았으니 어려울 것 같기는 해요. 나도 차마 거기까지는 바랄 수도 없고요. 하지만 어째서 마루에다는 아카미쓰가 죽었을지도 모른다고 말한 걸까요? 접점이 아예 없다면 그런 말은 굳이 하지 않았을 텐데 말이죠. 그렇다는 건 가쓰키 씨의 억측이 사실일 가능성도 있어 보이는데요? 마루에다와 아카미쓰는 과거에 어딘가에서 만났다. 그것이 어쩌면 8년 전 삿포로에서 일어난 집단자살 사건 현장이었을지도 모른다.”

"마루에다와 장녀 사이에 무언가 접점이 있는 건 틀림없다고 생각해요."

그렇지 않으면 마루에다가 그렇게까지 장녀에게 집착할 이유가 없었다.

"그럼 역시 마루에다가 장녀에게 비소를 받았을 가능성도 있겠네요."

두 눈을 꼭 감은 후와는 평소답지 않게 갈등하는 듯 보였다. 깍지 낀 두 손 위에 턱을 얹고 미간을 잔뜩 찌푸린 채 침묵했다. 그리고 잠시 후 무언가 결심한 듯 눈을 퍼뜩 뜨더니 "팔아볼까?" 하고 혼잣말처럼 중얼거렸다.

"팔아요?"

후와는 응, 하고 고개를 끄덕이며 굳어 있던 표정을 풀었다.

"우선 영혼부터. 내 거는 이미 다 팔아서 남은 게 없으니까 가쓰키 씨 영혼 좀 팔아봐."

후와는 기사를 쓸 생각인 듯했다.

"근데 문제는 증거가 하나도 없단 말이죠."

영혼을 팔라는 말에 가쓰키는 갑자기 주저하는 마음이 들었다.

"그럼 이대로 없는 일로 할까?"

후와는 가쓰키를 시험하듯 입꼬리를 끌어올렸다.

"아뇨."

"역시 그렇죠. 그럼 써버릴까요?"

"네? 정말 써요? 억측 그대로?"

놀란 감정이 그대로 말로 튀어나왔다. 임팩트만을 중시하는 특종 기사는 월간 도우토의 색이 아니었다.

"네, 팔 거니까요. 아, 이번에는 영혼 말고요. 우리는 억측 기사를 실을 수 없으니까 타사에 넘겨야겠죠. 주간 신소 정도면 적당하려나. 쉽게 말해 은혜를 파는 거죠."

한 층 밑에 편집부가 있는 주간 신소는 정치인이나 연예인의 스캔들 같은 임팩트 있는 사건들을 중점적으로 다루었다. 고소할 테면 해보라는 식의 운영으로 실제로 여러 차례 명예훼손으로 고소당한 적이 있었다.

"그렇게 되면 가쓰키 씨는 기사에서 마루에다를 잘 아는 관계자가 되겠네요. 관계자의 말에 따르면, 이런 식으로 쓰면 억측이든 뭐든 마음대로 쓸 수 있으니까요."

하하, 하고 후와는 자조하는 듯 웃었지만 금세 표정을 다잡았다.

"가쓰키 씨는 되는 대로 쓰는 건 싫으시겠죠. 저야 영혼을 이미 다 팔아서 상관없지만, 가쓰키 씨는 그리 간단히 영혼을 팔지 않는 타입이니까요. 죄책감에 사로잡히지 않기 위해서라도 계속해서 열심히 한번 해봐요. 근데 이 내용을 먼저 기사로 낼 만한 사람은 없죠?"

그 말을 듣고 가쓰키는 도우토신문 하코다테 지국을 방문했던 기자가 있었다는 사실을 떠올렸다. 지국장인 오야마의 말에 따르면 도쿄에서 왔다는 그 기자는 가쓰키와 마찬가지로 도요스 사건과 하이토 마을 사건의 관련성을 조사하고 있었다. 그것도 가쓰키보다 무려 한 달이나 먼저.

후와는 가쓰키의 표정을 읽은 듯 "있군요?"라며 진지한 목소리로 물었다.

가쓰키는 하코다테 지국에서 오야마에게 들은 이야기를 전했다.

"마루에다를 접견한 기자일지도 몰라요. 저처럼 마루에다의 반응을 보고 하이토 마을 사건과의 연관성을 고려했을 가능성이 있겠죠."

"지고 싶지는 않은데. 어디일까요? 주간 신소처럼 마음대로 써대는 매체만 아니면 좋을 텐데요. 가쓰키 씨, 그쪽도 확인 좀 부탁할게요."

도우토신문 하코다테 지국으로 전화를 걸었지만 오야마는 외출 중이었고 휴대전화도 받지 않았다.

책상에 앉아 있어도 엉덩이가 들썩거리고 진정이 되지 않았다. 해야 할 일이 많은데 지금 할 수 있는 것이 하나도 없는 것 같은, 지금까지 아무것도 한 일이 없는 것 같은, 그런 애타는 마음이 쌓여만 갔다.

다음 날 가쓰키는 또다시 하코다테 공항에 와 있었다.

공항 의자에 앉아 스마트폰을 확인했다. 화면에는 오야마가 어젯밤 늦은 시간에 보내준 명함 이미지가 떠 있었다. 〈오가타 사토시〉라는 이름 위에는 회사명도 직함도 없었다. 프리랜서 기자라고 봐도 좋을 것 같았다.

잠시 고민했지만 밑져야 본전이라는 생각으로 전화를 해보려 손가락을 움직였다. 하지만 너무 앞서가는 듯한 기분이 들어 결국 그만두었다. 그 대신 인터넷에 접속해 〈오가타 사토시〉를 검색했다. 하지만 이렇다 할 인물은 발견하지 못했다. 익명 기사를 전문으로 쓰는 사람이거나, 아니면 따로 필명이 있을지도 모른다.

귀찮게 됐네 싶었다. 사실 아무나 마음만 먹으면 기자가 될 수 있는 세상이었다. 만약 오가타 사토시가 기자로서의 양심도 자부심도 없이 돈이 되는 일은 무엇이든 하는 사람이라면, 그리고 불확실한 내용이거나 누군가의 인생을 망가트릴 만한 내용이라 해도 그 정보를 사겠다는 매체가 있으면 의외로 기사가 빨리 나올 가능성이 있었다.

거기까지 생각이 미치자 지금 자신이 하는 행동도 별반 다를 바 없지 않은가 하는 의문이 들었다. 그뿐 아니라 후와와 달리 영혼을 팔았다는 자각이 없다는 점에서 더 질이 나쁜 것일지도 모른다.

장녀를 가만히 놔두고 싶다. 그 마음에 거짓은 없었다.

하지만 그녀의 행방을 알아내고 싶다는 욕구가 날이 갈수록 수위를 높여가고 있는 것도 사실이었다.

그녀가 살아 있는지 알고 싶다.

그녀가 어떻게 지내는지 알고 싶다.

그녀와 마루에다가 어떤 관계인지 알고 싶다.

그리고 그녀가 가족을 죽였는지 알고 싶다.

만약 그녀가 가족을 죽였다면 그 이유를 알고 싶다.

이것들을 알고자 하는 것은 결국 그녀가 숨기고 싶어 하는 과거를 문제 삼고 그녀를 다시 대중 앞에 욕받이로 서게 만드는 것과 다름없었다.

가족들이 목숨을 잃은 테이블에 걸터앉아 컵라면을 먹고 있던 그녀. 12년 전에는 끔찍하고도 슬픈 괴물을 목격한 듯한 기분이었다. 하지만 미와코와 전화로 그녀에 관해 이야기했던 기억이 되살아난 시점부터 가쓰키의 안에서 무언가가 달라졌다.

—— 당신 혹시 그 아이의 사진을 찍었어?

마치 자기 자식을 걱정하는 엄마 같은 말투였다. 혹시 무의식중에 조작된 기억일까.

미와코는 아이를 낳고 싶었던 것은 아닐까. 아니, 낳고 싶어 했다.

이제 와서 이런 확신이 들다니, 너무 늦어버렸다.

예전에 딱 한 번 미와코가 난임 치료 이야기를 꺼낸 적이 있었다. 산책을 권하는 듯한 가벼운 말투였다. 그래서 그때는 미와코가 진심으로 원해서 묻는 것이 아니라 남편인 자신을 신경 써서 하는 말이라고 받아들였다. 가쓰키는 자신이 어떤 대답을 했는지 정확히 기억나지 않았다. 그렇게까지 하지 않아도 돼, 하고 가볍게 넘겨버렸던 것은 아닐까.

새로 생겨난 후회는 빠르게 증식해 나갔다.

미와코와 함께 보낸 시간은 완벽하게 행복했다. 그런데 어째서 후회만 잔뜩 남은 것일까.

"아카이 미쓰바."

가쓰키는 작게 중얼거리며 의자에서 일어났다.

가쓰키가 가장 먼저 향한 곳은 지난번에 들렀던 상점이었다.

하이토 마을 사람들이 말하는 이른바 '안쪽' 주민들보다 바다 쪽에 가까이 사는 '마을' 주민들이 12년 전 사건에 대한 거부감이 덜하지 않을까 생각해서였다.

렌터카에서 내려 가게 안을 들여다보자 얼마 전에 만났던 가게 주인이 계산대에 서 있었다. 가쓰키를 기억하고 있었는지 아, 하고 아는 체를 했다.

"안녕하세요." 하고 가쓰키가 웃으며 인사를 건네자 여자는 "또 신사를 보러 오셨어요?"라고 물었다. 그 질문에 가쓰키는 지난번에 왔을 때 신사 마니아라고 자신을 소개했던 것을 기억해냈다.

이번에는 솔직하게 이야기할 생각이었다. 그렇지 않으면 사건에 관해서도 장녀에 관해서도 자세히 물어볼 수 없을 테니 말이다.

"사실 저는 도쿄의 잡지사에서 일하고 있어요."

그렇게 말하며 월간 도우토라고 이름을 댔지만, 그녀는 처음 들어보는 눈치였다.

"원래는 도우토신문에서 일했었는데, 정년퇴직 후에 계열사인 월간 도우토에서 다시 일을 시작했어요."

"아, 도우토신문 알죠. 근데 이쪽 지역에서는 다들 홋카이도신문을 보지. 도우토신문을 보는 사람은 거의 없을걸요?"

여자는 아무렇지 않게 심한 말을 했다.

"얼마 전에 찾아뵀을 때 12년 전 일가족 살인사건에 관해 이야기했던 거 혹시 기억하시나요?"

"아, 네네."

"그 사건을 재조사해보면 어떨까 싶어서요."

이 부분만은 지어낸 이야기였다.

"비소로 연결 지으시려고요?"

"네?"

"왜, 있잖아요. 얼마 전에 도쿄에 있는 바비큐장에서 비소로 사람이 여럿 죽었다면서요. 그래서 비소로 연결 지어서 옛날 사건까지 다시 조사해보려고 하시는 거 아니에요? '그때 그 사람들' 같은 느낌으로요."

"뭐, 비슷합니다."

가쓰키는 웃으며 관자놀이에 맺힌 땀을 닦았다.

가게 문이 활짝 열린 채 계산대 옆에 있는 선풍기 한 대만 돌아가고 있었다. 가게 안에 에어컨은 없는 듯했다. "많이 덥죠?"라며 가게 주인은 미안한 듯 웃었지만, 정작 그녀는 땀도 흘리지 않고 태연해 보였다. 역시 과체중 때문인가, 8킬로그램이나 뺐는데, 하고 가스키는 왠지 서러워졌다.

"저는 자세한 건 몰라요. 그때 저는 이 마을에 없었거든요."

그러고 보니 그녀가 하이토 마을에서 살기 시작한 것은 10년 전부터라고 했었다.

"남편은 출근했고 시어머니도 잠깐 나가셨어요. 아, 요코를 불러볼까요? 얼마 전에 오셨을 때 같이 있었잖아요. 친구거든요. 요코라면 뭔가 알고 있을지도 몰라요."

가쓰키의 대답은 듣지도 않고 여자는 스마트폰을 두드렸다.

20분 정도 후에 나타난 여자는 사사키 요코라고 자신을 소개했다. 지난번과 인상이 다른 것은 짙은 화장 때문이었다.

"뭐야, 카메라는 없네?"

사사키는 "뭐예요, 기자셨으면 지난번에 말씀하지 그러셨어요."라며 장난스럽게 투덜거렸다.

"너, 뭐야. 일부러 화장하고 온 거야? 입술 색이 너무 진한데?"

"아니야, 평소랑 똑같이 하고 왔어."

12년 전에 가쓰키는 하이토 마을 일가족 살인사건의 취재를 담당했었지만, 사건 현장에서 제법 거리가 있는 이곳 '마을' 주민들에게 이야기를 들은 적은 없었다. 당시에는 지원 요청을 받아 온 것이었기 때문에 사건 현장인 장녀의 집이나 조부모의 집, 아니면 경찰서에 있는 시간이 많았다. 사건 현장에서 가까운 '안쪽' 주민들에게 인터뷰를 시도해봤지만, 당시에는 집집마다 보이지 않는 셔터가 내려져 있는 것처럼 거절당하기 일쑤였다.

12년이나 세월이 지나서인지 아니면 사는 지역이 달라서인지 모르지만, 묘하게 들뜬 두 사람의 모습에 가쓰키는 마음이 이상했다.

"사실 12년 전에 우리 엄마가 와이드 쇼인지 뭔지 인터뷰를 했다고 하더라고요. 근데 엄마도 참, 방송 이름을 안 물어봤대요. 결국 방송이 됐는지 아닌지 아직도 몰라요."

사사키는 앞머리를 정리하며 말했다.

"어머님은 어떤 질문을 받았다고 하시던가요?"

"살해당한 가족과 교류가 있었는지 물어봤대요. 없었어요, 라고 대답했다 하더라고요."

그렇게 대답하셨으면 방송에 나오지는 않았겠네요, 라는 말은 속으로 삼켰다.

"피해자 가족과 교류가 있었던 분을 혹시 알고 계시나요?"

"글쎄요, 모르겠어요."

"그럼 살아남은 장녀를 잘 아는 사람은요?"

"그 아이라면 사건이 일어나고 몇 달 후에 이 마을을 떠난 것 같던데요? 그 아이가 범인이라 증거를 없애려고 집에 불을 질렀다는 소문이 있었어요."

그것은 2주 전에 이곳에 들렀을 때도 들었던 이야기였다.

"장녀의 행방도 모르시는 거죠?"

"그렇죠."

가쓰키의 낙담한 표정을 본 사사키는 "그래도 친구들은 찾을 수 있지 않을까요?"라며 격려하는 듯한 목소리로 말했다.

"친구들이요?"

"그 당시에 고등학생이었잖아요. 고등학교 동창한테 물어보면 되지 않을까요?"

"동창을 아시나요?"

"저는 모르죠."

"네?"

"저는 모르지만, 이 근처에는 고등학교가 하나밖에 없거든요. 그리고 좁은 마을이니까 금방 찾을 수 있지 않을까요?"

그렇게 말한 사사키가 스마트폰으로 무언가 메시지를 보내자 금세 띠링띠링, 하고 알림이 울렸다.

그녀의 말대로 30분도 되지 않아 장녀의 중학교와 고등학교 동창 세 명을 찾을 수 있었다. 하지만 기억이 잘 나지 않는다, 딱히 할 말이 없다, 등의 이유로 세 사람 모두 가쓰키와의 인터뷰를 거절한 듯했다.

예상대로의 전개였다. 스마트폰 하나로 간단히 닿을 수 있는 것이었다면 장녀의 행방은 진작에 밝혀졌을 터였다.

사건 당시 고등학교 1학년이었던 장녀는 가깝게 지내던 친구가 한 명도 없었던 것은 아닐까. 고등학교뿐만 아니라 중학교 때도, 초등학교 때도 마찬가지다. 어쩌면 따돌림을 당하고 있었는지도 모른다. 만약 그렇다면 그녀를 괴롭히던 친구들은 굳이 이제 와서 그녀에 관해 이야기하고 싶지 않을 것이다.

"뭔가 죄송하네요."

"아닙니다. 여러모로 힘써주셨는데, 저야말로 죄송합니다."

고개를 숙여 인사하고 돌아서려는데 "아, 어머니!" 하고 가게 주인이 목소리를 높였다.

70세 정도로 보이는 여자가 가게로 막 들어서던 참이었다. "저희 시어머니예요." 하고 가쓰키에게 말하는 가게 주인에게 여자는 "자, 선물. 슈크림이야."라며 과자 상자를 내밀었다.

"어머니, 마침 잘됐어요. 이분 기자시래요. 12년 전 사건을 취재하고 계시다는데 혹시 그 사건에 관해 아는 거 없으세요?"

어머니라고 불린 여자는 가쓰키를 바라보며 "텔레비전? 아니지? 약간 촌스러운데, 신문이야?"라며 거리낌 없이 물었다.

"일부러 도쿄에서 여기까지 오셨대요. 얼마 전에 도쿄에서 비소로 사람들을 죽인 사건이 있었잖아요. 그래서 비소로 연관 지어서 12년 전 사건을 다시 조사하시는 거래요."

"아, 그거 말이구먼. 바비큐 사건. 범인인 남자, 꼴 좋다고 했다면서? 하나도 반성하지 않는 모양이야. 세상이 어떻게 돌아가는 건지. 처음에 그 남자가 12년 전 사건의 범인이 아니냐는 이야기도 나왔었잖아. 똑같은 비소였다면서. 근데 아니었지? 내가 매일 와이드 쇼를 챙겨 보는데 요새는 별말이 없어서 까먹고 있었네. 결국 어떻게 된 거야? 그쪽은 알아?"

사건에 관해 묻고 싶은 것은 자신이었는데, 어째서인지 질문을 받는 입장이 되어 있었다. 이야기를 멈출 줄 모르는 시어머니를 상대로 쩔쩔매던 가쓰키는 "12년 전 사건의 피해자 가족을 알고 계시나요?" 하고 겨우 질문을 끼워 넣었다.

"아카이 말이지? 마을의 가장 안쪽에 살던 가족."

"맞아요, 맞아요. 교류는 없으셨나요?"

"있을 리가 없잖아."

그녀는 혐오감과 우월감이 섞인 표정을 지으며 "안쪽 인간들하고 뭐하러 만나겠어."라고 말했다.

"왜요?"

"그쪽이 타지 사람이니까 내가 확실히 말해두는데."

"잠깐만요, 어머니. 그만 하세요."

"너는 가만히 있어. 이봐요, 도시에 사는 당신네들은 높은 곳에 사는 게 부자라고 생각할지 모르지만, 이 마을은 아니라고. 반대라니까. 안쪽에 사는 사람들은 저 밑에 지방에서 흘러들어온 범죄자 집안 출신들이야. 정직하게 살아온 우리랑은 뿌리가 달라."

"제발 그런 말씀 좀 그만하세요."

가게 주인이 지겹다는 듯 여자를 말렸지만 그녀의 귀에는 들리지 않는 듯했다.

"12년 전 그 사건도 하이토 마을의 수치라고. 안쪽 인간들 때문에 왜 우리까지 안 좋은 시선을 받아야 하냐는 말이지. 이제 와서 하는 말이지만 민폐였다고."

가쓰키의 마음속에 불쾌감이 퍼져나갔다. 흙탕물을 억지로 들이마신 것처럼 탁한 액체가 서서히 몸 안에서 흘러내려 가는 것을 느꼈다.

"어차피 범인도 안쪽 인간들 중 하나 아니겠어? 그러니까 우리랑은 상관없는 이야기라고."

그사이 사사키는 슬며시 가게를 빠져나갔고, 가게 주인도 과자 상자를 들고 계산대 안쪽으로 모습을 감추었다. 가쓰키와 시어머니 두 사람만 남겨졌다.

"그래도 역시 범인은 살아남은 장녀일 거야."

여자의 말이 억측에 불과하다는 것은 분명했지만, 가쓰키는 애써 불쾌감을 억누르며 "왜 그렇게 생각하세요?" 하고 물었다.

"그 아이가 죽인 게 자기 가족 말고 더 있는 것 같더라고."

예상치 못한 전개에 가쓰키는 할 말을 잃었다.

"자기 집에 불을 지르고 떠났다며."

그 소문은 이미 알고 있었다. 가쓰키는 아무 말 없이 고개를 끄덕이는 것으로 대답을 대신했다.

"그 이야기를 듣고 깨달았지."

여자는 애태우듯 잠시 침묵했다.

"뭐를요?" 하고 그녀가 원하는 질문을 던졌다.

"그 아이, 아마 어린아이도 하나 죽였을 거야."

"네?"

가쓰키의 반응에 그녀는 만족한 듯한 표정을 지었다.

"그 사건이 일어나기 2년 정도 전에 여자아이가 화재로 죽었거든. 단자와 도미에라고 하는 초등학교 1학년짜리가. 담뱃불 때문이라고 결론이 나기는 했는데, 당시에는 그 집 엄마가 불을 지른 게 아니냐는 소문도 돌았었어. 그럴 만도 한 게 불이 났던 한밤중에 어린아이 혼자 집에 있었다는 게 이상하잖아. 그 엄마도 안쪽 출신이기도 했고."

얼마 전 이 가게에 들렀을 때, 하이토 마을은 인구에 비해 화재가 잦았다는 이야기를 들은 것이 떠올랐다.

"근데 아카이네 장녀가 자기 집에 불을 지르고 마을을 떠났다고 하니까 그럼 여자아이가 죽은 화재도 사실은 장녀가 그런 게 아니었겠냐는 이야기가 나온 거지. 안쪽 인간들은 훨씬 일찍부터 아카이 가족을 수상하게 여겼던 것 같기는 하더라고. 그 가족이 다 방화벽이 있다는 소문도 들었어. 그 근처 신사에서도 작은 화재가 있었고. 뭐, 나는 잘 모르지만."

젊은 엄마와 네다섯 살 정도로 보이는 남자아이가 가게로 들어오자 여자는 "손님 오셨다!" 하고 계산대 안쪽을 향해 소리쳤다. 아이스크림, 아이스크림, 하고 남자아이는 신이 나서 조잘댔다.

"아, 지금 한 이야기는 기사로 쓰지 말아요. 우리까지 똑같은 취급을 당하기는 싫으니까."

여자는 그렇게 말하며 가게를 빠져나갔다.

가쓰키는 가게 주인에게 인사를 건넨 후 가게에서 나왔다.

차에 올라타자 모공에서 일제히 땀이 터져 나왔다. 자동차 에어컨을 최대로 켜고 흐르는 땀을 손수건으로 닦았다.

문득 마루에다가 했던 말이 머릿속에 가득 부풀어 올랐다.

—— 꼴 좋다고 생각해요.

그 순간 마루에다가 죽인 사람이 하이토 마을의 '마을' 주민이 아닐까 하는 생각에 혼란스러워졌다. 그는 장녀의 부탁을 받고 '마을' 주민에게 비소를 먹인 것이 아닐까 하고 말이다.

꼴 좋다——. 괴로움에 바닥을 나뒹구는 사람과 이미 숨을 거둔 사람을 비웃음이 가득한 얼굴로 내려다보며 그렇게 말하는 마루에다를 목격한 듯한 기분이 들었다.

가쓰키는 두 손을 핸들에 올리고 심호흡을 반복했다. 아무리 숨을 들이 마셔도 몸 구석구석까지 산소가 도달하지 않는 기분이었다.

마음을 다잡고 언덕 위쪽을 향해 차를 달렸다.

언덕을 올라 마지막 사거리에서 직진해 산길로 들어섰다.

장녀의 집이 있었던 공터 앞에 차를 세우고 운전석에서 내리자 매미 울음소리와 짙은 나무 냄새에 둘러싸였다. 산 안쪽에서 청량한 바람이 불어왔고, 잎이 무성한 나무들이 공기를 정화하고 있었다. '마을'에 비해 '안쪽'의 체감 온도가 3~4도 정도 낮은 듯했다. 땀이 난 몸의 열기가 한결 누그러졌다.

산길을 걸어 내려가자 이내 시야가 탁 트였다.

눈 앞에 펼쳐진 바다는 한여름의 파란 하늘을 묵직이 받아내고 있었다. 파도도 거의 없었다. 경사면에 펼쳐진 마을은 햇볕을 받아 희미하게 반짝이는 것처럼 보였다. 조금 전에 방문했던 상점을 찾아보려 했지만 좀처럼 눈에 띄지 않았다.

걸어서 사거리를 내려가자 다시 포장도로가 나왔다.

왼쪽에 〈야마네〉라는 문패가 걸린 집이 있었다. 한때 아카이 가족의 집이 있던 곳에서 200미터 정도 떨어져 있지만, 어쨌든 여기가 가장 가까운 이웃집이었을 것이다.

도어폰을 누르자 70대로 보이는 여자가 문틈 사이로 내다보았다. 앗, 하고 자신도 모르게 소리를 낼 뻔했다. 2주 전에 야미가미 신사의 돌계단 앞에서 마주쳤던 여자였다.

"누구세요?"

사나운 눈초리를 한 그녀는 가쓰키를 기억하지 못하는 듯했다.

"실례합니다. 저는 월간 도우토라는 월간지 기자인데, 12년 전 아카이 씨 관련 기사를——."

갑자기 문이 닫히고 열쇠를 잠그는 소리가 거칠게 울려 퍼졌다.

가쓰키는 차마 도어폰을 다시 누를 엄두를 내지 못하고 다음 집으로 향했다. 이번에는 응답이 없었다. 그 맞은편 집도 마찬가지였다. 하지만 두 집 모두 창문이 열려 있었기 때문에 집에 없는 척하는 것이 분명했다.

가쓰키는 12년 전의 기억을 떠올렸다. 당시에도 몇몇 집을 방문했지만, 취재에 응해주기는커녕 문을 열어주는 사람조차 없었다.

언덕을 내려가며 의무감에 한 집씩 도어폰을 누르는 사이 가쓰키는 기묘한 것을 발견했다.

많은 집에 방범 카메라가 달려 있고, 거의 모든 집에 카메라가 달린 도어폰이 설치되어 있었다. 가쓰키가 기억하기로는 12년 전에는 이렇지 않았다.

땀범벅이 된 얼굴을 손수건으로 닦아내던 가쓰키는 마당에서 빨래를 널고 있는 여자의 모습을 발견했다. 60대쯤 되었을까. 목에 수건을 두르고 있었다.

문패에는 〈난부〉라는 이름이 적혀 있었다. 역시나 카메라가 달린 도어폰이 있었지만, 방범 카메라는 따로 설치하지 않은 듯했다.

"안녕하세요."

가쓰키가 다가가 말을 걸자 여자는 빨래를 널던 손을 멈추고 의심스러워하면서도 인사를 받아주었다. 눈썹이 없고 눈은 살짝 부어 있었다.

12년 전 사건에 관한 이야기를 꺼낸 순간 여자의 표정이 눈에 띄게 어두워졌다.

"이제 와서 뭘 어쩌려고."

언짢은 듯한 목소리였다.

"죄송합니다만 아카이 씨 관련 기사를 새로——."

"미안하지만 나는 할 말이 없어요."

여자가 가쓰키의 말을 끊었다.

"도쿄에서 여기까지 왔는데 안 됐지만 다들 이야기하고 싶어 하지 않을 거예요. 이제는 잊어버리고 싶다고요. 타지 사람은 이해하지 못할 수도 있지만 정말 힘들었던 건 사건이 일어난 이후였어요. 그 사건은 범인이 결국 안 잡혔잖아요. 그래서 다들 걔가 범인이라더라, 아니다, 쟤라더라, 하고 소문만 무성했죠. 다음에 살해당하는 건 누구일 거다, 하면서 벌벌 떨기도 했고요."

카메라가 달린 도어폰과 수많은 방범 카메라를 보고 어느 정도 예상하기는 했다. 하지만 이 마을에 살지 않는 사람에게는 좀처럼 와닿지 않는 일이기도 했다.

"그 후에 노인들이 여럿 죽었어요. 스트레스 때문이었겠지. 우리 남편도 정정했었는데 심장발작으로 훌쩍 가버렸고, 부부가 연달아 죽은 집도 있었고요. 저기 할아버지도 사람들한테 욕을 먹다 죽은 거나 다름없죠."

"저기 할아버지요?"

가쓰키가 예상한 대로 장녀의 할아버지를 말하는 것이었다.

"사건이 일어나고 1~2년쯤 지난 겨울이었나. 만취해서 밖에서 자다 동사했어요."

12년 전 사건은 이 마을에서 지금까지 계속 이어지고 있었다. 피해자와 유족뿐만 아니라 수많은 사람의 인생과 생활을 농락하면서 말이다.

"아카이 씨 부부에게 당시 고등학생 딸이 있었죠?"

가쓰키의 물음에 난부의 입꼬리가 내려갔다.

"미쓰바 양 말이에요."

당시 그녀가 소녀라고 불릴 만한 나이였다는 것을 강조하려고 일부러 '양'을 붙여 말했다.

"그 아이가 체포되었으면 좋았을 것을."

난부는 땅을 보며 혼잣말처럼 중얼거렸다.

"그녀가 범인이라고 생각하시는 건가요?"

"모르죠."라고 말하며 난부가 시선을 들었다. "모르지만, 그 아이가 잡혀갔으면 다들 이렇게 힘들게 살지 않아도 됐겠죠."

이 마을 안에 사람을 죽인 범인이 있다. 다음에는 나, 아니면 내 가족이 살해당할지도 모른다. 그런 공포와 불안을 느끼며 살아가는 하루하루는 얼마나 괴로운 것일까.

"아카이 씨 가족과는 교류는 없으셨나요?"

"있을 리가 없잖아요. 그 집이랑 교류가 있었던 사람은 아무도 없어요."

"어째서죠?"

난부가 머뭇거렸다. 무언가 숨기려는 것이 아니라 설명할 수 있는 적당한 말을 찾지 못하는 것처럼 보였다.

'동네조리'라는 단어가 떠올랐다. '마을' 주민들이 '안쪽' 주민들을 무시하는 것처럼 이 작은 동네 안에서도 이곳에서만 통용되는 히에라르키가 존재하는지도 모른다.

결국 난부는 그 질문에 대한 답을 하지 못했다. 더는 할 말이 없다며 다시 빨래를 널기 시작했다.

"미쓰바 양이 어디로 갔는지 모르시나요?"

난부는 말없이 고개를 가로저었다.

"미쓰바 양과 친했던 친구는요?"

"여기에는 없어요."

냉담한 답변에 "그렇군요." 하고 중얼거리자 한숨이 섞여 나왔다.

인사를 건네고 떠나려던 순간 깨달았다.

"여기에는요?"

가쓰키가 다시 돌아서며 물었다.

"여기에는 없다고 하셨죠? 그런 다른 곳에는 있다는 말씀이신가요?"

"옆에요."

난부는 언덕 아래쪽을 턱으로 가리켰다. 밭을 사이에 두고 10미터 정도 아래에 있는 이웃집을 말하는 것 같았다.

"시오지리라고 하는 할머니요."

"할머니요?"

"맞아요. 근데 할머니라고 해도 나보다 일곱 살인가 여덟 살 많았나. 원래는 할머니 혼자 살았는데 14~15년쯤 전에 손녀를 거둬 키웠었어요. 손녀가 그 아이랑 친했었죠. 할머니가 집에 없을 때 자주 저 집에 놀러 왔었거든요."

"감사합니다. 가서 여쭤볼게요."

한 줄기 희망을 품에 안고 떠나려는데 "없어요."라는 대답이 돌아왔다.

"네?"

"저 집 비어 있어요. 지금은 아무도 안 살아요. 할머니는 죽었고, 손녀는 지히로라고 하는데 엄마가 데리고 도쿄 아니면 사이타마로 갔을 거예요."

"그게 언제였나요?"

"4년 전이었나. 할머니가 죽고 반년 정도 후에 엄마가 데리러 왔었어요. 지히로도 그런 엄마랑 사느니 할머니랑 지내는 편이 행복했을지도 모르죠. 그 아이의 엄마는 구니코라고 하는데, 저는 구니코가 갓난아기였을 때부터 봤어요. 어릴 때부터 자존심도 세고 건방졌거든요. 결국 고등학교를 중퇴하고 이 마을을 떠났어요. 그러다 애를 키우기 힘드니까 할머니한테 갖다 맡겼고요. 정말이지, 제멋대로죠. 하지만 부모가 없어도 자식은 큰다고, 구니코랑 다르게 지히로는 순하고 착한 아이였어요. 그러고 보니 할머니가 죽었을 때 아무리 구니코라도 장례를 치르러 오긴 왔더라고요. 여전히 거드름을 피우는 꼴이 별로였지만요."

아카이 가족에 관한 이야기는 하고 싶지 않아 했으면서 옆집 이야기를 시작하자 난부의 입에서 말이 술술 나왔다. 구니코라는 여자를 어지간히도 싫어하는 듯했다.

빨래를 다 넌 난부는 마당과 이어진 거실 창문을 통해 집으로 들어가려 했다.

"저, 죄송하지만."

반사적으로 불러 세우자 난부는 걸음을 멈추고 돌아보았다.

"무엇이든 좋으니 혹시 더 알고 계시는 건 없나요?"

텅 빈 난부의 두 눈은 기억의 바닥을 헤집고 있는 듯 보였다. 잠시 후 "그러고 보니." 하고 멍한 얼굴로 입을 열었다.

"구니코랑 아카이네 딸이 모녀 사이도 아닌데 묘하게 분위기가 비슷했어요. 어린애 주제에 사람을 무시하는 듯한 태도며, 빈틈이 없는 느낌도 그렇고요. 몇십 년에 한 번씩 그런 건방진 애가 태어나나 봐요. 둘 다 무슨 짓을 저지를지 예상이 안 가서 어떻게 클는지 걱정이었죠."

그 말을 듣고 떠올랐다.

"화재."

가쓰키의 목소리에 난부는 정신이 돌아온 듯한 얼굴을 했다.

"하이토 마을 일가족 살인사건이 일어난 후에 아카이 씨 댁에 불이 났었죠? 이 마을은 인구에 비해 화재가 잦은 편이라 그 전에도 초등학교 1학년 여자아이가 화재로 희생된 적이 있다고 들었습니다. 이 근처 신사에서도 작게 불이 났었다던데 맞나요?"

일부러 장녀의 이름은 언급하지 않았지만 난부는 질문의 의도를 눈치챈 것 같았다. 곧바로 고개를 돌리더니 수건으로 얼굴을 닦으며 아무 말 없이 집으로 들어갔다. 탁, 하고 방충문이 닫혔다.

무엇 때문에 화가 나신 건가요?

그렇게 묻고 싶은 충동에 사로잡혔다.

난부뿐만이 아니었다. 가쓰키에게는 이 마을의 모든 주민이 부글부글 끓어오르는 분노를 품에 안고 살아가는 것처럼 느껴졌다.

12년 전 사건 때문일까. 범인이 잡히지 않아서일까. 이웃에 대한 의심이 사람들을 그렇게 만든 것일까. 아니면 '마을'과 '안쪽'의 대립 때문일까.

12년 전에는 보이지 않았던 하이토 마을의 민낯을 엿본 듯한 기분이 들었다.

하코다테로 돌아온 가쓰키는 호텔에 체크인한 뒤 샤워를 했다.

난부에게 이야기를 들은 후에도 몇몇 집을 방문했지만 가쓰키를 상대해주는 주민은 없었다. 더위와 헛수고로 인한 피로감이 온몸을 무겁게 덮쳐 왔다.

당장이라도 차가운 맥주를 목 안으로 흘려보내고 싶은 충동을 견뎌내며 호텔을 나섰다.

오야마와 만나기로 한 곳은 JR 하코다테역 근처 포장마차거리에 있는 이자카야였다. 미닫이문을 열자 테이블석에 앉아 있던 오야마가 손을 들었다.

"미안, 술도 못하는데."

테이블에는 갈색 액체가 담긴 맥주잔이 놓여 있었다. 아마 우롱차일 것이다.

"술은 못 마셔도 술집은 좋아해. 알잖아."

"그랬지." 가쓰키는 그렇게 말하며 웃었다. "삿포로에서 같이 일했을 때 회식 자리에서 혼자만 멀쩡했었잖아. 호케이쿄 온천에도 자주 데려가 줬었고."

"가쓰키 씨는 씻고 나와서 맥주를 너무 많이 마시는 바람에 돌아오는 차 안에서 매번 드릉드릉 코를 골았었지."

오야마도 함께 웃었다.

오야마에게는 고마운 마음이 컸다. 당시 집에만 틀어박혀 있던 가쓰키를 집까지 데리러 오고 데려다주면서까지 호헤이쿄에 함께 가주었다. 그 덕에 마루에다의 흥미를 끌 수 있었고, 가설이기는 하지만 마루에다와 장녀의 접점을 발견할 수도 있었으니 말이다.

가쓰키가 생맥주를 단숨에 3분의 1 정도를 들이키고 나서 하아, 하고 숨을 한 번 내쉬는 것까지 기다린 오야마는 "그래서 그 후로는 어떻게 됐어? 마루에다랑 하이토 마을의 접점은 찾았어?" 하고 이야기를 꺼냈다.

"아직 극비이기는 한데."

가쓰키는 지난 2주 동안 알게 된 내용과 자신의 가설을 설명했다.

"…… 진짜야?"

오야마는 놀란 듯 멍한 얼굴로 중얼거렸지만, 점차 눈에 흥분이 감돌기 시작했다.

"마루에다랑 살아남은 장녀가 만났었다는 거야? 조잔케이에서 일어났던 그 집단자살 사건 때?"

"아니, 아직은 전부 내 상상일 뿐이야."

"하지만 그렇게 생각하면 도요스랑 하이토 마을 사건에 쓰인 비소 성분이 일치한 것도 설명이 되잖아. 마루에다는 장녀한테 비소를 받은 거지. 그렇다는 건 역시 하이토 마을 사건의 범인은 장녀였다는 건가. 장녀가 자기 가족을 비소로 죽였던 거네."

"내 상상이 맞는다면 그렇겠지."

"그렇구나. 마루에다가 삿포로에서 체포되었던 게 그 집단자살 사건이 일어났던 날이었구나."

오야마는 혼잣말처럼 중얼거렸다.

"지난번에 마루에다가 절도죄로 붙잡혔던 게 삿포로였다고 알려준 덕에 깨달았어."

"그럼 오늘은 가쓰키 씨가 쏘는 거겠네?"

"당연하지."

모둠회와 오징어 양념구이, 임연수 구이가 나오는 것을 본 가쓰키는 생맥주를 한 잔 더 주문했다.

살이 통통하게 오른 임연수에 젓가락을 꽂자 금빛 기름이 흘러나왔다. 입에 넣자마자 맛있다는 말이 자연스럽게 튀어나왔다.

"그거 8년 전이었지?"

오야마가 이야기를 다시 시작했다.

"어어."

임연수를 입에 가득 문 채 가쓰키가 고개를 끄덕였다.

"그럼 CCTV 영상도 남아 있지 않겠네."

"그렇겠지. 마루에다가 말하지 않는 한 내 상상으로 끝날 거야."

"살아남은 장녀의 행방은 역시 알 수 없나?"

"아까 이웃 주민한테 물어봤더니 장녀랑 친하게 지냈던 아이가 있는 것 같아. 근데 그 아이도 마을을 떠나서 지금은 도쿄나 사이타마에 있는 것 같더라고."

"이름은 알아?"

"지히로라고 하더라. 모치즈키 지히로."

그런데 말이야, 하고 가쓰키는 머리를 긁적였다. 싸구려 샴푸 냄새가 코끝을 스쳤다.

"어쩌다 그 지히로라는 아이와 연락이 닿는다 해도 장녀가 어디에 있는지는 모를 것 같은 기분이 들어. 친했다고 해도 12년이나 지난 일이니까. 일단 찾아는 보겠지만. 아아, 그리고 그 기자 명함 보내줘서 고마워."

"아는 녀석이었어?"

"아니."

"그렇구나."

"우리 편집장이 기사 뺏길까 봐 노심초사하고 있어. 그 오가타라는 기자는 어디까지 알아낸 것 같았어?"

오야마는 미간을 찌푸린 채 "글쎄." 하고 목소리를 짜냈다. 그 표정과 말투에서 가쓰키가 기대하는 정보를 갖고 있지 않다는 것을 알 수 있었다.

"가쓰키 씨랑 똑같았어. 도요스 사건과 하이토 마을 사건의 관련성을 조사하고 있다고만 말했거든. 아는 게 있냐고 묻는데 어디서 굴러먹던 개뼈다귀인지도 모르는 녀석한테 정보를 줄 수는 없잖아. 저도 잘 모르겠네요, 하고 바로 돌려보냈지."

"어느 매체인지 말 안 했어?"

"말하지도 않았고, 나도 묻지 않았어."

"외모는 어땠어?"

"글쎄, 보통 체격에 나이는 40대쯤 됐으려나. 말투는 정중한데 방심할 수 없는 인상이랄까. 미안해. 이래서는 도움이 하나도 안 되겠지."

아마 하이토 마을에 있는 상점에서 장녀의 행방을 물어봤다는 사람은 오가타라는 기자였을 것이다. 낮에 들렀을 때 시어머니의 이야기에 압도

당해 확인하는 것을 깜빡 잊고 말았다.

"아니야, 충분해. 어서 우롱차 쭉쭉 마셔."

"그렇게 많이 못 마셔."

두 사람은 소리 높여 웃었다.

오야마와 헤어진 뒤 호텔을 향해 걷기 시작한 가쓰키를 기습적으로 덮친 것은 압도적인 허무함이었다. 머리에서부터 거대한 봉투를 뒤집어쓴 것 같기도 했고, 끝이 없는 구멍 안으로 끌려 들어가는 것 같기도 했다. 너무나도 갑작스럽고, 너무나도 폭력적이고, 또 너무나도 견디기 힘든 정적이었다.

가쓰키는 그 자리에 멈춰 섰다. 호흡도 멈춘 상태였다. 얼굴이 잔뜩 일그러진 것을 자각했다. 다음 순간 가쓰키는 흐느껴 울고 있었다. 눈물이 끊임없이 흐르며 축축한 숨이 코에 닿았다. 그대로 무너져내릴 것 같아 억지로 다리를 움직였다. 무언가로부터 도망치고 있는 듯한 기분을 느꼈다.

미와코――.

속으로 아내의 이름을 불렀다. 흐느껴 울며, 코를 훌쩍이며, 이를 악물며, 어깨를 들썩이며, 한 걸음씩 내디디며, 미와코가 보고 싶다고 내장이 뒤틀리는 기분으로 생각했다.

이런 일이 가끔 있었다. 몇 분 전까지만 해도 웃고 있었는데 혼자가 되자마자 그전까지 감춰져 있던 상실감과 절망감이 불시에 덮쳐 오고는 했다.

도대체 어디에 숨어 있었던 것일까, 하고 가쓰키는 생각했다. 그러자 클라우드 서비스의 이미지가 떠올랐다. 평소에는 가쓰키가 웃으며 지낼 수 있도록 하늘에 있는 미와코가 잠시 상실감과 절망감을 맡아주고 있는지도 모른다.

“뭐야, 그게.”

울다가 웃음이 터져 중얼거린 순간, 문득 분노의 감정도 마찬가지일지 모른다는 생각이 머리를 스쳤다.

가쓰키는 지금까지 60년을 살아오며 제어가 불가할 정도의 분노를 느껴본 적이 없었다. 하지만 그것은 자신의 인격이나 기질 때문이 아니라, 주변 환경이 좋았기에 가능했던 것인지도 모른다.

화가 나서 우발적으로——. 살인을 저지르고 이렇게 말하는 사람이 적지 않다. 그중에는 가쓰키와 마찬가지로 그 순간이 닥치기 전까지 자신 안에 제어하기 힘든 분노가 숨어 있었다는 사실을 깨닫지 못한 사람도 있었을 것이다.

“미와코는 어떻게 생각해?”

어딘가에 존재한다고 믿고 싶은 미와코를 소리 내어 부르자 어째서인지 컵라면을 먹는 장녀의 뒷모습이 떠올랐다.

그리고 다음 순간 갑자기 미와코와 나누었던 대화가 기억났다.

12년 전, 장녀를 본 가쓰키가 미와코에게 전화를 걸어 당시의 심정을 털어놓았을 때의 기억이었다.

—— 나는 당신의 그런 점을 좋아하고, 또 신뢰하고 있어.

미와코와의 대화는 그것으로 끝난 것이 아니었다.

장녀가 범인이라고 확신했던 가쓰키는 자기 자식에게 살해당한 부모는 얼마나 슬플까, 같은 말을 했었다.

자기 자식을 사랑하지 않는 부모는 없을 텐데. 가쓰키는 깊이 생각하지 않고 그렇게 말했다.

── 안타깝지만 있어.

미와코는 단호하게 답했다. 그 체온이 느껴지지 않는 차가운 목소리는 가쓰키가 처음 들어보는 것이었다. 순간 자신이 대화하고 있는 사람이 정말 미와코가 맞는지 혼란스러웠다.

그 반대라고 생각해, 하고 미와코는 냉담한 목소리로 말했다.

── 자식을 사랑하지 않는 부모는 있어도, 한 번도 부모를 사랑하지 않는 자식은 없지 않을까. 그러니까 만약 장녀가 정말 부모를 죽인 거라면 부모가 먼저 그 아이의 마음을 죽였을지도 몰라.

피해자를 단죄하는 듯한 표현에 가쓰키는 말문이 막혔다.

미와코는 늘 여유가 있었고 대부분의 일은 웃어넘겼다. 미와코에게서 어둠이나 상처를 느껴본 적도, 가족의 험담을 하거나 과거의 힘든 경험을 이야기하는 것을 본 적도 없었다. 낙천적인 성격을 타고난 것이라고 의심의 여지 없이 믿고 있었다.

그때 처음으로 미와코의 마음속에 있는 검은 응어리를 목격한 듯한 기분이 들었다.

가쓰키는 본능적으로 미와코의 미지의 부분을 알기를 거부했다. 알게 되면 더는 마음 편히 함께 있을 수 없을 것 같은 기분이 들었다. 그리고 그것을 계기로 미와코가 다른 사람이 되어버릴 것 같은 불안감에 휩싸였다.

가쓰키의 가슴에 명확한 거부감이 퍼진 것은 아주 잠깐이었다고 생각한다.

하지만 미와코는 가쓰키의 그런 마음을 곧바로 읽어냈다. 화제를 돌린 것은 미와코였다. 평소처럼 쾌활한 말투로 돌아온 그녀에게 가쓰키는 어리광을 부렸다. 그 후로 두 사람은 장녀에 관해 이야기한 적이 없었다.

지금까지 까맣게 잊고 있었던 이유는 아마 가쓰키의 뇌가 그 대화를 없었던 일로 하기로 정했기 때문일 것이다. 미와코의 숨겨진 어둠을 마주하지 않고 계속해서 피해왔다. 하지만 클라우드 서비스는 이런 중요한 기억까지 맡아두고 있었다.

“미와코, 미안해.”

어쩌면 그때 미와코는 하고 싶은 말이 있었는지도 모른다. 마음 깊이 맺혀 있던 응어리를, 품어왔던 어둠과 상처를 가쓰키에게 내보이고 싶었는지도 모른다.

가쓰키는 젖은 숨을 내쉬었다. 자신이 왜 이렇게까지 장녀에게 끌리는지 이제야 이해했다.

미와코는 장녀의 마음을 이해했는지도 모른다. 하지만 가쓰키에게 말하지 않았다. 가쓰키가 그것을 거부했던 탓이었다.

11. 아카이 에미코 —— 12년 전 · 여름

느릿느릿 몸을 뒤척이던 아카이 에미코는 살짝 눈을 떠 8시 47분을 가리키고 있는 바닥 위 시계를 확인했다.

커튼을 뚫고 들어온 햇살이 옆에 놓인 누런 이불에 옅은 양지를 만들고 있었다. 남편은 보이지 않았다. 벌써 일어난 것일까, 아니면 방에서 잠들지 않은 것일까.

딱히 일어나야 할 이유가 없어 조금 더 자볼까 하고 눈을 감았다. 하지만 무시할 수 없는 배변욕 때문에 마지못해 몸을 일으켰다. 온몸이 으슬으슬 떨리고 소름이 돋았다.

5월로 들어선 지 벌써 며칠이 지났지만 아침과 밤에는 아직 쌀쌀했다. 올해가 유독 추운 것일까, 아니면 매년 이랬던 것일까. 그 답을 안다고 해서 추운 것이 달라지지는 않으니 곧바로 생각하는 것을 그만두었다.

장지문을 열자 남편 요스케가 거실 고타쓰에서 입을 벌리고 코를 골고 있었다. 고타쓰 테이블 위에는 소주병과 컵, 컵라면 용기, 먹다 남은 과자 봉지 등이 어질러져 있었고, 전원을 켜둔 채 잠든 TV에서는 와이드 쇼가 흘러나오고 있었다.

볼일을 본 에미코는 "아으, 추워." 하고 중얼거리며 고타쓰로 들어가려 했다. 그때 아그작, 하고 무언가가 맨발에 밟히며 부서진 파편이 발꿈치에 달라붙었다. 감자 칩이었다. 다시 바닥을 살피자 담뱃불이 눌은 자국과 얼룩이 가득한 카펫에 감자 칩 부스러기가 흩뿌려져 있었다. 쯧, 하고 작게 혀를 찼지만 위치로 봤을 때 에미코 자신이 흘린 것이었다.

남편 옆에는 아들인 다쿠마가 자고 있었다. 하반신을 고타쓰에 넣고 몸을 둥글게 말아 남편에게 매달린 자세였다.

오늘이 학교 쉬는 날이었나. 요일 감각이 없이 지내고 있지만, TV에서 와이드 쇼를 하고 있는 것을 보면 평일인 듯했다.

뭐, 상관없지. 예전에는 학교에서 전화가 걸려 오거나 담임이 찾아와서 귀찮았는데 이제는 아무도 신경 쓰지 않았다.

발이 닿아서인지 남편이 눈을 떴다. 으응, 하고 굵은 목소리를 내며 천천히 몸을 일으켰다. 노인 냄새가 물씬 났다. 숱이 얼마 없는 머리를 긁적이며 다쿠마를 내려다보더니 "뭐야, 얘 또 학교 안 갔어?" 하고 갈라진 목소리로 중얼거렸다. 얼굴은 제멋대로 자란 수염으로 뒤덮여 있었고, 눈은 거의 감긴 상태였다. 미간 주름이 깊게 파였고 팔자주름도 도드라졌다.

누구야, 이 아저씨는. 에미코는 순간 모르는 사람을 바라보고 있는 기분이 들었다.

"아, 맞다. 너 잠들고 나서 나 혼자 스테이지 클리어했어."

남편은 반쯤 감긴 눈으로 에미코를 바라보며 의기양양하게 말했다.

그 말을 듣고 어젯밤 늦게까지 둘이서 술을 마시며 게임을 했던 것을 기억해냈다. 좀비가 날뛰는 저택에서 인질을 구하는 게임이었다. 잠이 온 에미코는 도중에 그만두고 방에 펼쳐져 있던 이불 속으로 들어갔다. 컨트롤러를 연타하는 소리와 "젠장!" "안 돼!" 하고 외치는 남편의 목소리를 장지문 너머로 들으며 잠이 들었다.

거기까지 기억해냈지만 매일 거의 비슷한 생활을 하고 있었던 탓에 그것이 정말 어젯밤의 기억인지 확신이 없었다.

에미코는 와이드 쇼를 멍하니 바라보며 절반은 무의식인 채 먹다 남은 과자로 손을 뻗었다. 아작아작, 하는 씹는 소리와 작은 파동이 귀 안에 울려 퍼졌다. 남편도 홀린 듯 과자를 입에 넣었다.

커튼은 닫혀 있었지만 10센티미터 정도 벌어진 틈 사이로 햇살이 들어오며, 어둑어둑한 집 안에 떠다니는 먼지가 반짝거렸다.

"심심하지."

동의를 구하는 듯한 남편의 말에 에미코는 "응." 하고 대답했다. 딱히 먹고 싶지도 않았는데 과자를 집어 입으로 가져가는 손이 멈추지 않았다. 결국 남편과 둘이서 순식간에 다 먹어 치웠다. 목이 말랐지만 이제 막 들어온 고타쓰에서 나가기는 귀찮았다.

"어떡할까? 파친코라도 갈래?"

남편이 아무래도 좋다는 듯 물어왔다.

"으음."

"그럼 하코다테라도 갈까?"

"으음."

"심심하잖아."

"응."

"어? 하코다테?"

다쿠마가 벌떡 일어났다.

"지금 하코다테라고 했지? 하코다테 갈 거야? 나도 갈래."

"너 자는 척하고 있었지?"

남편이 다쿠마의 머리를 쿡 찔렀다.

"아니야, 진짜 아니야. 하코다테라는 말이 들려서 눈이 떠졌어."

"거짓말하지 마, 학교 가기 싫어서 자는 척한 거잖아."

"거짓말 아니라고!"

정색하는 다쿠마가 목소리를 높였을 때 삐이, 하고 도어폰이 울렸다. "누구지?" 하고 부리나케 일어나는 다쿠마를 보며 "됐으니까 그냥 놔둬."

라며 남편이 말렸다.

“할머니다!”

커튼 틈 사이로 내다본 다쿠마가 말했다.

여벌 열쇠로 문을 열고 들어온 시어머니는 “너희 뭐 하는 거야? 지금이 몇 시인데.” 하고 평소처럼 잔소리를 늘어놓더니 커튼을 거칠게 열어젖혔다. 눈이 부셔 얼굴을 찌푸린 아들 부부를 무시하고 “집 안 꼴이 이게 뭐야, 정말 야무지지 못하게.” 하고 중얼대며 부엌으로 향했다.

“할머니, 할머니, 그거 뭐야?”

다쿠마는 천진난만한 얼굴로 시어머니가 들고 온 비닐봉지를 들여다보았다.

“다쿠마, 학교는 왜 안 갔어?”

“배가 아파서 쉬었어. 아, 하지만 이제 다 나았어.”

다쿠마에게만은 다정한 시어머니는 “아이고, 너도 참.”이라며 웃었다.

시끄러워. 무의식중에 나온 에미코의 혼잣말을 남편은 못 들은 척하며 “뭐야, 갑자기. 오면 온다고 연락하라고 했잖아.”라며 겉으로만 화를 냈다.

시어머니는 항상 지긋지긋하게 행동했지만, 차마 대놓고 불만을 토로할 수는 없었다. 자신들이 어떻게든 먹고사는 것은 다 시어머니 덕분이니 어쩔 수 없었다.

에미코는 점퍼를 걸치고 담배를 챙겨 밖으로 나갔다. 다쿠마 앞에서 담배를 피우면 시어머니에게 잔소리를 들었다.

바깥에는 햇살이 반짝이고 있었다. 사방에서 새들이 지저귀는 소리가 들렸고, 바람이 머리 위를 스쳐 지나갔다. 식물이 싹 트는 냄새가 톡톡 튀는 듯했다. 집 안보다 밖이 더 따뜻하다는 것을 깨닫자 정체를 알 수 없는 거대한 존재에게 속고 있는 기분이 들었다.

바깥 공터로 이어진 거실 통창이 홱 열렸다. "어휴, 냄새나."라고 말하는 시어머니의 목소리가 들렸다.

"너희 아침도 못 얻어먹은 거야? 잘도 참고 사네. 나였으면 진작에 쫓아냈어!"

부자연스럽게 내지르는 목소리는 밖에 있는 에미코가 들으라고 하는 말이었다.

에미코는 흥, 하고 콧방귀를 뀌며 "죽어버리면 좋으련만." 하고 중얼거렸다. 그 전에 병에 걸리거나 다쳐서 크게 고생하면 좋겠다. 거동이 힘들어져도 병간호 같은 건 절대 안 해줄 거니까. 그렇게 생각하자 조금은 유쾌한 기분이 들었다.

결혼할 때도, 이 마을에 올 때도 이런 시어머니가 있다는 사실을 남편은 말해주지 않았다. 하지만 미리 말해주었어도 아마 남편과 결혼해서 남편 말대로 이 마을에 왔을 것이다.

결혼한 것은 에미코가 스물세 살, 남편이 서른여섯 살이던 때였다. 당시 두 사람은 삿포로에 살고 있었다. 에미코는 고깃집 점원, 남편은 손님이라는 흔하디흔한 첫 만남이었다. 결혼하고 한 달 후에 미쓰바가 태어났고, 그로부터 반년도 지나지 않아 하이토 마을로 이사했다.

이사를 앞두고 남편은 이렇게 설명했다.

어머니가 재혼 상대와 하이토 마을에서 살고 있다. 두 사람은 나이가 든 것에 불안감을 느끼고 있기 때문에 자신들이 가까이에 살면 생활비를 지원받을 수 있고, 시어머니가 미쓰바를 봐줄 수도 있다. 게다가 두 분이 돌아가시면 집까지 손에 넣을 수 있다.

그 무렵 남편은 허리가 아프다는 이유로 일을 쉬고 있었고, 에미코는 돈 관리나 생활 전반을 모두 남편에게 맡긴 상태였다. 그런 남편이 하이토 마을로 간다고 하니 아무 생각 없이 그 말에 따랐다.

하지만 이사하고 나서 보니 에미코의 예상과 어긋나는 일이 아주 많았다. 그중에서도 가장 달랐던 점은 자신들이 환영받지 못하는 존재라는 것과 시어머니가 미쓰바를 전혀 예뻐하지 않는 것이었다. 하지만 그런 것에는 금방 익숙해졌다. 하이토 마을의 허름한 집에서의 생활은 삿포로의 방 한 칸짜리 아파트에서의 생활과 별반 다르지 않았다. 자고, 일어나고, 먹고, 게임을 하거나 TV를 보거나 파친코에서 시간을 때우기를 반복했다.

에미코는 하암, 하고 하품을 한 뒤 티셔츠 안으로 손을 넣어 배를 긁었다. 배꼽을 만지고 나서 손가락 냄새를 맡는 것이 버릇이었다. 내친김에 머리를 긁은 다음 끈적해진 손가락 냄새도 맡았다. 안 감은 지 일주일 정도 된 두피에는 썩은 기름 같은 분비물이 가득했다.

에미코의 시선이 집 앞에 떨어져 있는 쓰레기 봉지를 향했다. 마을에서 지정한 초록색 봉투가 아니라 마트에서 주는 흰색 비닐봉지였다. 봉지가 찢어져 내용물이 밖으로 새어 나와 있었다. 음식물 쓰레기는 까마귀 아니면 여우가 먹은 듯했고, 더러워진 주방 스펀지와 티슈페이퍼, 종잇조각이 주변에 나뒹굴고 있었다.

지난 2~3일 동안 부부가 함께 게임에 몰두하느라 집에서 한 발짝도 나가지 않았기 때문에 이 쓰레기가 언제부터 여기에 있었는지 알 수 없었다.

쓰레기를 무시하고 담배에 불을 붙였다.

산길을 따라 세워둔 경트럭의 짐칸과 바퀴 옆에도 쓰레기 봉지가 있었다. 경트럭 뒤에는 시어머니의 노란색 경차가 세워져 있었다.

에미코는 경차를 향해 쓰레기 봉지를 발로 걷어찼다. 하지만 원하던 대로 나아가지 않고 1미터 정도 굴러간 곳에 멈춰 섰다. 대신 짧아진 담배꽁초를 차 앞 유리를 향해 던졌다.

이번에는 앞 유리에 제대로 맞아서 헤헤, 하고 웃음이 새어 나왔다.

“야, 전화 왔어.”

뒤를 돌아보니 남편이 에미코의 휴대전화를 한 손에 들고 다가오고 있었다.

미쓰바나 다쿠마의 학교에서 온 전화라고 생각해 “대충 둘러대 줘.”라고 대답했다.

“너네 오빠 죽었나 봐.”

남편은 가벼운 말투로 그렇게 말하며 “오빠가 있었구나? 처음 알았네.”라며 웃었다.

에미코는 휴대전화를 받아들었지만 이미 전화는 끊긴 뒤였다.

“너한테 전해달라던데. 내일 6시부터 장례를 치른대. 삿포로에 있는 세세라기 장례식장이라는 데서.”

“누구였어?”

“와이프. 간다고 했어.”

“안 갈 거야.”

“왜 안 가?”

"귀찮아."

"아, 왜! 이참에 삿포로에 한 번 다녀오자. 만나고 싶은 친구도 있으니까 3~4일 정도 놀고 오면 어때? 장례식 때문에 간다고 하면 할망구가 돈도 주겠지. 그런 격식 차리는 거 좋아하니까. 알겠지? 가는 거다?"

남편은 에미코의 어깨를 두드리고는 들뜬 발걸음으로 집으로 들어갔다. 곧바로 시어머니에게 돈을 달라고 조르겠지.

에미코는 새 담배를 꺼내 다시 불을 붙였다. 폐 속 깊은 곳까지 연기를 들이마신 다음 후우, 하고 내뱉자 연기가 바람에 흘러갔다. 왼손에 든 휴대전화를 바라보며 죽었구나, 하고 새삼스럽게 생각했다. 하지만 딱히 끓어오르는 감정은 없었다.

오빠의 영정만 확인하고 돌아올 생각이었다. 하지만 고인의 여동생이라는 사실이 알려지며 억지로 가족석에 앉게 되었다. 에미코의 우측에는 오빠의 아내와 두 딸, 장인, 장모가 앉아 있었다.

삿포로에는 두 시간쯤 전에 도착했다. 고속버스에서 내리자마자 남편은 급한 일이 생겼다며 어디론가 가버렸다. 아마 옛날 친구들과 술집에나 가려는 거겠지. 남편에게 건네받은 부의금 봉투에는 천 엔짜리 지폐 두 장이 들어 있었다.

에미코는 영정을 멍하니 바라보았다. 어디에나 있을 법한 뚱뚱한 남자가 미소를 짓고 있었다. 역시나 아무런 감정도 들지 않았다.

영원히 이어질 것 같던 지루한 시간이 끝나고 서둘러 돌아가려던 에미코에게 누군가 말을 걸어 왔다.

"에미코 씨도 쓰야부루마이(일본 장례식에서 조문객들에게 음식을 대접하는 것-옮긴이)에 참석해 주세요."

오빠의 아내이자 상주인 시라사키 가스미였다.

쓰야부루마이가 뭔지 몰랐던 에미코가 거절하려는데 가스미가 "간단한 식사와 술이 준비되어 있어요."라고 덧붙였다. 공짜로 먹고 마실 수 있다는 말에 마음이 쉽게 바뀌었다.

가스미의 안내를 받아 들어간 별실에는 커다란 테이블 두 개가 놓여 있었고, 수십 명이 초밥을 먹으며 술을 마시고 있었다. 의외로 편안한 분위기였다.

에미코는 가스미의 옆자리에 앉았다. 건너편에는 초등학생으로 보이는 두 딸이 앉아 있었다. 두 아이 모두 뚱뚱하지 않은 것을 보니 아빠가 아니라 엄마를 닮은 듯했다. 엄마와 딸들은 눈이 퉁퉁 부어 있었지만 더는 눈물을 흘리지는 않았다.

일 년 전에 췌장암 진단을 받았다고 가스미는 설명했다.

"그때는 이미 손을 쓸 수 없는 상태라 시한부 선고를 받았어요. 하지만 의사가 말했던 것보다 반년 넘게 더 살아줘서 고마울 따름이에요."

가스미의 말을 흘려들으며 에미코는 잔에 담긴 맥주를 마신 다음 눈앞의 초밥 접시에서 성게와 참치를 집어 차례로 입에 넣었다. 두 딸의 의심스러운 시선을 눈치챘지만, 신경 쓰지 않고 또다시 성게와 참치로 젓가락을 가져갔다.

"…… 이었죠?"

뒷부분만 귀에 들어와 "네?" 하며 고개를 돌리자 가스미가 "남편과는 계속 연락을 안 하셨던 거죠?" 하고 물었다.

에미코는 입안의 음식을 맥주로 흘려넘기고 "아아, 응." 하고 대답했다. 맥주를 한 모금 더 마신 다음 작게 트림을 했다. 그리고 "결혼한 것도 몰랐어."라고 덧붙였다.

"에미코 씨가 결혼하신 후로 한 번도 못 만났다고 하더라고요."

"그랬지."

"남편이 많이 걱정했어요."

"그래."

성게와 참치는 이제 남아 있지 않았다. 대신 연어알 초밥 두 개를 연달아 입안으로 밀어 넣었다. 바닥을 보인 잔에 가스미가 곧바로 맥주를 따라 주었다. 그 모습에 좋은 사람이네, 하고 에미코는 생각했다.

"미안한 짓을 많이 했다고 하더라고요."

"그래."

"너무 엄하게 대해서 자기를 미워했을 거라고요. 쓸쓸해 보였어요."

에미코의 움직임이 멈추었다. 입안의 음식을 씹는 것조차 잊어버린 듯 입을 반쯤 벌린 채 가스미를 가만히 바라보다가 두 딸에게로 시선을 옮겼다. 세 사람 모두 진지한 얼굴로 에미코를 바라보고 있었다. 어디에서나 흔히 볼 수 있을 만한 엄마와 딸들로 보였다.

에미코는 검은 액자 속 영정 사진을 떠올렸다. 오빠는 평범한 사람이 되어 평범하게 가정을 꾸리고 평범하게 살고 있었구나, 하는 생각이 들었다. 맥주를 마셔 달아오른 얼굴이 빠르게 식어버리는 것을 느꼈다.

"남편이 쓴 편지가 있어요. 에미코 씨한테 전해주라고 했어요."

가스미가 하얀 봉투를 내밀었다.

에미코는 젓가락을 입에 물고 그 자리에서 봉투를 아무렇게나 찢었다. 두 딸 중 한 명이 앗, 하고 놀란 듯 목소리를 냈다.

에미코에게

오랜만이네.

잘 지내? 잘 지내면 좋겠다고 진심으로 바라고 있어.

네가 이 편지를 읽을 때쯤이면 이미 난 이 세상에 없겠지.

너한테 꼭 사과하고 싶었어.

네가 제대로 된 인간으로 성장했으면 하는 마음에 괜히 더 엄하게 대했던 것 같아. 그때는 나도 미숙했어.

하지만 다 너를 위해 그랬던 거야. 용서해 주기를 바란다.

너의 행복을 기원할게.

하, 하고 헛웃음이 나와 입에 물고 있던 젓가락이 떨어졌다.

"뭐야, 이건."

에미코는 웃으며 일어섰다.

일어선 김에 눈에 보이는 초밥을 아무렇게나 손으로 집어 입으로 밀어 넣었다.

"에미코 씨?"

가스미의 목소리가 들렸지만 돌아보지 않았다.

늦은 밤인 것 같은 기분이었는데 아직 8시도 되지 않은 시간이었다.

장례식장을 빠져나온 에미코는 지하철과 버스를 갈아타고 예전에 살았던 집으로 향했다.

대로변에서 멀리 떨어진 어두운 주택가에 있는 단독주택은 에미코가 살던 집의 모습과는 전혀 달랐다. 아담하고 세련된 구조가 단란한 가족의 이미지를 구현해낸 것처럼 보였다. 지금은 다른 가족이 사는 것인가 싶었지만, 문패를 보니 〈시라사키〉라고 오빠의 성이 적혀 있어 새로 지었음을 알 수 있었다.

에미코의 입가에 냉소가 퍼졌다.

감히 착실하게 살다니——.

아내와 두 딸, 영정 사진 속 중년의 남자, 검은 옷을 입은 조문객들. 조금 전 장례식장에서 본 광경을 떠올리자 감히 착실하게 살다니, 하는 마음이 점점 커졌다.

오빠는 에미코보다 네 살 위였으니 마흔둘에 죽은 셈이었다. 착실히 산 대가로 수명이 줄어든 것이 아닐까 생각했다.

에미코는 가방에서 오빠의 편지를 꺼내 들었다. 거친 손길로 아무렇게나 구겨 문을 향해 던졌다.

“죽어버려.”

반사적으로 중얼거렸지만, 상대가 이미 죽었음을 깨닫고 “몇 번이고 죽어라.”라고 정정했다. 오빠를 마지막으로 이제 모두 다 죽었다고 생각하니 속이 시원하면서도, 동시에 아무래도 상관없기도 했다.

에미코의 가족 중 가장 먼저 세상을 떠난 것은 함께 살던 할아버지였다. 에미코가 두 살 때여서 기억은 없다. 그다음은 할머니로 에미코가 중학교 2학년 때였다. 청소를 꼼꼼히 하지 않았다며 엄마에게 호통을 치던 할머니는 여봐란듯이 직접 창문을 닦으려 의자에 올라갔다가 의자째로 넘어져 구급차에 실려 갔다. 결국 의식을 되찾지 못하고 그날 바로 숨을 거두었다.

에미코가 사리 분별할 줄 알게 되었을 무렵부터 할머니는 엄마를 노예처럼 부리며, 눈에 보이지 않는 채찍을 휘두르고 저주의 말을 퍼부었다. 태도가 불량하다, 느려 터졌다, 눈치가 없다, 간을 못 맞춘다. 엄마는 농협에서 물건을 분류하는 아르바이트를 했는데, 할머니는 엄마의 월급을 통째로 가로챘을 뿐 아니라 무능해서 이것밖에 못 번다며 엄마를 탓했다.

그런 할머니가 죽은 것이 에미코는 내심 기뻤다. 표정으로 드러내지는 않았지만 아마 엄마도 한시름 놓았을 터였다. 하지만 아빠는 할머니의 죽음을 엄마의 탓으로 돌렸다.

그 후로 아빠는 마치 할머니 귀신에 씐 것처럼 행동했다. 엄마가 하는 모든 일에 참견하며 화를 냈고, 가끔은 손찌검을 하거나 발로 차기도 했다. 대학에서 사무직으로 일하던 아빠는 무능한 상사 때문에 더는 못 다니겠다며 일을 그만두고 대부분의 시간을 집에서 보내기 시작했다. 에미코의 눈에는 아빠가 엄마를 감시하게 위해 일을 그만둔 것처럼 보였다.

할머니가 죽고 나서 2년 후에 엄마도 세상을 떠났다. 위암 판정을 받은 지 고작 두 달 만에 가버렸다. 에미코는 엄마를 죽인 것은 암세포가 아니라 아빠와 할머니라고 생각했다. 긴 세월 동안 묵묵히 받아낸 악의와 증오가 엄마의 몸 안에서 암세포로 모습을 바꾸었던 것이다.

아마 아빠도 아내의 죽음이 본인의 탓일지도 모른다고 생각한 것이 틀림없었다. 아빠는 엄마의 죽음을 없었던 일로 하기 위해 에미코가 엄마를 대신하도록 만들었다. 겉모습만 조금 달라졌을 뿐 엄마가 여전히 살아 있다고 믿고 싶어 하는 듯했다.

고등학생이었던 에미코는 매일 아침 5시에 일어나 아침 식사와 도시락을 준비하고, 아빠의 점심 식사를 준비하고, 빨래를 한 다음 학교에 갔다. 집에 돌아와서는 저녁 식사를 준비하거나, 빨래를 걷고 다림질하거나, 청소기를 돌리거나, 화장실 청소를 하는 등 숙제할 틈도 없이 바쁘게 일했다.

고등학교에 가게 해주는 것만으로도 감사하다고 생각했다. 누구 덕에 먹고 사는데. 아빠는 종종 그렇게 말했지만 실제로는 엄마의 보험금으로 겨우 하루하루 먹고살았다. 오빠는 대학에 진학했지만 에미코는 가정을 우선시해야 한다는 이유로 진학도 취직도 허락해주지 않았다. 대신 시간을 유동적으로 쓸 수 있는 아르바이트를 하도록 강요받았다.

그런 아빠는 에미코가 열아홉 살 때 심근경색으로 어이없게 세상을 떠났다.

하지만 아빠는 또다시 오빠에게 옮겨붙었다.

그전까지 에미코에게 오빠는 있든 없든 상관없는 사람이었다. 도와주지도 않지만 해를 입히지도 않는, 가끔 창문을 통해 들어오는 바람 같은 존재였다. 그런데 아빠의 죽음을 계기로 오빠는 돌변했다.

당시 오빠는 대학을 졸업하고 회사에 갓 입사한 상황이었다. 자신이 가장의 역할을 해야 한다는 부담감과 익숙하지 않은 사회생활 스트레스로 인해 늘 신경이 곤두서 있었다. 오빠는 매일 아침 에미코에게 하루 일정을 보고하게 했고, 에미코가 정해진 일정에서 조금이라도 벗어난 행동을 하면 심하게 나무랐다. 회사에서 돌아오면 에미코의 휴대전화와 지갑, 가방 등을 낱낱이 뒤졌다.

에미코의 아르바이트비는 아빠가 그랬던 것처럼 전부 오빠가 가져갔고, 에미코는 매달 용돈으로 3천 엔을 받았다. 그 돈으로 옷이나 화장품을 사기는 어려웠고, 미용실에는 반년에 한 번 갈 수 있으면 다행일 정도였다.

그러던 어느 날 밤, 드물게 오빠가 들뜬 기분으로 집에 돌아왔다.

"에미코한테 선물이 있어. 보너스를 받았거든." 하고 말하며 백화점 종이 봉투를 내밀었다.

혹시 함정이 아닐까 싶어 잔뜩 긴장한 에미코와 달리 오빠는 "자, 어서 열어 봐. 분명 에미코한테 잘 어울릴 거야."라며 상기된 얼굴로 재촉했다.

열은 파란색 원피스였다. 나풀거리는 소재로 흰색 레이스 칼라와 얇은 허리 리본이 달린 청순한 디자인이었다.

"예쁘다. 고마워."

자신이 정말 예쁘다고 생각하는지 아닌지 알 수 없었지만, 오빠를 만족시켜야 한다는 생각뿐이었다.

"사이즈도 딱 맞을 거야. 얼른 입어 봐."

"응, 입고 올게."

원피스를 들고 방으로 향하는 에미코에게 오빠는 "어디 가?" 하고 물었다.

돌아보자 오빠는 진지한 얼굴로 에미코를 바라보고 있었다.

"숨어서 갈아입을 필요 없잖아. 내가 사준 옷이니까."

검은 눈동자 안에서 어두운 불길이 일렁이고 있었다. 모든 감정을 억누르고 있는 듯한 오빠의 표정은 아주 미세한 자극만 가해도 당장 폭발할 것 같았다.

순간 주저했는지 아닌지 스스로도 알지 못했다. 정신을 차렸을 때는 이미 입고 있던 맨투맨과 청바지를 차례로 벗고 있었다. 오빠를 슬쩍 훔쳐보자 끈적하면서도 날카로운 시선으로 에미코를 바라보고 있었다.

원피스로 갈아입은 에미코가 어떠냐는 듯 어색하게 미소를 짓자 오빠는 살짝 붉어진 얼굴로 고개를 끄덕였다. 눈동자 안의 어두운 불길은 사라지고 무언가를 참는 듯하면서도 어딘가 쓸쓸해 보이는 얼굴을 하고 있었다.

그 후로 오빠는 종종 옷을 사 와 자신이 보는 앞에서 갈아입게 했다.

엄마가 죽은 후 에미코의 몸과 마음은 줄곧 마비된 상태였다. 아무것도 생각하지 못하고, 아무것도 느끼지 못했다. 하지만 오빠의 기분을 상하게 만들어 온갖 욕설을 들을 때만큼은 마음이 아직 살아있다는 것을 뼈저리게 느낄 수 있었다.

오빠와 단둘이 살기 시작한 지 2년 정도가 지났을 무렵에 지금의 남편을 만났다.

에미코보다 열세 살이나 많은 그는 오빠보다도 훨씬 더 세상 물정에 밝아 보였다.

그가 권하는 대로 그의 집으로 들어가 눌러앉았다. 오빠에게서 벗어나 보니 왜 더 일찍 집을 나오지 않았는지 이해할 수 없었다.

어느 날 남편과 함께 걸어가는데 눈앞에 오빠가 나타났다.

"에미코, 뭐 하는 거야. 집에 가자."

분노로 얼굴이 시뻘게진 오빠가 에미코의 팔을 붙잡았다.

남편은 오빠를 전 남자친구로 착각했다. "뭐야, 너. 죽여버린다." 하고 오빠의 손을 비틀며 얼굴을 들이밀고 위협했다. 그리고는 오빠를 밀어 넘어트리고 옆구리를 발로 걷어찼다.

오빠를 본 것은 그날이 마지막이었다.

이렇게 간단한 일이었다니. 공포와 불쾌감에 지배당해 살아온 세월이 이토록 허무하게 마무리된 것에 망연자실했다.

에미코는 아르바이트를 그만두고 남편의 원룸에서 온종일 게임을 하거나 TV를 보며 지냈다. 이미 살 만큼 다 산 것 같았다. 더 이상의 에너지는 남아 있지 않았다. 그 후로 15년이 지난 지금도 여전히 살아갈 에너지가 바닥난 채 줄곧 겨울잠을 자는 듯한 감각이었다.

에미코는 오빠의 집을 다시 올려다보았다.

불 켜진 창문이 없는 것이 당연했다. 다들 장례식장에 있으니까.

엄하게 대했다고? 나를 위해 그런 거라고?

오빠의 편지를 떠올리자 건조한 웃음이 새어 나왔다.

그 후로 오빠는 아무 일도 없었다는 듯 결혼을 하고, 아이를 낳고, 집을 다시 짓고, 암으로 죽었다는 말인가. 마치 그전까지는 에미코가 있었던 탓에 제대로 된 인생을 살지 못했다고 말하려는 것처럼.

에미코는 가방에서 라이터를 꺼냈다.

현관문 앞에 쭈그리고 앉아 문에 불을 붙였다. 하지만 라이터 기름이 얼마 남지 않은 탓에 화력이 약해서 불을 붙여도 계속 바람에 꺼지고 말았다.

장례식으로부터 사흘 후 에미코는 삿포로를 떠났다.

하코다테에서 고속버스를 내려 주차장에 세워두었던 경트럭으로 갈아타고 하이토 마을로 돌아갔다.

“더 놀고 싶었는데. 근데 이러니저러니 해도 역시 시골이 마음 편하기는 하지.”

핸들을 잡은 남편의 혼잣말을 에미코는 담배를 피우며 흘려들었다. 삿포로에 있어도 하이토마을에 있어도 먹고 자고 일어나는 생활은 달라질 것이 없었다.

집으로 향하는 언덕으로 접어들었을 무렵, 앞서 걸어가는 남녀 고등학생이 눈에 들어왔다.

낡은 경트럭이 내는 공회전하는 듯한 엔진 소리에 여학생이 뒤를 돌아보았다. 아니나 다를까 미쓰바였다. 딸의 얼굴에 노골적인 혐오감이 차오르는 것이 보였다.

미쓰바는 다시 고개를 돌리더니 아무것도 보지 못한 사람처럼 옆의 남학생과 다시 대화를 이어갔다.

평소라면 무시했겠지만, 에미코의 마음속에서 뭔지 모를 스위치가 켜졌다.

에미코는 창문으로 얼굴을 내밀고 “야, 너!” 하고 말을 걸었다. 히죽히죽 칠칠치 못하게 웃고 있다는 것이 느껴졌다.

"뭘 느릿느릿 걷고 있는 거야?"

아무런 반응이 없는 미쓰바 대신 남학생이 불안한 표정으로 에미코를 바라보았다.

괜찮으니까 무시해, 하고 미쓰바가 남학생에게 속삭이는 것이 들렸다.

미쓰바가 이 상황을 불편해하고 있다. 그렇게 생각하니 조금 더 궁지로 몰아넣고 싶어졌다.

"빨리 집에 들어가서 저녁 준비나 해."

조금 전 무시하라고 했던 자신의 말이 무색하게 미쓰바는 고개를 홱 들더니 "시끄러워, 이 돼지야! 너나 해."라며 에미코를 무시하듯 맞받아쳤다.

에미코는 순간적으로 담배꽁초를 던졌다.

"죽는다, 너."

미쓰바는 담배꽁초가 닿은 교복 재킷의 가슴 부분을 천천히 털어내고는 턱을 내밀며 여유로운 웃음을 지어 보였다.

"내가 먼저 죽일 건데?"

에미코의 관자놀이에 불꽃이 튀었다. 몸 안의 피가 역류하여 단숨에 머리끝까지 차올랐다. 딸에게 욕을 퍼부어주려고 입을 열었다. 하지만 평소에 거의 말을 하지 않는 탓에 적당한 단어가 떠오르지 않았다.

"상대하지 마, 가자."

남편이 지긋지긋하다는 듯한 목소리로 말하며 액셀을 밟았다. 엔진 소리에 섞여 미쓰바가 마치 들으라는 듯 내뱉는 말이 귀에 들어왔다.

"쟤네 내 진짜 부모가 아니야. 내가 전에도 말했지? 나만 빼고 다 돼지라고. 봤지? 엄청 뚱뚱하지?"

미쓰바의 높은 웃음소리가 에미코의 신경을 날카롭게 긁어댔다.

"웬일이야, 네가 걔한테 시비를 다 걸고."

"그냥. 건방지잖아."

에미코는 담배에 불을 붙이려 했다. 하지만 작은 불꽃이 금세 사그라들며 좀처럼 불이 붙지 않았다. 오빠네 집에 불을 지르려 했던 장례식날 밤이 떠올라 화가 치밀어 가슴이 답답해졌다.

백미러로 뒤를 살피자 두 사람은 팔짱을 끼고 있었다. 어린 게 발랑 까져가지고, 하고 속으로 생각했다.

미쓰바는 이번 봄에 고등학생이 되었다. 딸의 장래에는 관심이 없었지만, 시어머니는 요즘 시대에 고등학교도 안 나오는 것은 창피하다고 말했다. 시어머니가 수업료를 내주고 교복까지 사준 것은 미쓰바를 위해서가 아니라 자신의 허영심 때문일 터였다. 시어머니도 미쓰바를 싫어했으니 당연했다.

"잠깐 들렀다 가자."

남편은 시어머니의 집 앞에 경트럭을 세웠다.

"나는 여기서 기다릴게."

"그래."

장례식에 다녀왔다는 증거를 시어머니에게 보여주려는 듯했다. 남편은 답례품으로 받은 차를 들고 집으로 들어갔다.

시어머니가 에미코나 미쓰바를 싫어하듯 그녀의 재혼 상대인 도이모토는 남편을 포함한 에미코의 가족 모두를 싫어했다. 그래서 남편이 시어머니 집에 들어가는 일은 거의 없었다.

5분 정도 만에 돌아온 남편 뒤에는 어째서인지 담요를 끌어안은 시어머니가 서 있었다.

“야, 우리 진짜 지금 돌아온 거 맞잖아?”

남편이 확인하듯 물어왔다. 무슨 일인지 알 수 없어 입을 다물고 가만히 있자 “어젯밤에는 우리 삿포로에 있었잖아.”라고 덧붙였다.

“신사에서 불이 났었어!”

에미코의 대답을 기다리지 않고 시어머니가 입을 열었다. 귀가 먼 사람에게 말하는 것처럼 “너희 집 근처에 있는 야미가미 신사 말이다. 어젯밤에 불이 났었다고. 불이 크게 번지지는 않았지만 방화인 것 같다던데.” 하고 이야기를 이어갔다.

“왠지 모르겠지만.” 남편이 히죽 웃었다. “내가 불을 지른 게 아니냐고 소문을 내고 다니는 사람이 있나 봐.”

“이 담요 너희 거 아니야?”

시어머니가 들고 있는 담요는 에미코도 본 적이 있는 물건이었다. 집에 비슷한 것이 두세 장쯤 있을 터였다.

“이 담요가 신사 창고에 있었다더라.”

증거를 들이밀 듯 시어머니가 말했다.

“이런 담요는 누구나 갖고 있을걸?”

남편이 무관심하게 말했다.

“그럼 너희 거 아니라는 거지?”

“아니야, 아니야.”

남편이 얼굴 앞에서 손을 흔들며 “게다가 우리한테는 알리바이가 있다고."라고 말했다. '알리바이'라는 단어를 강조한 장난스러운 말투였다.

잠시 망설이던 시어머니가 입을 열었다. 그 망설임은 에미코 부부를 위한 배려가 아니라 추접스러운 단어를 입에 올리고 싶지 않아 고민하는 것처럼 보였다.

"…… 미쓰바를 봤다는 사람이 있어."

"어제?"

"그건 아니지만."

"그럼 화재랑은 상관없잖아."

"밤에 남자랑 신사 쪽으로 걸어가는 걸 봤다더라."

"누가 그런 소리를 해?"

"나도 몰라. 일주일쯤 전에 우리 집 우편함에 편지가 들어 있었어. 천벌을 받을 거라면서."

"누가 장난쳤나 보네. 그냥 무시해."

"너희야 산속에 있으니까 모르겠지만, 무슨 일이 있으면 내가 싫은 소리를 듣는다고. 앞으로 문제를 일으키면 지원을 다 끊을 거니까 그런 줄 알아."

"우리는 아무 짓도 안 했다니까." 남편은 당황한 듯 말했다. "조용히 얌전하게 살고 있을 뿐이라고."

남편은 가끔 일용직으로 일하기는 하지만, 생활비 대부분은 시어머니가 대주었다. 나중에 시어머니 부부에게 병간호가 필요해지면 에미코 부부가 책임지고 돌보겠다는 조건이 붙어 있었다.

"미쓰바가 잘못한 거면 쫓아내면 되겠네."

그렇게 내뱉은 에미코에게 두 사람의 시선이 향했다.

"그런 녀석은 차라리 없어지는 편이 속이 시원할걸. 아무 도움도 안 되면서 제멋대로 굴고, 건방진 소리만 해대잖아. 애초에 당신이 고등학교 같은 데를 보내주니까 우쭐해진 거 아니야? 미쓰바 때문에 성가신 건 우리도 마찬가지라고."

"왜 그래? 아까부터 평소답지 않게."

제멋대로 지껄이는 에미코를 보며 남편은 의아해했다.

평소 경트럭을 세워두는 집 옆에는 비닐봉지에 가득 담긴 쓰레기 말고도 폐자재가 이것저것 널려 있었다.

삿포로에 가기 전부터 있었던 것들이지만 비닐봉지의 수가 늘어난 것 같은 기분이 들었다. 그중 몇 개는 이미 찢어져 쓰레기가 밖으로 새어 나와 여기저기 나뒹굴고 있었다.

남편은 개의치 않고 늘 대던 위치에 차를 세웠다. 조수석 쪽 타이어가 쓰레기 봉지를 서서히 짓이겼다.

"슬슬 태워볼까?"

날씨 이야기를 하듯 남편은 가볍게 말했다.

"그래." 하고 대답하는 순간 신사에서 불이 났었다는 이야기가 떠올랐다.

정말 미쓰바가 저지른 짓일지도 몰랐다. 어둠을 틈타 히죽히죽 웃으며 불을 붙이는 모습을 상상하자 불길에 비친 것은 어째서인지 에미코 자신의 얼굴이었다.

거실에서는 다쿠마가 게임을 하고 있었다.

"너무해! 나도 삿포로 가고 싶었는데!"

TV 화면에서 눈을 떼지 않고 컨트롤러를 쥔 채 불만을 토로했다. 그 직후 충돌음이 나더니 다쿠마는 "젠장!"이라며 컨트롤러를 내던지고는 "선물은?" 하고 고개를 들었다.

고타쓰 위에는 컵라면 용기, 빵과 과자 봉지, 마가린, 잼 등이 산처럼 쌓여 있었다.

"네가 먹은 건 네가 좀 치워."

남편의 말에 네에, 하고 다쿠마는 순순히 일어났다.

"미쓰바는 뭐 하고 있어?"

에미코가 묻자 "몰라." 하고 다쿠마는 관심 없이 대답했다.

"그 녀석 밥도 안 한 거야?"

"누나가 밥을 할 리가 없잖아. 아, 할머니가 와서 카레 만들어줬어. 다 먹어버렸지만."

"그 녀석 밤에 나가지 않았어?"

"그런 거 몰라."

그렇겠지, 하고 생각했다. 미쓰바가 무엇을 하는지는 아무도 몰랐다. 이 집에서 그 녀석에게 관심을 가지는 사람은 아무도 없으니까.

"왜 그렇게 미쓰바한테 신경을 쓰는 거야?"

"그냥."

"아까도 굳이 말을 걸더니. 그냥 놔두라니까."

—— 빨리 집에 들어가서 저녁 준비나 해

에미코는 아까 자신이 했던 말을 떠올렸다.

뱃속이 울렁거렸다. 에미코를 재촉하듯 울렁거리는 파도가 점점 더 거세졌다.

“쓰레기나 태우자.”

갑자기 불이 보고 싶어졌다.

집 앞에 공터가 있었다. 아카이 가족이 소유한 땅은 아니지만 사유지처럼 쓰고 있었다. 항상 쓰레기를 태우는 것도 그곳이었다.

여기저기 흩어진 쓰레기를 모으는 것은 남편, 모은 쓰레기에 착화제를 넣고 불을 붙이는 것은 에미코, 라는 식으로 이미 역할 분담이 되어 있었다.

불이 붙은 것을 확인한 뒤 남편은 집으로 들어갔다.

전에는 아래쪽에 사는 주민들이 따지러 오기도 했다. 불을 꺼라. 민폐다. 산불이 난다. 1~2년 전에 화재로 어린아이가 죽은 후로는 방화범이라는 말도 들었다.

그런 소리를 잘도 하네, 하고 에미코는 생각했다. 다 너희 집 쓰레기잖아.

사람들이 이 집 앞에 쓰레기를 버리고 가기 시작한 것은 이 마을로 이사 온 지 얼마 되지 않은 무렵이었다. 처음에는 에미코 부부가 쓰레기 수거장에 가져다 놓은 쓰레기가 되돌아오는 정도였지만, 이내 남의 집 쓰레기나 대형폐기물까지 버려지기 시작했다. 게다가 쓰레기를 그대로 방치하면 빨리 치우라며 트집을 잡았다.

굳이 상대하지 않으려 했지만, 하도 이래라저래라 시끄럽기에 “너희 집에도 불 한번 질러줄까?”라고 응수한 뒤로는 아무도 따지러 오지 않게 되었다.

미쓰바는 달랐다는 것이 문득 떠올랐다.

그 녀석은 처음부터 계속해서 화를 냈다. 누가 벌인 짓인지 알아내기 위해 밤새 감시한 적도 있는 듯했다.

—— 왜 반박하지 않는 거야? 왜 당하고만 있는 건데?

그렇게 말하며 에미코와 남편에게 대든 적도 있었다.

하지만 그때도 무시했다. 미쓰바를 늘 무시해 왔다.

에미코에게 미쓰바는 처음부터 성가신 존재였다. 보살펴 줄 마음이 들지 않아 몇 번이고 방치했고, 죽게 할 뻔한 적도 셀 수 없이 많았다. 하지만 항상 아슬아슬한 순간에 남편이나 시어머니가 어떻게든 해 주었다.

어렸을 때부터 미쓰바는 건방지고 반항적이었다. 말을 배우자마자 "싫어."를 연발했고, 소리를 질러대며 물건을 던지기도 했다. 무시하는 것이 가장 편했다. "싫어."라고 하면 아무것도 먹이지 않았고, 소변이든 대변이든 싸는 대로 방치했고, 어디든 원하는 곳으로 가게 놔두었다.

다쿠마는 내 자식이라고 생각됐지만, 미쓰바는 자유롭게 집을 드나드는 뻔뻔스러운 길고양이 같아서 멋대로 먹고 마시고, 멋대로 자라나는 것이 염치없이 느껴졌다.

불길이 점점 거세졌다. 마치 불똥이 튄 것처럼 에미코의 몸 안에 분노가 뜨겁게 타올랐다.

하고 싶은 말을 다 하다니. 반항하다니. 멋대로 굴다니.

열다섯 살이던 과거의 자신의 모습을 떠올렸다. 노예나 다름없었다. 가축이나 다름없었다. 마음이란 것이 없는 존재 같았다. 늘 희생양이 되고, 자신을 죽이고, 하지만 그것을 깨달을 여유조차 없었다. 그런데 미쓰바 녀석은 감히 우쭐해서는 멋대로 굴다니.

자신의 눈동자에 활활 타오르는 불길이 비치는 것을 느꼈다. 문득 시야에 무언가 들어와 에미코는 정신을 차렸다. 미쓰바였다.

남색 교복 재킷에 주름치마, 그리고 리본은 빨간색이었다. 검은 백팩에는 노란색 곰 인형이 매달려 있었다.

에미코의 머릿속에서 열다섯 살이던 자신의 모습이 선명해져 갔다. 에미코의 교복도 남색 재킷이었다. 남색과 회색이 들어간 체크무늬 치마에 넥타이는 하늘색이었다.

미쓰바는 멸시하는 듯한 비웃음을 지으며 에미코를 슬쩍 바라보았다.

노예를, 가축을, 마음을 갖지 못한 존재를 보는 것 같은 눈빛이었다.

── 왜 반박하지 않는 거야? 왜 당하고만 있는 건데?

미쓰바가 했던 말이 다시 떠올랐다.

"야!"

에미코는 반사적으로 목소리를 높였다.

"야, 기다리라고."

평소에 거의 말을 하지 않는 탓에 우물거리는 듯한 박력 없는 목소리가 나와 버린 것에 화가 났다.

미쓰바가 약 올리듯 천천히 고개를 돌렸다. 깔보는 얼굴로 에미코가 어떻게 나올지 기다리고 있었다.

"네가 뭔데 그렇게 네 멋대로 구는 건데?"

겨우 내뱉은 말은 평범하기 그지없었다.

"뭐?"

미쓰바는 도발하는 듯한 목소리로 말했다.

"집안일도 안 하고 싸돌아다니기나 하고."

"당신도 마찬가지잖아."

"네가 누구 덕에 고등학교를 다닐 수 있는 건데."

미쓰바는 억지스럽게 콧방귀를 뀌었다.

"당신 덕이 아닌 건 잘 알고 있는데."

"나가!" 에미코는 순간적으로 소리를 질렀다. "어디 쓸데도 없는 게! 성가시다고! 지금 당장 나가!"

"싫은데?"

미쓰바는 태연하게 대답했다. 우뚝 버티고 서서 보란 듯이 한 손을 허리에 걸쳤다.

"나는 절대 안 나가, 절대 안 도망가. 내가 그렇게 싫으면 당신이 나가면 되겠네."

"너, 진짜 죽는다."

"내가 먼저 죽여줄게. 꼬리 내린 개 주제에. 아니다, 꼬리 내린 돼지인가? 하하, 나는 당신이랑 다르게 반드시 되갚아줄 거야. 당하고 살 바에는 당신도 이 마을 사람들도 전부 다 죽여버릴 거라고."

미쓰바는 그렇게 말하고는 집으로 들어갔다.

에미코는 미쓰바를 따라가 현관에 들어서자마자 뒤에서 있는 힘껏 밀어 넘어뜨렸다.

"뭐 하는 거야! 이 돼지야!"

바닥에 쓰러진 미쓰바는 누운 채로 에미코의 다리를 걷어찼다.

에미코의 머릿속에서 무언가가 반복해서 폭발하고 있었다. 의식이 거의 없는 상태였지만 감각의 일부가 예민해져 있는 것을 느꼈다.

미쓰바 위에 올라타 모든 체중을 실었다. 머리를 후려치고 뺨을 때렸다. 미쓰바가 소리를 지르며 에미코의 얼굴을 할퀴자 에미코도 똑같이 미쓰바의 얼굴을 할퀴었다.

남편과 다쿠마가 거실에서 나왔다.

"뭐 하는 거야!"

"죽이겠다잖아. 이 녀석이 우리를 다 죽이겠대."

에미코의 흥분이 남편에게 옮겨붙었다.

"뭐라고? 이 년이!"

남편이 미쓰바의 옆구리를 걷어찼다.

으앙, 하고 다쿠마가 울기 시작했다. "하지 마, 하지 마."라며 다쿠마가 사이에 끼어들어 말린 덕에 그제야 모두가 멈추었다.

미쓰바는 천장을 보고 누운 상태였다. 두 볼이 새빨갰고, 눈 밑에 긁힌 상처는 부풀어 올랐고, 피가 배어 나온 입술에 머리카락이 엉겨 붙어 있었다.

처참한 모습을 하고도 눈을 부릅뜬 채 강자인 양 천장을 노려보고 있었다.

다음 날은 오후부터 남편과 옆 마을에 있는 파친코에서 시간을 보냈다.

정신없이 움직이는 은색 구슬을 바라보는 에미코의 머릿속에 미쓰바의 부릅뜬 눈과 피가 묻은 입술이 어른거렸다. 언젠가 자신이 또 같은 짓을 저지를 것이라는 확신이 있었다.

슬슬 돌아가려던 차에 에미코에게 대박이 터졌다.

경품 교환소에서 담배와 초콜릿 과자를 골랐다. 나머지는 코인으로 바꾸려는데 선반에 놓인 작은 돌고래 인형이 눈에 들어왔다.

미쓰바의 가방에 매달려 있던 노란색 곰 인형이 떠올랐다. 언제부터 달려 있었는지 모르지만, 때가 타 지저분해 보였다.

에미코는 돌고래 인형을 매단 가방을 메고 종종걸음으로 집으로 돌아오는 미쓰바의 모습을 상상해 보려 했다. 상상 속 미쓰바는 어느샌가 열다섯 살이던 자신으로 바뀌어 있었다.

12. 가쓰키 쓰요시 —— 현재

하이토 마을에서 도쿄로 돌아온 날 밤, 가쓰키는 미와코의 한 살 어린 남동생에게 전화를 걸었다. 미와코의 부모는 이미 세상을 떠났고, 후쿠오카의 본가에는 남동생 가족이 살고 있었다.

가쓰키는 단도직입적으로 미와코와 부모님 사이에 문제가 없었는지 물었다.

미와코의 부모와는 여러 번 만난 적이 있었다. 장인은 말하기 좋아하는 쾌활한 성격의 애주가였고, 장인보다 연상인 장모는 차분한 성격이었다. 미와코는 두 사람의 좋은 면만 물려받았구나, 하고 가쓰키는 멋대로 생각했었다. 성장하며 부모와의 마찰이 있었던 것처럼은 보이지 않았다.

역시나 처남인 마사노리는 딱히 떠오르는 것은 없다고 대답하더니, 이틀 뒤에 일이 있어 도쿄에 가니 잠깐 얼굴을 볼 수 있으면 그때까지 생각해보겠다고 말했다.

이틀 후 저녁, 마사노리가 숙박하는 호텔 라운지에서 보기로 약속을 잡았다.

마사노리와 만나는 것은 미와코의 장례식 이후로 처음이었다. 가쓰키가 미와코의 일주기를 챙기지 않았던 것은 미와코의 죽음을 누구와도 공유하고 싶지 않아서였다. 아내의 죽음을 인정하고 싶지 않았다. 아내가 없는 현실을 받아들이고 싶지 않았다. 누군가와 공유하면 할수록 미와코의 죽음과 부재가 당연한 것이 되어버릴 것 같은 기분이 들었다. 그날 가쓰키는 혼자서 식탁 위 영정 사진에 말을 걸고, 유골함을 쓰다듬고, 눈물을 흘리며 술을 마셨다.

일주기를 챙기지 않은 가쓰키를 비난하지 않은 마사노리에게는 지금도 감사하고 있다.

"매형, 살이 좀 빠졌어? 아닌가, 기분 탓인가."

그것이 라운지에 나타난 마사노리의 첫마디였다. 일부러 미와코의 죽음을 언급하지 않는 것은 마사노리다운 배려였다.

"기분 탓이 아니야. 8킬로그램 정도 빠졌거든. 아무도 몰라보기는 하지만."

"그래? 조금 더 노력해야겠네."

가쓰키의 배를 바라보며 장난스럽게 웃은 마사노리는 "그저께 전화로 물어봤던 거 말인데." 하고 곧바로 본론으로 들어갔다. 회식이 예정되어 있어 30분 정도밖에 시간을 내지 못할 것 같다고 미리 전화로 알렸다.

"누나랑 부모님 사이가 어땠냐고 했지? 생각해봤는데 역시 그냥 무난했던 거 같아. 사이가 엄청 좋았던 것도 아니고, 그렇다고 사이가 틀어졌던 것도 아니고. 적어도 험악한 분위기였던 적은 없어."

마사노리의 증언은 가쓰키가 받았던 인상과 일치했다.

"근데 갑자기 그건 왜? 신경 쓰이는 일이라도 있었어?"

"아니, 그냥. 예전에 미와코가 자기 부모를 죽이는 자식의 심정을 알 것 같다는 말을 했던 게 생각나서 신경이 좀 쓰이더라고. 뭔가 미와코답지 않은 말투였으니까."

"어떤 케이스를 말하는 거야? 예를 들면 치매에 걸렸다든가 병 수발을 들어야 하는 부모를 말하는 건가? 우리 부모님은 두 분 다 마지막까지 정신도 맑으셨고 딱히 간호도 필요 없기는 했는데."

"아니, 그런 건 아니고 고등학생 정도 되는 아이가 있는데, 만약 그 아이가 자기 부모를 죽였다면 그 아이의 마음이 먼저 살해당했을 거라고 하더라고. 나도 최근까지 잊고 지내다가 혹시 미와코한테도 비슷한 경험이 있는 건가 싶어서. 미안해. 장인어른, 장모님께 실례되는 말이었지."

"아니야, 전혀 상관없어. 근데 말이야." 하고 마사노리는 시선을 위로 향한 채 생각에 잠긴 듯한 얼굴을 했다. "아버지는 매형도 알다시피 유쾌한 애주가였고, 어머니는 신경질적인 면이 있기는 했지만 이야기를 잘 들어주는 사람이라 항상 아버지가 하는 말을 즐거운 표정으로 듣고 있었는데."

마사노리는 하던 말을 멈추고 무언가 떠오른 듯 아아, 하고 말했다.

"무슨 일 있었어?"

자신도 모르게 몸을 앞으로 내민 가쓰키에게 "아니, 별일은 아닌데."라며 마사노리가 다시 이야기를 이어갔다.

“몇십 년도 더 지난 일이라 잊고 있었는데, 그러고 보니 어머니랑 누나가 대화를 전혀 안 했던 시기가 있었어.”

“대화를 안 했다고?”

“응, 어머니가 이야기를 잘 들어줬다고 하니까 생각났어. 아버지가 혼자 지방에서 근무하셨을 때니까 나도 누나도 중학생이었겠다. 그때 대화를 안 했다기보다 어머니가 일방적으로 누나를 무시했었어. 누나가 말을 걸어도 안 들리는 척하거나, 맞아, 도시락도 누나가 직접 쌌었어.”

그런 이야기는 미와코에게 들어본 적이 없었다.

“며칠 정도 그러셨던 건데?”

“아버지가 돌아오실 때까지였으니까 2년 정도려나.”

2년이나? 하고 따져 묻고 싶은 마음을 속으로 삼켰다.

“근데 아버지가 돌아오시고 나서는 아무 일도 없었던 것처럼 되돌아갔어. 남자인 나는 이해할 수 없는 뭔가가 있었을지도 모르지. 그 후로 둘 다 딱히 그 일에 연연하는 것처럼 보이지는 않았으니까 아마 별일 아니지 않았을까?”

“장모님은 왜 미와코를 무시했던 걸가?”

글쎄, 하고 마사노리는 고개를 갸웃하며 “뭔가 마음에 안 드는 게 있었나 보지.” 하고 가볍게 대답했다.

“너는 무시당한 적 없었어?”

“나한테는 반대로 너무 살가워서 솔직히 성가실 정도였어. 그때 한창 사춘기기도 했고.”

한 살 위인 미와코도 사춘기였을 텐데, 하고 가쓰키는 생각했다.

"아, 누나한테 물어봤었어. 엄마가 왜 누나를 무시하는 거냐고."

"그랬더니?"

"몰라, 내가 묻고 싶은 말이야, 라고 했었어. 그래서 어머니한테도 물어봤지."

"응."

"자기는 무시한 적 없다고, 기분 탓이라고 당당하게 말했어. 억지라고 생각하기는 했지만 여자들 사이의 일이기도 하니까. 내가 참견할 일이 아닌 것 같아서 가만히 있었어."

무슨 일이 있었다고 한다면 그 정도려나, 하고 마사노리는 말했다.

돌이켜보면 미와코는 후쿠오카의 본가에 적극적으로 가고 싶어 하지도 않았고, 장모님에 관해 이야기한 적도 거의 없었다. 하지만 장모님의 장례식에서는 눈물을 흘렸다.

모녀 사이에 무슨 일이라도 있었던 것일까. 더는 알아낼 방법이 없었다.

다만 중학생에게 2년은 터무니없이 긴 시간이다. 미와코는 어머니에게 존재하지 않는 사람 취급을 당했던 것일까. 어쩌면 그때 미와코의 마음은 매일같이 살해당하고 있었는지도 모른다. 어른이 된 후에도 마음 깊은 곳에 살해당한 자신이 남아 있었던 것은 아닐까.

이제 와서 생각해봤자 이미 늦었다.

그때 미와코의 이야기를 들어주었으면 좋았을 텐데. 도망치지 않고 진지하게 마주했으면 좋았을 텐데.

—— 그 아이의 마음이 먼저 살해당했을 거야.

미와코도 어머니를 죽이고 싶다고 생각한 적이 있었을까. 아주 잠깐이라도 그런 충동이 머리를 스친 적이 있었을까.

마사노리와 만나고 이틀 뒤, 장녀와 친하게 지냈다던 지히로의 모친의 현주소가 밝혀졌다.

지히로가 할머니와 함께 살았던 하이토 마을의 집은 비어 있었지만, 부동산 등기사항증명서를 떼어 보니 그 집의 소유주는 〈하세 구니코〉로 현재 도쿄도 분쿄구에 거주 중인 것으로 기재되어 있었다. 하이토 마을의 이웃 주민이었던 난부는 지히로의 모친을 구니코라고 불렀었다. 성이 바뀐 것을 보니 재혼한 것 같았다.

모친인 구니코에게 물어보면 지히로의 거처를 알아낼 수는 있겠지만, 거기에서 장녀의 행방으로 이어질 것이라는 낙관적인 사고는 할 수 없었다. 가쓰키가 하이토 마을을 두 차례에 걸쳐 방문하며 느낀 점은 장녀가 완벽하게 모습을 감추었다는 것이었다. 마치 아무에게도 들키지 않고 이 세상에서 사라져 버린 것처럼 말이다.

마루에다 이쓰오가 했던 말을 떠올렸다.

── 그녀는 이미 죽었을지도 몰라요.

등기사항증명서에 나와 있던 주소는 에도가와바시 거리에 인접한 12층짜리 맨션이었다.

낮에도 밤에도 찾아가 보았지만 매번 응답이 없었다. 공동현관 오토록 시스템에 모니터가 달려 있기 때문에 집에 있더라도 처음 보는 남자에게 문을 열어줄 가능성은 거의 없겠다고 판단한 가쓰키는 편지를 써서 우편함에 넣었다.

하지만 열흘이 지나도 연락은 오지 않았다. 그녀의 처지에서 생각해보면 경계하는 것이 당연했다. 각양각색의 범죄가 횡행하는 요즘 같은 시대에 딸의 거처를 흔쾌히 알려줄 것이라고는 기대하기 어려웠다.

어떻게 해야 좋을지 고민을 거듭하던 저녁 무렵, 안내 데스크에서 누군가 가쓰키를 찾아왔다는 연락을 받았다.

서둘러 1층으로 내려가자 로비에 마련되어 있는 회의용 소파에 한 여자가 앉아 있었다.

"하세 구니코 씨 되시나요?"

다가가 말을 거는 가쓰키에게 그녀는 "네."라고 대답했지만, 경계심을 드러내고 있었다.

"직접 와 주셨군요. 번거롭게 해드려 정말 죄송합니다."

"정말 월간 도우토의 기자분이신지 확인하고 싶어서요."

그래서 아무 연락 없이 갑자기 회사로 찾아왔구나, 하고 가쓰키는 납득했다.

"그러셨군요. 당연히 수상하셨겠죠. 불안하게 해드려 죄송합니다."

"편지에는 12년 전 사건 때문에 저희 딸에게 이야기를 듣고 싶으시다고 쓰여 있던데요."

구니코는 눈살을 찌푸리며 가쓰키의 의도를 파악하려는 듯한 시선으로 바라보았다.

40대 후반이려나. 갈색으로 염색한 머리카락은 짧은 편이었고, 정돈된 얼굴에 옅은 화장을 하고 있었다. 귓불에는 작은 귀걸이가 달려 있었고,

흰 셔츠에 남색 치마를 입은 심플하지만 고급스러운 차림이었다.

가쓰키는 편지에 쓴 내용을 다시 한 번 전달했다. 12년 전에 일어난 하이토 마을 일가족 살인사건을 조사하고 있는 것, 피해자 유족인 장녀를 찾고 있는 것, 그녀와 지히로가 친하게 지냈다는 정보를 얻은 것까지 설명했다.

"무엇을 위해서죠?"

순간 구니코가 가쓰키의 말을 끊고 물었다. 차분한 말투였지만 가쓰키의 이야기가 그다지 유쾌하지 않다는 것은 분명했다.

"이제 와서 그 아이를 찾아서 어떻게 하시려고요? 흥미 위주로 기사 하나 쓰시려고요? 아니면 또 범인 취급하시려는 건가요?"

구니코의 지적이 가쓰키의 귓가에서 날카롭게 울렸다. 그것은 가쓰키가 줄곧 자문하고 있던 것이기도 했고, 가슴속에 눌어붙어 있던 죄책감 그 자체이기도 했다.

"흥미 위주로 쓸 생각은 없습니다."

반사적으로 그렇게 대답한 순간, 정말 그럴까? 하는 의문이 들었다. 가쓰키 본인은 이 사건을 흥미 위주로 다룰 생각도 없고, 선정적으로 기사를 쓸 마음도 없다. 하지만 주간 신소에 넘어가면 이야기는 달라진다. 가쓰키는 익명의 관계자로서 아무 증거도 없는 억측을 늘어놓게 된다. 독자들은 멋대로 상상하고, 여러 매체에서 장녀를 찾기 시작하며 후속 기사도 나올 것이다.

"하세 씨는 유족인 장녀에 관해 무언가 알고 계시나요?"

가쓰키는 화제를 돌렸다.

"저는 알지도 못하고 만난 적도 없어요. 고등학교 1학년 때 그 마을에서 나왔으니까요."

문득 구니코와 장녀의 분위기가 닮았다던 난부의 말이 떠오르며, 두 사람 모두 고등학교 1학년 때 하이토 마을을 떠났구나, 하고 생각했다.

"그 후로 고향에는 자주 안 가셨던 건가요?"

그렇게 물었을 때 머릿속에 잠시 미와코의 얼굴이 스쳐 지나갔다.

가쓰키의 질문에 구니코는 "고향이요?"라며 불쾌한 듯 얼굴을 찌푸리더니 "마을을 떠난 후로는 엄마가 돌아가셨을 때랑 딸을 데리러 갔을 때 말고는 안 갔어요."라고 대답했다.

하이토 마을은 그녀의 고향임에도 '돌아갔다'가 아니라 '갔다'라고 말하는 것에 가쓰키는 왠지 마음이 아팠다. 미와코는 어떻게 말했더라. 기억이 나지 않았다.

"따님에게 따로 들은 이야기는 없으신가요?"

그녀는 시선을 내리깔고 고개를 가로저었다. 입술이 작게 움직이며 짧은 숨이 새어 나왔다. "네?" 하고 물었지만 다시 말해주지 않았다. 저는 딸을 버렸거든요——. 그렇게 들렸다.

"저희 딸이 그 아이와 친하게 지냈는지 어땠는지 저는 잘 몰라요. 딸이랑 거의 대화를 안 했거든요."

"4년쯤 전에 하이토 마을에 따님을 데리러 가셨던 거죠?"

그렇죠, 하고 구니코는 남의 일처럼 대답했다.

"하지만 지히로는 도쿄에 오자마자 집을 나갔어요. 저를 용서할 수 없었던 거겠죠. 그 후로 서로 연락을 안 해서 어디에 있는지도 몰라요."

도움이 되지 못해 죄송합니다, 라는 말로 구니코는 대화를 마무리 지으려 했다.

"저야말로 죄송했습니다."

가쓰키는 깊이 고개를 숙였다. 구니코가 아니라 장녀에게, 그리고 왠지 모르지만 미와코에게 사과의 뜻을 전하고 있는 듯한 기분이었다.

13. 야마네 기요코 —— 12년 전 · 여름

오늘은 어떻게든 마을 자치회비를 받아내야 하는데, 하고 야마네 기요코는 생각했다. 두피가 꽉 조이며 명치에 힘이 들어갔다. 쯧, 하고 무의식중에 혀를 찼다. 아카이 가족을 떠올리는 것만으로도 화가 치밀어올랐다.

아카이 가족이 언덕 끝에 있는 산속 집으로 이사를 온 것은 15년쯤 전이었다. 마을 중턱에 사는 도이모토의 아들과 그의 가족이라고 했지만 뭔가 사연이 있는 듯했다. 아들이 감옥에 갔다 왔다더라, 빚쟁이에게 쫓기고 있다더라, 부부가 마약 중독자라더라 하는 이런저런 소문이 돌았다. 도이모토의 남편이 "그 녀석은 나랑 피 한 방울 섞이지 않았다고."라고 말하는 것을 들었다는 사람이 있는 것을 보면 아무래도 그 아들은 도이모토의 아내가 데려왔거나 그녀의 숨겨둔 자식인 것 같다는 이야기로 마무리되었다.

숨겨둔 자식이면 어디서 굴러먹다 온 건지 알 수 없잖아. 사연이 있는 게 아니면 저런 집에 들어가 살 리가 없지. 문제를 일으키지만 않으면 좋으련만. 이런 의견들이 난무했다.

아무에게도 말하지 못했지만 사실 기요코는 자신보다 더 '안쪽'에 사는 주민이 생긴 것에 비뚤어진 기쁨을 느끼고 있었다. 거리로는 200미터 정도 떨어져 있지만 어쨌든 자신이 가장 가까운 이웃이었다. 마을 자치회 규칙이나 인간관계, 가깝게 지내도 되는 사람과 안 되는 사람, 이용해도 괜찮은 가게와 그렇지 않은 가게 등을 친절하게 알려줄 생각이었다.

아카이 가족을 처음 만났을 때의 일은 지금도 또렷이 기억하고 있다. 아카이 부부는 이 마을에 처음 온 주제에 먼저 인사를 하러 오지 않아 기요코가 먼저 회람판을 갖고 산속에 있는 집을 방문하게 되었다.

안쪽에 사는 주제에——.

화를 꾹 누르며 언덕을 올라가자 집 옆에 세워진 흰색 경트럭 운전석에서 뚱뚱한 남자가 담배를 피우고 있었다. 시끄러운 음악 소리 때문에 남자는 기요코를 전혀 눈치채지 못한 채 음악에 맞춰 턱살을 흔들고 있었다. 어디서 굴러먹다 왔는지 모른다는 표현이 딱 어울리는 남자였다.

도어폰을 눌렀지만 답이 없었다. 차에 있는 남자에게 말을 걸어볼까 생각하던 차에 현관문이 열렸다. 집에서 나온 여자를 본 기요코는 꼭 닮은 부부라고 생각했다. 아직 젊은데 머리카락은 덥수룩하고 화장기도 없었다. 인생을 포기한 사람처럼 관리하지 않은 몸은 살이 많이 쪄 있었다.

현관에 갓난아이의 모습이 보였다. 아직 한 살도 되지 않아 보이는 아기는 엄마를 따라 기어 나온 듯했다.

아카이 부부에게 아기가 있었던 건가. 기요코는 놀랐다. 그동안 뚱뚱한 부부를 봤다는 사람은 여럿 있었지만, 아기가 있다는 이야기는 들어보지 못했다.

기요코를 발견한 아기는 아아—, 하고 기뻐하는 것인지 무서워하는 것인지 알 수 없는 소리를 냈다. 살짝 때가 탄 옷을 입고 있는 아기의 기저귀가 빵빵하게 부풀어 있었다.

"회람판 가져왔는데."

눈살을 찌푸리며 기요코가 말하자 여자는 아아, 하고 흐릿한 목소리로 대답했다.

"거기 넣어 놔."

여자는 귀찮다는 듯 우편함을 눈으로 가리키더니 아기를 혼자 놔둔 채 현관문을 닫았다.

"아기는 어쩌고?"

놀란 나머지 자신도 모르게 그렇게 묻고 있었다.

여자는 기요코를 쳐다보지도 않고 혀를 차더니 "알 게 뭐야."라고 말했다.

기요코는 여자를 태운 경트럭이 언덕을 내려가는 광경을 멍하니 바라보았다. 경트럭이 보이지 않게 된 후 현관문에 귀를 대봤지만, 아기의 소리는 들리지 않았다.

아기를 본 사람이 없었던 것은 늘 이런 식으로 집에 방치했기 때문인지도 모른다. 그렇게 생각했지만 금세 설마, 하고 생각을 바꾸었다. 저렇게 어린 아기를 혼자 둘 리가 없다. 누군가 집에 있겠지. 아, 그래, 도이모토 씨가 손녀를 봐주고 있는 게 틀림없어.

안도와 동시에 물이 부글부글 끓어오르는 것처럼 분노가 치밀었다.

여자의 태도와 말투가 선명하게 되살아났다.

거기 넣어 놔? 알 게 뭐야?

"뭐 하자는 거야. 안쪽에 사는 주제에. 어디서 굴러먹다 왔는지도 모르는 개뼈다귀 주제에 건방지기는."

차오르는 분노로 혈관이 터져버릴 것 같아 소리 내어 욕하지 않고서는 견딜 수 없었다.

회람판에는 기본적인 공지 사항 외에도 아카이 부부를 위한 안내지가 함께 꽂혀 있었다. 그 안내지에는 쓰레기 배출 방법이나 청소 당번 등 마을 자치회 규칙과 더불어 야미가미 신사의 청소 순서 등이 기재되어 있었다.

기요코는 안내지를 빼낸 다음 회람판을 우편함에 쑤셔 넣었다.

그 후로 기요코는 아카이 가족을 남처럼 대하기로 결심했다. 회람판은 늘 우편함에 넣어놨고, 안내 사항이 있으면 미리 빼낸 다음 전달했다. 주변에 아카이 부부에게 갓난아기가 있다는 소문을 퍼트렸고, 아기 옷이 더러웠던 것이나 기저귀가 빵빵했던 것, 부부가 아기를 집에 혼자 놔둔 채 외출했던 이야기를 덧붙였다. 아내의 태도를 공격 대상으로 삼아 "거기 넣어놔." "알 게 뭐야." 하고 흉내를 내는 것도 잊지 않았다.

순식간에 아카이 가족은 마을 내에서 미움받는 존재가 되었다. 야미가미 신사를 청소하지 않고, 쓰레기 배출 방법을 지키지 않고, 인사를 하지 않고, 자치회비를 내지 않는다는 등의 험담이 들리기 시작했다. 노골적으로 적대심을 드러내는 주민도 많았지만, 신경 쓰는 척조차 하지 않는 아카이 부부의 뻔뻔함이 기요코를 더욱 짜증나게 만들었다.

반년 전부터 기요코는 마을 자치회비를 걷는 역할을 맡게 되었다. 아카이 가족에게는 자치회비를 가져오라는 내용의 메모를 우편함에 넣어두기만 했다. 하지만 역시 아카이 가족이 회비를 가져오는 일은 없었고, 결국 반년 치가 밀리고 말았다.

8월 9일 저녁, 기요코는 마지못해 아카이 가족의 집에 자치회비를 받으러 갔다.

집 옆에 경트럭은 세워져 있지 않았다. 집에 아무도 없을지도 모른다고 생각했지만, 열린 창문 틈 사이로 카레 냄새가 흘러나왔다.

현관문은 잠겨있지 않았다.

"이봐! 자치회비 받으러 왔는데!"

현관문을 열고 소리치자 아카이 부부의 딸인 미쓰바가 계단을 내려왔다.

기요코는 더러워진 옷과 빵빵해진 기저귀를 찬 갓난아기였던 시절의 미쓰바를 떠올렸다. 그런 식으로 키워도 죽지 않고 자라는구나, 하고 생각했다. 얼마 전까지만 해도 더러운 운동복만 입고 다니더니, 최근에는 이성에 눈을 떴는지 남학생과 함께 다니는 것을 몇 번인가 본 적이 있었다.

"아빠나 엄마는?"

"없는데."

제 엄마를 꼭 닮은 건방진 태도였다.

"자치회비 받으러 왔어. 너희 집 벌써 반년 치나 밀렸거든."

"아, 그래."

무시하는 듯한 말투였다.

반년 치나 밀렸다는데 부끄럽지도 않은 것일까. 기요코는 끌끌 혀를 찼다.

"아빠나 엄마한테 말해놔. 좋은 말로 할 때 자치회비 가지고 오라고."

이래서 문제라니까, 어디서 굴러먹다 왔는지도 모르는 개뼈다귀 주제에. 들으라는 듯 중얼거리며 돌아서는 기요코의 등 뒤에서 미쓰바가 나지막이 말했다.

"닥쳐, 죽여버린다."

반사적으로 뒤를 돌아보자 미쓰바는 검게 빛나는 눈동자로 기요코를 똑똑히 바라보고 있었다.

그날 밤 해가 저문 뒤 내리기 시작한 비는 기요코의 분노처럼 갈수록 점점 더 거세졌다.

── 닥쳐, 죽여버린다.

그 자리에서 바로 되받아치지 못한 것이 후회돼서 견딜 수가 없었다. 15년 전에도 그랬다. 거기 넣어두라며 무시하는 말투로 말하는 그 여자에게 어째서 화를 내며 제대로 한마디 해주지 못했을까. 시간이 흐를수록 몸 안에 쌓인 분노가 부글부글 발효되어 가는 것 같았다.

빗소리가 TV 소리를 지웠다.

"안 들리잖아! 더 큰 소리로 말하라고!"

기요코는 볼륨을 높이며 TV를 향해 소리를 질렀다.

그러고 보니, 하고 과거의 기억들이 떠올랐다. 4년 전 기요코의 남편이 세상을 떠났을 때도 그 부부는 장례식에 참석하기는커녕 부의조차 하지 않았다. 슈퍼마켓에서 마주쳤을 때도 위로의 말 한마디조차 건네지 않았다. 물론 아카이 가족에게는 남편의 죽음을 알리지 않았지만, 작은 마을이니 굳이 알리지 않아도 그 정도는 알아야 하지 않은가.

딸인 미쓰바도 마찬가지다. 기요코가 야미가미 신사를 청소하러 갔을 때 창고에서 갑자기 튀어나온 적이 있었다. 여기서 뭐 하는 거냐며 꾸짖자

"아줌마, 소원 빌러 온 거죠? 죽이고 싶은 사람이 있는 거 아니에요?"라며 도발하듯 말했다.

"맞아, 있어." 기요코는 그렇게 대답한 뒤 마음속으로 너희 가족 말이야, 하고 다음 말을 이어갔다.

그다음 날 기요코의 집 현관문 앞에 갈색 병이 하나 놓여 있었다. 라벨은 거의 벗겨진 상태였지만 개미 그림이 그려져 있는 것을 보고 살충제라고 짐작했다. 미쓰바의 짓이라고 생각했다. 어제 자신을 꾸짖은 것에 대한 복수로 장난을 친 것 같았다.

그날 일을 떠올리자 온몸이 부들부들 떨릴 정도의 분노가 끓어올랐다.

그 집안 사람들 그냥 싹 다 죽어버리면 좋을 텐데——.

분노가 더 큰 분노를 불러일으키며 머리가 마비되고 얼굴이 뜨거워졌다. 혈압이 급상승한 듯 맥박이 빨라지며 현기증이 덮쳐왔다. 안 되겠어, 이러다 내가 죽겠어. 나이를 먹은 자신이 비참해졌다.

기요코는 수면유도제를 먹은 뒤 이불 속으로 들어갔다.

마치 점들이 줄지어 가는 것처럼 들려오던 지붕을 때리는 빗방울 소리가 점차 끊이지 않는 기다란 선이 되어 들려왔다.

다음 날 아침, 맑게 갠 푸른 하늘이 펼쳐졌다. 비 온 후에 나는 특유의 흙과 나무 냄새, 그리고 습한 바람이 창문을 통해 흘러 들어왔다.

TV를 보며 아침 식사를 하려는데 밖에서 소란스러운 소리가 들려왔다. 좀처럼 들을 일이 없는 경찰차 사이렌이었다.

밖으로 나가보니 언덕 밑에서 경찰차와 구급차가 올라오는 것이 보였다.

경찰차가 기요코의 집 앞을 지나쳐 사거리에서 직진했다. 구급차가 그 뒤를 따랐다. 사거리 너머에 있는 것은 아카이 가족의 집뿐이었다.

이웃 주민들이 모두 나와 기요코와 마찬가지로 언덕 위를 바라보고 있었다. 옆에서 "무슨 일이지?" 하고 물었다.

"글쎄, 모르겠네."

"아카이네 집이잖아." 다른 주민이 대화에 끼어들었다. "도대체 무슨 짓을 한 거야."

"부부싸움이라도 한 거 아니야?"

"한심하다, 정말."

"아침부터 시끄럽게, 정말."

"설마 애들을 죽이거나 한 거 아니겠지?"

침묵이 흘렀다.

한번 가볼까? 라는 의견이 나왔지만 기요코는 움직이지 않았다.

무언가 엄청난 일이 일어났을 것 같은 기분이 들었다.

14. 가쓰키 쓰요시 —— 현재

가쓰키 쓰요시는 건물을 빠져나가는 하세 구니코의 뒷모습을 지켜보았다.

—— 흥미 위주로 기사 하나 쓰시려고요? 아니면 또 범인 취급하시려는

건가요?

그녀의 말은 가쓰키가 끊임없이 자문하던 것이었다.

하지만 이미 마음을 먹었다.

장녀가 가족을 죽인 것일까. 마루에다에게 비소를 건네준 것일까. 만약 그렇다면 그녀를 몰아붙인 것은 과연 무엇이었을까.

그 아이의 마음이 먼저 살해당했을 거야, 하고 가쓰키의 안에서 미와코가 호소하고 있었다.

테이블에 걸터앉아 컵라면을 먹고 있던 장녀의 인생을 지켜보고 싶었다. 이런 마음이 자신의 이기적인 욕심이라는 것은 물론 자각하고 있었다.

── 이제 와서 그 아이를 찾아서 어떻게 하시려고요?

구니코의 목소리가 되살아난 순간, 가쓰키는 문득 위화감을 느꼈다. 구니코의 인상 때문이었다.

자존심이 세다. 건방지다. 제멋대로다. 장래가 걱정된다. 하이토 마을의 이웃 주민이었던 난부는 그녀를 그렇게 평가했다. 하지만 그중 어느 하나도 그녀에게 부합하지 않는 것처럼 느껴졌다.

정말 구니코였을까?

그런 의문이 들자 덜컥 겁이 났다. 왜 이런 생각을 하고 있는지 스스로도 알 수 없었다.

정말 그녀였을까? 하고 이번에는 의식해서 마음속으로 되뇌자 거기에서 또 다른 두 개의 의문이 생겨났다.

조금 전 내가 만난 사람은 정말 하세 구니코였을까?

하이토 마을에서 난부가 말한 사람은 정말 하세 구니코였을까?

가쓰키는 소파에 다시 앉아 머릿속을 정리했다.

너무 생각이 많아, 하고 작게 고개를 흔들었다. 난부가 일상적으로 구니코와 만난 것은 그녀가 고등학교 1학년 때까지였고, 그 이후에는 어머니가 세상을 떠났을 때와 딸을 데리러 갔을 때 본 것이 다였다. 인상이 바뀌어도 이상하지 않을 만큼 시간이 흘렀다. 게다가 동성과 이성 간에는 보는 시선이 다를 수도 있다.

한 가지 분명한 것은 구니코에게서 장녀의 행방을 알아내는 것은 불가능하다는 사실이었다.

거기까지 생각이 미치자 오가사 사토시라는 프리랜서 기자가 떠올랐다. 그는 어디까지 알아냈을까. 설마 장녀의 행방을 벌써 찾아낸 것은 아닐까.

결국 직접 부딪혀 보기로 했다.

명함에 있는 휴대전화 번호로 전화를 걸자 부재중전화 서비스로 연결되었다. 회사명과 이름을 밝힌 다음 물어보고 싶은 것이 있다고 메시지를 남겼다.

오가타 사토시에게 전화가 걸려온 것은 퇴근 직전이었다. 오가타 역시 가쓰키의 연락을 수상하게 여겼는지 가쓰키의 휴대전화가 아니라 월간 도우토의 대표번호로 전화를 걸어왔다.

"월간 도우토에서 저한테 무슨 일로 연락을 주셨죠?"

의심 가득한 목소리였다.

"오가타 씨는 지난 6월에 하이토 마을에 다녀오셨죠?"

가쓰키는 단도직입적으로 물었다. 대답은 없었다.

“12년 전에 일어났던 하이토 마을 일가족 살인사건을 조사하고 계시다던데요.”

대답을 기다렸지만 계속해서 침묵이 이어졌다. 전화를 끊은 것은 아닐까 불안한 마음에 “여보세요?”라고 확인하자 “듣고 있습니다.”라는 대답이 돌아왔다.

“오가타 씨는 프리랜서 기자시죠? 하이토 마을 사건 관련 정보를 파시려는 건가요? 아니면 위탁을 받으셨나요?”

“그건 영업 비밀입니다.”

“어느 매체인지만이라도 알려주실 수 없나요?”

“말씀드릴 수 없습니다.”

“피해자 유가족인 장녀를 찾고 계신 것으로 압니다. 그 건에 관해 직접 만나서 이야기를 좀 들려주시면 안될까요?”

가쓰키가 끈질기게 물었다.

“괜찮으시다면 오늘 잠깐 뵐 수 있을까요?”

몇 초간의 침묵 후 “곤란하네요.”라는 한숨 섞인 목소리가 들려왔다.

“사실 저는 프리랜서 기자가 아닙니다.”

예상하지 못한 답변에 가쓰키는 “기자가 아니시라고요?” 하고 목소리를 높였다. 편집장인 후와 사카에가 자리에서 벌떡 일어나는 것이 시야에 들어왔다.

“네, 그래서 뵙기는 어려울 것 같네요.”

“잠시만요. 기자가 아니면 뭔가요? 왜 하이토 마을 사건을 조사하고 계신 겁니까?”

"그것도 영업 비밀입니다."

"하지만 도우토신문 하코다테 지국에 가셨을 때 기자라고 하지 않으셨습니까?"

후와가 가쓰키에게 메모를 내밀었다. 〈명함 보여줘 봐〉라고 쓰여 있었다. 가쓰키는 스마트폰에 저장된 오가타의 명함 이미지를 찾아 후와에게 건넸다. 자리로 돌아간 후와가 키보드를 두드리기 시작했다.

"혹시 그 사건에 연관되어 있으신 겁니까?"

"아니요. 그 사건은 이미 끝난 일입니다."

"끝났다고요? 무슨 말씀이시죠?"

후와가 다시 메모를 내밀었다. 〈미도리 탐정 흥신소?〉라고 쓰여 있었다. 명함에 적힌 주소는 층수나 호수 없이 건물명으로 끝나 있었다. 아마 후와는 건물명으로 검색해서 나온 곳 중에서 가장 가능성이 큰 것이 흥신소라고 판단한 듯했다.

"흥신소군요. 미도리 탐정 흥신소."

확신에 찬 말투를 의식하며 말했다.

"정말 곤란하네요."라는 대답이 돌아왔지만 그다지 곤란한 것 같지 않은 목소리였다.

"이따 잠깐 뵐 수 있을까요?"

"아니요, 잠깐만요. 비밀 유지 의무가 있어서요."

"말씀하실 수 있는 범위 내에서만 말씀해주셔도 괜찮습니다."

"아뇨, 정말 안 되는데."

"부탁드리겠습니다."

"그렇게 말씀하셔도 안 되는 건 안 됩니다."

"신분을 속이고 저희 계열 신문사에 가시지 않았습니까?"

"…… 정말 곤란하네요."

수화기 너머로 오가타의 목소리가 들렸는지 후와가 엄지손가락을 치켜세우며 만족스러운 미소를 지었다.

예스러운 상가 건물을 예상했으나 미도리 탐정 흥신소는 대로변에 있는 깔끔한 사무실 건물에 있었다.

오가타 사토시가 기자가 아니라면 다른 매체에 기삿거리를 빼앗길 걱정을 더는 하지 않아도 되는 것일까. 만약 언론에서 의뢰한 일이었다면 가쓰키의 방문을 거절했을 터였다.

안내 데스크에서 호출 벨을 누르자 잠시 후 정장을 입은 남자가 나타났다. 보통 체격에 나이는 40대, 정중하지만 방심할 수 없는 인상——. 오야마의 설명대로였다.

"월간 도우토의 가쓰키입니다."라고 소개하자 "안녕하세요. 오가타입니다."라는 대답이 돌아왔다.

작은 회의실로 들어가 테이블을 사이에 두고 마주 앉았다. 가쓰키가 선물로 사온 쿠키 세트를 내밀자 오가타는 불편한 듯 어색하게 웃으며 "비밀 유지 의무가 있어서 자세한 말씀은 드릴 수 없습니다."라며 단단히 못을 박은 후 "신분을 속인 건 죄송했지만요."라고 말했다.

"오가타 씨가 하이토 마을 사건을 조사하고 계신 건 누군가에게 의뢰를 받으셨기 때문인 거죠?"

"그렇죠. 흥신소니까요."

"피해자 유가족인 장녀의 행방을 찾고 계시는 겁니까?"

"예."

"찾으셨습니까?"

가장 알고 싶었던 것을 물었다.

"아니요."

오가타는 의외로 시원시원하게 대답했다.

"정말입니까?"

"정말입니다." 하고 오가타는 쓴웃음을 지었다.

"의뢰한 건 어떤 분이십니까?"

"말씀드릴 수 있을 리가 없지 않습니까."

"그렇겠죠." 하고 이번에는 가쓰키가 쓴웃음을 지었다.

"이제 다 끝난 일이니 상관없겠죠. 말씀드릴 수 있는 범위 내에서 말씀드리자면 의뢰하신 건 12년 전에 일어난 하이토 마을 일가족 살인사건의 피해자 유가족인 장녀를 찾아내는 것이었습니다. 장녀의 이름은 알고 계시나요?"

"아카이 미쓰바, 였죠."

오가타는 고개를 끄덕였다.

"결론만 말씀드리면 그녀를 찾지는 못했습니다. 미쓰바 씨는 사건이 있고 약 2년 후에 행방이 묘연해졌어요. 하이토 마을을 떠난 것으로 보이기는 하는데, 그 이후의 행적은 찾지 못했습니다."

오가타의 설명은 가쓰키가 갖고 있는 정보와 동일했다.

아니, 하고 오가타가 중얼거렸다. 몇 초의 침묵을 두고 가쓰키를 다시 바라보았다.

"어쩌면 찾아낸 걸지도 모르겠네요."

날카로운 표정에서 자신의 일에 대한 자부심이 느껴졌다.

"무슨 말씀이시죠?"

"의뢰인과 연락이 끊겼거든요."

"예?"

"의뢰를 받고 나서 2주 후에 조사 결과를 전달했는데, 그 후로 전화도 받지 않으시고 아예 연락이 끊겼어요."

"그게 언제 일인가요?"

"한 달 반쯤 전인 거 같네요. 하지만 간혹 이런 일이 있기는 합니다. 2주 분에 해당하는 착수금밖에 받지 않았기 때문에 그 이상 조사하면 새로 비용이 발생하니까요. 돈이 없어서 그런 거라고 생각할 수도 있습니다."

"어디까지 보고하셨습니까?"

오가타는 다시 짧은 침묵을 두고는 "장녀의 거처를 알 만한 사람이 있다고까지 말씀드렸습니다." 하고 신중하게 대답했다. (◇옮긴이 코멘트: 원서에는 대답한 사람이 '후와'라고 나와 있는데, 문맥상 '오가타'가 맞는 듯하여 수정하여 번역하였습니다.)

지히로를 말하는 것일까. 아니, 그녀의 어머니인 구니코일 가능성이 컸다.

오가타가 가쓰키보다 먼저 구니코를 만났을지도 모른다. 그래서 그녀가 더욱 경계했던 것은 아닐까.

"그게 누구입니까?"

혹시나 하는 마음에 물어봤지만 역시 대답은 없었다.

"가명이 아니었을까요."

오가타가 작게 중얼거렸다.

"가명이요?"

"의뢰인 말입니다. 아마 가명을 썼을 겁니다. 연락이 닿지 않아서 집에 찾아가 봤는데 계속 비어 있었던 집이라고 했으니 주소도 엉터리였던 거겠죠. 사실 기분이 조금 나빴어요."

의뢰인을 말하는 것인가 했는데 아니었다.

"하이토 마을 주민들, 그러니까 아카이 미쓰바 씨가 살던 집 근처에 사는 사람들 말이에요. 아카이 가족이나 미쓰바 씨에 관해 물으면 입에 담는 것조차 불쾌하다는 듯이 아무도 말하고 싶어 하지 않았거든요. 아마 아카이 가족은 마을에서 따돌림 비슷한 걸 당하는 상황이지 않았을까 싶어요."

자신도 같은 인상을 받았다는 것을 전달하기 위해 가쓰키가 크게 고개를 끄덕이자 오가타는 금세 그 의도를 알아챘다.

"아, 가쓰키 씨도 취재하셨겠군요. 그럼 미쓰바 씨가 집에 불을 지르고 사라졌다는 소문이 도는 것도 알고 계시겠네요."

"네, 그날 밤에 마을을 떠난 것 같더군요. 하지만 그게 사실일까요?"

더 일찍 모습을 감추었을 가능성도 있다고 가쓰키는 생각하고 있었다.

"화재가 일어났던 시각에 언덕을 내려가는 장녀의 모습을 봤다는 사람이 있는 것 같아요."

가쓰키는 얻지 못한 목격담이었다.

"그렇군요. 그럼 역시 그날 밤이었나 보네요."

"그 마을 사람들 말을 믿어도 될까요?"

오가타는 시선을 떨군 채 혼잣말처럼 중얼거렸다.

"예?"

가쓰키의 심장이 작게 뛰었다.

오가타는 시선을 들어 다시 가쓰키를 바라보며 말했다.

"집에 불을 지른 게 정말 그녀였을까요? 그녀가 사라진 이유가 정말 마을을 떠나서일까요?"

가쓰키는 오가타가 무슨 말을 하고자 하는 것인지 이해했지만 선뜻 말을 꺼내기가 망설여졌다.

"옛날 영화가 생각나더라고요. 혹시 들어본 적 없으신가요? 마을 사람들이 결탁해서 마을에 해를 끼치는 남자를 살해하고, 토막 낸 시체로 수프를 끓여 관광객들한테 먹이는 영화요."

"처음 듣습니다."라고 답하는 목소리가 갈라졌다.

"미쓰바 씨는 연기처럼 사라져 버렸어요. 이제는 의뢰인까지 사라져 버렸죠. 도대체 이게 무슨 일인지, 사실 지금도 여전히 신경이 쓰여요."

"그 의뢰인은 어떤 분이었나요?"

"그건 말씀드릴 수 없습니다."

오가타는 선을 긋듯 단호하게 말했다. 하지만 이내 "다만." 하고 덧붙였다. 가쓰키는 숨을 멈추고 다음 말을 기다렸다.

"여성이었다고만 말씀드리겠습니다."

가쓰키의 머릿속에 만난 지 얼마 되지 않은 하세 구니코의 얼굴이 떠올랐다. 혹시 그녀는 장녀의 거처를 알고 있을 만한 사람이 아니라, 찾고 있는 사람이 아닐까.

"나이는 어느 정도였나요?"

"이 이상은 안 됩니다."

오가타가 자리에서 일어섰다.

"40대 후반 정도이지 않았나요?"

"이 이상은 안 됩니다."

오가타는 같은 말을 반복했지만, 조금 전과 달리 공범을 바라보는 듯한 미소를 짓고 있었다.

"그럼 장녀의 거처를 알고 있을 법한 사람은요?"

밑져야 본전이라는 생각으로 물었다.

"말씀드릴 수 있을 리 없지 않습니까."

순식간에 그의 직업의식을 느끼게 하는 표정으로 바뀌었다.

"알겠습니다. 감사했습니다."

가쓰키가 고개를 숙였다.

"써 주세요."

돌아서는 가쓰키에게 오가타가 말했다. 돌아보니 그는 올곧은 시선으로 가쓰키를 바라보고 있었다.

"하이토 마을 일가족 살인사건의 뒷이야기요. 저는 출발선에도 서보지 못했지만 기사로 나오기를 기다리고 있겠습니다."

"네."

심장이 쿵쿵 소리를 내며 힘차게 뛰었다. 하지만 여전히 생각은 정리되지 않았고, 앞으로 어떻게 나아가야 하는지 초조함만 차올랐다.

제4장 분노

15. 모치즈키 지히로 —— 10년 전 · 여름

마당에 널어놓은 빨래를 걷으며 모치즈키 지히로는 코코아에 관해 생각했다.

3년 전, 하코다테의 호텔 라운지에서 엄마를 만났을 때 주문했던 코코아. 엄마와 할머니가 주문한 홍차는 금방 나왔는데, 지히로의 코코아는 결국 나오지 않았다.

내 코코아는 누구에게 갔을까. 이 생각을 할 때마다 지히로는 몹시 불합리한 일을 당한 듯한 기분이 들었다.

돌이켜 보면 비슷한 일이 여러 번 있었다. 반에서 조를 짤 때 혼자 남겨지거나, 병원 대기실에서 이름이 불리지 않거나, 제출한 숙제가 미제출로 처리되거나, 와야 할 우편물이 오지 않거나. 하나하나 놓고 보면 사소해 보이지만 이런 일들이 반복되는 사이 이 세상과 나 자신을 잇는 회로가 끊어져 있는 것처럼 느껴졌다.

재난 방송 스피커에서 태풍 소식이 흘러나오고 있었다. 내일 오후쯤 하이토 마을을 지나갈 것으로 보였다.

머리 위로 햇살이 가득한 하늘이 펼쳐졌다. 지상과 마찬가지로 하늘에도 거의 바람이 불지 않는 듯 천을 찢어놓은 것 같은 구름이 가만히 멈춰 서 있었다. 정말로 태풍이 오는 것일까.

마을에 재난 방송 스피커가 설치된 것은 2년 전 하이토 마을 일가족 살인사건이 일어난 후였다.

지히로는 무의식중에 언덕 위를 바라보았다. 보이지는 않지만 산속에 쓸쓸히 서 있을 집을 머릿속에 그려보았다. 화재로 무너져내려 더는 존재하지 않는 미쓰바의 집. 이곳에 더는 존재하지 않는 미쓰바.

푸른 하늘의 눈부심이 문득 아프게 느껴졌다. 이 세상에 혼자 남은 듯한 강렬한 감각에 사로잡혀 어지러움에 잠식될 것 같았다.

── 나한테는 복수할 권리가 있어.

미쓰바가 했던 말을 떠올렸다. 처음 만났던 날 야미가미 신사의 낡은 목조 건물에서 미쓰바는 그렇게 말했다. 그때는 이해하지 못했지만 지금은 그 의미를 알 것 같았다.

"미안하구나."

등 뒤에서 할머니의 목소리가 들려왔다. 잠옷을 입은 채 거실 창문으로 고개를 내밀고 있었다.

"누워 계셔야죠."

"화장실에 가려고."

할머니는 어제 일하다 허리를 다친 듯했다. 병원에 가자고 해도 파스를 붙이고 누워 있으면 금방 낫는다며 고집을 피웠다.

"내일 태풍이 올지도 모른대요. 지금이라도 병원에 다녀오는 게 낫지 않겠어요?"

집에 들어가 다시 말을 걸었을 때 할머니는 방으로 돌아가 이불 속에 누워 있었다. 설마설마하며 "할머니?" 하고 불러봤지만, 할머니는 이미 깊이 잠들어 있었다. 지히로는 작게 웃음을 터트렸다. 웃었더니 왠지 모르게 울적해졌다.

지히로는 중학교 3학년이 되었다. 하지만 여전히 외지 사람이었다.

늦은 밤부터 비가 내리기 시작해 다음 날 아침에는 빗소리에 잠이 깼다.

"일기예보가 맞았나 봐요. 어제 빨래를 해두기를 잘했어요."

지히로는 부엌에서 토마토를 자르며 텔레비전 앞에 앉아 있는 할머니에게 말을 걸었다. 대답은 없었다. 무시하는 것이 아니라 텔레비전에 집중한 나머지 지히로의 목소리가 귀에 들어오지 않는 것이었다.

할머니는 허투루 쓰는 시간이 없었다. 잔다, 일어난다, 먹는다, 텔레비전을 본다, 씻는다 등의 일정이 시간표처럼 짜여 있어 멍하니 있거나 무의미하게 시간을 보내는 여백이 전혀 없었다. 아무것도 하지 않을 때조차 아무것도 하지 않겠다고 정한 시간을 보내고 있는 듯했다. 그런 할머니가 아무것도 바라지 않고 살아가는 것처럼 보여 부러웠던 적이 있었다.

토스트와 수프, 그리고 토마토를 식탁에 내려놓자 할머니는 텔레비전에서 2~3초 정도 시선을 떼고는 "미안하구나."라고 말했다.

텔레비전에서는 시사 정보 프로그램이 방영되고 있었는데, 화면 왼쪽과 아래에 태풍 관련 정보가 자막으로 흘러나왔다. 태풍은 천천히 홋카이도를 향해 다가오고 있었다.

"허리는 좀 어떠세요?"

"그냥 그렇지, 뭐."

대수롭지 않은 듯한 말투에서 좋아지지 않았다는 것을 눈치챘다.

"도로가 함몰됐다는구나."

할머니가 말했다.

"함몰이요? 어디서요?"

"해안가 쪽에서."

텔레비전으로 시선을 돌리자 하코다테 국도가 도로 함몰로 인해 통행이 금지되었다는 자막이 흘러나오고 있었다. 하코다테와 하이토 마을을 잇는 해안 국도는 할머니가 출퇴근할 때마다 지나다니는 길이었다.

"할머니, 위험할 뻔했어요."

할머니는 토스트를 먹으며 고개를 끄덕였다.

해안 국도를 이용하지 못하면 산 쪽 길을 지나야 해서 시간이 30분은 더 걸렸다.

"금방 복구가 되려나."

할머니가 혼잣말처럼 중얼거렸다.

"일단 허리부터 나으셔야죠."

하지만 지히로의 목소리는 할머니의 귀에 닿지 않은 듯했다.

아침 식사를 마친 후 할머니가 이불에 눕는 것을 지켜본 다음, 지히로는

2층에 있는 자기 방으로 올라갔다. 노트북을 켜고 늘 하던 대로 〈아카이 미쓰바〉를 검색했다. 결과로 나온 사이트를 눈으로 쭉 훑어보니 이미 다 들어가 봤던 것들이었다. 사건 직후에는 허위 사실을 포함한 미쓰바의 정보가 인터넷에 넘쳐났고, 심지어는 미쓰바를 사칭하는 사람까지 나타났다. 하지만 그렇게나 시끄러웠던 사건이 의외로 간단하게 시간의 흐름에 집어삼켜졌다.

미쓰바는 어디에 있는 것일까. 왜 아무 말 없이 사라져 버린 것일까. 집에 불을 지른 사람이 정말 미쓰바였을까. 화재를 틈타 마을을 떠난 것이 아니라, 어쩌면 뼈조차 남지 않을 만큼 불에 타버린 것은 아닐까.

미쓰바와 마지막으로 만난 것은 그 사건으로부터 한 달 정도가 지난 늦은 밤이었다.

── 다들 죽어서 잘됐다. 되갚아줬네. 살해당하기 전에 죽여서 다행이야.

지히로의 말에 미쓰바는 까맣게 빛나던 눈을 가늘게 뜨며 입술 끝을 끌어올렸다.

── 뭐, 그렇지.

엷고 차가운 그 미소에 온몸의 솜털이 곤두섰던 것을 기억하고 있다.

아래층에서 들려오는 소리에 지히로는 정신을 차렸다.

계단을 내려가자 현관에서 할머니가 장화를 신고 있었다.

"어디 가시려고요?"

"이것저것 좀 사러."

고개를 숙인 채 그렇게 대답한 할머니는 장화를 신는 데 애를 먹고 있었다.

"그 허리로 어디를 가요. 게다가 태풍이 왔잖아요."

"차로 얼른 다녀오면 괜찮아."

"안 괜찮다니까요."

"휴지가 곧 다 떨어질 것 같아."

할머니에게서 보기 드문 약한 목소리였다.

"제가 사 올게요."

"위험해서 안 돼."

"누가 봐도 할머니가 더 위험해요."

지히로는 할머니에게서 지갑을 빼앗으며 "괜찮아요. 얼른 갔다가 얼른 돌아올게요."라며 웃어 보였다.

밖에서는 거센 비가 회색빛 안개를 만들어내고 있었다.

집 앞 언덕은 강줄기 같았고, 산 쪽에서 낮게 웅웅거리는 바람 소리가 들려왔다. 우산을 꽉 잡고 머리에 딱 붙이지 않으면 금방이라도 손에서 놓칠 것만 같았다.

평소라면 마트까지 갔겠지만 오늘은 걸어서 15분 정도 거리에 있는 상점에서 해결해야겠다고 생각했다.

상점까지 가는 동안 지나다니는 사람을 한 명도 보지 못했는데 가게 안에는 손님이 넘쳐났다. 진열대는 이미 텅텅 비어있었고, 두루마리 휴지도 갑티슈도 보이지 않았다. 사람들의 대화에서 산 쪽 도로에 산사태가 일어났다는 사실을 알게 되었다. '육지의 고도(육지임에도 교통편이 나빠 이동이 불편한 지역을 일컫는 말-옮긴이)'라는 말이 귀에 들어왔다.

"다음에 언제 물건이 들어올지 모른대." "건전지도 사둘까? 뭐야, 벌써

다 나갔네." "다들 생각하는 게 똑같지." "아, 물도 다 떨어졌어."

옆에서 부부로 보이는 남녀가 조급한 목소리로 대화하고 있었다.

계산대 앞에 늘어선 사람들이 든 바구니에는 빵이나 주먹밥, 음료수, 간식거리 등이 산처럼 쌓여 있었다.

아무것도 사지 못한 채 상점을 빠져나온 지히로는 서둘러 마트로 향했다. 육지의 고도라는 말이 비상사태를 알리는 것처럼 머릿속에서 점멸했다.

필요한 것을 머릿속으로 나열했다. 휴지는 꼭 필요하다. 전기나 수도가 끊길 가능성도 있을까. 만약 그렇다면 마실 것과 먹을 것도 사야 한다. 물이나 차, 빵, 주먹밥, 통조림…… 또 뭐가 있을까.

마트 주차장은 이미 만차였고, 갓길에도 차가 세워져 있었다.

이 마을 어디에 이렇게 많은 사람이 있었던 것일까. 평소에는 돌 밑에 숨어 지내던 벌레들이 비상 상황이 되자 황급히 밖으로 나온 것 같았다.

마트 안을 들여다보자 역시 진열대에 남아 있는 물건은 거의 없었고, 계산대에는 긴 줄이 늘어서 있었다. 내가 먼저다, 아니다, 하며 언쟁하는 남자들의 목소리가 들렸다.

지히로는 자신이 너무 늦게 출발했다는 것을 깨달았다. 생필품 선반을 확인했지만 역시나 휴지는 없었다.

그때 마을 동쪽에 있는 생선 가게가 떠올랐다. 가게 이름은 어물전이었지만 식료품이나 생필품도 팔았다. 그곳이라면 아직 사람이 많이 없을지도 모른다.

굵은 빗줄기가 타다타닥 우산을 두드렸다. 온몸이 흠뻑 젖어 물속을 걷는 기분이었다. 회색빛 하늘 저 멀리에서 검은 구름이 꿈실거리는 모습은 마치 지평선이 연기를 내뿜는 것처럼 보였다.

어느덧 민가는 더 이상 보이지 않았고, 밭과 공터만 펼쳐졌다. 바람이 순식간에 거세지며 우산이 날아갈 것 같았다. 조금 더 걸어가자 강 위를 지나는 다리가 나왔다. 편도 1차선으로 된 좁은 다리에는 인도가 하얀 선으로 구분되어 있을 뿐이었다. 낮은 가드레일 너머로 다리 밑을 살피자 평소에는 무릎 정도 오는 깊이의 고요한 물결이 지금은 갈색의 탁류가 되어 빠르게 흐르고 있었다.

생선 가게 앞에도 차가 몇 대 세워져 있었다.

서둘러 가게로 들어가 딱 하나 남아 있던 네 개 들이 두루마리 휴지를 집었다. 긴장이 풀리며 그대로 주저앉고 싶어졌다.

좁은 가게 안에는 지히로 외에 네 명의 손님이 더 있었다. 상점이나 마트와는 달리 살벌한 분위기는 아니었다. 다들 이곳 단골인 듯 "도로 복구는 언제쯤 되려나." "걱정이야." "정전될까 봐 무서워." "물 좀 담아 놨어?" 같은 대화도 어쩐지 한가롭게 들렸다.

식료품 코너에는 빵이 남아 있었고, 페트병에 든 생수와 차도 있었다. 딱딱하게 굳어 있던 얼굴이 풀어졌다.

그래, 온 김에 할머니가 좋아하는 참치 회를 사 가야겠다. 지히로는 곧바로 생선 코너로 갔지만 회는 하나도 남아 있지 않았다.

식료품 코너로 다시 돌아오자 진열대 앞에 아까는 없었던 남자가 서 있었다. 발밑에 놓아둔 바구니에 빵이 잔뜩 들어 있었다. 깜짝 놀라 빵이 있던 선반으로 시선을 돌리자 이미 텅 비어있었다. 게다가 남자는 지히로의 눈앞에서 냉장 쇼케이스에 놓인 음료들을 차례로 바구니에 담기 시작했다.

지히로가 다급히 손을 뻗어보았지만 남자 쪽이 더 빨랐다.

앗, 하고 자신도 모르게 목소리가 새어 나왔다. 남자는 마지막으로 남은 생수 두 병을 양손에 들고 지히로를 바라보았다. 60대 후반 정도로 보이는 남자는 성미가 까다로워 보였다.

지히로는 남자의 발밑에 놓인 바구니를 확인했다. 빵과 페트병이 산처럼 쌓여 있었다.

"저기요." 하고 용기 내어 말을 걸었다. "물 한 병만 양보해 주시면 안 될까요?"

남자는 값을 매기는 듯한 눈빛으로 지히로를 바라보았다.

"집에 사놓은 물이 없어서요. 할머니도 계셔서……."

"어쩌라고. 나도 목숨이 걸린 일인데."

남자는 그렇게 말하고는 계산대로 향했다.

지히로는 휴지를 사서 가게를 나왔다.

무수한 손에 얻어맞은 듯한 충격의 여운이 가시지 않았다. 지쳤다. 비참했다. 슬펐다.

그사이 바람은 더욱 거세졌다. 장화에 물이 들어와 질척거려 기분이 나빴다. 관자놀이를 타고 흐르는 것이 땀인지 빗물인지 알 수 없었다. 비닐봉지가 바람에 날려 자꾸만 뒤를 향했다. 숨이 잘 쉬어지지 않았다. 한 걸음 한 걸음이 무거워서 견딜 수 없었다.

바다 쪽에서 바람이 불어와 우산이 뒤집혔다. 그 순간 모든 것을 내팽개치고 싶어졌다.

다리 한가운데에 흰색 자동차가 세워져 있었다. 남자가 강을 내려다보며 휴대전화로 사진을 찍고 있었다.

조금 전 생선 가게에서 만난 남자였다.

── 어쩌라고.

남자의 목소리가 귓가에 되살아났다.

── 나도 목숨이 걸린 일인데.

지히로가 갖고 싶었던 것을 송두리째 빼앗아간 남자. 이 세상이 저런 남자들로 가득 차 있는 듯한 기분이 들었다.

아, 그렇구나. 그때 나에게 왔어야 했던 코코아를 저 남자가 가로챘던 것이었구나.

얼굴을 때리는 빗방울. 고막을 울리는 빗소리. 가차 없이 불어오는 바람. 볼에 들러붙은 머리카락. 모든 것이 불쾌했고, 또 짜증이 났다. 이 세상 모든 것이 나를 괴롭히기 위해 존재하는 듯한 기분을 떨칠 수 없었다.

배 속이 찌릿찌릿 쑤셨다. 귓속에서 맥박 소리가 울렸다. 머리가 뜨거워졌다.

지히로는 탁류를 내려다보는 남자에게 다가가 가속을 붙여 그의 등을 밀었다.

갈색 탁류가 다리에서 맥없이 떨어진 남자를 그대로 집어삼켰다. 남자를 뒤따르듯 비닐 우산이 바람에 날아갔다.

지히로는 크게 숨을 내쉬었다.

스스로를 파괴할 만큼의 격한 분노가 서서히 가라앉았다.

남자가 빵과 음료를 독차지한 것과 자신이 남자를 밀어 떨어트린 것이 크게 다르지 않다고 생각했다. 둘 다 살아남기 위한 선택이었다. 정당방위였다.

악의, 멸시, 무시, 그리고 분노는 사람을 죽인다. 몇 번이고 죽인다.

"저 남자가 나를 죽이려고 했어."

지히로가 소리 내어 말했다.

"그래서 되갚아줬을 뿐이야."

지히로의 목소리는 눈 깜짝할 사이에 바람을 타고 날아갔다.

── 나한테는 복수할 권리가 있어

마치 귀 안으로 불어넣은 것처럼 미쓰바의 목소리가 흘러들어와 지히로는 온몸에 소름이 끼쳤다.

미쓰바는 왜 아무 말 없이 사라져 버린 것일까.

마을 사람들은 아직 많이 남아 있는데, 어째서 그들에게 복수하지 않고 사라져 버린 것일까.

마지막으로 미쓰바와 만났던 날의 기억은 떠올릴수록 점차 선명해져 갔다.

그 사건이 일어난 후로 한동안은 미쓰바와 만날 수 없었다. 마을은 기자들과 구경꾼들로 북적였고, 늘 한산했던 집 앞 언덕은 사람들과 차들이 수도 없이 오갔다. 마을 사람들은 서로를 감시했고, 할머니도 미쓰바와 만나면 안 된다고 신신당부했다. TV로 보는 미쓰바의 집은 실제보다 훨씬 더 초라해 보였고, 살기를 띤 사람들에게 둘러싸여 있었다.

지히로도 미쓰바도 휴대전화를 갖고 있지 않았다. 어쩌면 미쓰바는 갖고 있었을지도 모르지만 지히로에게 번호를 알려준 적은 없었다. 미쓰바와 이야기를 하려면 직접 만나러 가는 수밖에 없었다.

사건 발생으로부터 한 달쯤 지난 어느 늦은 밤, 할머니가 깊게 잠이 든 것을 확인한 지히로는 미쓰바가 좋아하는 요거트와 감자 칩을 들고 집을 나섰다. 그때는 이미 기자들의 수도 제법 줄어들어 밤이 되자 언덕에는 인기척이 없었고, 가을벌레의 가냘픈 울음소리만 가득했다.

미쓰바의 집 주변에도 사람이나 차는 보이지 않았다. 집 앞에는 익숙한 경트럭이 버려진 것처럼 세워져 있을 뿐이었다.

도어폰을 눌렀지만 전원을 꺼놓았는지 소리가 나지 않았다. 공터와 맞닿아있는 커다란 창문으로 불이 켜져 있는 것을 확인한 지히로는 "미쓰바, 미쓰바!" 하고 부르며 노크를 했다.

커튼이 살짝 열리며 미쓰바의 눈이 나타났다. 까맣게 빛나는 눈동자는 먹잇감을 노리고 있는 것 같아 그 날카로움에 지히로는 숨을 죽였다.

창문이 천천히 열렸다. 얼굴을 살짝 내민 미쓰바는 눈을 반짝이며 히죽거렸다. 승리감에 취한 듯한, 자신 이외의 모든 것을 얕잡아 보는 듯한 미소였다.

지히로는 순간 자신이 큰 오해를 하고 있었다는 생각에 사로잡혔다.

비소로 가족을 죽인 것은 역시 미쓰바였던 것이다——.

미쓰바는 결국 해낸 것이다. 복수한 것이다. 살해당하기 전에 살해한 것이다.

"미쓰바."

스르륵 몸 안으로 스며드는 흥분감에 목소리가 갈라졌다. "이거 먹어." 하고 요거트와 감자 칩이 든 봉투를 미쓰바에게 건네자 공물을 바치는 듯한 기분이 들었다.

미쓰바는 지히로에게 시선을 고정한 채 아무 말 없이 봉투를 받아들었다.

압도적인 시선에 사로잡힌 지히로는 미쓰바가 자신을 시험하고 있다고 느꼈다. 미쓰바가 원하는 말을 꺼내야 한다. 초조함과 중압감에 심장박동이 빨라졌다.

"다들 죽어서 잘됐다. 되갚아줬네. 살해당하기 전에 죽여서 다행이야."

미쓰바는 두 호흡 정도 침묵했다.

"뭐, 그렇지."

차가운 미소가 공범을 향하는 것처럼 보였다.

그 순간 지히로는 확신했다.

비소를 넣은 것은 내가 아니다. 나는 미쓰바에게 조종당했을 뿐이다. 미쓰바의 강한 마음이 내 몸을 움직이게 만든 것이다.

16. 가쓰키 쓰요시 —— 현재

미도리 탐정 흥신소에서 오가타 사토시를 만난 다음 날, 가쓰키 쓰요시는 하세 구니코의 맨션으로 향했다.

연락은 하지 않았다. 기습적으로 오가타의 이름을 대고 그녀의 반응을 볼 생각이었다.

오가타에게 장녀의 행방에 관한 조사를 의뢰한 것은 구니코가 아니었을까. 이유는 알 수 없지만 시간이 흐를수록 그렇게밖에 생각이 들지 않았다.

맨션 1층에는 취식 공간이 마련되어 있는 편의점이 있었다. 가쓰키는 창가 쪽 바테이블에 앉아 거리를 내다보았다. 4시가 조금 넘은 애매한 시간대라 편의점 안은 텅 비어있었다.

한 시간 정도 기다렸을 무렵, 가쓰키는 건널목을 건너오는 구니코의 모습을 발견했다.

그녀의 옆에는 한 소년이 함께였다. 검은색 티셔츠에 카모플라쥬 반바지를 입고 남색 백팩을 메고 있었다. 초등학생? 아니, 중학생이려나. 다정한 모습으로 보아 두 사람은 모자지간일 것이라고 가쓰키는 판단했다.

하세 구니코에게 아들이 있었던 것인가——.

특별히 이상한 일은 아니었다. 그런데 가쓰키는 어째서인지 그녀에게 속은 것 같은 기분이 들었고, 그런 자신의 감정에 동요했다.

두 사람이 편의점으로 들어왔다. 가쓰키는 순간적으로 고개를 돌렸다. 들키면 안 된다고 판단한 것에 더 크게 동요했다.

'지히로'라는 단어가 돌연 귓가에 들려와 흠칫 놀랐다.

—— 일요일에 지히로 누나네 집에 몇 시에 갈 거야?

아직 변성기가 오지 않은 소년의 높고 맑은 목소리가 조금 전 분명 이렇게 말했다.

"글쎄? 같이 점심 먹을까?"

구니코의 목소리였다.

"그럼 11시? 12시? 1시는 너무 늦겠지?"

그 말에 구니코가 대답했지만 멀어서 잘 들리지 않았다.

진열대 사이로 조심스럽게 두 사람을 엿보던 가쓰키의 눈이 구니코와 소년의 뒷모습을 포착했다. 두 사람은 냉동 쇼케이스에서 아이스크림을 골라 계산을 하고 편의점을 빠져나갔다.

가쓰키는 자세를 고쳐 앉았다. 지금 막 새로 입수한 정보를 처리하지 못하고 멍하니 앉아 있었다.

구니코는 딸 지히로가 어디에 있는지 알고 있었다. 그뿐 아니라 아들과의 대화에서 유추해보면 아마 빈번하게 만나는 사이 같았다.

딸과 연락이 끊겼다는 것은 물론이고 딸과 거의 대화를 하지 않았다는 것, 딸이 자신을 용서하지 않았다는 것도 거짓말일 가능성이 컸다. 아들을 데리고 집에 방문할 정도라면 사이가 나쁘다고 보기는 어려웠다.

그녀는 왜 이런 거짓말을 한 것일까.

그로부터 나흘이 지난 일요일, 가쓰키는 사무실 책상 앞에 앉아 있었다. 같은 층에 주말 출근한 사람이 여럿 있었지만, 월간 도우토 자리에 있는 것은 가쓰키 혼자였다.

컴퓨터 화면을 바라보며 도요스 바비큐 사건과 하이토 마을 일가족 살인 사건의 개요와 의문점, 마루에다 이쓰오와의 접견 내용, 그리고 거기에서 유추할 수 있는 두 사건의 연결지점을 정리해볼 생각이었지만, 아까부터 두세 줄 정도 썼다 지웠다를 반복하고 있었다.

책상 위에 놓인 스마트폰이 신경 쓰여 좀처럼 집중하지 못한 지 벌써 두 시간이 넘게 지났다.

지금쯤 후와 사카에와 도쿠마루 아즈사가 하세 구니코를 지켜보고 있을 터였다. 움직임이 있으면 곧바로 연락을 주기로 되어 있었다.

나흘 전 사무실로 돌아와 구니코가 거짓말을 했다는 사실을 보고하자 후와는 “재밌어지네.”라며 즐거워했지만, 안경 너머의 두 눈은 사냥감을 노리는 것처럼 날카로웠다. 얼굴이 이미 알려진 가쓰키를 대신해 후와와 도쿠마루가 구니코를 미행해 지히로의 거처를 알아내기로 했다.

책상 위 스마트폰이 메시지 착신을 알렸다.

〈나왔어요〉

도쿠마루에게서 온 메시지는 그것뿐이었다. 구니코와 아들이 맨션에서 나왔다는 뜻으로 이해했다.

〈알겠어〉라고 답장한 가쓰키는 안절부절못하다 자리에서 일어섰다. 하지만 지금은 기다리는 것 말고는 할 수 있는 일이 없었다.

장녀와 친하게 지냈다는 지히로. 며칠 전까지만 해도 지히로를 만나 봤자 장녀의 거처를 알아내기는 어려울 것이라 예상했다.

하지만 구니코가 거짓말을 했다는 사실이 밝혀지며 생각이 바뀌었다.

구니코와 지히로는 장녀의 거처를 알고 있는 것이 아닐까. 사람들의 눈으로부터 장녀를 지키려고 하는 것은 아닐까.

—— 이제 와서 그 아이를 찾아서 어떻게 하시려고요?

—— 흥미 위주로 기사 하나 쓰시려고요?

이 또한 가쓰키를 견제하려던 것이었는지도 모른다.

그렇다고 한다면 오가타에게 장녀를 찾아달라고 의뢰한 사람은 구니코가 아니었다는 뜻이 된다. 구니코는 의뢰인이 아니라 오가타가 말한 장녀의 거처를 알고 있을 만한 사람이었던 것일까.

또다시 한 시간 정도가 지났을 무렵, 도쿠마루가 보낸 메시지가 도착했다. 〈알아냈어요! 그린코포Ⅱ 105호〉라는 메시지와 함께 지도가 도착했다.

분쿄구의 도쿄메트로 마루노우치선 주변에 핀이 찍혀 있었다.

두 시간 후 가쓰키는 두 사람과 합류했다. 회사 근처에 있는 낮술이 가능한 카페는 일요일의 애매한 시간대라 자리가 70퍼센트 정도만 채워져 있었다.

"하세 구니코는 뭔가 숨기고 있는 게 확실하네."

맥주를 단숨에 들이켜며 후와가 말했다. 한 잔을 더 주문하는 그의 코끝이 빨갛게 그을려 있었다. 오늘은 다행히 기온이 크게 높지는 않았지만, 그래도 30도에 가까운 뜨거운 날씨였다.

"거짓말을 한 이유가 뭘까? 딸의 거처를 알리고 싶지 않은 거라면 솔직하게 '말하고 싶지 않다', '민폐다' 하면 되는데 가쓰키 씨한테는 어디에 있는지 모른다고 말했던 거잖아?"

후와의 말에 가쓰키는 고개를 끄덕였다.

얼마 전 구니코의 말로는 4년쯤 전에 딸을 하이토 마을에서 도쿄로 데려왔지만 그 직후에 딸은 집을 나갔고, 그 이후의 행방은 모른다고 했다.

"인간은 말이야, 무언가를 감추고 싶을 때 자신도 모르게 불쑥 거짓말을 하는 경우가 있잖아. 그녀의 경우에는 가드를 견고하게 하려고 그런 거짓말을 한 것 같은데, 어떻게 생각해?"

후와의 말을 듣고 보니 장녀를 행방을 쫓고 있다고 말하는 가쓰키에게 그녀는 노골적으로 불쾌감을 드러내며 거친 말투로 따져 물었다.

"가정폭력이나 데이트폭력일 가능성도 있죠."

도쿠마루가 말했다.

며칠 전 기억을 되새기던 가쓰키는 "가정폭력?" 하고 뒤늦게 반응했다.

"하세 구니코의 딸인 지히로 말이에요. 남편이나 남자친구한테 폭력을 당해서 숨어 있을 수도 있잖아요. 그래서 엄마인 구니코가 신경질적으로 반응했을지도 모르죠."

"그래, 그럴 가능성도 있겠네."

후와가 턱을 괸 채 생각에 잠겼다.

가쓰키는 자신의 사고가 편협했음을 깨달았다. 모든 일이 장녀와 관련되어 있을 것이라고는 단정 지을 수 없었다.

"지히로의 얼굴은 보셨어요?"

"아쉽지만 못 봤어. 하지만 구니코의 아들이 안녕, 하고 인사하면서 들어갔으니까 지히로의 집이 틀림없을 거야."

"밖에 문패는 없었어요."라고 도쿠마루가 덧붙였다.

가쓰키는 가정폭력, 하고 속으로 중얼거렸다. 만약 그것이 사실이라면 구니코의 언행은 말이 될지도 모른다. 거기까지 생각이 미쳤을 때 머릿속에서 묘한 위화감이 아지랑이처럼 울렁거렸다. 그 정체가 무엇인지 깨닫기까지 시간이 조금 걸렸다.

하세 구니코의 인상이었다.

그녀와 처음 만났을 때도 느꼈지만 이미지가 어딘가 달랐다. 하이토 마을에서 만났던 난부의 말에 따르면 구니코는 제멋대로에 자존심이 세고, 딸인 지히로를 친정에 떠맡긴 여자였다. 실제로 지히로는 거의 10년을 할머니와 함께 살았다. 물론 세월과 함께 인상이 달라졌을 수도 있지만, 가쓰키의 머릿속에 남아 있던 난부가 평가한 그녀의 모습과 실제로 만난 그녀의 모습은 조금도 일치하지 않았다.

의문은 그뿐만이 아니었다.

오가타에게 장녀를 찾아달라고 의뢰한 사람은 도대체 누구란 말인가.

그리고 오가타가 찾아낸 장녀의 거처를 알고 있을 만한 사람은 누구였을까.

어쩌면 둘 다 구니코일 수도 있지 않을까.

또 하나, 의뢰인은 왜 갑자기 모습을 감추었는가.

“사도 좋아요.”

후와가 말했다.

“사다니요? 뭐를요?”

“미도리 탐정 흥신소의 오가타라는 남자가 알아낸 정보를 사도 좋다고요. 큰 건이 될 가능성이 충분하니까 그 정도 예산은 나올 거예요. 하지만 내 예상을 먼저 말해도 될까요?”

후와는 장난스러운 표정을 지었지만 역시나 두 눈은 웃고 있지 않았다.

“저는 언론의 지독한 면을 어느 정도 신뢰하고 있어요. 좋은 의미로든 나쁜 의미로든요. 장녀인 아카이 미쓰바의 행방이 묘연한 이유는 사건 당시에 그녀가 열다섯 살 고등학생이던 점이 컸죠. 취재를 강행할 수도 없었고, 거처를 알아냈다 해도 제대로 된 곳이라면 기사로 쓸 리가 없잖아요. 즉 언론은 최선의 노력을 다하지 않았다고 볼 수 있지 않을까요. 물론 그렇다고 해도 언론에서 알아내지 못한 정보를 흥신소에서 단기간에 알아냈을 리는 없다고 생각해요. 그러니까 오가타라는 남자가 찾았다는 장녀의 거처를 알고 있을 만한 인물은 가쓰키 씨가 찾아낸 인물과 같지 않을까요?”

“하세 구니코요?”

"맞아요."

"그럼 오가타에게 의뢰한 사람은요?"

"의외로 구니코 본인이라거나?"

"설마요. 뭐 때문에요?"

"아니에요. 아무리 그래도 이건 아니겠죠." 후와는 쓴웃음을 지었다.

"일단 정보를 사서 확인해보는 걸로 하죠. 그쪽은 제가 맡을게요."

"왠지 엄청난 일이 일어날 것 같은걸요."

도쿠마루가 입을 열었다.

엄청난 일이 일어날 것 같다는 말에 가쓰키는 소름이 끼칠 듯한 두려움을 느꼈다.

"그렇잖아요. 처음에는 가쓰키 씨가 마루에다를 만나고, 운 좋게 뭐라도 이야기를 듣게 되면 도요스 바비큐 사건 기사를 쓰시기로 했던 거잖아요. 그런데 어느샌가 편집장님이랑 저까지 합류해서 마루에다와는 아무 관련도 없는 사람을 미행이나 하고 있으니까요. 도대체 뭘 조사하고 있는 건지 정체가 보이지 않는다고 해야 할까요."

"알고 싶거든."

후와가 진지한 목소리로 말하며, 테이블에 양쪽 팔꿈치를 올리고 깍지 낀 손에 턱을 얹었다.

"내가 알고 싶은 건 명확한 진실이야. 마루에다 이쓰오와 아카이 미쓰바는 아는 사이였는가, 그 두 사람은 8년 전에 삿포로에서 일어난 집단자살 사건 현장에서 만난 것인가, 마루에다 이쓰오가 범행에 사용한 비소는 아카이 미쓰바에게 받은 것인가. 만약 그렇다면 12년 전 하이토 마을 일가족 살인사건의 범인은 장녀인 미쓰바였던 것인가. 충격적인 사건이 발생하면 사람들은 동기에 주목하잖아. 왜 죽였나, 왜 죽었나, 하고 말이야. 동기를 알 수 없는 살인은 무서우니까 그런 거겠지. 하지만 내 생각에 '왜 죽였는가'는 사실 알기 어렵지 않나 싶어. 어쩌면 당사자조차도 그 순간의 감정이나 생각을 오롯이 설명해내지 못할 거라고 생각해. 시간과 마찬가지로 감정이나 생각도 순식간에 흘러가 버리니까 정확하게 재현하기는 불가능하지 않을까."

사실은 알기 어렵다——.

가쓰키도 같은 생각이었다.

타인이 살인을 저지르는 이유 따위 이해할 수 있을 리가 없다. 이해했다고 받아들일 뿐이다. "열받아서 죽였다."라고 범인들이 공통적으로 진술하듯 살인의 동기 대부분은 분노다. 어머니를 죽인 아들. 아파트 이웃 주민을 죽인 남자. 상사를 죽인 회사원. 남편을 죽인 아내. 쌓이고 쌓인 분노가 있다면, 충동적인 분노도 있다. 분노는 범인의 마음 상태를 나타내주는 단어이기는 하지만, 그것이 동기의 전부가 될 수는 없다. 선을 넘어버릴 만큼의 격렬한 분노가 그 순간에 왜, 어디에서, 어떻게 만들어진 것일까. 그것은 당사자조차 이해할 수 없는 부분인지도 모른다. 그래서 '순간 욱해서', '제정신이 아니었어서' 같은 모호한 표현을 사용할 수밖에 없는 것이리라.

"그건 일상에서도 비슷하기는 해요."

도쿠마루가 담담한 말투로 말했다.

"저도 남편한테 갑자기 화가 나서 부엌칼을 던진 적이 있거든요. 아, 남편이 아니라 벽에 던진 거기는 한데요. 제대로 꽂혔어요. 그때 남편이 죽었으면 좋겠다고 진심으로 생각했던 것 같아요. 남편 때문에 제가 점점 못난 인간이 되어가는 것 같아서 이 사람만 없으면 평화롭게 살 수 있겠다 싶었거든요. 시간이 지나서 다시 생각해보면 여전히 울컥하기는 하는데 그렇게까지 화를 낼 만한 일은 또 아니더라고요. 부엌칼을 던졌을 때는 뭐였더라. 그러니까, 아, 비가 오는데 빨래를 안 걷어서였나. 아닌데, 그때는 남편 빨래를 다 갖다 버렸었어요. 그럼 아이 옷을 갈아입히지 않았을 때였나. 뭐, 아무튼 그런 발작 같은 분노는 정확하게 설명할 방법이 없어요. 내가 아닌 것 같기도 하고, 무언가에 홀린 것 같기도 하고요. 하지만 편집장님이랑 가쓰키 씨는 잘 모르시겠죠? 두 분 다 화가 별로 없어 보여서요."

도쿠마루의 말대로 가쓰키는 그 정도의 분노를 느껴본 적이 없었다. 후와도 마찬가지일 것이라고 생각했지만, 의외로 그는 "나도 알지."라고 답했다.

"나도 비슷한 경험이 있어. 고등학생 때 편의점 아르바이트를 했었는데, 눈을 왜 그렇게 뜨냐면서 시비를 거는 손님이 있었어. 뭐, 이렇게 생긴 건 어쩔 수 없는 거니까 손님들한테 일부러 더 친절하게 대했거든. 그런데도 끈질기게 돈을 못 내겠다는 둥 무릎 꿇고 빌라는 둥 점장 나오라는 둥 난리를 피우더라고. 그때 나도 모르게 죽여버리겠다고 말했어. 물론 내 손을 더럽힐 생각은 아니었지만, 진심으로 그 사람이 죽었으면 좋겠다고 생각했거든."

"별일 아니었네요. 실제로 폭력을 쓴 건 아니었으니까요."

"하지만 언어 공격도 보디블로만큼이나 잘 먹혀."

"듣고 보니 그러네요. 한 번에 하는지 시간을 들여서 하는지의 차이겠군요."

“지금도 가끔 그때 생각이 나. 그 손님이 혹시나 내가 했던 말에 앙심을 품고 있지는 않을까 하고 말이야. 나는 그날로 잘렸으니 그 후로 한 번도 마주치지는 않았지만, 그 사람의 분노가 다른 사람을 향하지 않았기를 진심으로 바라.”

그래서 말인데, 하고 후와가 가쓰키를 바라보며 말했다.

“진실을 플리즈.”

“네? 프, 플리즈?”

“결국 핵심은 마루에다 이쓰오와 아카이 미쓰바가 아는 사이였는가 아닌가겠지.”

삿포로에서 있었던 집단자살 사건은 8년 전 일이다. 새로운 증거를 찾기는 어려울 테고, 경찰도 움직여주지 않을 것이다. 마루에다 이쓰오에게 직접 이야기를 듣거나, 아니면 아카이 미쓰바를 찾아내는 것 말고는 방법이 없었다.

—— 그녀는 이미 죽었을지도 몰라요.

그렇게 말하던 마루에다의 눈빛은 무언가를 호소하는 것 같기도, 도움을 요청하는 것 같기도 했다. 그도 가쓰키와 마찬가지로 장녀의 생사를 알고 싶어 하는 것이다.

만약 장녀가 이미 이 세상을 떠나고 없어 더는 그녀를 감쌀 필요가 없어진다면 마루에다는 과연 모든 진실을 이야기해 줄 것인가.

가쓰키는 이틀간 생각하고 사흘째에 움직였다.

아무리 생각해도 정공법 외에는 답이 없었다.

예상 밖이었던 것은 미도리 탐정 흥신소에서 정보를 팔지 않았다는 사실이다. 의뢰인과 연락이 끊겨 계약은 갱신하지 않았지만, 그렇다고 해서 자신이 알아낸 정보를 곧바로 제삼자에게 파는 행위는 신용 문제로 이어진다는 것이었다. 교섭에 실패한 셈이었지만 후와는 아쉬워하면서도 "프로의 긍지란. 역시 좋네."라며 왠지 기뻐 보였다.

오전 8시, 가쓰키는 지히로의 아파트로 향했다. 이 시간대라면 쓰레기를 버리거나 출근을 하기 위해 집에서 나올 가능성이 크다고 판단했다.

아마 지히로는 엄마 구니코에게 가쓰키에 관한 이야기를 들었을 것이다. 도어폰을 눌러 봤자 무시할 것이 뻔했다. 그래서 아침저녁으로 하루에 두 번, 딱 두 시간씩만 아파트 앞에서 기다려 보기로 마음먹었다.

그녀의 아파트를 지켜볼 만한 장소를 찾아보았다. 에어컨이 나오는 편의점이나 패밀리레스토랑은 없었지만, 대각선 건너편에 인공 시냇물이 흐르는 공원이 있었다. 가쓰키는 나무 그늘 밑 벤치에 앉아 차가운 우롱차를 마시며 지히로가 나타나기만을 기다렸다.

일주일이 지나도 지히로를 만나지 못하면 다음 수단을 찾아볼 생각이었다. 하지만 벤치에 자리 잡은 지 약 한 시간 만에 아파트 문이 열렸다.

문을 열고 나온 것은 젊은 여자였다. 쌍꺼풀이 진 눈과 작은 코가 구니코와 닮아 있었다. 지히로가 틀림없었다.

지히로는 턱 라인에 맞춰 짧게 자른 머리를 밝은색으로 염색하고, 흰 티셔츠에 하늘색 플레어스커트를 입은 시원한 차림이었다.

그녀의 뒤를 따라 나온 어린아이를 본 가쓰키는 허를 찔린 듯했다. 네다섯 살쯤 되어 보이는 여자아이였다. 캐릭터가 그려진 티셔츠를 입고 분홍색 책가방을 메고 있었다. 두 사람은 공원을 가로질러 역 쪽으로 걸어갔다. 그 방향에는 어린이집이 있었다.

여자아이는 커다란 목소리로 노래를 불렀다. 가쓰키는 처음 들어보는 노래였다. 한 손에 팩 주스를 들고 있었다. 여자아이는 지히로를 올려다보며 주스를 내밀었다. 밝게 웃으며 주스를 받아든 지히로는 한 모금 마신 다음 아이에게 돌려주었다.

두 사람을 뒤따라 걸으며 가쓰키는 아내를 떠올렸다. 미와코도 아이와 함께 저런 시간을 보내고 싶었던 것은 아닐까.

—— 난임 치료 한번 해볼까?

미와코의 목소리가 귓가에 되살아났다.

그 질문을 진지하게 받아들였어야 했다. 하고 싶은 것인지 물어봤어야 했다.

—— 그 아이의 마음이 먼저 살해당했을 거야.

그 말을 듣고 도망치지 말았어야 했다. 왜 그렇게 생각하냐고 물어봤어야 했다.

절망과 후회로 물속 깊숙이 가라앉는 듯한 고통을 느꼈다.

숨을 쉬려고 하자 가슴이 답답해졌다.

눈에 비치는 풍경이, 코를 파고드는 냄새가, 피부에 닿는 공기가, 이 모든 감각이 미와코와 함께 보낸 날들과 함께 보내지 못한 날들을 전부 떠올리게 했다. 미와코를 그리워하며 절망과 후회에 짓눌릴 것 같은 순간에만 그녀와 이어져 있는 듯한 느낌을 받을 수 있었다.

가쓰키보다 20미터 정도 앞서 걷던 여자아이가 갑자기 스텝을 밟으며 두 팔을 크게 흔들었다. 춤을 추고 있는 것일까. 작은 손에서 팩 주스가 떨어졌지만 두 사람 다 알아채지 못했다. 뒤따라가던 가쓰키가 떨어진 팩 주스를 집어 들었다. 팩은 텅 비었고 빨대에 흙이 묻어 있었다.

두 사람이 향한 곳은 가쓰키의 예상대로 어린이집이었다. 여자아이는 "엄마, 바이바이." 하고 손을 흔들며 어린이집 안으로 들어갔다.

지히로는 왔던 길을 혼자서 되돌아갔다.

"지히로 씨 맞으시죠?"

가쓰키가 그녀에게 말을 건 것은 공원에 다시 들어섰을 때였다.

돌아본 얼굴에는 경계하는 기색이 역력했다.

"놀라게 해서 죄송합니다. 저는 월간 도우토의 가쓰키라고 합니다. 어머님인 구니코 씨에게 혹시 말씀 못 들으셨나요?"

"…… 듣기는 했어요." 그녀는 신중하게 대답했다. "하지만 저는 아무것도 몰라요."

"지히로 씨가 예전에 아카이 미쓰바 씨와 친하게 지내셨다고 들었습니다. 혹시 따로 연락은 안 하시나요?"

"아니요. 친했다고 해도 어릴 때 이야기예요. 안 만난 지도 벌써 몇 년이나 지났고, 어디에 있는지 전혀 몰라요. 도움이 되지 못해 죄송합니다."

그 말을 남기고 지히로는 다시 걸음을 뗐다.

"미쓰바 씨와 마지막으로 만난 건 언제였나요?"

"그 사건이 일어난 후예요. 미쓰바네 집에 먹을 걸 가지고 갔었어요."

정해진 대본을 읽는 듯한 지히로의 조심스러운 말투 때문인지 친하게 지냈던 친구에 관해 이야기하는 것처럼은 들리지 않았다.

연기를 하고 있는 것 같다고 가쓰키는 의심했다.

어머니인 구니코가 지히로와 연락 두절이라고 거짓말을 했던 것처럼 지히로도 장녀와 연락 두절이라고 거짓말을 하고 있는 것은 아닐까. 만약 그렇다면 지히로도 구니코도 장녀의 행방을 알면서 일부러 숨기려 하는 것인지도 모른다.

“저를 어떻게 찾으신 거예요?”

비난하는 말투였다.

어머니의 뒤를 밟았다고 솔직하게 대답하는 것을 망설이다가 “그래도 기자니까요.”라고 모호하게 대답했다. 하지만 지히로는 혐오감이 깃든 눈으로 노려보더니 이내 고개를 돌려 가쓰키를 떨쳐내려는 듯 걸음을 재촉했다.

“어머님은 지히로 씨와 연락 두절이라고 저한테 말씀하셨어요. 왜 그런 거짓말을 하신 거죠? 숨기고 싶은 게 있으신 건가요?”

다른 선택지가 보이지 않아 머릿속 의문을 그대로 내뱉었다.

지히로는 답이 없었다.

가쓰키가 지히로의 앞을 막아섰다.

“미쓰바 씨는 살아있는 건가요? 그것만이라도 괜찮으니 알려주실 수 없나요?”

멈춰선 그녀에게 “부탁드립니다.”라고 말하며 고개를 숙였다.

고개를 들자 지히로는 가쓰키의 손을 바라보고 있었다.

“그거 혹시 저희 딸이 떨어트린 건가요?”

아아, 하고 가쓰키는 비닐봉지를 들어 보였다. 자신이 마신 우롱차 페트병과 함께 주스 팩이 들어 있었다.

"그냥 보여서 주웠을 뿐이에요."

"죄송합니다. 저희 딸이 물건을 잘 떨어트려서요."

엄마 같은 얼굴을 한 지히로는 그렇게 말하며 비닐봉지를 향해 손을 뻗었다.

"괜찮습니다. 제 쓰레기도 있어서요."

가쓰키가 옆으로 메고 있던 가방에 비닐봉지를 밀어 넣자 지히로가 작게 웃음을 터트렸다.

"가방이 터질 것 같은데요."

처음 보는 미소였다.

"그렇네요."

가쓰키도 함께 웃었다.

"가방이 더러워지잖아요." "아니에요, 괜찮습니다." "제가 버릴게요." "제가 마신 음료도 들어 있어서요." "괜찮아요." "아니에요, 그럼 제가 죄송하죠."라며 대화를 주고받는 사이 지히로의 경계심이 조금씩 누그러드는 것이 느껴졌다.

두 사람은 함께 소리 내어 웃었다. 잠시 후 다시 진지한 얼굴로 되돌아온 지히로는 깊게 숨을 한 번 내뱉었다.

"출근해야 해서 시간이 별로 없지만 10분 정도는 괜찮을 것 같아요. 더우니까 안으로 들어가시죠."

지히로를 따라 집 안으로 들어갔다.

주방과 연결된 5평 남짓의 거실 바닥에는 어린이 장난감과 책이 널브러져 있었다. 거실 안쪽에 방이 하나 더 있는 듯했다. 에어컨을 틀어놓고 나갔었는지 땀이 빠르게 식는 것이 느껴졌다.

눈에 띄는 곳에 남자의 존재를 느끼게 하는 물건은 없었다. 싱글맘인가 생각했지만 만난 지 얼마 되지 않은 상대의 사생활을 함부로 들추어낼 만한 질문은 굳이 하지 않았다.

가쓰키는 지히로가 권하는 대로 식탁에 앉았다. 목이 말랐지만 지히로는 마실 것을 내어 줄 생각이 없이 보였다. 10분 정도 시간이 된다고 한 것이 그냥 한 말이 아닌 듯했다.

"미쓰바에 관해서는 정말 아무것도 몰라요. 그 사건이 일어난 후에 저한테도 아무 말 없이 사라졌거든요."

지히로는 의자에 앉으며 말했다.

그렇다면 왜 구니코는 지히로와 연락하지 않는다고 거짓말을 했던 것일까.

"엄마가 제 거처를 모른다고 한 건 아마 저를 지키려고 그랬을 거예요."

가쓰키의 의문을 꿰뚫어 본 것처럼 이야기를 이어갔다.

"지키려고 그러셨다고요? 무엇으로부터요?"

"그쪽 같은 기자들이겠죠."

"이유가 뭔가요?"

지히로는 숨을 깊게 들이마셨다.

"저는 그 마을에 있었을 때의 기억을 떠올리고 싶지 않아요. 싫은 기억밖에 없어서 솔직히 이렇게 이야기하는 것도 고통스러워요."

순간 가쓰키는 더 자세한 이유를 묻고 싶었지만, 그녀에게 고통을 주는 행동이라는 것을 깨닫고 입을 다물었다. 하지만 주어진 시간이 10분밖에 없다는 것이 떠올라 "말씀하실 수 있는 범위 내에서라도 괜찮으니 이야기 해주실 수 없나요?"라고 부탁했다.

"그야 저는 부모한테 버림받았던 거니까요. 홋카이도의 시골 마을에 데려다 놓고 방치했다고요. 물론 할머니를 좋아했지만 아무렇지 않을 리 없잖아요. 지금 엄마가 괜찮은 엄마처럼 보이는 것도 제가 성인이 되어서 손이 가지 않으니까 그런 거고요. 어렸을 때는 엄마가 보험금을 노리고 저를 죽이지 않을까 진심으로 걱정했을 정도였어요. 지금도 겉으로는 아무렇지 않게 대하고 있지만 그건 엄마가 운영하는 가게에서 일도 하고 생활비도 받고 있어서 그런 거지, 엄마를 진심으로 신뢰하고 있지는 않아요. 그 마을에 있었을 때를 떠올리면 전부 다 지긋지긋해서 엄마를 탓하고만 싶어져요."

지히로는 식탁 위의 한 점을 응시하며 말했다.

깊은 호흡을 두 번 내쉰 다음 "미쓰바도 정말 미워요."라며 다음 말을 툭 내뱉었다.

그 후로 잠시 침묵이 흘렀지만 가쓰키는 아무 말 없이 지히로를 기다렸다.

"특별한 친구라고 생각했는데."

이내 지히로가 겨우 목소리를 짜냈다. "하지만 미쓰바는 그렇게 생각하지 않았나 봐요. 아무 말도 없이 사라진 것을 보면요."

지히로가 입을 다물자 에어컨 돌아가는 소리가 갑자기 크게 들렸다.

"그럼 아카이 미쓰바 씨가 지금 어떻게 지내는지 정말 모르시는 거군요."

"네."

"알고 있을 만한 사람은 없을까요?"

지히로는 고개를 살짝 가로저으며 "이제 됐을까요? 시간이 없어서요."

라며 가쓰키를 바라보았다.

가쓰키는 감사합니다, 하고 인사를 건네며 일어섰다. 그럼 오가타에게 조사를 의뢰한 사람은 누구이며, 장녀의 거처를 알고 있을 법한 사람은 또 누구란 말인가.

"그런데 어째서 미쓰바 씨는 지히로 씨에게 아무 말도 하지 않고 사라진 걸까요?"

가방을 둘러메며 침묵을 메우기 위해 물었다. 가쓰키가 무의식중에 상상하던 답변은 "모르겠어요." "친구라고 생각하지 않았는지도 모르죠." 같은 것이었지만, 지히로는 예상 밖의 말을 꺼냈다.

"살해당했을지도 몰라요."

"네?" 하고 엉겁결에 큰 소리가 튀어나왔다.

지히로는 허공을 응시하며 "그 마을 사람들한테 살해당해서 어딘가에 묻혀있을지도요."라며 혼잣말처럼 중얼거렸다.

"그게 무슨 말씀이시죠?"

가쓰키가 몸을 앞으로 내밀며 묻자 지히로는 흠칫 놀라며 "아, 아니에요." 하고 얼버무리려 했다.

"어릴 때 저한테는 그 마을 사람들이 왠지 무서워 보였거든요. 그래서 그런 생각을 해봤을 뿐이에요. 다들 미쓰바네 가족을 미워했으니까요."

가쓰키의 머리에 동네조리라는 단어가 스쳤다. 아이들의 눈으로 봐도 명백한 따돌림 행위였다는 뜻이다.

"하지만 역시 미쓰바는 살아 있지 않은 것 같은 기분이 들어요."

지히로의 중얼거림이 가쓰키의 가슴 속에 서서히 내려앉았다. 테이블에 걸터앉아 컵라면을 먹던 가냘픈 뒷모습과 가늘고 흰 목덜미가 떠올랐다.

"지히로 씨는 12년 전 사건의 범인이 미쓰바 씨라고 생각하시나요?"

"모르겠어요."

지히로는 선을 긋는 듯 대답했다.

또 막다른 곳에 다다르고 만 것일까. 장녀의 행방을, 적어도 장녀의 생사만이라도 알아낼 방법이 더는 없는 것일까. 가쓰키는 이런 생각을 하며 신발을 신었다.

"아, 쓰레기."

지히로가 갑자기 생각난 듯 말했다.

"신경 쓰지 마세요."

가쓰키는 예전부터 자신의 쓰레기는 꼭 챙겨 나오는 편이었다. 그래, 이것도 미와코의 행동을 보고 배운 거였지, 하고 또다시 미와코에 관한 기억이 떠올랐다.

감사했습니다, 하고 고개를 숙인 뒤 현관 문고리를 잡았을 때, 커다란 소리와 충격이 가쓰키의 몸을 덮쳤다. 무언가에 머리를 맞았다는 것을 깨달음과 동시에 시야가 흐려졌다.

17. 모치즈키 지히로 —— 4년 전 · 늦가을 1

사람들이 좋아하는 존재가 되고 싶다——.

그것이 스무 살이 된 모치즈키 지히로의 바람이었다.

4년 전 일이 계기가 되었다. 당시 고등학교 2학년이었던 지히로는 함께 자살할 사람을 구하는 SNS 글을 우연히 발견했다. 홋카이도의 숲속에서 자살하고 싶은데 같이 죽지 않으실래요? 라는 여자의 글 자체는 크게 신경이 쓰이지 않았지만, 그 밑에 달린 루나라는 여자의 댓글을 도무지 그냥 지나칠 수 없었다. 루나가 남긴 장황한 글을 요약하자면 엄마에게 복수하기 위해 죽겠다는 것이었다. 자신이 죽으면 엄마는 후회하며 괴로워할 것이라고 루나는 주장했다.

바보 아니야? 노트북 화면을 향해 욕을 내뱉자 미쓰바를 흉내 내고 있는 것처럼 느껴졌다.

네가 죽어도 네 엄마는 후회하지도 괴로워하지도 않아. 오히려 귀찮은 존재가 사라져서 후련해할 것이 뻔해. 어쩌면 너한테 고액의 생명보험이 들려 있을지도 모르지.

일면식도 없는 여자를 욕하면 욕할수록 지히로의 가슴 속 깊은 곳에서 분노가 활활 타올랐다. 그리고 분노가 타오르면 타오를수록 더 큰 불씨가 필요하듯 더욱 격한 분노를 원하게 되었다.

이 녀석들을 죽여야 해. 하지만 동시에 이 녀석들을 죽게 놔둬서는 안 된다고 생각했다. 이 녀석들을 자살로 내몬 녀석들을 죽여야 한다고도 생각했다. 자신이 무엇을 하고 싶은 것인지 정확히 알지 못한 채 오로지 분노에 휩싸여 자살 희망자인 척 삿포로로 갔다.

삿포로역 북쪽 출구의 분수대 앞에는 자살 모임의 주동자인 이치조라는 여자가 혼자 서 있었다. 그녀는 자신을 스즈키라고 소개한 지히로에게 "푸른 숲을 상상했는데 벌써 단풍이 졌어."라며 자신의 어리석음을 탓하며 불만스럽게 말했다. 하지만 이내 "그래도 단풍도 꽤 멋지지 않아?"라며 지히로의 비위를 맞추려는 듯 말을 이어갔다.

그 순간 지히로는 사람을 잡아먹는 호수를 기억해냈다.

—— 사람이 떨어지기를 숨죽이고 가만히 기다리고 있는 느낌이랄까.

6학년 때 수학여행을 가기 전 미쓰바와 나누었던 대화였다.

—— 알겠지? 내가 엄마가 되어 줄게.

입술에 닿는 가슴의 탄력. 코끝을 간지럽히는 달콤한 체취. 혀끝을 자극하는 유두의 감촉.

그날의 기억이 선명하게 떠올라 지히로는 목이 메었다. 세포가 전율하며 두피가 저릿했다. 몸 안에서 무언가가 북받쳐 오르는 것을 느꼈지만, 그것이 무엇인지 알지 못했다. 자신이 누구인지, 지금 어디에 있는 것인지 머릿속에서 말끔히 지워졌다.

"내가 좋은 데 알아." 잠시 후 지히로는 들뜬 목소리로 말했다. "댐 호수인데 단풍이 정말 예쁘거든. 그 근처가 좋지 않을까?"

수학여행은 결국 가지 못했다. 가지 않아도 된다는 사실에 안도했지만, 자신이 빠졌다는 사실에 반 전체가 기뻐할 것 같은 슬프고 비참한 예감이 들어 이불 속에서 한참을 울었다.

미쓰바가 사람을 잡아먹는 호수라고 말했던 댐 호수를 직접 보고 싶었다. 어쩌면 자신은 이치조를 비롯한 자살 희망자들을 댐 호수에 밀어 넣고 싶은 것인지도 모른다고 생각했다.

하지만 실제로 댐 호수를 봤을 때 지히로의 마음에 격렬한 충동은 일지 않았다. 단풍이 비친 댐 호수는 미쓰바의 말대로 크고 고요해서 거울처럼 보이기는 했지만, 사람을 잡아먹는 무시무시한 호수처럼 보이지는 않았다. 오히려 이미 목숨이 다했는데도 썩지도 사라지지도 못하고 죽은 모습을 고스란히 드러내고 있는 거대하면서도 슬픈 존재 같았다. 그러면서도 그 수면은 무엇이든 튕겨낼 것처럼 강인하고 평온해 보였다. 지히로는 자신도 그런 존재가 되고 싶다고 생각했다.

지히로의 마음을 뒤흔든 것은 곧 자살을 앞두고 있으면서 느긋하게 온천에 들어가자고 말하는 자살 희망자들이었다.

—— 죽어야 하는 건 당신들이 아니라 당신들을 죽이려고 하는 녀석들 아니야?

누가 나를 버리기 전에 내가 먼저 버린다. 누가 나를 죽이기 전에 내가 먼저 죽인다.

그것이 나 자신을 지키는 방법이자 살아남는 길이라는 사실은 의심할 여지가 없었다.

지히로의 말을 이해한 것은 마루에다라는 남자 한 명뿐이었다. 그때 그는 지히로의 모든 것을 긍정하고, 받아들이고, 따르는 듯한 눈빛을 하고 있었다.

이 사람은 나를 좋아한다. 그런 확신이 들자 마치 모든 햇살을 독차지한 것 같은 사치스러운 따스함에 휩싸였다. 드디어 이 세상과 연결되어 인정을 받은 기분이었다. 누군가가 나를 좋아한다는 것이 이렇게나 기분 좋은 일이었다니.

사람들이 좋아하는 존재가 되고 싶다——.

그렇게 지히로의 가슴 속에 새로운 욕구가 생겨났다.

하지만 그렇다고 해서 자신이 먼저 남들에게 다가가고 싶지는 않았다. 이미 충분히 사람들의 눈치를 보고 안색을 살피며 살아왔다고 생각했다.

앞으로는 나를 좋아해 주는 사람만 있는 곳에서 살면 된다.

아직 진로를 정하지 않았던 지히로가 보육교사라는 직업을 떠올린 것은 아이들에게는 사랑을 받고, 아이들의 보호자인 부모들에게는 감사를 받는 이미지가 있어서였다. 지히로는 하코다테에 있는 전문학교에서 2년간 공부하고 보육교사가 되었다.

"내 아가."

다다미방 이불 속에서 잠든 아기를 보며 속삭였다.

"나만의 아가."

표현을 조금 바꿔 말하자 지히로의 가슴속에 달콤하면서도 저릿한 기운이 퍼지며 자연스럽게 입꼬리가 올라갔다.

아기는 위로 뻗은 두 손의 주먹을 살짝 쥐고 편안한 얼굴로 잠들어 있었다. 자신에게 위해를 가하는 존재는 없다고 확신하는 듯한 모습이었다.

지히로는 두 달 전, 삿포로의 한 병원에서 딸을 출산했다. 그리고 딸에게 사랑을 의미하는 '아이'라는 이름을 붙여 주었다.

임신한 것도 출산한 것도 주변에 알리지 않았다. 아빠가 누구인지도 몰랐고, 출생신고도 아직 하지 않았다. 이 마을에서 아이의 존재를 아는 사람은 아무도 없었다. 만약 이웃에게 들키면 베이비시터로 일하고 있다고 말할 생각이었다.

보육교사가 되는 것만으로는 부족하다는 사실을 깨달은 것은 전문학교의 보육 실습이 시작된 직후였다.

아이들이 가장 좋아하는 사람은 엄마였다. 엄마 앞에서 보육교사는 그저 엄마가 아닌 많은 사람 중 한 명이 되고 말았다. 엄마와 함께 집으로 돌아가는 아이들에게 "바이바이." 하고 인사를 건네면 "바이바이." 하고 같이 손을 흔들어 주지만, 그때 터져 나오는 아이들의 웃음은 엄마가 데리러 온 것에 대한 기쁨에서 비롯한 것이었다. 개중에는 집에 가지 않겠다고 떼를 쓰는 아이들도 있었지만, 딱히 보육교사와 떨어지기 아쉬워하는 것도 아니었다. 지히로의 눈에 비친 보육교사는 그저 편리한 존재, 누구나 대체할 수 있는 존재였다.

지히로는 자식을 갖고 싶어 견딜 수 없게 되었다.

엄마-! 하고 자신에게 달려와 안겨 주었으면 했다. 안심한 눈동자로 자신을 바라봐 주었으면 했다. 아무 데도 가지 말라며 매달려 주었으면 했다.

내 자식이라면 나를 가장 사랑해 줄 것이다. 그렇게 생각했다.

매달 배란일이 되면 만남 사이트나 SNS로 남자를 만나 관계를 가졌다. JR 열차나 고속버스를 타고 서너 시간 정도 떨어진 동네에 가서 정자를 몸 안에 담은 직후 계정을 삭제했다. 남자친구도 남편도 필요 없었다. 그들이 평생 지히로를 가장 사랑해 줄 것이라고는 도무지 생각되지 않았다.

임신 사실을 알게 된 것은 전문학교를 졸업하기 두 달 전이었다. 다행히 입덧은 심하지 않았고, 졸업 후에는 하코다테에 있는 어린이집에 취직했다.

지히로가 임신한 것은 같이 사는 할머니조차 끝까지 알아채지 못했다.

할머니가 교통사고로 세상을 떠난 것은 반년 전인 5월이었다. 할머니가 수령인을 지히로로 지정하여 생명보험을 들어놓았다는 사실은 할머니가 떠난 후에 알게 되었다.

임신 7개월이었던 지히로는 어린이집을 그만두었다.

할머니의 죽음은 슬펐지만, 앞으로는 아기와 단둘이 살 수 있다고 생각하자 가슴 속이 환희로 가득 찼다.

"나만의 아가. 나만의 아이."

이불 속에서 잠든 아이에게 가까이 다가갔다.

아이가 내뱉는 작은 숨은 달콤한 우유 같았다. 부드러우면서도 농후한 향기가 미쓰바와 함께 보낸 날들을 떠오르게 했다.

지히로는 아이의 볼을 살짝 쓰다듬은 후 일어섰다. 천진난만한 얼굴을 내려다보며 방문을 살짝 닫았다. 충분히 놀았고 우유도 배불리 먹었으니 두세 시간은 자지 않을까 기대했다.

벽시계를 확인했다. 캐러멜색 나무 테를 두른 동그란 벽시계는 지히로가 이 마을에 처음 왔을 때부터 같은 위치에 걸려 있었다.

정오까지 앞으로 15분. 슬슬 엄마가 올 시간이었다.

엄마에게 아이의 존재를 들키고 싶지 않지만 어려울지도 모른다. 친구의 딸을 돌봐주고 있다고 말할 생각이었지만 믿어 주지 않으면 솔직히 털어놓는 수밖에 없을 것이다.

아니야, 하고 지히로는 다시 생각했다. 어쩌면 자신은 지금 엄마가 알아채 주기를 바라고 있는지도 모른다. 나는 더는 외롭지 않다고, 혼자가 아니라고 엄마에게 보여주고 싶은 것은 아닐까.

엄마는 과연 나의 거짓말을 알아챌까. 내가 엄마가 되었다는 사실을 눈치챌까.

그렇게 생각하자 포기하는 마음이 커졌다.

엄마는 지히로의 말을 곧이곧대로 받아들일 것이다. 할머니의 장례를 치를 때도 엄마는 지히로가 임신했다는 것을 알아보지 못했으니까.

오늘 엄마가 이 집에 오는 것은 할머니의 보험금에 관해 알게 되어서라고 지히로는 생각했다. 전화로는 혼자 남은 지히로가 걱정된다고 말했지만, 자신이 그런 말에 속아 넘어갈 리도 없었고 보험금을 나눠 가질 마음도 없었다. 만약 빼앗길 상황이 오면 엄마를 죽여도 좋다고까지 생각했다.

이제 나는 어린 시절의 내가 아니다.

지히로는 할머니가 남겨 준 돈으로 멀리 떠날 계획이었다. 지히로를 아는 사람이 아무도 없는 곳. 그런 곳에서 자식들에게 둘러싸여 살아갈 것이다. 지금은 아직 아이 한 명뿐이지만, 되도록 자식을 많이 낳을 생각이었다.

내 자식들은 조건 없이 나를 가장 사랑해줄 테니까.

도어폰이 울렸다. 방문을 살짝 열어 방 안을 살펴보자 아이는 아까와 똑같은 자세로 잠들어 있었다.

다시 한 번 도어폰이 울렸다. 아이가 깨지 않도록 서둘러 현관으로 나가 문을 열었다. 몸을 밀어 넣듯 집 안으로 들어온 사람은 모자를 깊숙이 눌러 쓰고 헐렁한 카키색 블루종을 걸친 여자였다.

순간 심장이 멎은 듯했다. 호흡하는 것조차 잊었다. 시간이 멈춘 것 같기도, 순식간에 지나간 것 같기도 했다.

8년 만에 마주한 그녀는 몹시 야위어 확연히 다른 인상을 풍겼다. 그런데도 금세 미쓰바라는 것을 알아본 자신이 뿌듯했다.

"지히로, 네가 죽였어?"

미쓰바는 다짜고짜 물었다.

"응? 누구를?"

생각하기도 전에 대답이 먼저 튀어나왔다.

"누구냐고?"

미쓰바의 목소리가 떨리고 있었다. "당연히 우리 가족이지."

"왜?"

반사적으로 내뱉은 그 말은 지히로의 진심 그 자체였다.

"왜?"

미쓰바의 목소리의 떨림이 더욱 심해졌다.

왜 그런 걸 묻는 거야? 왜 화가 난 거야? 왜 말도 없이 사라진 거야?

지히로의 '왜?'에는 다양한 의문이 담겨 있었지만 미쓰바의 '왜?'에는 분노밖에 느껴지지 않았다.

"네가 죽인 거냐고 묻잖아!"

미쓰바가 지히로의 어깨를 쿡 찔렀다. 그때 미쓰바의 가방에 달려 있던 파란색 돌고래 인형이 눈에 들어왔다.

"아직도 그런 거 달고 다니네?"

자신의 목소리가 낮게 깔린 것을 느꼈다.

지히로는 그 인형에서 눈을 떼지 못했다. 가슴 속 깊은 곳이 꿈틀거리며 불에 타는 듯한 아픔과 열기가 느껴졌다. 그때도 지금과 똑같은 감각에 휩싸였던 것이 떠올랐다.

파란색 돌고래 인형을 처음 본 것은 하이토 마을 일가족 살인사건이 일어나기 두 달쯤 전인 5월이었다.

그해 봄 지히로는 중학생이, 미쓰바는 고등학생이 되었다. 두 사람 사이가 급속도로 멀어진 것은 미쓰바가 먼저 거리를 두었기 때문이었다. 고등학생이 된 미쓰바는 더 이상 지히로의 집에 놀러 오지 않았고, 밖에서 마주쳐도 쌀쌀맞게 지나쳤다. 엄마가 되어 주겠다고 했으면서 젖을 물려준 것도 그날 딱 한 번뿐이었다.

저녁 무렵 2층에 있는 자신의 방에서 바깥을 내다보고 있던 지히로는 언덕을 걸어 올라오는 미쓰바를 발견했다. 다치기라도 했는지 눈 밑에 반창고를 붙이고 있었지만, 새로 산 남색 교복 재킷에 주름치마를 입은 미쓰바는 어른스러워 보여 지히로가 모르는 다른 세상에 사는 사람 같았다. 하지만 그녀의 가방에 달린 노란색 곰 인형을 발견한 순간 미쓰바의 모든 것을 용서할 수 있을 것 같은 기분이 들었다. 여전히 서로 이어져 있다고 느꼈다.

사실은 말을 걸고 싶었다. 대화하고 싶었다. 하지만 먼저 다가가면 미쓰바가 자신을 싫어하게 될까 봐 무서웠다.

평소라면 미쓰바의 뒷모습을 바라만 봤겠지만, 그날 마침 쫓아가 봐야겠다는 생각이 든 것은 미쓰바를 발견한 지 2~3분 후에 그녀의 부모가 탄 경트럭이 느릿느릿 언덕을 올라갔기 때문이었다.

미쓰바와 그녀의 부모는 집 앞에서 마주칠지도 모른다. 미쓰바에게 욕을 쏟아내는 그녀의 부모를, 부모에게 욕을 퍼붓는 미쓰바를 보고 싶었다.

미쓰바의 집에 가본 횟수는 손에 꼽을 정도였다. 미쓰바는 자신의 집에 누가 오는 것을 싫어해서 늘 몰래 찾아갔다. 처음 봤을 때는 산속에 집 한 채가 덩그러니 있는 것, 그리고 그 집의 낡음과 더러움에 놀랐다. 야미가미 신사에 있는 창고를 크기만 키워놓은 것 같은 초라한 모습에 지히로는 봐서는 안 될 것을 봐버린 기분이었다.

미쓰바의 집 옆에 아까 보았던 경트럭이 세워져 있었다. 말다툼하는 여자의 목소리가 들려왔다. 미쓰바와 그녀의 엄마라는 것을 예상할 수 있었다.

"어쩌라고, 닥쳐!"

익숙한 미쓰바의 목소리였다.

미쓰바의 엄마가 무어라 대꾸했지만 웅얼거리는 말투라 알아듣지 못했다.

"그냥 다 죽어버리면 좋으련만."

또다시 미쓰바의 목소리가 들렸다.

집 앞에 미쓰바와 그녀의 엄마가 서 있었다. 지히로가 서 있는 곳에서 두 사람의 얼굴은 보이지 않았다.

통통하게 살이 오른 미쓰바의 엄마가 미쓰바를 두고 집 안으로 들어가려 했다. 그 뒷모습을 향해 미쓰바가 "죽여버릴 거야!" 하고 소리치기를 기대했다.

현관문을 열기 전 미쓰바의 엄마는 갑자기 뒤를 돌아보더니 파란색의 무언가를 툭 던졌다.

그것은 미쓰바의 두 손에 쏙 들어갔다. 파란색 돌고래 인형이었다.

"가져."

미쓰바의 엄마가 나직이 말했다. 그리고 두 사람은 잠시 동안 아무 말이 없었다.

이내 미쓰바의 엄마가 집으로 들어가려 돌아선 순간 "뭐야, 이거? 파친코에서 받은 경품 아니야?" 하고 미쓰바가 물었다.

미쓰바의 엄마는 고개만 돌려 "그 더러운 것보다는 낫잖아."라고 말하고는 집으로 들어갔다.

"뭐야! 촌스럽잖아!"

미쓰바가 소리친 것은 문이 닫힌 후였다.

지히로는 미쓰바가 돌고래 인형을 바닥에 내팽개치고, 발로 밟고, 멀리 걷어차 버리기를 숨죽여 기다렸다. 흥분과 기대로 심장이 빠르게 뛰었다.

하지만 미쓰바는 자신의 가방에서 노란색 곰 인형을 떼어내 쓰레기를 버리듯 공터에 휙 던졌다. 미쓰바의 손을 떠나 무방비하게 하늘을 날아 쓰레기가 잔뜩 굴러다니는 바닥에 떨어진 곰 인형이 지히로는 자기 자신처럼 느껴졌다.

미쓰바는 가방에 돌고래 인형을 달았다. 그때 그녀의 옆얼굴이 보였다. 검은 머리카락이 흘러내린 얼굴은 눈 밑에 반창고가 붙어 있을 뿐 아니라 마치 누군가에게 얻어맞은 것처럼 볼이 부어 있고 입술은 찢어져 있었다. 그런데도 미쓰바는 기분이 좋은 듯 비쭉 내민 입술에 숨길 수 없는 미소를 머금고 있었다. 그런 미쓰바의 얼굴을 본 것은 처음이었다.

"아, 기다려 보라고! 진짜 촌스럽다니까! 내 말 안 들려?"

미쓰바는 들뜬 목소리로 그렇게 소리치며 집 안으로 들어갔다.

지히로는 그 자리에 가만히 서서 움직일 수 없었다.

지금 본 광경은 무언가 잘못되었다고 생각했다. 지금이라도 미쓰바가 저 문을 열고 나와 돌고래 인형을 집어던지고, 발로 밟고, 걷어차 버려야만 했다. 하지만 지히로의 상상은 현실로 이어지지 않았다.

배신당했다고 생각했다. 미쓰바가 아닌 더욱 거대한 어떤 존재에게 말이다.

── 그럼 너만 두고 갔다는 거야?

── 아이를 버려두고 가다니, 엄마라고 불릴 자격이 없어.

기억 깊숙한 곳에서 여자의 목소리가 되살아났다.

도미에네 엄마의 목소리라는 것을 조금 늦게 깨달았다. 어째서 지금 그녀의 말이 생각났는지 영문을 모른 채 이 마을에 처음 왔던 초등학교 5학년 여름을 떠올렸다. 겨우 2년 전인데 전생처럼 아주 멀게 느껴졌다.

미쓰바는 이 마을 사람들에게 살해당한 여자의 자식이다.

미쓰바는 아카이 부부의 친자식이 아니다.

미쓰바에게는 복수할 권리가 있다.

미쓰바는 그래야만 했다. 그것이 미쓰바였다.

가슴 속 깊은 곳이 타들어 가는 것 같았다. 불이 탈 때 나오는 시커먼 연기가 몸 안에 가득 차 숨을 쉬기가 괴로웠다. 하지만 숨을 들이마시는 것도 내뱉는 것도 할 수 없었다.

지히로는 공터에 버려진 노란색 곰 인형을 주웠다.

하코다테의 호텔에서 엄마에게 받은 별로 귀엽지도 않은 인형. 이 인형을 버릴 수 있는 사람은 자기 자신뿐이라고 생각했다.

"미쓰바는 그 돌고래 인형을 버렸어야 했어."

지히로가 무슨 말을 하는지 미쓰바는 전혀 이해하지 못하는 것 같았다. 이해는커녕 아무래도 상관없다는 듯 흘려듣고는 "네가 죽였냐고!"라며 다른 말은 할 줄 모르는 사람처럼 같은 말만 반복했다.

그 어리석음에 환멸을 느낀 지히로는 미쓰바가 과거의 모습을 되찾을 수 있도록 알려줘야겠다고 생각했다.

"미쓰바가 그랬잖아. 그 사람들의 친자식이 아니라고. 중학교를 졸업하면 살해당할 거라고. 그러니까 그 전에 먼저 죽일 거라고. 그런데 어째서 그 인형을 고마워하면서 매달고 다니는 거야? 내가 물어봤었지. 기억나? 그 인형 어디서 났냐고. 그때 뭐라고 대답했었어?"

미쓰바는 답이 없었다. 기억하지 못하는 것일까. 아니면 대답할 생각이 없는 것일까. 모자에 가려 그림자가 진 두 눈은 싸늘하게 타오르는 듯한 분노를 머금고 있었다.

"이렇게 대답했지. 엄마한테 받았어, 라고."

—— 엄마한테 받았어.

또렷이 기억하고 있었다.

지히로는 미쓰바의 가방에서 돌고래 인형이 사라지기를 줄곧 기다렸다. 하지만 아무리 시간이 지나도 그 인형은 미쓰바의 등에 득의양양한 자태로 매달려 있었다. "그 돌고래 인형 어디서 났어?"라고 묻는 지히로에게 미쓰바는 엄마한테 받았다며 "촌스러워서 더 귀엽지 않아?"라며 쑥스러운 듯 웃었다.

"그게 뭐 어쨌다고!"

미쓰바가 소리쳤다.

그게 뭐 어쨌다고? 지히로는 마음속으로 그 말을 되뇌었다. 미쓰바는 이제 이 쉬운 것 조차 모른다는 말인가.

미쓰바는 그런 짓을 해서는 안 됐다. 뒤룩뒤룩 살이 찐 미쓰바의 엄마는 중학교를 졸업해 더는 쓸모가 없어진 미쓰바를 죽이려고 했다. 그런데 왜 그런 사람한테 인형을 받은 거지? 왜 기뻐하고 뿌듯해하는 거지?

"이제 다 알았어."

미쓰바는 쥐어 짜내는 듯한 목소리로 말했다. 하지만 그것은 지히로의 말을 이해했다는 의미가 아니었다.

"역시 너였어. 네가 비소를 넣은 거야."

미쓰바는 고통스러운 듯 숨을 헐떡이며 다음 말을 이어갔다.

"그날 네가 우리 집에서 나오는 걸 봤다는 사람이 있더라. 삿포로에서 우연히 들었어. 이런 우연도 있다니 참 놀랍지. 그 아줌마는 자기가 하이토 마을에 살았었다고 자랑하면서 우리 가족이 살해당한 걸 재밌는 추억인 양 말하더라. 범인은 틀림없이 살아남은 장녀일 거라고, 자기가 그 아이를 잘 안다고. 그 아줌마는 네가 그 사건에 휘말리지 않아서 다행이라고 했어. 조금만 더 늦게 돌아갔으면 너까지 살해당했을지도 모른다고. 너는 나랑은 다르게 착한 아이였다고. 너 그날 우리 집에 왔었어? 몰래 들어온 거야? 왜? 나는 그런 이야기 들어본 적 없는데."

"그동안 삿포로에 있었어? 나도──."

나도 두 달 전에 삿포로에 있는 병원에서 아이라는 딸을 낳았어. 아이한테서 나는 달콤한 향을 맡을 때마다 미쓰바를 떠올렸어. 그렇게 말하려 했지만 미쓰바가 부르짖는 소리에 가로막혔다.

"그게 무슨 상관이야!"

"큰소리 내지 마."

아이가 잠에서 깰지 모른다.

"삿포로에도 도쿄에도 하코다테에도 있었어! 이곳저곳을 전전할 수밖에 없었다고!"

미쓰바가 왜 이렇게 화를 내는지 이해할 수 없었다. 일방적으로 화를 내는 미쓰바의 태도가 지히로는 점점 불합리하게 느껴졌다.

"그건 미쓰바가 잘못한 거잖아. 중학교를 졸업하면 살해당할 거라고 말한 건 미쓰바였어. 그 전에 죽이겠다고 말한 것도 미쓰바였고. 그런데 아무리 시간이 지나도 죽일 생각을 안 하니까 내가 대신 죽여준 거잖아. 게다가 내가 그렇게 하도록 만든 것도 미쓰바였어. 기억 안 나? 미쓰바가 나를 조종했잖아. 고마워하면 또 모를까, 왜 화를 내는 거야?"

정말일까? 지히로는 자신의 목소리를 들으며 자문했다. 정말 미쓰바를 위해 죽인 것이었을까.

그때 지히로는 분노에 사로잡혀 있었다. 몸이 안쪽부터 부서질 만큼의 격한 분노였다. 살해당할 것이라고 생각했다. 나는 나의 분노에 살해당할 것이라고.

하이토 마을 일가족 살인사건이 일어나기 하루 전날 밤의 일이었다.

화장실에 가려던 지히로의 귓가에 할머니의 목소리가 들려왔다. 할머니가 계단을 내려가는 지히로의 발소리를 듣지 못한 이유는 한 가지 일에만 몰두하는 성격인 것에 더해 해가 저물며 내리기 시작한 빗소리 때문이었다.

자신의 이름이 들려 지히로는 방문에 한쪽 귀를 가져다 댔다.

── 지히로가 누나가 된다니 그게 무슨 말이야?

불안한 듯한 할머니의 목소리였다.

── 애가 생겼다고? 뭐야, 벌써 낳은 거야? 대를 이을 거라니, 너……. 지히로는 어쩔 셈이야? 조만간은 무슨 조만간이야. 뭐? 재혼? 언제? 지히로한테도 말해줬어야지. 시기가 문제가 아니라니까. 제대로 말해주지 않는 게 더 상처라고.

엄마가 일방적으로 전화를 끊은 듯했다. 할머니는 구니코? 여보세요? 하고 큰 소리를 내더니 "정말이지, 뭐 하자는 거야." 하고 혼잣말을 중얼대며 수화기를 던지듯 내려놓았다.

지히로의 모든 기능이 마비되었다. 터무니없이 거대한 생명체에게 잡아먹혀 위산에 녹아 서서히 분해되어 가는 것 같았다. 아무것도 느낄 수 없고, 아무것도 생각할 수 없었다. 그저 사라져가는 감각만이 남아 있었다.

문득 흙 속에 묻힌 시체가 떠올랐다. 손바닥 위에 놓여 있던 색이 바랜 치아. 친자식이 아닐 거라던 미쓰바의 목소리. 두 손에 쏙 들어간 파란색 돌고래 인형. 엄마에게 받았다며 뿌듯해하던 목소리와 쑥스러운 듯한 미소.

나를 집어삼킨 거대한 생명체는 분노다. 나를 없애려 하는 것도 분노다.

그 사실을 깨달은 것은 다시 이불에 들어간 후였다.

하지만 깨달음과 동시에 분노는 몹시 거칠게 그 존재감을 주장하기 시작했다. 몸 안에 분노가 가득 차 숨을 쉴 수 없었다. 세포가 하나하나 파괴되어 갔다. 몸부림치고 싶을 만큼 고통스러웠다.

서서히 마비가 풀리며 오감이 예민해졌다.

축축한 공기. 땀에 젖은 몸. 열감을 머금은 두피. 지붕을 때리는 빗소리와 덜덜거리는 선풍기 소리. 모든 것이 불쾌하게 느껴지며 짜증이 났다. 이 세상 모든 것이 자신을 공격하는 것처럼 느껴졌다.

지히로는 몸을 벌떡 일으켰다. 볼에 달라붙은 머리카락 때문에 비명을 지르고 싶을 만큼 짜증이 치밀어오른 바로 그 순간, 자신이 해야 할 일이 한 줄기 빛이 되어 지히로의 머리 위로 비추었다.

다음 날 저녁, 지히로는 미쓰바의 집으로 향했다.

이키이 가족의 경트럭이 언덕을 내려간 직후였다. 경트럭 운전석에는 아빠, 조수석에는 엄마, 두 사람 사이에는 다쿠마가 뚱뚱한 몸을 끼워 넣은 것이 보였다.

장갑을 낀 손으로 현관 문고리를 돌리자 역시나 열쇠는 잠겨있지 않았고, 카레 냄새가 콧속으로 밀려 들어왔다.

미쓰바의 집에 들어가는 것은 처음이었다. 8월인데도 거실 한가운데에는 고타쓰 테이블이 놓여 있었고, 음료를 마시다 만 컵과 과자 봉지, 게임 컨트롤러 등이 널브러져 있었다. 때가 탄 고타쓰 이불과 얼룩이 잔뜩 묻은 카펫에는 이 집에 사는 가족들의 땀과 분비물이 스며들어 있었다. 지히로는 익숙하지 않은 그 냄새를 맡으며 자신은 여전히 외부인이라는 사실을 뼈저리게 느꼈다.

부엌 가스레인지 위에는 냄비가 두 개 있었다. 뚜껑을 열어 보니 하나는 카레, 하나는 스튜였다. 싱크대에 놓인 주전자에는 보리차가 들어 있었다.

지히로는 미쓰바의 할아버지 집 창고에서 가져온 약품을 냄비와 주전자에 넣었다. 초등학교에서 수학여행을 가기 전에 미쓰바가 써보라고 권했던 바로 그 살충제였다.

집으로 돌아가려 했을 때 천장이 삐걱거렸다. 2층에 사람이 있었는지 발소리가 들렸다.

미쓰바일지도 모른다.

혹시 미쓰바도 먹는 것일까. 네 가족이 고타쓰 테이블에 둘러앉아 맛있네, 하고 대화를 주고받을까. 만약 그렇다면 미쓰바도 죽어도 괜찮을 것 같았다.

하지만 결국 미쓰바는 먹지 않았다. 지히로를 배신하지 않았다.

"너 무슨 말을 하는 거야?"

크게 동요한 듯 미쓰바가 물었다.

"내가 조종했다는 게 무슨 말이야? 고마워하다니, 그게 무슨 말이냐고."

"미쓰바도 기뻐했잖아. 내가 다들 죽어서 잘됐다고 하니까 맞다면서 웃었잖아."

미쓰바는 두 눈을 치켜뜬 채 입술을 부들부들 떨고 있었다. 모자를 깊숙이 눌러 썼지만 얼굴에서 핏기가 사라져 가는 것이 보였다.

평범한 사람이 평범하게 화를 내는 것 같았다. 지히로는 슬퍼졌다.

"왜 그런 얼굴을 하는 거야? 미쓰바한테는 그런 얼굴 안 어울려. 이제는 나를 좋아하지 않는 거야? 아니면 처음부터 좋아하지 않았던 거야?"

"좋아할 리가 없잖아!"

그럼 더는 필요 없어.

지히로의 안에서 무언가가 쿵, 하고 떨어졌다.

나한테는 나를 좋아해 주는 사람만 필요해. 누가 나를 버리기 전에 버려야지. 누가 나를 죽이기 전에 죽여야지.

미쓰바가 덤벼들려 했지만 지히로가 조금 더 빨랐다. 할머니가 호신용으로 사두었던 야구 배트를 손에 쥐었다. 머리를 노리고 휘두른 배트는 미쓰바의 어깨에 맞았고, 그 충격으로 지히로의 손을 떠나 멀리 날아갔다.

미쓰바는 지히로에게 달려들다가 발이 미끄러져 넘어졌다. 지히로는 스탠드 옷걸이에서 머플러를 잡아 미쓰바의 목에 감았다. 그리고는 이를 악물고 있는 힘껏 당겼다.

지히로의 손을 할퀴고, 몸을 비틀고, 고통스럽게 신음하며 팔다리를 버둥거리던 미쓰바는 이내 힘이 빠져 축 늘어졌다.

바닥에 드러누운 미쓰바의 시뻘게진 얼굴이 흉하게 일그러져 있었다. 채 감기지 않은 두 눈에는 핏발이 서 있었고, 반쯤 열린 입은 소리 없는 비명을 내지르는 듯했다.

"이게 뭐야, 미쓰바. 오줌을 지렸잖아."

바지를 적신 미쓰바가 불쌍하고 나약한 존재로 보여 어쩌면 아주 사소한 계기로 자신이 그렇게 되었을지도 모른다고 지히로는 생각했다.

지히로는 야미가미 신사에 있는 창고에 미쓰바를 묻어주고 싶었다. 그럼 미쓰바도 기뻐해 주지 않을까. 하지만 미쓰바를 업고 그 많은 돌계단을 올라갈 수는 없었다.

이제 두 번 다시 미쓰바와 만나지 못하는 것일까.

그렇게 생각하자 문득 코코아가 떠올랐다. 그때 그 코코아는 두 번 다시 나에게 오지 않을 것이라는 확신이 들었다.

지히로는 방이 있는 쪽을 돌아보며 그 안에서 잠들어 있는 아이의 모습을 그려보았다.

지히로는 다행이라고 생각했다. 내 자식이 있어서 정말 다행이라고.

18. 다네다 하루카 —— 12년 전 / 현재

다네다 하루카가 엄마의 죽음을 알게 된 것은 파친코 매장에서 나올 때였다.

"엄마 죽었어." 휴대전화 너머에서 들려온 여동생의 목소리는 여러 층의 막으로 가로막힌 먼 곳에서 들려오는 것 같기도, 미지근한 물 속에서 듣고 있는 것 같기도 했다.

여동생의 목소리 때문이 아니라 하루카의 귀 때문이었다.

파친코에서 일한 지는 일 년 반 정도가 되었다. 게임기에서 나오는 효과음과 파친코 구슬이 부딪치는 소리, 매장 안에 흐르는 배경음악과 안내 방송, 무전기에서 들려오는 목소리. 소음을 소음으로 지우려는 듯 서로 양보 없이 내는 큰 소리들이 하루카와 현실 사이에 선을 그어 무언가로부터 자신을 지켜주는 것 같은 기분을 느꼈다. 하루카는 자진하여 그 소음 속에 생각과 감정을 녹여냈다.

하루카의 귀에 고인 소리들은 점차 날벌레의 모습으로 바뀌더니 온종일 고막 안쪽에서 작은 날개를 떨어대기 시작했다.

엄마의 마지막이 평온했던 것, 마지막에 먹은 음식물은 오렌지주스였던 것, 그때 엄마가 맛있다고 말한 것……. 날벌레의 날갯소리가 동생의 울먹이는 목소리를 모호하게 만들었다.

엄마가 작년에 시한부 선고를 받았다는 사실은 알고 있었다. 하지만 그보다 더 오래 살았는지 아닌지는 좀처럼 분간이 되지 않았다.

원래 부모와는 사이가 그다지 좋지 않았다. 하루카가 하이토 마을을 나온 뒤로는 전화 통화조차 한 적이 없었다. 동생은 엄마가 돌아가시기 전에 만나러 오라고 여러 번 말했지만, 그럴 마음이 들지 않았다. 죽어 가는 엄마를 만나고 싶다고도 만나고 싶지 않다고도 딱히 생각하지 않았는데, 어느 쪽이든 강한 의지 없이는 몸도 머리도 움직이지 않았다. 하나뿐인 딸 도미에를 잃은 후로 하루카의 안에서 에너지를 품은 마음은 더 이상 생겨나지 않았다.

"장례식에는 올 거지?"

동생의 물음에 아니, 하고 곧바로 부정했지만 목소리로 내기까지는 조금 시간이 걸렸다. 그 틈에 동생이 먼저 말을 이어갔다.

"하코다테에서 할 거고, 가족장으로 치를 거야. 엄마가 언니 걱정 진짜 많이 했어. 아빠도 마찬가지고. 살아계시는 동안 얼굴 한번 봤으면 했는데. 그래도 엄마는 언니를 배려한답시고 언니가 제일 힘들 테니까 그냥 놔두라 하더라고."

하루카가 하이토 마을을 나온 지 얼마 되지 않아 엄마 아빠도 하이토 마을을 떠나 하코다테로 이주했다. 엄마의 통원 때문이라고 동생은 설명했지만, 하루카 때문에 하이토 마을에서 지내기 어려워진 탓이 컸을 것이다. 동생 가족은 여전히 하이토 마을에서 살고 있지만, 잔뜩 주눅이 들어 있을지도 몰랐다.

"바로 올 수 있어? 아빠가 괜찮은 척하는 거 진짜 못 봐주겠어. 언니한테는 그동안 말 안 했지만, 엄마 간병하는 게 꽤 힘들었거든. 나도 편도 한 시간 반이나 걸려서 하코다테에 있는 병원까지 왔다 갔다 했으니까…….”

고막 안쪽의 날갯소리가 점점 더 커지며 동생의 목소리가 지워져 갔다. 그때 “엄마—.” 하는 어린 여자아이의 목소리가 선명하게 울려 퍼졌다. 순간 자신을 부르는 도미에의 목소리가 아닐까 생각했다.

하루카의 몸에 전류가 흐르며 강렬한 고통을 느꼈다. 하지만 정확히 어디가 아픈지는 알 수 없었다.

“엄마, 엄마! 누구랑 얘기하는 거야? 나도 할래. 나도 바꿔줘.” “쉿! 아빠는? 아빠랑 같이 있어.” “이리 와, 주스 사줄 테니까 아빠랑 같이 가자.”

휴대전화 너머에서 동생 가족의 대화가 들려왔다. 동생의 딸은 지금쯤 다섯 살이 되었을 것이다.

너는 좋겠다, 라는 말이 턱 끝까지 차올랐다.

너는 딸이 있잖아. 남편도 있잖아. 가족이 있잖아. 혼자가 아니잖아. 그렇게나 많이 누리고 사니까 부모를 모시는 것쯤은 네가 해야지. 그런데 뭐야, 생색이나 내고. 네 딸이 죽었어야 했는데.

실제로는 말하지 않았다. 하지만 동생은 하루카의 침묵에서 무언가를 느낀 듯 장례식 일정이 정해지면 다시 연락하겠다는 말을 남기고 전화를 끊었다.

아파트까지 이제 절반 정도 남은 지점을 지나고 있었다.

5월의 황금 연휴가 끝난 뒤로 줄곧 따뜻한 날씨가 이어지고 있었지만, 밤 11시가 넘은 지금은 바람이 제법 쌀쌀했다. 편도 2차선의 넓은 국도를 달리는 차는 별로 없었고, 우동을 파는 레스토랑 체인과 자동차 브랜드의 커다란 간판은 모두 조명이 꺼진 채 어둠에 가라앉아 있었다. 현실과 동떨어진 밝은 빛을 내뿜는 편의점의 파란 네온사인으로 인해 어둠의 깊이와 고요함이 더욱 두드러졌다.

하루카는 밤하늘을 올려다보았다. 금방이라도 사라질 듯한 얇은 달과 수많은 별의 반짝임이 눈에 들어왔다.

하이토 마을의 밤하늘은 어땠더라. 아무것도 없는 마을이니 분명 이곳보다 하늘은 더 까맣고 달은 밝고 무수한 별이 반짝이고 있었을 터였다.

하지만 하루카는 하이토 마을의 밤하늘이 기억나지 않았다. 아마 언덕 밑 바다와 회색빛 마을 풍경만 보느라 고개를 든 적이 없었던 것이리라.

도미에가 화재로 죽은 지 일 년 하고도 8개월이 더 지났다. 아직이라는 표현도, 벌써라는 표현도 어울렸다. 그런 화재가 일어나지 않았던 것 같기도 했다. 하이토 마을에 살았던 것도, 결혼했던 것도, 도미에라는 딸이 있었던 것도 전부 자신이 만들어낸 망상 같기도 했다.

하이토 마을에서 살던 당시, 하루카는 종종 남편이 죽은 이후의 생활을 그려보고는 했다.

이 마을을 떠나 도쿄로 간다――. 구체적으로 정해둔 것은 그것뿐이었고, 나머지는 눈부시게 아름다운 장면들이 차례로 눈앞에 펼쳐질 뿐이었다. 에스테틱 숍, 네일 숍, 백화점 화장품 매장, 카페, 클럽, 파티까지. 상상 속 하루카의 모습은 누구보다 아름다웠다. 윤기가 나는 흰 피부와 부드러운 긴 생머리, 유행하는 메이크업과 고급스러운 패션. 뾰족한 힐을 신고 또각또각 소리를 내며 오모테산도를 우아하게 걷는 하루카의 얼굴에는 만족스러운 미소가 가득했다.

하루카가 그리던 미래에는 남편도 딸도 없었다.

현실이 된 것은 그것 하나뿐이었다. 나머지는 전부 상상과 동떨어져 있었다.

도미에를 잃은 하루카는 하이토 마을에서 벗어나고 싶다는 일념으로 충동적으로 바다를 건넜다. 하지만 또다시 도쿄까지 이동할 기력이 없어 그대로 아오모리에 눌러앉았다. 에스테틱 숍은커녕 화장할 일도 없이 매일 파친코 매장과 아파트를 왔다 갔다 하는 일상이었다.

가끔 생각했다. 죽은 것은 도미에가 아니라 나일지도 모른다.

그렇다면 얼마나 좋을까. 도미에가 즐겁게 웃으며 살아가고 있다면 그것만으로도 나는 행복할 텐데. 몇 번을 죽어도 좋을 텐데.

도미에를 사랑한 것은 아니었다. 소중한 존재도 아니었다. 얼굴이 못생긴 데다 하는 짓도 성가시고 거슬렸다. 도미에 때문에 비참한 인생을 살게 됐다고 생각했다. 그런데 왜 도미에를 잃은 순간 세포가 파열된 것처럼 그 아이가 사랑스러워 견딜 수 없게 된 것일까.

동생의 전화를 받은 다음 날 오후, 하루카는 JR 하코다테역에 서 있었다.

장례식에 참석할 마음은 없었다. 하지만 마치 예정되어 있었던 것처럼 근무 스케줄이 이틀간 쉬도록 짜여 있었다.

가족장이라 아무도 부르지 않는다고 동생은 말했지만 도미에가 존재했었다는 사실을 아는 사람과는, 그 사람이 아무리 가족이라고 해도 만나고 싶지 않았다. 만나면 또다시 현실로 끌려 나오게 될 것 같아서였다.

역에서 나온 순간 극심한 후회가 하루카의 온몸을 관통했다.

이 바람, 이 공기, 이 냄새, 이 분위기. 주변 풍경은 전혀 달랐지만 이곳에서 차로 한 시간 정도 떨어진 하이토 마을의 숨결이 느껴졌다. 모든 것이 회색인 마을. 하루카의 마음도, 시야도, 미래까지도 회색으로 칠해버린 마을.

문득 세상이 뒤집힐 것 같은 감각이 들어 그 두려움에 숨을 쉴 수 없었다. 몸 안의 근육이 수축하며 목 안쪽이 저릿했다.

오지 말았어야 했다. 지금 당장이라도 돌아가야 해. 그렇게 생각하면서도 이 고통을 한계까지 느껴보겠다는 충동에 이끌려 하루카는 어금니를 꽉 깨문 채 정처 없이 걷기 시작했다.

하지만 10분도 지나지 않아 걸음을 멈추었다. 도로 건너편에 있는 호텔에 시선을 빼앗겼다.

벽돌로 된 입구에서 나온 것은 전남편인 가쓰요시였다. 선글라스를 낀 그는 활짝 웃으며 유모차를 밀고 있었다. 그의 옆에는 미니원피스를 입은 늘씬한 여자가 함께였다. 가쓰요시가 입원했을 때 병문안을 왔던 여자라는 것을 바로 알아챘다.

여자가 유모차를 들여다보며 가쓰요시에게 말을 걸었다. 가쓰요시도 똑같이 유모차를 들여다보더니 여자에게 귓속말을 했다. 두 사람은 소리 내어 웃음을 터트렸다.

두 사람은 도로 반대편에 멍하니 서 있는 하루카를 발견하지 못한 채 사이좋게 걸어갔다. 하루카는 그 뒷모습이 시야에서 완전히 사라질 때까지 지켜보았다.

—— 네가 그런 거야?

가쓰요시가 했던 말이 떠올랐다.

—— 네가 불을 질렀어?

화재 발생 당시 사람들은 하루카가 불을 질렀다고 생각했다. 한밤중에 초등학교 1학년인 어린아이를 집에 혼자 남겨두고 외출한 것이 부자연스럽다는 이유로 경찰에서 강도 높은 조사를 받았다. 하지만 얼마 가지 않아 화재의 원인이 담뱃불 때문이었다는 사실이 밝혀졌다.

── 어찌 됐든 네가 도미에를 죽인 거야!

이혼 서류를 내민 가쓰요시의 얼굴은 눈물과 콧물로 범벅이었고, 관자놀이에 혈관이 툭 튀어나와 있었다. 하루카는 수위 높은 비난의 말을 들으면서도 이 사람이 이렇게까지 도미에를 사랑했었나 싶어 감동 비슷한 흥분을 느꼈다.

그랬는데──.

멈춰 있던 호흡을 내뱉자 입술이 떨렸다.

가쓰요시의 자식일까. 가쓰요시는 재혼한 것일까. 새로운 가족과 함께 행복하게 사는 것일까. 그렇다. 가쓰요시는 행복하다. 행복하지 않으면 저렇게 웃을 리가 없다. 도미에는 벌써 다 잊어버린 것이다.

"죽어버렸어야 하는 건데."

억양이 없는 낮은 목소리. 그것이 자신에게서 나온 목소리라는 것을 깨닫기까지 시간이 걸렸다.

"죽어버렸어야 하는 건데."

이번에는 의식해서 더욱 크게 소리 내어 말했다.

하루카의 머릿속에 짙은 어둠이 퍼졌다.

── 제발 죽여 주세요.

어둠 속에서 울려 퍼지던 자신의 목소리. 흙과 나무 냄새. 고요함을 부각하던 벌레 울음소리. 누군가에게 감시당하던 기분.

야미가미 신사에서 남편의 죽음을 간절하게 빌었던 그날 밤에 줄곧 갇혀 있는 듯한 기분이 들었다.

그곳에 가야 해——.

이유는 알 수 없었지만 강렬한 자극에 이끌리듯 그런 생각이 들었다. 하루카는 밤이 되기를 기다렸다가 렌터카를 빌려 하이토 마을로 향했다.

최소한의 풍경만 시야에 들어오도록 오로지 앞만 보며 마을 안쪽을 향해 차를 달렸다.

언덕 끝 사거리에서 왼쪽으로 꺾어 돌계단 앞에 차를 세웠다. 쇼핑센터에서 사 온 손전등으로 발밑을 비추며 돌계단을 오르자 마치 시간이 뒤틀리며 남편의 죽음을 간절히 빌었던 그날 밤으로 되돌아간 것처럼 느껴졌다.

참배길 양쪽의 낡은 석등, 방울에 달린 기다란 노끈, 바닥에 대충 깔린 자갈, 다 쓰러져가는 목조 창고까지. 언뜻 보기에 야미가미 신사는 아무것도 달라진 것이 없었다.

하지만 형체가 없는 어떠한 존재는 더 이상 느껴지지 않았다. 에워싸여 감시당하는 듯한 감각도 없었다. 그저 낡은 목조 건물만 덩그러니 남아 있을 뿐이었다.

속았다. 배신당했다. 이 두 가지 생각이 하루카의 머리를 스쳤다.

가스 점화기 스위치를 눌렀다. 딸깍, 하는 소리와 함께 작은 불꽃이 어둠 속에서 나타났다. 눈앞에 매달려 있는 노끈에 점화기를 가져다 댔다. 오렌지색 불꽃이 치지직 소리를 내며 노끈을 타고 올라갔다.

배례전 문에도 불을 붙였다. 불은 금방 꺼졌지만 여러 번 반복하는 사이 문 가장자리부터 조금씩 타들어 갔다.

연기 냄새를 맡자 그날 밤의 기억이 되살아났다.

도미에의 울부짖는 목소리가, 도움을 요청하는 비명이, 공포와 절망으로 일그러진 얼굴이, 불길에 휩싸인 작은 몸이. 마치 실시간으로 하루카의 몸 안에서 일어나고 있는 일처럼 또렷이 느껴졌다.

머리가 터질 것 같았다. 가슴이 찢어질 것 같았다. 눈물과 콧물 때문에 숨을 쉬기가 어려웠다.

하지만 알기 쉬운 고통을 스스로 느끼고자 저지른 일이었다.

지금 나는 도미에를 잃은 날 밤으로 돌아와 있는 거야, 하고 하루카는 생각했다.

하루카가 다시 하이토 마을을 찾은 것은 그로부터 반년 후인 초겨울이었다.

석 달 전인 8월에 일어난 하이토 마을 일가족 살인사건에 관해서는 쉬는 날 우연히 켜놓은 TV를 보고 알았다.

아카이 가족 중 네 명이 비소로 살해당하고 장녀만 살아남았다.

그 사실을 마주한 순간 하루카는 모든 것을 이해했다. 지금까지 알아채지 못했다는 사실이 믿기지 않았다.

—— 아줌마 소원이 꼭 이루어지기를 바랄게요.

비밀을 공유하는 듯한 아카이 미쓰바의 미소.

—— 우리 할아버지네 창고 문 열려 있어요. 살충제도 많아요.

여태껏 그날 일을 한 번도 떠올린 적이 없었다. 아카이 가족에 관해서도, 미쓰바에 관해서도 머릿속에서 완벽히 잊힌 상태였다.

하지만 다시 떠올린 순간, 그해 여름의 미쓰바의 모습이 선명하게 되살아났다.

야미가미 신사에서 가쓰요시의 죽음을 빌던 모습을 그 아이가 보았다. 빨리 죽여달라는 목소리도 아마 들었을 것이다. 그렇지 않고서는 소원이 꼭 이루어지기를 바란다며 의미심장하게 속삭였을 리가 없었다.

미쓰바는 옛날부터 건방지고 섬뜩한 면이 있어 무슨 짓을 저지를지 종잡을 수 없었다. 왠지 구니코와 닮은 것 같아 신경이 거슬렸다.

비소로 아카이 가족을 죽인 범인은 미쓰바다. 자기 가족을 죽일 정도니 남의 자식은 아무렇지 않게 죽이겠지. 하루카는 도미에가 자고 있던 집에 불을 지르는 미쓰바의 냉혹한 미소를 또렷하게 그려낼 수 있었다.

내 탓이 아니다. 미쓰바가 도미에를 죽인 것이다.

머릿속이 부글부글 끓어올랐다. 내뱉는 숨이 불길처럼 뜨거웠다. 몸 안의 세포들이 탁탁 터지며 피가 거꾸로 솟았다.

관자놀이를 관통하는 지독한 이명이 귓속에 숨어 있던 날벌레를 모두 죽이자 모든 감각이 예민해졌다.

죽여야 해. 죽여야 해. 죽여야 해. 뱃속 깊은 곳에서부터 끓어오르던 그 말이 한계까지 부풀어 올라 하루카는 몸이 찢기는 듯했다.

도미에의 원수를 갚는다. 미쓰바를 죽이지 않으면 분노와 증오로 내가 먼저 죽을지도 모른다. 도미에뿐만 아니라 나까지 미쓰바에게 살해당하고 말 것이다.

사건 발생 후 석 달을 기다린 하루카는 다시 하이토 마을로 향했다.

연일 화제를 모았던 하이토 마을 일가족 살인사건은 다른 수많은 사건과 마찬가지로 서서히 지나간 일이 되어갔고, 뉴스나 와이드 쇼에서도 거의 다루지 않게 되었다. 사건 현장을 에워싸고 있던 기자들도 더는 없을 것이라고 판단했다.

렌터카 트렁크에는 등유통 세 개가 실려 있었다. 의심받지 않도록 하코다테 시내에 있는 쇼핑센터 세 곳에 들러 하나씩 구입했다.

자정이 지난 마을은 깊이 잠들어 있었다. 지나다니는 사람도 차도 없었다. 언덕 끝 마지막 사거리를 지나 산길을 천천히 올라갔다. 구름이 짙게 낀 밤하늘을 향해 거칠게 가지를 뻗은 나무들이 하루카를 가만히 내려다보고 있었다.

어둠에 휩싸인 미쓰바의 집 옆에는 낡은 경트럭이 버려져 있었다.

하루카는 차에서 내렸다. 하얀 숨을 내뱉자 마치 영혼이 조금씩 빠져나가는 것처럼 느껴졌다.

미쓰바는 어느 방에 있을까. 불이 켜진 창문이 없는 것을 보니 이미 잠이 든 것이 틀림없었다.

목장갑을 끼고 트렁크에서 등유통을 꺼내 집 주변에 등유를 뿌리기 시작했다. 자극적인 기름 냄새와 졸졸 흐르는 소리가 멀게 느껴졌다. 마음은 기묘하리만치 차분했고, 평소보다 깊고 느긋하게 호흡할 수 있었다. 손목시계를 확인해보니 몇 분 후면 12시 30분이었다.

하루카는 성냥에 불을 붙인 다음, 그 어떤 생각도 끼어들지 못하도록 재빨리 손에서 던져버렸다.

확, 하고 마물이 나타난 것처럼 불길이 피어나더니 삽시간에 형태를 바꾸며 번져나갔다.

"죽어." 하루카가 중얼거렸다. 그것만으로는 부족했지만 달리 할 말이 없었다.

불길에 휩싸인 집을 뒤로 하고 다시 차에 올라탔다. 하이토 마을을 빠져나갈 때까지 뒤를 돌아보지도, 백미러를 확인하지도 않았다.

그로부터 12년이 지난 5월.

도요스 바비큐 사건이 일어났을 때 하루카는 사건 현장이었던 바비큐가든 근처 쇼핑몰에 있었다.

파란색과 흰색 줄무늬 셔츠에 남색 바지, 그리고 모자로 구성된 유니폼을 입고 바닥에 쏟아진 오렌지주스를 대걸레로 닦는 하루카는 마흔일곱이 되어 있었다.

황금연휴 기간의 쇼핑몰은 외출을 나온 가족 단위 손님들로 붐볐다. 서너 살쯤 되어 보이는 남자아이가 만화 캐릭터 이름을 외치며 하루카의 대걸레를 스치고 뛰어갔다. 뒤에서는 "기다려! 뛰지 마! 그러다 넘어질라!"라며 엄마가 아들의 이름을 부르고 있었다. 그 순간 남자아이가 넘어졌지만 울지도 않고 벌떡 일어나 다시 뛰기 시작했다.

이제는 어린아이를 봐도, 행복해 보이는 가족을 봐도 아무런 감정이 들지 않았다.

12년 전 미쓰바의 집에 불을 지른 하루카는 다음 날 이른 아침에 하코다테에서 렌터카를 반납한 뒤 JR 열차에 올라탔다. 이미 아르바이트를 그만두고 아파트 계약도 해지한 상태였다. 아오모리로 돌아갈 생각은 없었지만, 어디로 갈지 정하지 않았다.

앞으로는 도망 다니는 것만을 목적으로 살아가기로 마음을 먹었다. 그렇게 하면 아무리 비참한 상황에 처하더라도 이건 가짜 모습이라고, 진짜 내가 아니라고 생각할 수 있을 것 같았다.

하루카는 일부러 뉴스를 확인하지 않았다. 그래서 미쓰바의 집이 전부 타버렸는지도, 미쓰바의 시체가 발견되었는지도, 자신이 방화범으로 지명수배를 당하고 있는지도 알지 못했다. 알고 싶지 않았다.

나는 내 손으로 미쓰바를 불태워 죽였다. 도미에의 원수를 갚았다. 미쓰바는 지옥 같은 고통을 맛보며 죽었다.

그것이 아닌 다른 현실은 받아들일 수 없었다.

자신이 미쓰바를 죽였다는 사실만이 하루카를 하루하루 살아가게 했다.

만약 미쓰바를 죽이지 못했다면 어땠을까. 미쓰바가 어딘가에서 아무렇지 않게 살아가고 있다고 생각하면 분노와 증오로 온몸이 부서져 버릴 것 같았다. 그것은 미쓰바에게 살해당하는 것과 같은 의미였다.

하루카는 도주범답게 모리오카, 센다이, 우쓰노미야, 마에바시로 잇달아 거처를 옮기다가 6년 전에 드디어 도쿄에 정착했다. 청소 일을 시작한 지는 3년이 되었다. 본명으로 일할 수 있는 것을 보니 지명수배를 당하지는 않은 듯했다. 어찌 되었든 괜한 생각은 하지 않기로 했다.

도요스 바비큐 사건을 알게 된 것은 사건 당일 저녁이었다.

〈도요스 바비큐가든에서 무차별 살인사건이 일어났다고 하네요. 다네다 씨 담당 구역 바로 옆이던데 무사하신가요?〉

본사 직원이 단체 채팅방으로 메시지를 보내왔다. 그때는 아직 비소를 사용한 사건이라는 것이 밝혀지지 않은 상태였다.

낮에 헬리콥터가 지나가는 것을 봤지만 연휴라 그렇겠거니 생각했다.

평소 외부에서 들어오는 정보를 차단하다시피 하고 살던 하루카는 일하는 곳 근처에서 살인사건이 일어나든 말든 별 관심이 없었다.

하지만 단체 채팅방에 차례로 올라오는 사건 관련 정보들이 무관심하던 하루카를 동요하게 했다.

〈음료에 비소를 탄 것 같대요.〉

〈전에 홋가이도에서도 비소로 가족이 살해당한 사건이 있지 않았어요?〉

〈그때 그 범인 아직 안 잡혔던가?〉

〈아마 그럴 거예요.〉

〈홋카이도 사건 때 쓰인 비소랑 똑같은 거라고 뉴스에 나왔어요!〉

〈시설 내에서 의심스러운 음식이나 음료가 나오면 곧바로 경비원에게 보고해 주세요.〉

하루카는 12년 만에 와이드 쇼에 채널을 맞춰두고 매일 빠져들 것처럼 시청했다.

〈홋카이도 하이토 마을〉, 〈하이토 마을 살인사건〉이라는 단어를 몇 번이나 들었다. 회색 필터가 씌워진 듯한 마을 영상을 봤다. 12년 전 사건과 이번 사건을 연결 짓는 코멘테이터의 말에 머리가 아찔했다.

하루카는 도서관에서 12년 전 11월 자 홋카이도 지역 신문을 열람했다. 분명 자신이 직접 미쓰바의 집에 불을 질렀는데 하이토 마을에서 화재로 인한 사망자가 발생했다는 기사는 찾을 수 없었다.

미쓰바가 살아 있다——.

하루카가 가장 두려워하던 일이었다.

얼마 지나지 않아 도요스 사건과 하이토 마을 사건에 관련성이 없다는 분위기로 흘러갔지만 속아서는 안 된다고 생각했다.

미쓰바가 마루에다 이쓰오라는 남자를 부추겨 살인을 저지르게 했을 것이다. 두 사람은 아는 사이임이 틀림없었다. 그렇다는 것은 미쓰바도 마루에다와 마찬가지로 지금 도쿄에 살고 있을지도 모른다.

직접 미쓰바를 찾아내는 것은 무리라고 판단한 하루카는 흥신소를 이용하기로 했다.

흥신소에는 가짜 이름과 주소를 댔다. 미쓰바를 찾아내서 죽여야 했으니 당연했다.

오가타 사토시라는 조사원은 하루카의 의뢰를 가볍게 받아들이지 않았다. 반드시 찾아내겠다고는 약속할 수 없는 점, 만약 찾지 못해도 비용이 발생하는 점 등을 설명했다.

하루카는 미쓰바가 12년 전에 일어난 하이토 마을 일가족 살인사건에서 살아남은 아이라고 설명했다. 그러자 오가타는 진지한 표정으로 왜 그녀를 찾으려 하는 것인지 물었다.

하루카는 미리 생각해 둔 대로 자신이 한때 미쓰바의 엄마와 가깝게 지냈고, 혼자 남은 미쓰바를 계속해서 찾고 있었다고 말했다.

조사를 의뢰한 지 2주 뒤, 하루카는 미쓰바의 거처를 알고 있을 가능성이 있는 인물을 찾았다는 보고를 받았다. 그 인물은 구니코였다. 하이토 마을을 떠난 후로 구니코라는 존재를 완전히 잊고 살았다. 그런데 마치 지금 이 타이밍을 기다렸다는 듯 갑자기 그녀가 다시 나타난 것에 하루카는 인연이라고 느꼈다.

오가타는 미쓰바와 친하게 지냈던 모치즈키 지히로의 연락처를 묻기 위해 엄마인 구니코를 찾아갔었다고 말했다. 구니코는 지히로와 몇 년 전부터 연락하지 않고 지낸다고 답했지만, 그 모습에서 위화감을 느꼈다고 했다.

"무언가를 숨기고 있는 듯한 인상을 받았습니다."

그렇게 말하는 오가타에게 하루카는 자기 자신도 예상하지 못했던 질문을 던졌다.

"행복해 보였나요?"

오가타는 당황한 표정을 지으며 "하세 구니코 씨 말씀이신가요?"라고 되물었다. 하루카가 그렇다고 하자 "그분은 조사 대상이 아니라 자세한 것은 모르지만, 보고 느낀 대로 말씀드리자면 불행해 보이지는 않았습니다."라고 대답했다.

하루카는 오가타에게 들은 구니코의 주소지를 찾아갔다.

구니코의 집은 에도가와바시 거리에 인접한 12층짜리 맨션으로, 1층에는 취식 공간이 마련되어 있는 편의점이 들어서 있었다.

상아색으로 빛나는 외벽과 넓은 발코니, 맨션 입구의 오토록 시스템과 방범 카메라, 잘 가꾸어진 나무와 화단의 꽃. 주변에는 깔끔한 건물과 맨션이 줄지어 있었고, 세련된 카페와 비스트로, 고급 슈퍼마켓 등이 보였다. 하수구 냄새도 나지 않고, 까마귀가 어지럽히고 간 쓰레기 봉지나 토사물도 없었고, 소리를 질러대는 취객도 없었다. 눈에 보이는 모든 것이 하루카가 사는 곳과 달랐다.

구니코의 성은 하세로 바뀌어 있었다. 재혼했다는 뜻이었다. 그것도 아마 돈 많은 남자와.

구니코는 불행하지 않았다. 남편도 돈도 잃지 않았다.

그렇게 생각한 순간 그것은 자기 자신이었음을 깨달았다. 하루카는 벼락을 맞은 듯한 충격을 받았다. 딸도 남편도 집도 편히 지낼 곳까지 전부 다 잃어버린 것은 바로 하루카 자신이었다.

얼마나 오래 멍하니 서 있었는지 알 수 없었다. 짧은 자동차 경적에 퍼뜩 정신이 돌아왔다. 맨션 지하 주차장에서 나온 차량이 출입구 앞에 서 있는 하루카를 향해 경적을 울린 것이었다. 반사적으로 고개를 돌린 순간 깜짝 놀라 숨을 들이켰다.

검게 반짝이는 고압적인 자동차 조수석에 앉아 있는 사람은 구니코였다. 못 만난 지 30년이 넘었지만, 심지어 구니코의 얼굴을 정확히 떠올리지 못했지만, 바로 알아보았다.

하지만 구니코는 하루카를 알아보지 못했다. 어색한 미소를 띤 채 얼른 비켜달라는 듯 고개를 갸웃했다. 운전석에 앉은 쉰 전후의 남자는 이 세상이 어떻게 돌아가는지 완벽히 이해하고 있는 사람처럼 당당한 분위기를 내뿜고 있었다.

이건 내 인생이야――.

세상을 향해 이렇게 소리치고 싶었다.

저 여자가 내 인생을 빼앗아갔어――.

구니코를 손가락질하며 소리치고 싶었다.

눈앞에서 택시가 손님을 내려주는 참이었다. 구니코가 탄 검은 자동차는 신호에 걸려 정차 중이었다. 하루카는 곧바로 택시에 올라타 검은 자동차를 따라가 달라고 말했다.

구니코가 차에서 내린 곳은 한산한 주택가에 있는 베이커리 앞이었다.

손을 흔들며 차가 떠나는 것을 배웅한 그녀는 베이커리로 들어갔다. 10분 정도 후에 종이봉투를 들고나오며 스마트폰을 들었다.

"여보세요, 지히로? 이제 곧 도착할 거야. 케이크 샀는데 또 먹고 싶은 거 있어? 응, 알겠어."

겨우 2미터 정도 떨어져 걷는 하루카를 전혀 신경 쓰지 않는 듯 구니코는 밝은 목소리로 통화했다. 지히로, 하고 마음속으로 그 이름을 되뇌자 하루카의 의식이 순식간에 하이토 마을로 되돌아갔다.

—— 자기가 싫어하는 마을에 자기 딸을 두고 가다니.

—— 혼자만 잘살려는 거겠지.

—— 나라면 절대 도미에를 혼자 두지 않을 텐데. 엄마라면 그게 당연하지.

야미가미 신사의 돌계단 앞에서 지히로에게 했던 말들이 날카로운 화살이 되어 자신에게 되돌아왔다. 하루카는 그때 이미 수십 년이 지난 지금의 이 순간을 예감하고 있었던 것 같은 기분이 들었다.

거대한 잿빛 소용돌이에 휘말린 듯한 감각에 사로잡혔다.

자신이 무엇을 하려고 했었는지, 누구를 찾고 있었는지 더는 알 수 없게 되었다.

공원 근처 아파트로 들어선 구니코는 1층 가장 안쪽 집 앞에 섰다. 이내 문이 안쪽에서 열렸다.

이것이 마지막 기회다. 무슨 기회인지는 모르겠지만, 마치 계시 같았다.

하루카는 곧바로 달려가서 닫히려 하는 문을 있는 힘껏 당겼다. 문틈 사이로 몸을 밀어 넣은 순간, 구니코의 등에 부딪히고 말았다. 짧은 비명이 터져 나왔다.

"뭐예요!"

뒤를 돌아본 구니코는 깜짝 놀란 듯 물었다.

"잊어버렸어?"

"네?"

"구니코, 나 기억 안 나?"

구니코는 대답이 없었다. 미간을 찌푸린 채 험악한 표정을 지으면서도 정신없이 기억을 더듬고 있다는 것이 전해졌다.

"엄마, 아는 사람이야?"

현관 앞에 서 있던 젊은 여자가 불안한 목소리로 물었다.

"너, 지히로 맞지?"

하루카의 물음에 지히로가 고개를 끄덕였다.

"너는 나 기억하지?"

"네?"

지히로는 겁을 먹은 듯 보였다. 초등학생 때는 구니코와 전혀 닮지 않았다고 생각했는데, 십수 년 만에 본 그녀는 엄마와 똑 닮아 있었다. 그 사실이 하루카의 가슴을 찢어놓았다.

"저기, 누구세요?"

조심스러운 지히로의 목소리에 "너는 가만히 있어!" 하고 구니코가 끼어들었다.

"설마 도미에도 잊어버린 건 아니지?"

하루카의 차가운 목소리가 떨리고 있었다.

구니코와 지히로가 슬쩍 시선을 교환하는 것이 보였다.

"너는 자식을 버린 부모."

하루카는 구니코를 노려보며 말했다.

"너는 부모한테 버림받은 자식."

뒤이어 지히로에게로 시선을 옮겼다.

"그런데 어째서 행복하게 살고 있는 거야!"

그렇게 소리친 하루카는 다음 순간 흠칫 놀라고 말았다. 여기저기 흩어져 있던 조각들이 맞춰지며 예상하지 못했던 새로운 그림이 완성된 것 같았다.

지히로를 바라보던 하루카의 입에서 "어?" 하고 무방비한 목소리가 튀어나왔다.

19. 가쓰키 쓰요시 —— 현재

탁상시계로 머리를 얻어맞았구나, 하고 가쓰키 쓰요시는 의식이 흐릿한 상태로 생각했다.

신발장 위에 바늘이 멈춘 탁상시계가 놓여 있던 것을 기억하고 있었다. 나무 모양을 본뜬 아시아풍의 커다란 탁상시계는 지금 건전지를 넣는 뚜껑이 빠진 채 가쓰키의 눈앞에 떨어져 있었다.

얼마나 기절해 있었는지 알 수 없었다. 자신이 살아 있는지도 확신할 수 없었다. 하지만 만약 죽었다면 미와코가 데리러 와 주었을 테고, 또 얻어맞은 후두부가 이렇게까지 아플 리 없었다.

가쓰키는 자신이 처한 상황을 파악하기 위해 가늘게 실눈을 떴다.

점차 머릿속 안개가 걷히며 의식이 선명해져 갔다.

가쓰키가 쓰러져 있는 이곳이 지히로의 집 현관이라는 것은 틀림없었다. 지히로에게 탁상시계로 머리를 얻어맞았다는 것도 틀림없었다.

하지만 왜 이런 상황에 놓인 것인지는 도무지 이해할 수도, 상상할 수도 없었다.

엄마, 하는 목소리가 들렸다.

지히로의 목소리라는 것을 알아챈 가쓰키의 귀에 "…… 어떡해…… 죽인 것 같아…… 약속을 어기고…… 빨리……." 하고 중간중간 끊어진 목소리가 흘러들어왔다.

지히로가 엄마인 구니코에게 전화를 걸고 있다고 생각한 가쓰키는 그대로 죽은 척하는 것을 선택했다. 그 직후 지히로가 "잠깐만."이라고 말하더니 가까이 다가오는 발소리가 들렸다. 가쓰키는 반사적으로 숨을 참았다.

지히로가 발끝으로 가쓰키의 어깨를 가볍게 흔들었다. 가쓰키는 온몸의 힘을 빼고 지히로가 하는 대로 몸을 맡겼다. 지히로는 뒤이어 자신의 손가락을 가쓰키의 코 밑에 댔다. 가쓰키는 그대로 계속 숨을 참았다. 하지만 지히로의 차가운 손가락은 가쓰키의 손목으로 옮겨가 맥박을 확인했다. 죽지 않았다는 것을 들키겠다 싶었지만, 가쓰키에게서 멀어져가는 발걸음과

"숨도 안 쉬고 맥박도 없어."라고 엄마에게 보고하는 목소리가 들렸다. 살이 쪄서 그런가, 아무래도 맥박이 잘 잡히지 않은 듯했다.

"엄마, 나 어떡해."

지히로는 금방이라도 울음을 터트릴 같은 목소리로 말했다. 아니, 이미 울고 있는지도 모른다.

어떡하지, 가쓰키가 하고 싶은 말이기도 했다.

이대로 계속 죽은 척하고 있을 수는 없었다. 설마 죽은 척하는 사이에 정말 살해당하는 일은 없으려나. 아니면 살아있다는 것을 알게 된 순간 곧바로 살해당하려나. 머리가 잘 돌아가지 않는 것은 얻어맞은 충격 때문일까. 의외로 평정심을 잘 유지하고 있다고 생각했지만, 사실 패닉 상태에 빠져 있는 것인지도 모른다.

얻어맞은 후두부가 얼얼하게 아팠다. 머리 전체가 심장박동에 맞춰 조금씩 팽창하는 것 같았다. 움직일 수 있을 것 같았지만, 실제로 가능할지는 알 수 없었다.

전화를 끊었는지 지히로의 목소리가 더는 들리지 않았다. 귀를 기울이자 축축한 소리가 띄엄띄엄 전해졌다. 지히로가 오열하고 있음을 깨달았다.

가쓰키는 조심스럽게 실눈을 떴다.

가장 먼저 바닥에 떨어진 탁상시계가 시야에 들어왔다. 그 너머에 중문이 열려 있었고, 어린이 장난감과 책이 널브러져 있는 바닥에 쭈그려 앉은 지히로의 뒷모습이 보였다. 창문으로 들어오는 눈 부신 햇살이 그녀의 윤곽을 벌꿀 같은 노란 빛으로 비추며 가냘픈 등에 옅은 그림자를 드리우고 있었다. 지히로는 북받쳐 오르는 눈물을 애써 참고 있는 듯 몸을 떨고 있었다. 어리고 여린 뒷모습. 지금 당장이라도 자신이 살아있다고 말해 그녀를 안심시키고 싶어졌다. 살해당할 뻔했으면서 이런 생각을 하고 있는 자신이 우스웠다.

가쓰키는 다시 눈을 감고 더욱 깊이 생각했다.

탁상시계로 얻어맞은 이유가 무엇일까.

살해당할 만한 짓을 했던가.

문득 몇 분 전 지히로가 했던 말이 떠올랐다.

── …… 어떡해…… 죽인 것 같아…… 약속을 어기고…….

드문드문 정확히 들리지 않았던 부분이 귓속에서 스르륵 되살아났다.

── 죽인 것 같아.

그 앞에 그녀는 또, 라고 말했다.

── 또 죽인 것 같아.

심장이 기분 나쁘게 뛰기 시작하며 온몸에 한기가 돌았다.

생각하기도 전에 먼저 떠오르는 기억이 하나 있었다.

미도리 흥신소의 오가타 사토시가 했던 말이었다.

오가타는 장녀를 찾고 있던 의뢰인과 연락이 닿지 않는다고 말했다. 장녀의 거처를 알고 있을 만한 사람을 찾았다고 보고한 직후부터라고 했다.

사라진 의뢰인도 어쩌면 자신과 똑같은 행동을 한 것은 아니었을까.

지히로의 아파트를 찾아와 장녀의 거처를 물어보지 않았을까.

그리고 지금 자신과 똑같은 일을 당했다고 생각할 수는 없을까.

의뢰인은 도대체 누구고, 장녀와는 어떤 사이인 것일까.

죽은 척 같은 답답한 짓은 그만두기로 마음을 정했다.

다시 눈을 떴을 때 지히로는 여전히 방심한 듯 거실에 쭈그려 앉아 있었다. 그 뒷모습을 향해 말을 걸어보려 했지만, 가위에 눌린 것처럼 목이 마음대로 움직이지 않았다. 그때 지히로의 뒷모습을 바라보는 가쓰키의 발 쪽에서 현관문이 열렸다.

20. 하세 구니코 —— 현재

몇 미터 앞 신호가 노란불로 바뀌는 것을 발견한 하세 구니코는 그대로 액셀을 꾹 밟았다. 핸들을 쥔 손이 떨리고 있었다.

—— 엄마, 나 어떡해. 또 죽인 것 같아.

스마트폰 너머로 딸의 목소리를 들은 순간, 구니코를 덮친 것은 충격보다도 격한 분노였다. 화를 참지 못하고 질책하려는데 그런 구니코의 분노가 전해졌는지 딸은 약속을 어겨 미안하다며 울며 사과했다.

약속했으면서. 똑같은 실수를 더는 반복하지 않겠다고 분명히 약속했으면서. 그때 얼마나 힘들었는지 그 아이는 설마 이해하지 못한 것일까.

신호에 걸린 구니코의 입에서 아아, 하고 절망적인 목소리가 새어 나왔다. 건널목을 건너는 사람도 없는데 강제로 멈춰서야 한다는 것이 왠지 불길한 전조 같았다.

이제 더는 힘들지도 몰라. 이번에야말로 힘들지도 몰라. 파멸할 거야. 인생이 끝날 거야. 내가 꿈꾸던 인생을 이제야 겨우 손에 넣었는데.

그렇게 생각하자 이게 내가 원하던 인생인가? 하는 질문이 되돌아왔다. 만약 진심으로 그렇게 생각한다면 이미 악마에게 영혼을 팔아넘긴 셈이었다.

14년 전에 지히로를 하이토 마을에 있는 엄마에게 맡기지 않았다면 이런 일은 일어나지 않았을 것이다. 하지만 맡기지 않았다면 꿈꾸던 인생을 손에 넣지 못했을 것이다. 어느 쪽이 더 나았을까? 자꾸만 그런 생각을 하게 된다. 하지만 생각해봤자 소용없다. 답을 안다고 해도 어차피 되돌아갈 수는 없으니까.

고등학교를 중퇴하고 도쿄로 가기 전까지 구니코는 자신을 특별한 존재로 여겼다. 하이토 마을을 벗어나기만 하면 자신에게 어울리는 인생을 손에 넣을 수 있을 것이라고 믿었다.

도쿄에서는 나이를 속이고 카바레식 클럽에서 일했다. 조금씩 랭킹이 높은 가게로 옮겨 다니던 구니코는 아카사카에 있는 클럽에 자리 잡은 지 얼마 되지 않아 첫 남편인 모치즈키를 만났다. 모치즈키는 체인 음식점을 운영하는 회사의 후계자로, 도쿄가 아닌 사이타마이기는 했지만 고층 맨션의 가장 높은 층에 살고 있었다.

도쿄에 온 지 6년째 되던 해였다. 구니코는 이미 자신이 특별한 존재가 아니라는 것을 자각하고 있었다. 10대 때는 얼굴이 예쁘거나 스타일이 좋으면 여자는 성공할 수 있다고 믿었다. 그것이 잘못된 생각이었음을 깨달은 것은 20대가 되고 난 후였다. 품격과 지성, 노력과 인내, 두뇌 회전과 타고난 센스. 그중 어느 하나도 갖고 있지 않다는 사실을 인정할 수밖에 없었던 구니코는 한 살 한 살 나이를 먹을수록 자신의 가치가 떨어지는 듯한 절망적인 기분에 사로잡혀 지냈다.

그래서 모치즈키에게 프러포즈를 받았을 때 구니코는 날아오를 듯 기뻤다. 그때 구니코는 스물두 살이었다. 모치즈키는 구니코보다 나이가 열다섯 살이나 많고 이혼을 두 번이나 한 사람이었지만, 그와의 결혼으로 호화로운 생활을 누릴 수 있다는 생각에 덤벼들었다. 예상보다 일찍 아기가 생겼지만, '아내'와 '사장 사모'에 더해 '엄마'라는 이름을 손에 넣고 한 단계 더 성숙한 다음 스테이지로 넘어가는 것이라고 생각했다. 클럽에서 일하는 여자 중에도 아이가 있는 경우가 더러 있었다. 아이를 낳음으로써 자신에게 새로운 가치가 생기는 것처럼 느껴졌다.

하지만 겨우 서게 된 스테이지 바닥은 약하디약했다.

회사가 경영난에 빠지자 남편은 술로 도망쳤고, 구니코에게 폭력을 일삼기 시작했다. 이대로 가면 언제 지히로에게도 손을 댈지 몰랐다. 그래서 이혼 절차가 마무리될 때까지 딸을 엄마에게 맡기기로 했다.

지히로를 지키기 위해서였다. 귀찮아서가 아니었다.

그렇게 말해봤자 아무도 믿어주지 않겠지만.

그 무렵을 돌이켜보면 지히로에게 못되게 굴거나 폭언을 하기도 했다. 하지만 지히로가 미워서가 아니었다. 엄마와 딸 사이기에 용납될 수 있는 화풀이 또는 어리광에 불과했다.

자동차 앞 유리 너머로 딸이 사는 아파트가 보였다.

잔혹한 현실을 눈앞에 둔 구니코는 온몸에 힘을 꽉 주었다. 앞으로 처리해야 할 일을 생각하면 절규가 터져 나올 것만 같았다.

아파트 앞에 차를 세우고 주위를 둘러보았다. 지나다니는 사람 하나 없는 평온하고 조용한 주택가였다.

아까 신호에 걸려 멈춰 섰던 것을 불길한 전조라고 여겼던 기억을 머릿속에서 떨쳐버리고 나는 운이 좋아, 하고 스스로를 타일렀다.

딸의 집에서 일어난 일은 아무도 눈치채지 못한 듯했다. 남편은 지난번처럼 출장을 가 있어서 차도 자유롭게 쓸 수 있다. 나는 운이 좋아. 지금까지 충분히 잘해 왔잖아.

구니코는 짧게 숨을 내쉰 다음 아파트 문을 열었다. 구니코의 시야에 들어온 것은 상상했던 것과 전혀 다른 최악의 상황이었다.

21. 가쓰키 쓰요시 —— 현재

문을 열고 들어온 사람이 누구인지 가쓰키 쓰요시는 알 수 없었다. 유일하게 자유로운 눈동자를 움직여 봤지만 시야에 들어온 것은 검은 그림자가 드리운 발밑뿐이었다.

"가쓰키 씨?"

자신을 부르는 남자의 목소리는 어디선가 들어본 적이 있었지만, 곧바로 떠오르는 얼굴은 없었다.

"가쓰키 씨, 괜찮으세요?"

목소리의 주인이 가쓰키를 들여다보며 물었다.

예상치 못한 얼굴이 눈앞에 있었다. 미간을 찌푸린 채 사나운 표정을 짓고 있는 사람은 미도리 탐정 흥신소의 오가타 사토시였다.

오가타는 "괜찮으세요?"라며 한 번 더 물었다. 가쓰키는 자신이 괜찮은지 아닌지 알 수 없었지만 작게 고개를 움직여 "예에." 하고 대답했다. 목소리가 나온다는 사실에 안도했다.

그때 방 쪽에서 덜컥덜컥하는 소리가 났다.

시선을 돌리자 지히로가 창문을 통해 밖으로 나가려 하고 있었다. 한 손에 가방을 들고 하얀 허벅지를 드러낸 채 창틀을 넘더니 그대로 펄쩍 뛰어내렸다. 하늘색 치마가 훌렁 뒤집혔다가 사라졌다. 그녀의 긴장한 뒷모습은 마치 잡아먹힐 것을 알면서도 필사적으로 도망치는 새끼사슴 같아 애처로워 보였다.

지히로가 완전히 모습을 감춘 것을 지켜본 뒤 가쓰키는 몸을 일으키려 했다. 원하는 대로 힘이 들어가지 않아 뒤집힌 채 죽은 곤충이 된 듯한 기분이었다.

"움직이지 않는 게 좋겠어요."

오가타가 제지했다.

"아닙니다. 별일 아닐 거예요."

아마 가벼운 뇌진탕일 것이라고 가쓰키는 생각했다. 십여 년 전 술에 취해 넘어져 머리를 부딪혔을 때와 증상이 똑같았다.

오가타의 손을 잡고 천천히 상체를 일으켰다. 두통은 있지만, 속이 메스껍거나 어지럽지는 않았다. 후, 하고 한숨을 내쉰 뒤 신발장에 기대앉았다.

"저 시계로 때린 거예요?"

오가타가 현관에 떨어져 있던 탁상시계를 보며 물었다.

"그런 것 같아요."

"머리를요?"

"네."

"방금 도망친 저 여자가요?"

"네."

"저 사람, 하세 구니코 씨의 딸 맞죠?"

"맞아요."

문제없이 대화할 수 있다는 사실에 가쓰키를 다시금 안도했다. 장거리를 걸은 것 같은 피로감이 온몸을 덮쳤다.

"저기, 오가타 씨는 어떻게 여기에 계신 거죠?"

가쓰키의 물음에 오가타는 미안한 듯 얼굴을 찌푸렸다.

"결론부터 말씀드릴게요. 제가 의뢰인에게 보고했던 아카이 미쓰바의 거처를 알 만한 사람은 하세 구니코 씨였어요. 정확히는 그분의 딸인 지히로 씨였지만, 하세 씨를 만났을 때 무언가를 숨기고 있는 듯한 인상을 받았어요. 그래서 아마 하세 씨도 알고 있지 않을까 했죠. 지히로 씨에게는 결국 접촉하지 못해서 의뢰인한테는 하세 씨의 정보만 넘겼었고요."

후와 사카에의 추측대로였다. 언론이 알아내지 못한 정보를 흥신소에서 단기간에 찾아낼 수 있을 리 없었다. 그러니 오가타가 찾은 사람은 가쓰키가 찾은 사람과 같고, 그 사람이 바로 하세 구니코가 아니겠냐고 후와는 말했었다.

"의뢰인과 연락이 닿지 않는 게 계속 마음에 걸렸어요. 그래도 어쨌든 저는 제 할 일을 다 했으니 잊어버리려고 했는데 그 후에 가쓰키 씨가 찾아오시기도 했고, 그쪽 편집장님이 정보를 사고 싶다고 연락을 주시기도 해서 뭔가 위험한 일이 일어나고 있는 게 아닐까 싶었죠. 가만히 있을 수가 없어서 시간이 날 때마다 조사해봐야겠다고 생각했어요."

오가타는 가쓰키와 마찬가지로 하세 구니코를 미행해 지히로의 아파트를 알아냈다고 했다. 도어폰을 누르면 경계할지도 모른다고 생각해 시간이 날 때마다 근처에 와서 몰래 지켜보았지만, 지금껏 지히로의 모습을 보지 못했다. 그런데 오늘 젊은 여자와 함께 공원을 걸어가는 가쓰키를 발견했다. 그녀가 지히로일 것이라고 예상한 오가타는 두 사람이 들어간 집을 지켜보았다. 10분 정도 지나서 문이 살짝 열렸다. 하지만 좁은 틈이 보였을 뿐 갑자기 문이 다시 닫혔다. 오가타는 그 모습이 부자연스럽게 느껴졌다. 잠시 대기했지만 별다른 움직임이 없어 무슨 일이 일어났을지도 모른다는 생각에 문을 열었다.

"도대체 무슨 일이 있었던 겁니까?"

오가타가 물었다. 하지만 가쓰키도 지히로의 행동이 이해가 가지 않았다.

"지히로 씨는 왜 가쓰키 씨를 공격하고 도망친 거죠?"

오가타의 물음은 가쓰키의 의문과 같았다.

—— 또 죽인 것 같아.

지히로의 목소리가 고막에 달라붙어 있는 듯했다.

그 말이 목소리로 새어 나온 듯 오가타가 "네?" 하고 물었다.

"또 죽인 것 같다고 구니코 씨에게 전화로 말하더군요. 또, 라고요. 어쩌면 오가타 씨가 의뢰인과 연락이 닿지 않았던 이유가……."

그 이상 말하는 것은 왠지 불길해 말끝을 흐렸지만, 오가타는 주저 없이 말했다.

"의뢰인이 지히로 씨에게 살해당했다는 말씀이신가요?"

자신의 상상이 비약 같기도 해서 가쓰키는 긍정하지도 부정하지도 못했다.

"의뢰인은 어떤 사람이었습니까?"

"여자였어요."

오가타는 바로 대답했다.

"이름은요?"

"사토 도모코라고 했습니다."

사토 도모코. 그 이름을 머릿속에서 되뇌었지만 떠오르는 인물은 없었다. 오가타는 가쓰키의 그런 반응을 예상했다는 듯 작게 고개를 끄덕였다.

"아마 가명일 테고, 주소도 엉터리였으니 누군지 찾아내기는 어려울 겁니다. 아카이 미쓰바의 모친과 가깝게 지냈다고 했었는데, 그것도 거짓말일지도 모르죠. 다만 왠지 하이토 마을 출신일 것 같은 느낌이 들어요. 독특한 억양이 하이토 마을 사람들과 똑같았거든요."

가쓰키는 하이토 마을에서 만난 사람들의 얼굴을 하나하나 떠올렸지만, 역시 해당하는 인물은 없었다.

"일단 경찰이랑 구급차를 부를게요."

"너무 오버하는 거 아닐까요."

"무슨 말씀을 하시는 거예요. 죽을 뻔했다고요. 게다가 도망친 범인이 또 다른 사람을 살해할 가능성도 있잖아요."

오가타의 말이 맞았다. 가쓰키만의 문제가 아니었다. 하지만 창문으로 도망치던 애처로우면서도 필사적인 뒷모습이 가쓰키의 마음을 뒤흔들었다.

오가타가 스마트폰을 꺼냈을 때 현관문이 열렸다.

앗, 하고 비명 같은 소리를 낸 것은 하세 구니코였다. 그녀는 반사적으로 반걸음 뒤로 물러섰다가 이내 마음을 바꾼 듯 멈춰 섰다. 핏기가 사라진 얼굴은 딱딱하게 굳어 있었고, 충혈된 눈이 한껏 치켜 올라간 상태였다.

문득 하이토 마을에서 들었던 말이 단편적으로 떠올랐다.

자존심이 세고 건방지다. 빈틈이 없는 느낌이다. 무슨 짓을 저지를지 모른다. 어떻게 클지 걱정된다.

이웃이었던 난부는 어린 시절의 그녀를 그렇게 평가했다.

지금 가쓰키가 보고 있는 구니코는 난부에게 들은 이미지와 일치하는 듯했다.

구니코는 온몸이 굳은 채 눈동자만 조급하게 움직이며 눈 앞에 펼쳐진 광경을 이해하려 애썼다. 현관에 떨어져 있는 탁상시계를 보고는 깜짝 놀라 고개를 들었다.

"…… 그 아이는요?"

혼란스러운 눈동자가 초점을 맞출 만한 것을 찾아 헤맸다.

"지히로 씨에게 전화를 받고 오신 거죠?"

가쓰키의 물음에 구니코는 순간적으로 "아니요."라고 대답했으나, 금세 "네."라고 정정했다.

"그 아이는 어디에 있나요?"

"창문으로 나갔습니다."

"이분 머리를 시계로 내리치고 난 후에요." 하고 오가타가 덧붙였다.

"지히로 씨가 구니코 씨에게 전화하는 걸 들었습니다. 제가 죽었다고 생각한 지히로 씨는 또 죽인 것 같다고 말했죠. 지히로 씨는 왜 저를 죽일 필요가 있었던 겁니까? 또 죽였다는 건 전에도 이런 일이 있었다는 겁니까? 구니코 씨는 모든 것을 알고 계신 거 아닌가요?”

구니코는 가쓰키의 말을 듣고 싶지 않은 듯 두 눈을 꼭 감고 아무 말 없이 고개를 가로저었다.

“아니에요.”

잠시 후 목소리를 쥐어 짜내듯 겨우 말했다.

“뭐가 아니라는 말씀이시죠?”

“그 아이는 지금 마음이 아파요. 병이에요. 아주 오래전부터, 하이토 마을에 있었을 때부터 그랬어요. 망상에 사로잡혀서 자기가 누구를 죽였다느니 누가 자기를 죽인다느니. 하지만 그것도 전부 다 제 탓이에요. 제가 딸을 버리는 바람에…….”

산소가 부족한 듯 헐떡이는 목소리였다. 이마에 한 손을 얹은 채 고개를 숙이고 있었지만, 우는지 아닌지 알 수 없었다. 만약 눈물을 흘리고 있다고 해도 가쓰키에게는 거짓 눈물로 보일 터였다.

가쓰키의 뇌리에 지히로를 처음 만났을 때의 모습이 떠올랐다.

딸과 함께 어린이집으로 걸어가던 뒷모습. 가쓰키에게 보인 경계심과 혐오감. 아카이 미쓰바에 관해 말할 때의 어딘가 매정한 태도. 지히로는 마음의 병이 있는 것처럼도, 망상에 사로잡혀 있는 것처럼도 보이지 않았다.

머리 뒤쪽에서 피가 흐르는 느낌이 났다. 손으로 만져보니 역시나 손끝에 피가 묻어났지만 생각한 것보다는 상처가 심하지 않은 듯했다.

손수건을 꺼내려 메고 있던 가방으로 손을 뻗었다. 지퍼가 열려 있는 것에 위화감을 느꼈다.

아, 그렇구나.

그제야 가쓰키는 이해했다.

거대한 파도가 서서히 땅을 뒤덮으며 주변 풍경을 전부 바꿔버리는 듯한 감각이었다. 하지만 바뀐 풍경을 마주하고도 전혀 충격이 없는 것을 보니 이미 무의식중에 눈치채고 있었던 것 같기도 했다.

"하세 씨."

그녀를 부르는 목소리가 갈라졌다.

"지히로 씨가 아카이 미쓰바 씨 아닌가요?"

어? 하고 목소리를 낸 것은 오가타였다. 구니코는 근육이 경직된 것처럼 표정의 변화가 없었다. 충혈된 두 눈도 깜빡이지 않았다.

가쓰키의 뇌리에는 12년 전에 보았던 장녀의 뒷모습이 선명하게 남아 있었다.

마른 등과 하얀 목덜미. 아직 덜 자란 뼈의 라인. 티셔츠에 반바지 차림의 그녀는 가족들이 괴로움에 몸부림치던 테이블 위에 걸터앉아 컵라면을 먹고 있었다.

다시 생각해도 틀림없었다.

가쓰키를 탁상시계로 내리친 그녀는 가쓰키가 죽었다고 생각해 멍하니 거실 바닥에 쭈그려 앉아 있었다. 그 뒷모습이 12년 전 장녀의 모습과 겹쳤다. 하얀 목덜미의 뼈 모양. 목에서 등으로 이어지는 라인. 뼈가 앙상한 좁고 처진 어깨.

하지만 그것만으로는 깨닫지 못했었다.

"쓰레기가 없어졌어요."

가쓰키는 말했다. 가방을 손에 들고 하던 말을 이어갔다.

"가방에 넣어둔 쓰레기가 없어졌어요. 편의점 비닐봉지인데, 그 안에는 지히로 씨의 딸아이가 마신 팩 주스도 들어 있었어요. 제가 정신을 잃은 사이에 지히로 씨가 꺼내 간 거겠죠. 생각해보면 처음부터 지히로 씨는 묘하게 쓰레기를 신경 쓰면서 저한테서 가져가려고 했어요. 왜냐하면 팩 주스에는 지히로 씨의 지문이 묻어 있으니까요. 지히로 씨는 제가 지문을 가져가서 비밀을 폭로할 생각이라고 지레짐작한 건지도 모르겠네요."

말도 안 돼, 하고 오가타가 중얼거렸다.

"지히로 씨와 미쓰바 씨가 서로 바뀐 거죠? 언제부터였나요? 그럼 지히로 씨는 지금 어디에——."

하던 말을 갑자기 멈춘 이유는 지히로가 했던 말이 경보처럼 귓속에서 울려댔기 때문이었다.

—— 또 죽인 것 같아.

그녀는 누구를 죽인 것일까. 오가타의 의뢰인이 아니었던 걸까. 그렇다면 대체 누구를? 어쩌면 죽인 사람이 한 명이 아니었나.

설마, 하고 생각했다.

"지히로 씨는 돌아가셨나요?"

구니코는 대답하지 않았다. 모든 것을 포기한 것처럼 무표정한 얼굴이었다.

"설마 미쓰바 씨가 지히로 씨를……."

차마 마지막까지 말을 이을 수 없었다.

그럴 리는 없다고 가쓰키는 스스로를 타일렀다.

만약 그것이 사실이라면 구니코는 딸을 죽인 여자를 딸로 삼은 셈이니까.

제5장 아이

22. 하세 구니코 —— 4년 전 · 늦가을 2

그렇게 잘난 척을 하더니 불행해 보이네——.

자신이 두려워하던 것은 하이토 마을 사람들의 이런 평가였다. 하세 구니코가 그 사실을 깨달은 것은 엄마의 장례를 치르러 마지못해 이 마을을 다시 찾았을 때였다. 30여 년 만에 와본 하이토 마을은 전국 어디에나 있을 법한 초라한 시골 동네였다. 그동안 고작 이런 곳에 사는 세상 물정 모르는 사람들의 평가를 신경 쓰며 살았던 것인가 싶었다.

지금의 내 삶에 자신이 있기 때문이기도 했다.

나는 행복하다고, 나는 성공했다고 당당하게 말할 수 있었다. 첫 번째 결혼은 실패했지만 지금은 이해심 깊은 남편과 재혼해 내 가게를 운영하고 있다. 심지어 사이타마가 아닌 도쿄의 가장 비싼 동네에서 말이다.

불행해 보인다는 말을 들을 이유가 없었다. 애초에 나는 이 마을 사람들과 서 있는 무대 자체가 다르다. 상대하는 게 오히려 더 우습다.

엄마가 죽음에 의한 슬픈 감정은 전혀 느껴지지 않았다. 그 대신 우월감이 구니코의 마음을 지배했다.

장례를 치르고 반년이 지난 오늘, 구니코가 다시 하이토 마을을 찾은 것은 지히로를 도쿄로 데려가기 위해서다. 정확히 말하자면 혼자 남은 딸이 도쿄로 올 수 있도록 설득하러 간 엄마의 이미지를 만들기 위해서다.

엄마가 세상을 떠난 후 남편은 지히로를 신경 쓰기 시작했다. 도쿄로 데려오면 어떻겠냐고 남편은 여러 번 제안했지만, 함께 살자고는 하지 않았다.

남편은 딱 한 번 지히로를 만난 적이 있었다.

남편과 재혼하기 직전으로 지히로를 엄마에게 맡긴 지 일 년쯤 지났을 때였다. 구니코가 하코다테까지 지히로를 만나러 갔던 것은 남편이 딸을 한번 보고 싶다고 말했기 때문이었다. 남편은 근처 테이블에 따로 앉아서 지히로도 엄마도 그의 존재를 눈치채지 못했다. 남편은 지히로를 귀엽다고 칭찬하며 상황이 정리되면 셋이서 살자고 말했다. 하지만 구니코가 자신의 아이를 가졌다는 사실을 알게 된 순간 그 이야기는 없던 일이 되었다.

남편이 지히로를 데려오자고 먼저 이야기를 꺼낸 것은 의외였다. 어쩌면 매일 똑같이 반복되는 일상에 악센트가 필요했는지도, 아니면 딸을 가진 아빠라는 새로운 역할을 경험해보고 싶었는지도 모른다. 이유가 어찌 되었든 지히로가 더는 돌봄이 필요한 어린아이가 아니라는 점이 컸을 것이다.

구니코는 지히로가 하이토 마을에 있고 싶으면 있어도 되고, 도쿄로 오고 싶다면 와도 좋다고 생각했다. 이제 스무 살이니 자기 인생은 자기가 결정할 때다. 자신은 열여섯 살에 집을 나온 순간부터 인생의 모든 선택을 스스로 해 왔다.

엄마의 장례가 있었던 반년 전을 떠올리자 구니코는 가슴이 살짝 울렁거렸다. 불안과 짜증이 뒤섞인 듯한 감각이었다. 그때 지히로를 만난 것은 9년 만이었다. 지히로의 얼굴을 본 순간 당황했다. 한 호흡 쉬고 아아, 하고 입을 열었다.

스무 살이 된 지히로는 어린아이 때 얼굴 그대로였지만, 세월이 앳된 느낌을 깎아 없애버린 탓인지 전남편의 생김새가 명확히 드러나 있었다. 순간 혐오감에 가까운 감정이 마음을 스쳤고, 동요한 구니코가 "몇 년 만이지?" 라고 담담한 척 묻자 "글쎄." 하고 무관심한 답변이 되돌아왔다. 깜짝 놀라 딸의 얼굴을 다시 확인하자 모르는 여자와 마주 보고 있는 듯한 느낌을 받았다. 지히로는 많이 울었는지 눈이 퉁퉁 부어 있었지만, 엄마인 자신을 대하는 표정에서는 아무 감정도 느껴지지 않았다.

옛날에는 이렇지 않았다. 늘 부모의 안색을 살피며 억지로 웃거나, "엄마 예쁘다!" 같은 말을 하거나, 아무것도 모르는 어린애인 척하는 아이였다. 그런 부자연스러운 행동들이 신경에 거슬렸지만, 반대로 기특하게 느껴진 적도 있었다.

내가 더는 필요 없어진 거구나, 하고 구니코는 이해했다. 거추장스러웠던 짐을 드디어 떨쳐냈다는 해방감과 동시에 일말의 서운함도 느꼈지만, 딸이 정신적으로 자립한 것이라고 받아들였다.

그때의 감정을 떠올리며 반년 전과 똑같이 집 앞에 렌터카를 세웠다.

지난번에 왔을 때는 푸른빛을 걸치고 있던 산이 칙칙한 연갈색으로 칠해져 있었다.

문득 하이토 마을 일가족 살인사건이 떠올랐다.

비소로 살해당한 가족은 언덕을 끝까지 올라가면 나오는 산속에 살고 있었다고 했다. 구니코가 하이토 마을에서 지낼 당시 그곳에 집이 있다는 것은 알고 있었지만, 그 집에 사는 사람은 없었다.

사건이 일어난 것은 구니코가 아들 하야테를 갓 출산했을 무렵이었으니, 지히로를 엄마에게 맡긴 지 2년이 지난 여름이었다. 전국을 충격에 빠트린 사건이 하이토 마을에서, 심지어 자신이 살았던 집에서 아주 가까운 곳에서 일어났다는 사실이 놀라웠다. 그때 가장 먼저 든 생각은 지히로를 데려와야 하면 어떡하지, 라는 것이었다. 예를 들어 엄마가 범인에게 살해당한다거나 동네가 뒤숭숭하다는 이유로 엄마가 지히로를 돌려보내지 않을까 걱정되었다. 그 무렵 구니코는 꿈꾸던 삶을 이제 막 손에 넣은 참이었다. 남편의 도움으로 에스테틱 숍을 오픈했고, 남편이 원하던 아들도 출산했다. 이렇게 완벽한 삶에 무언가 새로운 요소가 더해지면 행복이 단번에 깨져버릴 것 같은 기분이 들었다.

차에서 내리자 산과 바다 양쪽에서 서늘한 바람이 불어왔다.

순간 무언가 타는 냄새가 코끝을 스치는 듯했지만 금세 초겨울의 서늘한 냄새로 바뀌었다.

지히로는 아마 도쿄에 가지 않겠다고 하겠지. 그렇게 생각하며 현관문 앞에 섰다.

"네가 죽인 거냐고 묻잖아!"

현관문 너머에서 비통한 목소리가 들려왔다.

네가 죽인 거냐고? 구니코는 마음속으로 되뇌었다.

그 말이 무엇을 의미하는지 알 수 없었지만 앞으로 터무니없는 현실을 마주하게 되리라는 것을 직감했다.

문 너머에서 어떤 여자가 지히로와 말다툼을 하고 있었다. 잔뜩 흥분한 여자와 달리 지히로의 목소리는 기분 나쁠 정도로 순진하고 차분했다.

구니코는 먼 나라의 이야기를 듣고 있는 듯한 느낌으로 그 자리에 가만히 서 있었다.

모든 대화가 들리지는 않았지만 여자가 하이토 마을 일가족 살인사건에서 살아남은 장녀라는 것과 지히로를 범인으로 몰아가고 있다는 것을 알 수 있었다.

아까 그 사건을 갑자기 떠올린 것이 불길한 전조였다. 그렇게 생각한 순간, 마치 하늘에서 진실이 떨어져 내린 것처럼 지히로가 벌인 짓이었다는 사실을 알게 되었다.

그런데도 구니코는 지히로가 아니라고 말해주기를 숨죽이고 기도했다.

"내가 대신 죽여준 거잖아."

잠시 후 지히로가 말했다. 뿌듯해하는 말투였다.

"고마워하면 또 모를까, 왜 화를 내는 거야?"

딸은 자신이 하이토 마을 일가족 살인사건의 범인이라고 인정해버렸다.

구니코의 귓가에 커다란 충격음이 날아 들어왔다. 무언가가 부딪히고 넘어지는 소리, 서로 뒤엉켜 싸우며 몸부림치는 듯한 퍼덕거리는 소리가 이어졌다.

심상치 않은 일이 현관문 너머에서 일어나고 있었다. 하지만 구니코는 몸을 움직일 수 없었다. 이대로 도쿄로 돌아가면 아무 일도 없었던 것이 되지 않을까, 하고 갈등했다.

정신을 차린 것은 소리가 멈춘 후였다. 현관문 너머에서 불길한 고요함이 전해졌다.

구니코는 산소가 부족해 헐떡였다. 숨이 잘 쉬어지지 않았다. 심장이 목구멍까지 치솟는 듯 세게 뛰었고, 맥박 소리가 시끄럽게 고막을 때렸다.

문고리로 손을 뻗으니 지옥으로 뛰어드는 기분이었다.

현관문을 열자 천장을 보고 쓰러져 있는 여자의 모습이 구니코의 시야에 들어왔다. 목에 노란색 머플러를 감은 채 상반신은 현관 앞 바닥에, 허리 밑은 아무렇게나 내던져져 있었다. 혈관이 터져 검붉어진 얼굴에는 괴로운 표정이 남아 있었고, 가늘게 뜬 눈은 흰자밖에 보이지 않았다. 구니코는 여자의 얼굴에서 기시감을 느꼈지만 그 이유를 생각할 여유는 없었다.

쓰러져 있는 여자의 옆에 떨어져 있는 야구 배트를 보고 하이토 마을 일가족 살인사건이 일어났을 당시 엄마가 호신용으로 야구 배트를 샀다고 전화로 말했던 것이 떠올랐다. 그때 엄마는 지히로가 범인일 줄은 꿈에도 모른 채 자신과 손녀를 지키려 했던 것이다.

고개를 들자 지히로와 눈이 마주쳤다.

현관 앞에 우두커니 선 채로 어깨를 들썩이며 거친 호흡을 내뱉고 있었다. 긁힌 상처가 남은 얼굴은 얼룩덜룩 빨갰지만, 표정은 기묘하게도 상쾌해 보였다.

검은 눈동자가 그윽하게 빛났다. 망설임 없는 시선이 구니코를 향했다.

귀신을 마주하고 있는 듯한 감각에 휩싸였다. 핏기가 가시며 긴장을 풀면 금방이라도 쓰러져 버릴 것 같았다.

무슨 말이라도 해야 한다는 생각에 구니코는 조급해졌다. 하지만 해야 할 말들은 마치 겁 많은 새들처럼 재빠르게 도망쳐 갔다.

"보험금 때문에 온 거지?"

먼저 입을 연 것은 지히로였다.

"어?"

"보험금은 한 푼도 못 줘."

담담하지만 강한 의지가 느껴지는 말투였다.

언제부터 이 아이는 이런 말투를 쓸 수 있게 된 것일까. 이 아이가 정말 지히로가 맞을까. 그런 생각을 하던 구니코의 뇌리에 악마에 씐 소녀의 이미지가 스쳐 지나갔다.

"…… 왜 그랬어?"

그렇게 묻는 것이 최선이었다.

지히로는 "왜 그랬어?" 하고 구니코의 말을 되뇌더니 "다들 똑같은 걸 물어보네."라며 희미하게 웃었다.

"지히로, 왜 이런 짓을 한 거야?"

"화가 났으니까."

쓰레기를 던져버리는 듯한 가벼운 말투였다.

"화가 나서 그랬다고?"

"맞아."

긁힌 상처로 가득한 얼굴은 오래된 피부를 벗겨낸 것처럼 매끄러워 보였다.

"화가 나서 그랬다고?"

다시 한 번 물었다.

"맞아."

지히로도 똑같은 대답을 반복했다.

"그게 다야?"

"그거면 충분하잖아. 그거 말고 뭐가 또 있어?"

잠시 침묵을 지키던 지히로가 돌연 고개를 떨구었다. 엄마를 향한 실망감에 결국은 단념한 듯한 행동으로 보였다. 지히로는 그대로 팔을 뻗어 야구 배트를 주우려 했다.

살해당할 것이다. 이 아이는 나까지 죽일 생각이다. 분명하게 그런 생각을 하기도 전에 몸이 먼저 움직였다.

배트를 빼앗아 든 구니코를 지히로는 날카롭게 응시했다.

"살해당할 바에는 내가 먼저 죽일 거야."

지히로가 말했다.

검은 눈동자는 뜨겁게 젖어있었고, 입술에 힘이 들어간 듯 보였다. 몸 안에서 심장이 강하게 수축하며 시뻘건 혈액이 요란한 소리를 내며 흐르는 것이 눈에 보이는 듯했다.

"엄마는 이미 나를 여러 번 죽였어."

딸의 말을 이해하기까지 몇 초가 걸렸다.

"무슨 말이야?"

"몸은 한 번 죽이면 끝이지만, 마음은 몇 번이고 죽일 수 있거든. 몰랐어? 무슨 짓을 해도, 무슨 말을 해도 내가 괜찮을 거라고 생각한 거야?"

지히로는 무슨 말을 하고 싶은 것일까.

엄마에게 맡겨놓고 보러 오지 않았던 것을 말하는 걸까. 화풀이하거나 짓궂게 괴롭혔던 것을 말하는 걸까. 아니, 엄마에게 맡긴 건 지히로를 생각해서 한 일이었고, 또 엄마라면 누구나 아이에게 화풀이할 때가 있지 않은가. 그럼 혹시 재혼에서 새 가정을 꾸린 것을 말하는 걸까. 지히로만 혼자 전남편의 성을 쓰고 있는 것이 마음에 들지 않는 걸까. 이 또한 조금 늦은 감은 있었지만 그래도 충분히 설명하지 않았던가.

그럼 말하지 그랬어——. 이 말이 목 끝까지 차올랐다.

싫으면 싫다고, 힘들면 힘들다고, 그때그때 말했으면 됐잖아.

“누가 나를 죽이기 전에 내가 먼저 죽일 거야. 미쓰바네 가족뿐만이 아니야. 나를 죽이려고 했던 다른 사람도 죽인 적이 있어. 앞으로도 그럴 거야. 엄마가 또다시 나를 죽이려고 한다면 내가 먼저 엄마를 죽일 거야.”

분노를 노골적으로 드러내는 딸의 모습은 평소보다 몇 배는 빠른 속도와 치열함으로 살아가는 것처럼 보였다. 배트를 쥐고 있는 사람은 구니코였지만, 당장이라도 머리를 가격당할 것 같은 기분이 들었다.

구니코가 무의식중에 머리를 살짝 피했을 때 히익, 하고 경기를 일으키는 듯한 소리가 들려왔다. 그리고 바로 다음 순간 바닥에 쓰러져 있던 여자가 지히로의 다리를 향해 덤벼들었다.

지히로가 천장을 보고 쓰러지자 두 사람은 서로 뒤엉켜 바닥을 뒹굴었다.

여자가 지히로의 목을 감싸 쥐었다. 지히로는 여자의 목에 감겨 있던 머플러를 잡아당기려 했다. 거친 호흡과 신음, 터질 듯한 짧은 비명. 두 사람 다 아무 말도 하지 않았다.

지히로의 발에 걷어차인 여자가 나자빠졌다. 여자의 얼굴을 똑바로 본 순간, 아까 느꼈던 기시감의 정체를 깨달았다. 구니코는 숨을 참고 그녀를 바라보았다. 그녀도 간절한 눈빛으로 구니코를 바라보고 있었다.

지히로가 여자 위에 올라탔다. 목에 감긴 머플러의 양 끝을 잡고 거침없이 잡아당겼다.

제발 그만해! 상상 속 구니코는 그렇게 소리치며 지히로의 팔을 붙잡아 말리고 있었지만, 현실에서는 혼이 빠져나간 것처럼 가만히 서 있을 뿐이었다.

지히로 밑에 깔린 여자는 시뻘게진 얼굴을 일그러트린 채 숨을 쉬기 위해 헐떡였다. 목에 감긴 머플러를 두 손으로 긁어대면서도 필사적으로 구니코를 바라보고 있었다. 그녀가 울고 있다는 것을 깨달은 구니코의 가슴속에서 삐걱대는 소리가 났다.

"다 죽어버려."

지히로가 목소리를 쥐어 짜내듯 중얼거렸다.

그 순간 구니코는 자신이 놓인 현실을 명확히 이해했다.

지히로는 하이토 마을 일가족 살인사건의 범인이다. 중학교 1학년 때 사람을 네 명이나 죽인 것이다. 그뿐만이 아니라 또 다른 누군가를 죽인 적이 있다고 말했다. 그리고 지금 또 아무렇지 않게 사람을 죽이려 하고 있다. 분명 나도 죽일 것이다. 나뿐만이 아니라 남편과 아들도 죽일 것이다. 생판 모르는 남을 화가 났다는 이유만으로 살해하는 아이다. 앞으로도 그럴 것이라고 본인 입으로 말했으니 틀림없이 그럴 것이다.

구니코는 손에 든 야구 배트를 고쳐잡았다. 흉포한 괴물이 날뛰듯 몸을 심하게 떨고 있었다.

그러니까 절대 맞지 않을 거야. 그렇게 생각하며 배트를 휘두르는 자신을 더는 멈출 수 없었다.

23. 아카이 미쓰바 —— 과거

도요스 바비큐 사건에 사용된 비소가 하이토 마을 일가족 살인사건에 사용된 비소와 성분이 같다는 사실이 뉴스에 보도되었을 때, 아카이 미쓰바는 얼어붙고 말았다.

지히로가 살아 있는 게 아닐까——.

유령의 차가운 손이 목을 졸라오는 듯한 감각이었다.

떠올리고 싶지 않은 4년 전 그날의 광경이 머릿속에 떠올랐다.

치켜뜬 눈꺼풀. 아무것도 비추지 않던 동공. 풀린 입술 사이로 보이던 하얀 앞니. 바닥 위에 퍼져가는 검붉은색의 피 웅덩이.

천장을 향한 지히로의 불긋불긋한 얼굴에는 긁힌 상처가 가득했고 눈, 코, 입이 모두 이완되어 열려 있었다. 놀란 것처럼도, 화난 것처럼도 보였다. 그녀의 옆에는 미쓰바의 목을 조르던 노란색 머플러가 떨어져 있었다.

미쓰바는 힘겹게 콜록거리며 문득 엄마와 싸웠던 날을 떠올렸다.

평소에는 미쓰바에게 무관심했던 엄마가 어째서인지 그날따라 격앙된 모습을 보였다.

중간에 아빠까지 가세해 한참을 얻어맞고 걷어차인 미쓰바는 현관에 쓰러진 채 움직이지 못했다. 천장에 삼각형 모양으로 늘어선 나무 마디가 사람 얼굴처럼 보였다. 그것이 부모의 얼굴이라고 생각하면서 언젠가 다 죽여 버리겠다고 마음속으로 저주하는 말을 반복했던 것을 기억하고 있었다.

가족들이 모두 죽은 것은 그로부터 석 달 후였다.

피 웅덩이 위에 쓰러져 있는 지히로의 모습이 미쓰바에게는 하이토 마을 사건 당시의 자신의 모습처럼 보였다.

시간과 공간이 왜곡되며 모든 것이 모호해져 갔다. 자신의 기억도, 감각도, 생각도 전부 누군가의 꿈이나 망상 속에 존재하는 것 같았다.

기침이 잦아들었을 무렵 고개를 들자 두 손으로 배트를 쥔 구니코가 지히로를 내려다보고 있었다.

창백한 얼굴과 충혈된 눈. 치켜 올라가 눈썹과 처진 입꼬리. 한 사람의 얼굴 안에서 두 사람의 인격이 싸우고 있는 것처럼 보였다. 눈물과 콧물로 범벅이 된 얼굴에 흐트러진 머리카락이 달라붙어 있었고, 목 안쪽에서 후, 후, 하는 소리가 새어 나왔다.

구니코는 떨고 있었다. 머리카락도, 속눈썹도, 입술도, 팔과 다리까지 온몸이 부서질 것처럼 떨고 있었다.

얼마나 시간이 흘렀을까. 구니코의 손에서 배트가 떨어졌다. 그 소리가 무언가의 스위치를 켜는 것처럼도, 끄는 것처럼도 들렸다.

구니코는 보이지 않는 손에 등짝을 맞은 것처럼 화들짝 놀랐다. 이제야 처음으로 미쓰바가 눈에 들어온 것처럼 삐거덕대며 고개를 기울였다.

"…… 너 누구야?"

날카로운 목소리와 귀신을 보는 듯한 눈빛. 지히로의 머리를 향해 배트를 휘두른 사람은 구니코인데, 마치 미쓰바가 그런 것처럼 창백한 얼굴에 공포와 비난의 기색이 가득했다.

엄마, 라고 부르면 어떨까. 엄마, 보고 싶었어. 이렇게 말하면 그녀는 어떤 반응을 할까.

생각이 그대로 입 밖으로 나와 "엄마."라고 말했지만, 살짝 망설인 탓에 말끝이 올라가며 조심스럽게 물어보는 듯한 말투가 되고 말았다.

야미가미 신사의 낡은 창고에서 치아를 발견했을 때의 감정은 아무도 모를 것이다.

미쓰바가 초등학교 5학년 때의 일이었다.

그 무렵에는 자신의 가족이 마을 사람들에게 미움받고 있다는 것도, 그 이유가 산속에 있는 허름한 집에 살고 있어서라는 것도 미쓰바는 이미 알고 있었다. 그것이 왜 미움받는 이유가 되는지 이해가 가지 않았지만, 이 세상에는 태어난 곳이나 사는 곳 때문에 차별당하는 사람이 많다는 것은 알고 있었다. 자신들은 그저 운이 나빠 그 많은 사람 안에 포함되었다고 생각하기로 했다.

냄새난다고, 더럽다고, 가난하다고 놀림 받으며 부모를 무시하는 말을 듣는 것이 일상이었다. 그때마다 "너야말로 가난해." "너희 엄마야말로 뚱뚱해." 하고 되받아쳤지만, 미쓰바의 목소리는 덧없이 울려 퍼질 뿐이었다. 압도적인 숫자를 상대로는 질 수밖에 없는 감각이었고, 무엇보다 가족들의 눈 밖에 난 시점에서 이미 승산이 없었다.

강해지고 싶다. 그 누구보다도 강해지고 싶다. 그것 단 하나만을 바랐지만, 그 바람을 이루는 방법을 알지 못했다.

전환점은 치아를 발견하기 일 년 전에 찾아왔다.

미쓰바는 초등학교에 입학하기 전부터 야미가미 신사의 낡은 창고를 자신만의 비밀 장소로 삼고 있었다. 야미가미 신사가 저주의 신사라고 불리는 것도, 마을 사람들이 야미가미 신사를 두려워하는 것도 알고 있었다.

아침부터 경트럭을 타고 어디론가 나간 부모와 남동생은 밤이 되어도 돌아오지 않았다. 이런 일은 종종 있었다. 미쓰바는 자신의 가족이 마을 사람들에게 미움받는 이유는 대충 알고 있었지만, 자신이 가족들에게 미움받는 이유는 여전히 발견하지 못한 상태였다. 그나마 가장 알기 쉬운 이유를 꼽자면 자신이 친자식이 아니라는 것이었다. 그것이 이유라면 어느 정도는 납득할 수 있을 것 같았다.

야미가미 신사의 창고 안에 있으면 벌레 울음소리에 섞여 사각, 사각, 사각, 하고 자갈을 밟는 조용한 발걸음 소리가 들렸다.

혹시 저주의 신이 모습을 드러낸 것은 아닐까. 그렇게 생각한 미쓰바는 숨을 죽였다.

만약 저주의 신이 소원을 하나 들어준다고 하면 어떻게 할까. 미쓰바는 스스로에게 질문했다. 줄곧 미쓰바의 바람은 그 누구보다 강해지는 것이었는데, 갑자기 머릿속에 떠오른 소원은 마을 사람들을 죽이는 것이었다.

창고 벽면의 널빤지 틈 사이로 바깥을 확인하자 손전등을 비추며 배례전으로 향하는 사람의 그림자가 보였다. 주변을 살피며 조심스럽게 발걸음을 내디디고 있었다. 그 정체는 미쓰바가 기대했던 저주의 신이 아닌 어딘가

겁먹은 듯한 작은 체구의 여자였다.

여자는 배례전 앞에서 한참 동안 손을 모으고 서 있었다. 집중해서 소원을 비는 모습에서 어느덧 조심스러움은 사라지고 살기가 느껴지기 시작했다.

누군가를 저주하고 있다. 그렇게 확신한 순간 자신이 보고 있는 광경이 전부 뒤바뀐 듯한 감각에 사로잡혔다. 세상을 뒤덮은 거대한 막의 찢어진 틈 사이로 이 세상의 정체와 인간의 본성을 엿보고 있는 기분이었다.

내가 존재하는 이 세상은 인간의 추악함으로 만들어져 있다. 누군가를 원망하고, 증오하고, 저주하고, 미워하는 수많은 사람이 만들어낸 어둡고 더러운 사념이 복잡하게 뒤섞여 이 세상의 공기가 된 것이다.

그렇게 생각하자 이미 처음부터 알고 있었던 것 같은 기분이 들었다. 그리고 이 세상과 이 세상에 있는 자신을 깨부수고 싶은 충동에 휩싸였다.

여자가 뒤로 돌아섰을 때, 그녀가 같은 반 학생인 모모나의 엄마라는 것을 깨달았다.

참관수업 때 교실 뒤를 돌아보며 손을 흔들던 모모나에게 지금 눈앞에 있는 여자가 웃는 얼굴로 손을 흔들어 주었던 것을 기억하고 있었다. 미쓰바가 다니는 초등학교는 한 학년에 한 반뿐이었고, 참관수업에 오지 않은 것은 미쓰바의 부모밖에 없었다.

모모나의 엄마에게 저주하고 싶은 사람이 있는 것일까. 그렇게 생각하자 흥분과 환희로 가슴 속이 몽글몽글 끓어올랐다.

다음 날 아침, 교실에서 친구들에게 둘러싸여 있던 모모나는 퍽 즐거워 보였다. 미쓰바가 그런 모모나를 향해 곧장 다가가자 모모나와 친구들은 의아함과 불쾌감이 뒤섞인 얼굴을 했다. 모모나가 무언가 말하려 했지만 미쓰바가 한발 먼저였다.

"너희 엄마 어젯밤에 야미가미 신사에 참배하러 갔었어."

모모나는 그 말의 의미를 곧바로 이해하지 못하고 멍한 표정을 지었다.

"거기 저주의 신사잖아. 너희 엄마는 누구를 저주한 걸까? 만약 누군가 죽으면 너의 엄마의 저주가 통한 거겠지?"

그 말만 남기고 미쓰바는 자기 자리로 돌아갔다. 교실은 마치 진공 상태가 된 듯한 고요함으로 가득했다.

그날부터 미쓰바를 둘러싼 주변 공기가 바뀌었다.

냄새난다, 더럽다, 가난하다 같은 놀림도, 의미심장한 시선들도 사라졌다. 미쓰바의 반경 1미터 정도에 긴장감이 감도는 공기의 띠가 만들어졌다.

미쓰바는 자신이 두려운 존재가 되었음을 느꼈다.

미움받는다 한들 두려운 존재라면 강하다는 뜻이다. 그렇게 생각하자 미움을 받으면서도 두려움의 대상인 야미가미 신사와 동질감이 느껴졌다.

미쓰바는 더 큰 두려움의 대상이 되기 위해 노력했다.

그때는 아직 '선공필승先攻必勝'이라는 말은 몰랐지만 미움받기 전에 먼저 미워하고, 무시당하기 전에 먼저 무시하면 몸도 마음도 강해지는 것처럼 느껴졌다.

'구니코'라는 이름을 처음 들은 것도 그때였다.

자판기 밑에서 발견한 백 엔짜리 동전을 들고 상점으로 갔을 때 마을 아주머니 셋이 가게 입구를 막고 서서 대화하고 있었다. 미쓰바를 발견한 한 명이 다른 두 명에게 무어라 속삭이자 세 사람이 동시에 의미심장한 표정으로 미쓰바를 바라보았다.

미쓰바는 가슴을 펴고 턱을 치켜들었다. 세 사람의 시선을 튕겨내듯 당당하게 걸으며 “좀 비키시죠.”라고 말하며 여자들을 밀어냈다. “아카이 부부의…….” 하고 수군대는 소리가 등 뒤에서 들려왔지만, 마을 어른들이 늘 하는 말들이었다.

“구니코 아니야?”

누군가가 말하자 아하하, 하고 웃음이 터져 나왔다.

“닮았네, 닮았어. 꼬마 구니코야.”

또 다른 웃음소리가 더해졌다.

입구 쪽을 돌아보니 세 사람 모두 짓궂은 미소를 띤 채 미쓰바를 바라보고 있었다.

“구니코가 누군데요?”

미쓰바가 두 손을 허리에 얹고 물었다.

“저거 봐, 구니코랑 똑같잖아.”

“그러네, 진짜 똑같다.”

“와, 떠올리는 것만으로 짜증 나.”

미쓰바를 무시하고 떠들어대는 세 사람에게 “구니코가 누구냐고요.” 하고 다시 물었다.

세 사람은 히죽거리는 얼굴을 마주 보며 몇 초 동안 침묵을 지켰다.

“구니코는 구니코지.”

“이제는 없어.”

“진작에 사라졌지.”

“속이 다 시원하다.”

"뭐, 아무래도 상관없지만."

저마다 하고 싶은 말을 하며 자리를 떴다.

야미가미 신사의 낡은 창고에서 치아를 발견하던 날에도 '구니코'라는 이름을 들었다.

그날 저녁 미쓰바가 '야마네 할망구'라고 부르는 흰머리가 희끗희끗한 여자가 야미가미 신사를 찾았다.

야마네의 집과 미쓰바의 집은 거리상 가깝지는 않았지만 그래도 이웃이기는 해서 회람판을 들고 오는 그녀와 몇 번인가 마주친 적이 있었다. 야마네는 항상 미간을 잔뜩 찌푸리고는 더러운 것을 보는 듯한 눈으로 미쓰바를 바라보았다. 지긋지긋하다는 듯 인상을 쓰며 "어디서 굴러먹다 온 건지." "진짜 민폐라니까." 같은 말들을 내뱉은 야마네를 볼 때마다 미쓰바는 그녀가 죽었으면 좋겠다고 생각했다.

창고에 있던 미쓰바는 야마네가 야미가미 신사에 온 것을 보고 그녀의 약점을 잡았다는 생각에 가슴이 설렜다.

야마네는 배례전의 먼지를 닦고 잡초를 뽑은 다음 참배길 바닥의 자갈을 정리했다. 그 행동이 전부 속임수라는 것을 미쓰바는 알고 있었다.

야미가미 신사를 찾는 사람은 거의 없었지만, 가끔 야마네처럼 청소를 하러 오는 여자들이 있었다. 그녀들은 청소하러 온 김에 겸사겸사 인사를 하는 것처럼 배례전 앞에서 손을 모았지만 미쓰바는 속지 않았다.

그녀들의 진짜 목적은 누군가를 저주하는 것이고, 저주하러 오는 김에 겸사겸사 청소를 하는 것이다.

그 증거로 미쓰바가 창고에서 나타나면 다들 귀신이라도 마주친 것처럼 흠칫 놀랐다.

"아줌마, 무슨 소원 빌었어요?" "누구를 저주하는 거예요?" "소원이 꼭 이루어지면 좋겠네요." 같은 말을 하면 그녀들은 양심의 가책을 숨기기 위해 미쓰바를 꾸짖었다.

아니나 다를까 청소를 마친 야마네는 배례전 앞에서 두 손을 모으고 고개를 숙였다. 그 사이에 미쓰바는 창고에서 나와 그녀의 등 뒤에 섰다.

"여기서 뭐 하는 거야!"

미쓰바를 발견한 야마네가 날카로운 목소리를 냈다.

"아줌마, 소원 빌러 온 거죠?"

우월감으로 미쓰바의 두 볼의 긴장이 풀리며 입꼬리가 올라갔다.

"죽이고 싶은 사람이 있는 거 아니에요?"

완벽히 몰아붙였다고 생각했다.

하지만 야마네는 대수롭지 않게 "맞아, 있어."라고 대답했다. 무안함도 창피함도 느껴지지 않는, 오히려 그게 뭐 어떠냐고 되묻는 듯한 얼굴이었다.

예상치 못한 반응에 당황한 미쓰바는 "사람들한테 다 말할 거예요."라고 순간적으로 받아쳤지만, 그렇게 말한 순간 진 것 같은 기분이 들었다.

"그래, 말해. 얼마든지 말해. 근데 네가 하는 말을 믿어 줄 사람이 있을까?"

야마네는 도발하듯 그렇게 말하며, 입을 꾹 다물고 노려보는 것밖에 할 수 없는 미쓰바를 내려다보았다.

"꼭 구니코 같네."

언짢은 듯한 말투였다.

"구니코?"

무의식중에 목소리가 튀어나왔다.

구니코가 누구인지 줄곧 궁금했지만 그것을 알려주는 사람은 없었다.

"구니코가 누군데요?"

"귀엽지 못한 애 있어."

야마네는 비웃으며 말했다.

다들 그랬다. 구니코에 관해 물으면 '다들 싫어하는 애.' '그러고 보니 그런 애가 있었지.' '어디로 간 걸까?' 같은 애매한 대답밖에 해주지 않았다. 결국 미쓰바가 알아낸 것은 구니코가 더는 이 마을에 없다는 사실뿐이었다.

"그 사람은 어디에 있는데요?"

"글쎄다. 사라져서 다들 후련해했지. 미움받았으니까. 너랑 너희 가족들처럼 말이야."

그렇게 말하며 치아를 드러내고 억지웃음을 지어 보인 야마네는 잡초가 든 봉지를 흔들며 걸어갔다.

미쓰바는 압도적인 패배감을 느끼며 돌계단을 내려가는 야마네의 뒷모습을 노려보았다.

자신만만하게 덤벼들었지만 도중에 팔을 붙잡혀 바닥에 내팽개쳐진 채 처참하게 짓밟힌 듯한 기분이었다. 그것도 한 명이 아니라 수많은 사람에게 말이다.

—— 사라져서 다들 후련해했지.

—— 미움받았으니까.

—— 너랑 너희 가족들처럼 말이야.

야마네의 목소리에 고막 안쪽이 마치 흉터가 곪는 것처럼 욱신욱신 뜨거웠다.

창고로 돌아온 미쓰바는 눈에 들어온 쥐며느리를 얇은 가지로 푹 찔렀다. 썩은 마루판 사이로 드러난 검고 축축한 흙 안에서 쥐며느리가 줄지어 기어 나왔다. 가지로 찔러도 좀처럼 죽지 않아 "죽어버려."라고 말하며 여러 번 찔러야 했다.

흙 속에서 하얀 조각을 발견한 것은 바로 그때였다.

그 조각을 집어 들어 확인해보니 사람의 어금니 같았다. 세월의 흐름과 더러운 흙이 반짝이는 흰빛을 빼앗은 듯했다. 그 조각을 보며 미쓰바는 현장 학습으로 간 박물관에서 전시물을 봤을 때와 같은 엄숙함을 느꼈다.

구니코의 이가 아닐까——.

그런 번뜩임은 미쓰바의 안에서 생겨난 것이 아니라 이 마을 전체를 내려다보는 거대한 눈이 가르쳐주는 것 같았다.

—— 사라져서 다들 후련해했지.

—— 미움받았으니까.

—— 너랑 너희 가족들처럼 말이야.

야마네의 목소리가 팽창하며 두개골을 안쪽에서부터 들어올렸다.

그러고 보니 처음 구니코라는 이름을 들었을 때도 상점 앞에 모여 있던 여자들은 구니코가 사라져서 속이 시원했다고 말했다.

다들 공범이기 때문이라는 결론이 나왔다.

구니코는 살해당해서 여기에 묻혔다. 이 마을 사람들에게 살해당한 것이다.

그렇게 생각하자 모든 수수께끼가 풀리며 긴 이야기를 끝까지 다 읽은 듯한 기분이 들었다.

나는 살해당한 구니코의 자식이다——.

그래서 마을 사람들이 나를 미워하는 것이다. 그래서 가족들도 나를 미워하는 것이다. 다들 말하지 않았던가. 구니코와 닮았다고. 구니코 같다고.

이 스토리는 미쓰바의 마음속의 모난 부분과 상처받은 부분을 다정하게 쓰다듬으며 긍정해 주었다.

나에게는 복수할 권리가 있다. 구니코의 원수를 갚아야 한다.

마음에 새기듯 그렇게 생각하자 천하무적이 된 듯한 기분이 들었다.

미쓰바의 머릿속에 떠오른 장면은 단 한 명도 남기지 않고 모든 주민이 죽고 사라진 마을을 산 위에 서서 유유히 내려다보는 자신의 모습이었다.

이 세상은 인간의 추악함으로 만들어져 있다. 그렇다면 서로를 미워하고, 저주하고, 죽이면 된다.

구니코의 이를 손에 꽉 쥐자 이 추악한 세상의 정점에 선 듯한 기분이었다. 자신만이 이 세상의 구조를 이해하고 있는 것 같았다.

그날 밤 할아버지의 창고에서 훔친 살충제를 야마네의 집 앞에 가져다 놓았다. 이 살충제로 야마네 할망구가 사람을 죽이게 해주세요, 하고 빌면서 말이다.

구니코의 성을 알게 된 것은 중학교 2학년 여름방학이 시작되기 전이었다.

그날 미쓰바가 마을 아래에 있는 마트까지 간 것은 생리대를 손에 넣기 위함이었다. 늘 화장실 선반에 여분이 있었는데 그날따라 보이지 않았다. 아빠 엄마는 외출했고 돈도 없었다. 작은 상점보다는 큰 마트가 물건을 훔치기 쉬울 것 같았다.

생필품 코너를 서성이며 사람이 없는 때를 기다리고 있는데 립글로스가 눈에 들어왔다. 학교 여자애들의 입술이 붉은 이유가 이거였을까. 그렇게 생각하자 멋대로 손이 움직였다.

조금 떨어진 곳에서 '구니코'라는 이름이 들려온 것은 바로 그때였다.

헤어용품 코너에 있는 아주머니 두 명의 대화에서 나온 것이었다. 미쓰바는 슬며시 다가가 귀를 기울였다.

"진짜? 그 구니코가?"

"진짜라니까. 시오지리 아주머니가 엄청 투덜거렸나 봐. 정확히는 말하지 않았지만 구니코의 딸을 데리고 있게 될 것 같다면서 말이야."

"그럼 구니코도 돌아온다는 거야?"

"아니, 딸만 보낸다는 것 같았어."

"말도 안 돼!"

갈색 머리의 여자는 기뻐서 튀어 오를 정도로 흥분해 있었다. 얼굴이 긴 여자는 입을 동그랗게 벌리고 있어서인지 얼굴이 말처럼 한층 더 길어 보였다.

"구니코 혹시 이혼하는 거 아니야? 이상하잖아. 딸만 친정에 맡겨두는 게."

"그건 그렇지."

"구니코 얼굴 좀 보고 싶네. 딸을 데리고 오는 거면 여기서 며칠은 지내겠지?"

"그럴지도 모르지. …… 아, 나는 이걸로 할래. 애쉬브라운이래. 애쉬가 어떤 색이지?"

"염색해보면 알겠지."

멀어져가는 두 사람을 뒤따라가고 싶었지만, 휴지를 대놨을 뿐인 다리 사이가 신경 쓰였다. 속옷에 생리혈이 묻은 것 같은 찝찝한 기분이 들었다.

생리대를 잽싸게 가방에 넣고 마트를 빠져나가려던 차에 점원에게 붙잡혔다.

부모에게 연락이 닿지 않아 할머니가 대신 불려 왔다. 체면을 중요시하는 할머니는 미쓰바가 훔친 것이 생리대였다는 사실에 부끄러워하며 점장에게 구벅꾸벅 고개를 숙여 용서를 구했다. 함께 마트에서 나오자마자 "이런 성가신 녀석 같으니."라고 말하더니 혼자서 차를 타고 가버렸다. 하지만 그 후로는 생리대를 산다고 하면 돈을 받을 수 있었고, 또 라즈베리색 립글로스를 훔친 것은 들키지 않았으니 결과적으로 잘된 일이라고 생각했다.

미쓰바의 머릿속은 구니코로 가득했다.

하지만 3~4일쯤 지나자 사람들이 '구니코'가 아니라 '구미코'라고 한 것은 아닌지, 자신이 잘못 들은 것은 아닌지 걱정되기 시작했다.

구니코가 살아있을 리 없었다. 자식이 있을 리 없었다. 구니코가 살아 있다면 붉은색 부적 파우치에 넣어 늘 몸에 지니고 다니는 치아는 아무 의미 없는 것이 되어 버린다. 그렇게 되면 미쓰바 또한 아무 이유 없이 미움받는 사람으로 되돌아가 이 추악한 세상에서 소멸할 것 같은 기분이 들었다.

그래서 여름방학 때 시오지리 아주머니 집 앞에서 지히로를 만났을 때는 깜짝 놀랐다.

구니코가 살아있다는 사실도, 자식이 있다는 사실도 좀처럼 받아들일 수가 없었다.

게다가 지히로는 마음이 약하고 머리가 둔했다. 야미가미 신사에 데려가고, 창고에 들어가서 치아를 보여주고, 구니코와 미쓰바 사이의 비밀을 들려줘도 무엇 하나 이해하지도 느끼지도 못했다. 아하하, 하고 웃으며 얼버무리거나 상대에게 맞춰가며 모든 상황을 넘기려 하는 바보 같은 아이였다. 그런 아이가 구니코의 자식일 리 없다고 생각했다.

도미에가 죽었을 때도 그랬다.

미쓰바가 화재에 관해 알게 된 것은 다음 날이었다. 교실 전체가 그 이야기로 떠들썩했지만 알려진 내용은 화재로 도미에가 죽었다는 것과 화재 당시 집에는 도미에 혼자였다는 것뿐이었다.

── 제발 죽여 주세요.

늦은 밤 야미가미 신사에서 필사적으로 소원을 빌던 도미에의 엄마의 모습이 떠올랐다.

엄마가 불을 지른 것이다. 그렇게 확신하자 소리를 내지르고 싶어졌다. 몸 안쪽 깊은 곳에서 끓어오르는 이 감정이 무엇인지 스스로도 알지 못했다. 흥분, 환희, 공포. 이 모든 감정이 맞는 것 같기도, 전부 다 틀린 것 같기도 했다.

그렇구나. 도미에의 엄마는 도미에의 죽음을 그리도 간절히 빌었던 거구나. 그렇게 생각하자 등에 오싹한 한기가 스쳤다. 자기라면 절대 도미에를 혼자 두지 않을 거라고, 엄마라면 그게 당연하다고 지히로에게 말했으면서 속으로는 도미에의 죽음을 바라고 있었던 것이다.

미쓰바는 자신이 모처럼 살충제가 있는 곳을 알려줬는데도 그녀가 불을 질러서 죽이는 방법을 택했다는 사실에 조금 분했지만, 그래도 신에게 기대지 않고 직접 자신의 손으로 처리한 것만은 칭찬해 주고 싶었다. 그래서 미쓰바는 그녀가 도미에의 죽음을 빌었던 것을 아무에게도 말하지 않았다. 그녀와 자신만의 비밀로 남겨두기로 한 것은 공범이 된 듯한 기분이 들었기 때문이었다.

하지만 지히로에게는 특별히 말해주었다. 그런데 마음이 약하고 머리가 둔한 지히로는 이 세상이 인간의 추악함으로 만들어져 있다는 것을 요만큼도 이해하려 하지 않았다. 정말 이 아이가 구니코의 자식이란 말인가. 미쓰바는 경멸과 분노로 머릿속이 복잡해졌다.

미쓰바가 구니코의 사진을 손에 넣은 것은 그로부터 얼마 지나지 않은 무렵이었다.

아무도 없는 지히로의 집에 몰래 들어가 평소에는 문이 닫혀 있는 다다미방을 뒤지자 서랍 안쪽에서 봉투가 나왔다. 보내는 사람은 구니코였고, 그 안에는 웨딩드레스를 입은 여자의 사진 세 장이 들어 있었다.

예쁜 사람이었다. 이 세상 모든 행복을 독차지한 것처럼 하얀 이를 드러내며 웃고 있었다. 이 사람이 구니코구나. 미쓰바의 마음이 묘하게 차분해졌다. 반짝반짝 빛나는 티아라, 손에 닿는 순간 녹아버릴 것 같은 섬세한 드레스, 빛을 뿜어내는 귀걸이. 지히로와 전혀 닮지 않았다. 지히로가 아니라 자신에게 더 어울리는 엄마라고 생각했다.

집에서 나오다 시오지리 아주머니와 마주쳤지만 주머니에 들어있는 사진은 들키지 않았다.

미쓰바는 매일 구니코의 사진을 바라보았다. 엄마, 하고 불러보기도 했다. 운명이 실수를 범한 탓에 자신과 지히로가 뒤바뀐 것은 아닐까 생각했다. 자신이 있어야 할 곳을 통째로 빼앗긴 듯한 기분에 지히로를 미워하고 원망하며 다시는 일어서지 못할 만큼의 상처를 입히고 싶어졌다. 그러기 위해서는 손이 닿는 곳에 두어야 했다.

하지만 고등학생이 되자 지히로는 아무래도 상관없게 되었다.

미쓰바는 옆 마을에 있는 패스트푸드점에서 아르바이트를 시작했다. 그곳에서 만난 한 살 연상의 타키라는 남자와 가까워지면서 자신이 지금까지 이 세상의 전부라고 믿었던 곳이 사실은 지도의 아주 작은 점에 불과하며, 게다가 그 점에는 아무런 가치도 없다는 것을 알게 되었다.

야미가미 신사의 창고는 더 이상 저주하러 온 사람들을 지켜보는 장소가 아니라 타키와 키스를 하거나 서로의 몸을 만지는 장소가 되었다. 그의 입술, 혀, 손가락, 땀 냄새, 그리고 거친 호흡이 거대한 세상으로 이어지는 문을 열어준 것처럼 느껴졌다.

그래서 신사에 작은 불이 났을 때 비밀 장소가 사라질까 봐 걱정했지만, 창고는 무사하다는 것을 알고 안도했다.

자신이 사는 이 마을이 아주 작은 점에 불과하다는 것을 깨달았어도 다 죽어버렸으면 좋겠다는 마음은 사라지지 않았다. 오히려 가치 없는 마을에 사는 가치 없는 인간들을 향한 증오가 더욱 커져만 갔다.

그 안에는 미쓰바의 가족들도 포함되어 있었다. 하지만 가끔 마가 낀 것처럼 역시 가족들은 죽지 않았으면 좋겠다는 생각이 들 때가 있었다.

예를 들면 그때——. 엄마에게 파란색 돌고래 인형을 받았을 때가 그랬다.

가져. 미쓰바를 향해 돌고래 인형을 던지며 엄마는 아무래도 좋다는 듯 말했다. 말투와 마찬가지로 퉁명스러운 표정을 짓고 있었지만, 느슨해진 볼이 왠지 쑥스러워하는 것처럼 보였다. 자신도 똑같은 표정을 짓고 있다는 것을 느끼면서도 미쓰바는 혼란스러웠다.

엄마와 뒤엉켜 싸운 것이 바로 어제였다. 미쓰바는 입술이 찢어졌고 눈 밑에 난 상처에 반창고를 붙여야 했다. 사과 대신인가 생각했지만, 그것은 미쓰바가 알고 있는 엄마가 아니었다.

엄마가 무슨 마음인지 보이지 않아 미쓰바는 괴로워했다.

부모에게 미움받고 무시당하는 것은 다 내가 나빠서가 아닐까. 그렇다면 어디가 나쁜 것일까. 성격일까, 외모일까, 사고방식일까, 아니면 나라는 존재 자체가 주변을 불쾌하게 만드는 것일까. 자신을 탓하는 말이 꼬리를 물고 이어지며 그런 자기 자신에게도, 자신을 이렇게 만든 엄마에게도 몸부림치고 싶을 만큼의 분노를 느꼈다.

하지만 한편으로는 죄송해요, 용서해 주세요, 다시는 안 그럴게요, 하고 눈물을 흘리며 엄마에게 매달리고 싶은 충동에 사로잡힐 때도 있었다. 잠깐이라도 긴장을 늦추면 엄마의 안색이나 살피는 나약한 인간이 되어버릴 것 같은 기분이 들었다. 미쓰바는 그 굴욕감을 분노로 바꾸었다.

역시 그냥 다 죽어버려. 다 죽어서 사라져버려.

8월 9일, 미쓰바의 바람은 현실이 되었다.

그날 오후에 할머니가 집에 왔다. 집 안에 있는 창문을 다 열어놓은 탓에 아래층에서 무슨 일이 일어나고 있는지 2층에 있는 미쓰바에게 전부 전해졌다.

"할머니, 할머니, 그게 뭐예요? 케이크? 와, 진짜 케이크예요? 아싸!" 하고 동생은 잔뜩 신이 났고, 할머니는 "돼지 우리마냥 어질러 놨네. 여름이라 벌레 생긴다니까!"라며 언성을 높였다. 게임 효과음과 "으악! 젠장!" 하는 아빠의 외침도 들렸지만, 말수가 적고 우물거리며 말하는 엄마의 목소리는 평소와 다름없이 들리지 않았다.

미쓰바는 이불에 엎드려 누운 채로 누군가 자신의 이름을 불러주기를 기다렸다. 기다리면서도 동시에 포기한 상태이기도 했다. "시끄럽네."라고 중얼거리며 몸을 뒤척거리다 가방에 매달린 돌고래와 눈이 마주쳤다.

잠시 후 다 같이 외출하는 소리가 들렸다. 빌소리가 쿵쿵 울리고 흥분한 남동생이 조잘대는 말소리가 들리더니 현관문이 닫혔다. 할머니의 경차와 아빠의 경트럭이 나란히 멀어져 갔다.

이불에 누운 채 눈을 감자 조금 전까지는 귀에 들어오지 않았던 매미 울음소리와 바람에 살랑거리는 나뭇잎 소리가 들렸다.

미쓰바, 하고 누군가 자신의 이름을 부른 것 같아 퍼뜩 눈이 떠졌다. 그대로 귀를 기울였지만 인기척은 없었다. 모기에 물린 팔을 무의식중에 긁으며 "뭐야, 꿈이잖아."라고 중얼거렸다.

꽤 오래 잠들어 있었던 것 같은데 햇볕의 밝기는 아까와 크게 달라지지 않았고 아래층도 여전히 조용했다. 자신의 이름을 부른 목소리가 귓가에 아직 맴돌았지만, 그것이 누구의 목소리였는지 판단이 서지 않았다.

"이봐! 자치회비 받으러 왔는데!"

아래층에서 누군가 소리쳤다.

계단을 내려가 보니 현관에 야마네가 무뚝뚝한 얼굴로 서 있었다. 아빠도 엄마도 집에 없다고 말하자 야마네는 이래서 문제라느니 어디서 굴러먹다 왔는지도 모르는 개뼈다귀라느니 불평을 늘어놓으며 돌아가려 했다. 그 등에 대고 미쓰바는 "닥쳐, 죽여버린다." 하고 진심을 담아 외쳤다.

거실 옆 부엌으로 들어가자 가스레인지 위에 냄비 두 개가 놓여 있었다. 뚜껑을 열어보지 않아도 하나는 카레, 다른 하나는 스튜라는 것을 알 수 있었다. 2층까지 카레 냄새가 났고, 할머니는 카레를 만들 때 반드시 스튜도 같이 만들기 때문이었다. 하지만 미쓰바는 순서대로 뚜껑을 열어 확인했다. 아니나 다를까 카레와 스튜였다.

"한여름에 무슨 스튜야."

투덜대는 말투로 중얼거렸다.

뚜껑에서 뚝뚝 떨어지는 물방울이 팔 안쪽으로 타고 흐르는 것을 느끼며 아, 그러네, 하고 미쓰바는 생각했다.

틀림없이 다들 내가 아르바이트를 하러 가서 집에 없다고 생각한 것이다. 그래서 나를 부르지 않은 것이다.

그렇게 생각한 것이 아니라 그렇게 생각하려고 하는 비참한 자신을 받아들이기 어려웠다.

싱크대 안에는 케이크를 먹은 듯한 앞접시 네 개가 들어 있었다. 쓰레기통을 보니 양과자점 상자가 버려져 있었다. 냉장고를 열어봤지만 케이크는 남아 있지 않았다. 처음부터 자신의 몫은 없었다는 사실을 뼈저리게 깨달았다.

"죽어. 그냥 다 죽어버려."

미쓰바는 또렷하게 소리 내어 말했다.

그대로 집에서 나와 야미가미 신사까지 달렸다. 처음으로 배례전 앞에서 두 손을 모았다.

"전부 다 죽게 해주세요."

마음을 다해 빌었다.

자신이 지금 이런 마음이라는 것을 누군가가 알아주었으면 했다. 누군가가 데리러 와줬으면 했다. 왠지 자신이 기다리는 사람은 구니코인 것 같은 기분이 들었다.

해가 저문 후 집으로 돌아가자 아빠의 경트럭과 할머니의 경차가 세워져 있었고, 거실 창문에는 불이 켜져 있었다.

미쓰바는 일부러 난폭하게 소리를 내며 집으로 들어갔다. 거실 TV 소리가 크게 들려왔다. 문 하나를 사이에 두고 엄마, 아빠, 남동생, 그리고 할머니가 죽어있으리라고는 상상조차 하지 못했다. 잠시 후 내리기 시작한 비가 집 안의 모든 소리를 지웠다.

다음 날 아침, 할머니가 돌아오지 않은 것을 수상하게 여긴 할아버지가 찾아와 네 사람의 시신을 발견했다.

미쓰바는 사건 현장을 보지 않았다. 하지만 구토하고, 목을 쥐어뜯으며 신음하고, 바닥을 뒹굴며 괴로움에 일그러진 얼굴로 미쓰바— 미쓰바— 하고 원망하는 네 사람을 비웃으며 내려다보고 있었던 것 같은 기분이 들었다.

—— 전부 다 죽게 해주세요.

자신의 목소리가 도미에의 엄마의 목소리와 겹쳐졌다.

도미에의 엄마는 소원을 비는 데 그치지 않고 직접 자기 손으로 처리했다.

어쩌면 나도 똑같은 짓을 한 것은 아닐까?

냄비 뚜껑을 열었던 그때. 뚜껑에서 떨어지는 물방울이 팔 안쪽으로 타고 흐르는 것을 가만히 느끼고 있었던 그때. 그냥 다 죽어버리라고 생각했던 그때.

나는 정말 비소를 넣지 않았을까?

모든 것이 모호해졌다. 현실과 상상, 각성과 꿈, 현재와 과거와 미래, 자신과 타인, 나의 내면과 외면. 그것들을 구분 짓는 선이 사라지며 모든 것이 모호하게 녹아 하나로 뒤섞였다. 다만 사건이 일어난 날 저녁, 네 사람이 옆 마을에 새로 오픈한 대형 대중목욕탕에 다녀왔다고 경찰에게 들은 것 딱 하나만은 아플 정도로 현실감이 있었다.

미쓰바는 자신이 바람과 온도에 따라 모습을 바꾸는 유백색 안개가 된 듯한 기분이 들었다. 자신의 내면이 전부 사라진 것 같기도 했고, 이미 죽은 것 같기도 했고, 가상의 세계로 들어온 것 같기도 했다.

매일 경찰 조사를 받았다. 기자들이 집 주변을 에워쌌고, 고함과 아우성이 오갔고, 머리 위로 헬리콥터가 날아다녔다. 시간은 무언가를 느끼거나 생각할 여유를 주지 않고 무서운 속도로 미쓰바를 집어삼켰다.

어느 날 밤, 지히로가 혼자 찾아왔다.

"다들 죽어서 잘됐다. 되갚아줬네. 살해당하기 전에 죽여서 다행이야."

어둠 속에서 슬쩍 비밀을 건네듯 속삭이는 지히로의 눈동자는 밤하늘의 별을 모아놓은 것처럼 반짝이고 있었다.

그 눈에 홀린 것처럼 역시 그랬구나, 하고 미쓰바는 생각했다. 네 사람을 죽인 것은 내가 맞았다.

다들 죽어서 잘됐다. 되갚아줬다. 살해당하기 전에 죽여서 다행이다.

그렇게 생각하자 호흡이 편해졌다.

"뭐, 그렇지."

미쓰바는 웃음을 지어 보였다.

다음 날 아침, 가족들이 죽은 고타쓰 테이블 위에 걸터앉았다. 네 사람의 토사물이 묻은 고타쓰 이불은 경찰이 가져가고 없었다.

그래, 잘됐어, 후련하다, 하고 자신을 타일렀다. TV에서 나오는 버라이어티 방송을 보며 컵라면을 먹고, 방귀를 뀌고, 테이블 위에 올라섰다가 책상다리를 하고 앉기도 했다. 자신은 가족을 잃어도 아무렇지 않다고, 아무렇지 않을 뿐 아니라 가족에게서 해방되어 이렇게나 기뻐하고 있다고 형체가 없는 거대한 무언가에게 보여주고 싶은 마음이었다.

낮과 밤이 뒤바뀌는 데 시간은 얼마 걸리지 않았다. 일주일에 한두 번, 마을 사람들이 모두 잠든 후에 물건을 사러 나갈 때 말고는 집에서 한 발짝도 나가지 않았다. 국도변의 편의점까지는 편도로 한 시간이나 걸렸지만, 심야에도 트럭 운전기사나 젊은 남녀 같은 손님들이 있어 미쓰바의 존재를 지워 주었다. 하지만 편의점 불빛에서 벗어나 흐름을 멈춘 검은 강 같은 언덕을 오르기 시작하면 각 집의 어두운 창문에서 무수한 눈이 자신을 지켜보고 있는 것처럼 느껴졌다. 미쓰바를 두려워하고, 미워하고, 배제하기 위해 결탁한 시선들이었다.

드디어 나는 이 마을에서 가장 두려운 존재가 된 것이다. 그렇게 생각하자 큰 소리로 웃고 싶은 충동에 휩싸였다. 하지만 웃는 방법이 기억나지 않았다.

미쓰바가 하이토 마을을 떠난 것은 사건이 일어난 지 약 3개월 후였다.

눈이 내리기 시작할 때가 되면 나타나는 작은 벌레가 날아다니고, 내뱉는 숨이 어렴풋이 하얗게 물들기 시작한 무렵의 어느 늦은 밤이었다.

편의점에서 돌아와 산길을 걷던 미쓰바는 집 앞에 낯선 차가 세워져 있는 것을 발견했다. 멈춰 서서 지켜보자 집 주변을 서성거리는 검은 그림자가 달빛에 비치고 있었다.

기자라고 생각했다. 한동안 보이지 않기에 방심하고 있었다. 이런 시간에 이상하다고는 생각했지만, 미쓰바를 깜짝 놀라게 하려는 생각인지도 몰랐다. 이대로 돌아가면 들킬 것이다. 플래시를 터트리고 마이크를 들이밀며 지금 심정을 말해달라며 소리칠 것이다.

발걸음을 돌리려는 순간, 어두운 주황빛 불길이 확 타올랐다. 마치 어둠의 갈라진 틈에서 불이 뿜어져 나오는 것 같았다. 점점 거세지는 불길과 힘겨루기를 하는 것 같은 검은 연기가 무수한 손을 뻗치며 밤하늘로 치솟았다.

누군가 집에 불을 질렀다는 것을 깨달았다. 뒤늦게 그 그림자는 기자가 아니라 이 마을 사람이 아니었을까, 하는 생각에 이르렀다.

미쓰바는 곧바로 산길을 빠져나와 숲속에 몸을 숨겼다.

얇은 대나무 가지에 얼굴을 긁히고, 마른 가지가 팔을 찔렀지만 아픔이 느껴지지 않았다. 두피가 저릿하고 귓속에서 심장 소리가 거세게 울려댔다. 힘이 빠져 움직일 수 없는데도 발밑에서 정체를 알 수 없는 충동이 끓어올라 가만히 있기가 힘들었다.

차가 떠나는 소리가 들렸지만 공포감에 고개를 들 수 없었다.

나를 이렇게까지 미워하고, 증오하고 있구나——.

날카로운 칼날에 가슴을 찔린 것 같았다.

내가 도대체 무엇을 했다고 이러는 것일까. 산속에 사는 것이 그렇게까지 나쁜 일인가. 불에 타 죽어야 할 만큼의 죄를 저지른 것인가.

하지만 한편으로는 어쩔 수 없는 일이라고도 생각했다.

다 죽어, 다 죽어서 사라져버려, 하고 미쓰바 또한 계속해서 간절히 바라왔으니까.

활활 타오르는 집을 뒤로 하고 미쓰바는 마을 언덕을 뛰어 내려갔다. 돌아보는 순간 수많은 손이 뒤에서 자신을 붙잡을 것 같은 기분이 들었다. 잡히면 산 채로 불에 타 죽게 될지 모른다고 생각했다. 가방에 매달린 돌고래 인형이 흔들리는 것이 또렷이 느껴졌다.

국도로 나왔을 때 소방차 사이렌 소리가 들렸다. 고개를 들자 새까만 산에서 얇은 불기둥과 연기가 치솟고 있었다. 쓰레기를 태우지 말아라, 산불이 난다, 라고 근처 주민들이 입을 모아 불평하러 왔던 날을 떠올렸다. 순간 지금 보이는 저 불길과 연기는 엄마가 쓰레기를 태우고 있는 것이라는 착각이 들었다.

공중전화로 옆 마을에 사는 타키에게 전화를 걸었다. 경찰에게 두 사람의 관계를 말하겠다고 협박했더니 하코다테까지 오토바이로 데려다주고, 한 달치 아르바이트비 정도 되는 돈까지 주었다.

다음 날 아침에 미쓰바는 하코다테역에서 JR 열차에 올라탔다.

도쿄에서는 법에 어긋나는 것을 마다하지 않으면 젊은 여자라는 것만으로도 할 수 있는 일이 얼마든지 있었다. 미쓰바는 이름과 나이를 구분해 사용하며 여러 남자와 관계를 맺었고, 계속해서 거처를 옮겨 다녔다. 왜 더 일찍 그 마을에서 나오지 않았던 것일까, 하고 과거의 자신이 이해되지 않았다. 아주 작은 점에 갇혀 주변을 보지 못한 것은 자기 자신이었다.

미쓰바는 자신의 과거를 전부 다 버렸다. 사건도, 가족도, 자신이 아카이 미쓰바라는 사실까지 모든 것을 기억에서 지우기 위해 노력했다.

돈이 생기면 성형수술을 했다. 이 세상 모든 행복을 독차지한 것처럼 웃는 구니코의 사진을 보여주며 이 얼굴로 해달라고 말했다. 구니코와 똑같은 얼굴이 되면 행복이 알아서 찾아올 것 같은 생각이 들었다. 세 번째 만에 만족할 만한 얼굴이 됐지만, 여전히 구니코처럼 웃을 수는 없었다. 자신이 누구인지, 무엇을 위해 살고 있는지 더는 알 수 없게 되었다.

수년 후 텔레비전 여행 프로그램에서 삿포로의 댐 호수가 소개되는 것을 본 미쓰바는 충동적으로 홋카이도로 돌아갔다.

삿포로에서 머무를 만한 인터넷 카페를 찾던 중 대형 대중목욕탕 전단지를 하나 받았다. 사건이 일어나던 날 저녁, 자신을 뺀 가족 네 명이 옆 마을의 대중목욕탕에 갔었다는 사실이 떠올랐지만 미쓰바는 기억나지 않는 척했다. 전단지에 붙어 있는 할인권을 사용하면 수건과 안에서 입을 옷을 포함해 500엔으로 심야까지 머무를 수 있었다. 11월의 삿포로는 날씨가 꽤 쌀쌀했다. 미쓰바는 전단지를 들고 시내 중심부에 있는 대중목욕탕으로 향했다.

씻고 나온 미쓰바는 휴게실로 쉬러 들어갔다. 커다란 텔레비전 화면에서 와이드 쇼가 나오고 있었다. '하이토 마을'이라는 단어가 귀에 들어와 퍼뜩 고개를 들어 텔레비전에 눈의 초점을 맞췄다. 〈미제사건을 쫓아라!〉라는 자막이 떠 있었다.

미쓰바가 반사적으로 자리에서 일어났을 때 "아! 저거 봐! 하이토 마을!

왜, 있잖아! 비소로 살해당한 사건!" 하고 근처에서 어떤 여자가 목소리를 높였다. 70대 전후의 여자 세 명이 앉은 테이블이었다. "그 얘기 벌써 백 번은 더 들었어." "이토 씨 십팔번이잖아." "전에 살던 집 바로 앞에서 일어난 사건이니까 백 번은 더 말할 수 있지. 벌써 8년이나 됐네. 추억이네, 추억이야."

여자들의 대화에서 이토라고 불리는 여자가 이전에 하이토 마을에 살았었다는 것을 알고 슬쩍 얼굴을 확인했다. 미리에 수건을 두른 여자의 얼굴이 어쩐지 익숙한 느낌이 들었다.

이토는 사건이 일어났던 날 산길 옆 숲속에서 산딸나무 열매를 따고 있었던 것, 그 열매로 매년 잼을 만들어 이웃들에게 나눠주었던 것, 하지만 살해당한 아카이 가족에게는 절대 나눠주지 않았던 것, 다들 아카이 가족을 민폐로 여겼던 것을 거침없이 이야기하더니 "아, 이거는 아직 말한 적 없는 것 같은데 삿포로로 이사 오고 나서 생각난 게 하나 있었어."라고 거드름을 피우는 듯한 말투로 운을 뗐다.

"하이토 마을의 그 사건 말이야, 사이타마에서 온 여자아이가 하마터면 휘말릴 뻔했었어. 그 아이는 아마 장녀랑 놀려고 그 집에 갔던 것 같은데, 저녁에 돌아갔거든. 정말 위험했지. 저녁을 같이 먹었으면 그 아이까지 죽었을 거 아니야. 그 아이는 장녀랑 다르게 고분고분하고 착한 아이였거든. 나는 심지어 그 아이한테 장녀랑 친하게 지내지 말라고 말한 적도 있다니까. 거봐, 내가 말한 대로 됐잖아."

마치 자랑거리인 양 한참을 떠들어대던 이토는 그 사건의 범인은 틀림없이 장녀일 것이라며 이야기를 매듭지었다.

24. 아카이 미쓰바 —— 현재

"엄마, 우리 어디 가?"

후카의 목소리에 미쓰바의 의식이 현재로 되돌아왔다.

"응? 어디 가?"

반복되는 물음은 애써 불안을 숨기려는 것처럼 들렸다. 이제 막 등원한 어린이집에 갑자기 엄마가 숨을 헐떡이며 데리러 왔으니 이변을 감지하는 것이 당연했다.

미쓰바는 후카의 손을 꼭 잡고 "글쎄, 어디로 갈까?"라고 대답했다.

"엄마, 아까부터 계속 그 말만 하잖아."

어린 딸의 지적에 자신도 같은 대답을 반복하고 있었다는 사실을 깨달았다.

미쓰바는 평소와 같은 태도를 유지하려고 애썼다. 하지만 창백해진 얼굴이 딱딱하게 굳은 것도, 후카를 잡아끌 듯이 걷는 것도, 목소리가 떨리는 것도 자각하고 있었다.

집에서 도망쳐 나온 지 20분 정도가 지난 듯했다. 이미 경찰이 자신을 쫓고 있을까.

언젠가 이런 날이 오지 않을까 생각했다. 그 언젠가가 오늘이 아니기를 매일 기도했다. 그러는 사이 어느덧 4년이라는 시간이 흘렀다.

일단 도망쳐야 해——.

가장 가까운 역 개찰구를 통과했다. 출근 시간이 지난 역 안은 느긋한 분위기였다.

후카의 손을 끌어당겨 전철에 올라탔다. 비어 있는 좌석에 후카를 앉히고 그 앞에 섰다. 억지로 입꼬리를 올려 싱긋 웃어 보이자 후카는 그제야 안심했는지 미소를 되찾았다.

어디로 가야 좋을까. 갈 곳이 있기는 할까.

멍해진 머리로 생각하며 미쓰바는 창문 밖으로 시선을 돌렸다. 맨션, 상가 건물, 인터넷 카페와 대출 회사의 간판, 사원과 작은 묘지, 그리고 아파트. 눈에 들어온 순간 차례로 스쳐 지나갔다. 문득 그늘이 지며 바깥 풍경과 겹치듯 한 여자의 얼굴이 창문에 비쳤다.

창문에 비친 자신의 얼굴을 미쓰바는 가만히 바라보았다.

—— 왜 내 얼굴을 하고 있는 거야?

구니코의 목소리가 귓가에 되살아났다.

지히로에게 배트를 휘두른 사람은 구니코인데, 마치 미쓰바가 그런 것처럼 공포와 비난의 감정이 뒤섞인 얼굴을 하고 있었다. 너 누구야? 라고 묻는 구니코에게 엄마, 하고 미쓰바가 답한 직후였다.

왜 내 얼굴을 하고 있는 거야? 너 비소로 가족이 다 죽은 집 딸 맞지? 근데 네가 왜 내 얼굴을 하고 있냐고! 이럴 생각이 아니었어. 이럴 생각이 아니었다고! 네가 그런 얼굴을 하고 있는 바람에 내가……!

마치 미쓰바가 지히로를 죽였다고 말하는 것 같았다.

당신의 사진을 봤다고 미쓰바는 말했다.

웨딩드레스 입은 사진을 봤어요. 아름다웠어요. 그렇게 되고 싶었어요. 그래서…….

아니야, 이게 아니야, 이런 게 아니야. 아무리 생각해도 자신의 마음을 전할 말을 찾을 수가 없었다. 가슴을 열어 야미가미 신사의 낡은 창고에서 치아를 처음 발견했을 때의 기분을 구니코에게 보여주고 싶었다.

뭐야, 그게. 구니코는 눈을 번쩍 뜨고 말했다. 뭐냐고, 그게. 이해가 가지 않는다는 듯 중얼거리더니 작게 비명을 내지르며 피 웅덩이 위에 쓰러져 있는 지히로에게 매달렸다.

미쓰바의 관자놀이에서 탁, 하고 무언가가 끊어지는 소리가 났다.

경찰 부르세요.

정신을 차려보니 그렇게 말하고 있었다. 순간 구니코의 움직임이 멈추었다.

경찰 불러서 이야기하세요. 제 가족을 죽인 범인이 지히로였다고요. 지히로가 비소를 넣었다고요. 그런 지히로를 당신이 죽였다고요. 전부 다 말씀하시라고요.

안 돼!

구니코가 돌아보며 소리쳤다. 피와 눈물과 콧물로 축축하게 젖은 얼굴에 머리카락이 달라붙어 있었다.

그건 안 돼. 말할 수 있을 리가 없잖아. 어떻게 말해? 뭐라고 말해? 나는 몰랐단 말이야. 이런 짓을 저지를 생각은 없었어. 어쩌면 좋지? 응? 어떻게 해야 해.

머리와 가슴에 손을 얹고 초조한 듯 시선을 가만히 두지 못하는 구니코는 망령에 씌어 헛소리를 늘어놓은 것처럼 보였다.

한때는 이 세상의 모든 행복을 독차지한 것처럼 웃었던 사람이 지금은 절망의 밑바닥에서 발버둥 치고 있다.

슬프면서도 어리석어 보이는 구니코를 바라보며 미쓰바는 또다시 야미가미 신사의 낡은 창고에서 치아를 발견했을 때의 기억을 떠올렸다. 이 모든 일은 그날부터 시작된 것 같은 기분이 들었다. 아주 먼 곳까지, 생각지도 못한 곳까지 와버렸구나 싶었다.

그때 방 안쪽에서 가는 울음소리가 들려왔다.

으앙, 아아앙, 아아—, 으아—, 아아앙—.

쥐어 짜내는 듯한 가늘고 높은 소리. 고양이나 새의 울음소리인가 싶었지만 아니었다.

구니코가 서둘러 거실을 지나 방문을 열었다.

방 안에는 아기가 있었다. 이불 위에서 두 주먹을 꼭 쥐고 얼굴이 새빨개질 정도로 울고 있었다.

구니코가 피범벅인 된 손으로 아기를 안아 올렸다. 그 행동에 망설임은 없었다. 머리보다 몸이 먼저 움직인 것처럼 보였다.

바닥에는 기저귀와 물티슈, 베냇수트, 우주복 등이 널브러져 있었고, 방 전체가 달콤한 향으로 가득했다.

지히로의 아기니?

구니코가 아기에게 말을 걸었다.

너, 지히로의 아기야?

구니코가 눈물을 흘리며 볼을 비비자 아기 얼굴에 피와 눈물이 묻었다.

지히로의 아기라고?

미쓰바는 마음속으로 신중하게 되뇌었다.

지히로가 아기를 낳은 것인가. 그렇다면 결혼도 한 것인가.

가족도, 과거도, 내가 아카이 미쓰바라는 사실까지도 전부 버리고 밑바닥 인생을 전전하는 사이에 지히로는 아기를 낳고 가정을 꾸려 자신이 있을 곳을 만들었다는 말인가.

황당해하는 미쓰바의 품에 갑자기 따뜻한 것이 닿았다. 반사적으로 팔을 들자 어느샌가 품에 아기를 안고 있었다. 순간 피비린내가 코를 찔렀다. 아기가 울음을 그치고 아, 아, 하고 짧게 목소리를 냈다.

네 아기야.

구니코가 텅 빈 눈으로 말했다.

미쓰바는 무슨 말인지 이해가 가지 않아 구니코를 가만히 바라보기만 했다.

너는 지히로야. 내 딸이야. 나랑 똑같이 생겼잖아. 내 말이 맞지? 내 딸이지?

감당하기 힘든 현실에 구니코가 결국 정신을 놓아버렸다고 생각했다. 안쓰러웠다. 이렇게나 나약하다니 불쌍하게. 이렇게나 어리석다니 불쌍하게.

하지만 구니코는 제정신이었다.

미쓰바가 아기를 돌려주려 했을 때였다. 구니코는 아기를 안고 있는 미쓰바를 꼭 끌어안았다. 구니코는 벌벌 떨고 있었다. 마치 물에 빠진 사람처럼 필사적으로 미쓰바에게 매달렸다.

부탁할게, 지히로가 되어 줘. 내 딸이 되어 줘.

고개를 들어 미쓰바를 바라보는 구니코의 눈동자는 숨이 막힐 정도로 맑았다. 미쓰바는 그 눈에 갇힌 자신의 모습을 바라보았다.

자신의 죄를 덮고 싶은 것일까. 지히로의 죄를 숨기고 싶은 것일까. 아니면 지히로가 살아있다고 믿고 싶은 것일까. 그녀가 제정신이라고 믿고 싶었지만, 역시 마음의 중요한 한 부분이 부서져 버린 것일지도 몰랐다. 구니코의 진심이 전혀 보이지 않았다.

이 아기는 네 아기야. 알겠지? 둘이서 같이 키우자. 우리는 이제 가족이야.

그런 게 가능할 리 없었다. 엄마가 휘두른 배트에 맞아 머리가 깨진 지히로가 현관 앞에 죽어있으니까. 그렇게 생각하면서도 구니코에게 선택받았다는 어두운 기쁨과 자랑스러움이 미쓰바의 가슴에 퍼져갔다.

"엄마. 응? 엄마!"

치마를 잡아당기는 느낌에 흠칫 놀랐다.

"우리 놀러 가는 거지? 놀이동산? 공원? 수족관?"

어리광 섞인 말투로 물어오는 후카의 모습이 천진난만한 척하는 것처럼 보였다.

지히로와 닮았다는 사실을 새삼 깨달았다.

지히로도 아무것도 모르는 어린아이인 척 행동하고는 했다. 가짜 웃음을 지으며 주변 사람들의 안색을 살폈다.

미쓰바의 마음속에 아픔과 사랑스러움, 그리고 동시에 혐오와 증오가 번졌다.

"엄마, 이거 보라니까. 응? 이것 좀 봐 봐. 노란색 물고기."

후카가 내민 것은 요즘 자주 가지고 노는 자석 스티커를 붙일 수 있는 미니 그림책이었다. 바닷속 배경에 후카가 직접 고른 노란색 물고기 스티커가 붙어 있었다.

"귀엽네."

미쓰바는 자신의 감정을 애써 외면하며 웃어 보였다.

"응, 귀여워."

"잘 붙였네."

"응, 잘 붙였어."

후카는 만족스러운 듯 고개를 끄덕였다.

지히로의 아이. 미쓰바는 아무런 감정도 담기지 않도록 조용히 생각했다.

지히로는 이 아이에게 어떤 이름을 붙여줬을까. 그 이름에 어떤 바람을 담았을까. 지금껏 몇 번이고 생각했던 것을 또다시 생각했다.

지히로가 미혼인 채 혼자 출산했다는 사실은 금방 밝혀졌다. 집에는 남자의 존재를 느낄 수 있는 물건이 하나도 없었고, 지히로의 호적도 그대로였다. 산모 수첩도 출생신고 신청서도 보이지 않았지만, 서랍 안쪽에서 병원에서 발행한 출생증명서를 발견했다. 약 두 달 전에 삿포로에 있는 병원에서 출산했다는 것은 알아냈지만, 아기의 이름을 적는 칸은 비어 있고 엄마의 이름을 적는 칸에만 〈모치즈키 지히로〉라고 적혀 있었다.

도쿄로 이사한 다음 곧바로 출생신고를 했다. 후카라는 이름은 구니코와 둘이서 생각했다. 이것저것 물어보지 않을까 걱정했지만, 후카의 출생신고는 의외로 간단히 처리되었다.

이렇게 쉽게 넘어갈 리가 없다. 언젠가 모든 것이 드러날 것이다. 그렇게 생각하며 하루하루를 버텨내는 사이 조금씩 모치즈키 지히로의 삶에 익숙해져 가는 것을 느꼈다.

하지만 도요스 바비큐 사건이 미쓰바의 발밑을 흔들었다.

혹시 지히로가 살아 있는 것은 아닐까. 복수하기 위해 찾아오는 것은 아닐까. 불안해서 견딜 수 없었지만, 그 말을 꺼내면 현실이 될 것만 같아 차마 언급하지 못했다. 아마 구니코도 마찬가지였으리라.

그때 그 여자가 나타났다.

구니코를 몰래 미행한 듯했다. 현관문 틈으로 밀고 들어온 여자는 얼굴이 길고 치켜 올라간 눈을 하고 있었다. 어디선가 본 적이 있는 얼굴이었지만 누구인지 떠오르지 않았다.

구니코, 나 기억 안 나?

여자는 먼저 구니코에게 물었다.

불안해진 미쓰바가 무심코 아는 사람이냐고 묻자 너, 지히로 맞지? 하고 여자가 물었다.

얼굴은 기억나는데 여전히 누구인지가 떠오르지 않았다. 억양으로 보아 하이토 마을 사람임을 직감했다. 경계심의 바늘이 눈금 밖으로 벗어나 버릴 것만 같았다.

설마 도미에도 잊어버린 건 아니지?

그 말에 모든 기억이 되살아났다. 이 여자는 화재로 죽은 도미에의 엄마다. 아니, 도미에를 불태워 죽인 엄마다. 왜 그녀가 여기에 있는 것일까.

그런데 어째서 행복하게 살고 있는 거야!

그녀는 그렇게 소리친 직후 깜짝 놀란 얼굴로 미쓰바를 다시 바라보았다.

너는 지히로가 아니야, 하고 여자가 말했다. 너는 미쓰바야, 아카이 미쓰바, 미쓰바야, 하고 헛소리를 하듯 같은 말을 반복했다.

도미에를 돌려내!

여자가 미쓰바에게 달려들었다.

미쓰바는 자신이 착각하고 있었다는 사실을 깨달았다. 도미에는 엄마에게 살해당한 것이 아니었다.

동시에 이 여자는 미쓰바가 도미에를 죽였다고 믿고 있다는 것을 알아챘다.

왜 불이 났을 때 안 죽었어! 왜 살아 있냐고! 이번에는 진짜 죽여버릴 거야!

집에 불을 질러 자신을 죽이려고 했던 것이 이 여자였다는 결론에 다다른 순간 미쓰바의 관자놀이에서 탁, 하고 무언가 터진 듯한 느낌이 났다. 집 주변에 버려진 쓰레기더미. 냄새난다, 더럽다, 가난하다는 놀림과 비웃음. 어디서 굴러먹다 온 개뼈다귀냐며 무시하던 목소리.

머릿속에서 활활 타오르는 분노의 불꽃이 엄마가 태우던 쓰레기와 겹쳐졌다.

미쓰바는 여자를 있는 힘껏 밀쳤다.

휘청거리던 여자는 신발장에 머리를 부딪히고 바닥에 쓰러졌다. 그리고 움직이지 않았다.

뒤처리는 구니코가 도와주었다.

늦은 밤 구니코가 타고 온 차에 둘이 함께 시체를 싣고 가서 사이타마의 산속에 묻었다.

너는 내가 꼭 지킬 거야. 그날 핸들을 잡은 구니코는 어둠 속에서 불타오르는 듯한 눈빛으로 그렇게 말해주었다.

하지만 미쓰바는 지히로를 죽이고 그 집 마루 밑에 시체를 묻은 4년 전부터 아니, 지히로가 하이토 마을로 온 14년 전부터 구니코가 자기 자신밖에 생각하지 않는 사람이라는 것을 알고 있었다.

그렇다고 해서 구니코가 악마 같다거나 귀신 같다고 생각한 적은 없었다. 그저 남들보다 욕심이 많고 자기중심적인 사람이라 자신의 욕망에 충실할 뿐이었다. 악마도 귀신도 아니지만, 그녀는 자신의 딸을 죽이고 미쓰바를 대역으로 삼아 태평하게 살아가고 있다.

지히로도 그랬다. 미쓰바의 가족을 죽여놓고 아무 일도 없었던 것처럼 행동했다.

이 세상은 인간의 추악함으로 만들어져 있다――.

야미가미 신사의 낡은 창고에서 그렇게 생각했던 날 밤을 떠올렸다.

자신도 별반 다르지 않다고 미쓰바는 생각했다. 지히로의 시체를 마루 밑에 묻었다. 도미에의 엄마를 죽이고 산에 묻었다. 그리고 또다시 가쓰키라는 남자를 죽일 뻔했다.

내가 살기 위해서――.

살아남기 위해서――.

살해당하지 않기 위해서――.

그것이 해서는 안 되는 일인가. 누가 나를 버리기 전에 내가 먼저 버린다. 누가 나를 죽이기 전에 내가 먼저 죽인다. 당한 만큼 반드시 복수한다. 내가 그 마을에서 살아갈 수 있었던 이유는 이 말을 주문처럼 마음에 새기고 있었기 때문이지 않은가.

야미가미 신사의 낡은 창고에서 발견한 치아는 지금도 붉은색 부적 파우치에 담겨 토트백 안에 들어있다. 치아가 묻혀 있던 곳에는 할아버지 집 창고에서 훔친 비소를 한 병 묻어두었다.

"엄마! 다 왔어!"

후카가 자리에서 폴짝 뛰어내렸다.

전철은 종점인 터미널역에 도착해 승객들이 차례로 내리고 있었다.

"엄마, 어디 가는 거야?"

후카가 다시 물었다.

"홋카이도."

자연스럽게 답이 나왔다.

"홋카이도?"

"맞아, 홋카이도. 하이토 마을이라는 곳."

나는 지금까지 무엇을 하고 있었던 것일까. 눈앞에서 누가 손뼉을 친 것처럼 정신이 번쩍 돌아왔다. 최면이 풀린 것 같기도, 긴 잠에서 깨어난 것 같기도 했다.

왜 계속 도망쳤을까. 나는 아무것도 잘못한 것이 없는데. 그저 살려고 했을 뿐인데.

하이토 마을 사람들을 한 명도 남기지 않고 모두 죽이겠다고 다짐했던 과거의 어린 자신이, 다 죽어버리면 좋겠다고 진심으로 빌었던 강한 자신이 눈부시게 빛났다. 그 빛 속으로 뛰어들고 싶었다.

미쓰바는 눈을 꾹 감았다.

지금도 늦지 않았어, 라고 말하는 자신의 목소리가 들렸다.

일단 지히로가 죽었다는 것을 확인한다.

그리고 창고에 묻어둔 비소를 사용한다.

퍼뜩 눈을 뜨자 하이토 마을의 가장 높은 곳에 올라서서 사람들이 모두 죽고 사라진 마을 풍경을 내려다보며 웃고 있는 자신의 모습이 보였다.

25. 가쓰키 쓰요시 —— 현재

"꼴 좋다."

가쓰키 쓰요시는 신중하게 소리 내어 글을 읽듯 말했다. 2~3초 정도의 짧은 침묵 뒤 "지금도 그렇게 생각하시나요?" 하고 아크릴 벽 너머의 마루에다 이쓰오에게 물었다.

꼴 좋다고 생각해요——. 마루에다가 조사를 받던 중 내뱉었다고 알려진 말이었다.

"네, 생각합니다."

마루에다에게 망설임은 없었다. 의기양양하지도 도발적이지도 않았다. 그는 그저 솔직한 마음을 담담하게 털어놓을 뿐이었다.

마루에다가 도쿄구치소에 수감된 지 곧 5개월이 된다. 수염이 제멋대로 자란 얼굴은 다소 부은 듯한 인상이었고, 귀찮은 감정이나 생각을 모두 털어버린 듯한 평온하고 맑은 눈을 하고 있었다.

수용, 이라는 단어가 떠올라 가쓰키는 가슴이 뭉개지는 것 같은 괴로움을 느꼈다.

마루에다와의 접견은 오늘로 세 번째지만, 이것이 마지막이 될지도 모른다.

도요스 바비큐 사건의 첫 공판까지 이제 한 달도 채 남지 않았다. 마루에다는 기소 사실을 모두 인정했기 때문에 공판 1~2주 후면 판결이 나올 가능성이 컸다. 마루에다가 음료에 탄 비소로 세 명이 목숨을 잃고 네 명이 중경상을 입었다. 대량 살상이자 계획 살인인 데다 마루에다는 반성의 기미를 전혀 보이지 않았다. 아마 사형 판결이 내려질 것이다. 사형수가 되면 가족과 변호사 외에는 아무도 그를 만날 수 없다.

"하이토 마을의 장녀는 살아 있었군요."

마루에다가 먼저 장녀의 이야기를 꺼냈다. 오래도록 손에 쥐고 있던 돌을 조용히 내려놓는 듯한 말투였다.

역시 알고 있었구나, 하고 가쓰키는 생각했다. 사건 관련 기사를 신문이나 잡지에서 읽었거나 면회를 왔던 다른 사람에게 들었을 것이다.

아카이 미쓰바는 현재 가쓰키에 대한 상해죄로 지명수배가 된 상태였다.

그녀가 모습을 감춘 지 내일이면 꼬박 한 달이 된다.

가쓰키의 머리를 탁상시계로 내리치고 창문을 통해 도망친 그녀는 곧바로 딸 후카를 어린이집에서 데리고 나갔다. 그리고 가장 가까운 역에서 전철을 타고 이동해 종점인 터미널역에서 내린 것까지는 확인되었다. 후카는 역 안에서 발견되어 보호 조치 되었지만, 미쓰바의 행방은 여전히 찾지 못하고 있다. 그녀는 또다시 완벽하게 모습을 감춘 것이다.

12년 전에 일어난 하이토 마을 일가족 살인사건이 주목을 받은 것은 이번이 벌써 세 번째다. 발단은 후카의 가방에서 발견된 미쓰바가 쓴 것으로 보이는 메모였다. 그 메모에는 하이토 마을 일가족 살인사건의 범인이 모치즈키 지히로라고 적혀 있었다.

경찰이 모치즈키 지히로가 살았던 하이토 마을의 집을 수색한 결과, 마루 밑에서 거의 백골화 된 여성의 시체가 발견되었다. 유해의 신원은 DNA 감식과 치아 기록 대조를 통해 모치즈키 지히로로 밝혀졌다. 시체와 함께 흉기로 보이는 야구 배트도 발견되었는데, 배트와 시체의 옷에서 지히로 본인 외에 두 사람의 DNA가 추가로 검출되었다. 이후 그것이 아카이 미쓰바와 하세 구니코의 DNA와 일치한다는 것이 드러났다.

거의 같은 시기에 모치즈키 지히로의 신분으로 살고 있던 아카이 미쓰바의 도쿄 아파트에서도 경찰 수색이 진행되었다. 집 안 곳곳에서 나온 지문이 하이토 마을 일가족 살인사건 당시 채취했던 미쓰바의 지문과 일치한다는 점에서 아카이 미쓰바가 그동안 모치즈키 지히로로 살고 있었다고 판단되었다.

더 나아가 아파트 신발장과 마루에서 혈흔이 발견되었고, 그 혈흔에서 미쓰바가 아닌 다른 사람의 DNA가 검출되었다. 데이터베이스로 조회한 결과, 그 DNA는 하이토 마을 출신의 다네다 하루카의 것과 일치했다. 그녀의 DNA는 14년 전에 딸 도미에가 화재로 목숨을 잃었을 때 사체의 신원 확인을 위해 친자 검사를 했을 때 채취한 것이었다.

"마루에다 씨는 하이토 마을 일가족 살인사건의 장녀…… 이제 이름이다 알려졌으니 굳이 언급을 피할 이유는 없겠네요. 아카이 미쓰바 씨가 죽었다고 생각하셨던 거죠?"

—— 그녀는 이미 죽었을지도 몰라요.

지난번 면회 당시 마루에다가 날카로운 눈빛으로 그렇게 말했던 것을 지금도 또렷이 기억하고 있었다.

지금 가쓰키의 눈앞에 앉아 있는 마루에다는 힘이 풀린 눈매에 입꼬리도 살짝 올라가 있었다. 걱정하는 것 같기도 하고 미소를 짓는 것 같기도 한 모호한 표정이었다. 가쓰키의 목소리가 시차를 두고 다다른 것처럼 이내 작게 고개를 끄덕이더니, 이번에는 알기 쉬운 미소를 지었다.

"그 가족을 비소로 죽인 사람은 장녀가 아니었네요. 범인은 모치즈키 지히로. 장녀의 친구였고, 사체로 발견된 것 같더군요."

모치즈키 지히로, 라고 발음했을 때 마치 부서진 물건을 만지는 듯한 울림이 느껴졌다.

아마 마루에다의 말처럼 하이토 마을 일가족 살인사건의 범인은 모치즈키 지히로일 것이다. 하지만 지금으로서는 미쓰바가 남긴 메모 외에는 물적 증거가 하나도 없다. 게다가 범인으로 지목된 지히로는 이미 사망했다.

"모치즈키 지히로가 살해당한 건 4년쯤 전이죠?"

"그렇다고 들었습니다."

"아카이 미쓰바에게 살해당했다는 게 사실인가요? 가족의 원수를 갚은 거라고 나와 있는 잡지가 있었거든요."

경찰은 아카이 미쓰바와 하세 구니코를 공범으로 보고 있었지만, 아직 확실한 증거는 잡지 못한 듯했다.

"그건 아직 밝혀지지 않았어요."

"모치즈키 지히로가 살해당한 게 훨씬 더 이전일 가능성은 절대 없는 건가요? 예를 들면 8년 전이나 9년 전일 가능성이요."

역시 마루에다는 8년 전 조잔케이 집단자살 사건 현장에 있었구나, 하고 가쓰키는 확신했다.

그곳에서 만난 사람이 아카이 미쓰바인지 모치즈키 지히로인지 알고 싶어 하는 것 같았다.

8년 전에는 두 사람 모두 살아 있었다. 그 말인즉 두 사람 다 가능성이 있다는 뜻이다. 하지만 그때 마루에다가 비소를 받았다고 한다면 그 상대는 하이토 마을 일가족 살인사건의 범인이라고 생각되는 모치즈키 지히로였을 것이다. 마루에다도 그렇게 생각하고 있을 터였다.

"마루에다 씨." 하고 가쓰키는 다시 그의 이름을 불렀다.

마루에다는 가쓰키가 무슨 말을 하려는지 곧바로 알아차린 듯 "아, 맞아요. 가쓰키 씨가 쓰신 기사도 읽어봤어요." 하고 미소를 지으며 분위기를 가볍게 만들었다.

"가쓰키 씨는 월간 도우토 소속이시잖아요. 근데 기사가 실린 건 월간 도우토가 아니라 주간 신소던데요?"

마루에다는 사건에 관한 기사를 전부 다 찾아본 듯했다.

탁상시계로 머리를 얻어맞은 가쓰키는 일주일 정도 병원에 입원했고, 이후 피해자 조사를 받으며 기사를 썼다. 억측은 최대한 배제하고 자신의 눈과 귀와 발로 얻은 정보, 그리고 자신에게 일어났던 사실만을 쓰려고 노력했다. 발표 시기가 중요했던 만큼 월간 도우토가 아닌 주간 신소에 게재하게 되었지만, 결코 선정적인 내용은 아니었다.

"저랑 만난 것도 나와 있더라고요. 그것 때문에…… 아, 딱히 가쓰키 씨를 탓하려는 건 아니지만, 변호사님한테 이런저런 질문을 받았어요."

가쓰키는 마루에다와의 대화 내용도 기사에 담았다.

"무슨 질문을 하시던가요?"

마루에다는 코 밑을 검지로 쓱 문지르더니 "가쓰키 씨가 물어보셨던 거랑 비슷했어요."라며 가벼운 말투로 다시 이야기를 시작했다.

"8년 전에 자살하러 삿포로에 갔던 건지, 거기서 누군가에게 비소를 받은 건지, 그 사람이 아카이 미쓰바였는지, 아니면 모치즈키 지히로였는지, 뭐 그런 것들이요. 제가 비소를 어디서 구했는지 말하지 않으니까 경찰도 변호사님도 과거로 거슬러 올라가서 이것저것 끈질기게 물어보더라고요. 그래서 저, 며칠 전에 대답했어요. 그 비소는 오래전부터 집에 있었던 거라고요. 아버지나 어머니가 갖고 있었던 것 같다고요. 이제 더는 쓸데없는 질문을 받지 않아도 되겠죠. 아, 지금 제가 말하는 것도 다음 기사에 쓰시겠네요. 저는 괜찮아요. 쓰셔도 전혀 상관없어요."

자신에게 비소를 준 사람이 죽었다는 것을 알게 되면 그때는 모든 진실을 말해주지 않을까, 하고 가쓰키는 한 줄기 희망을 품고 있었지만, 마루에다는 그럴 생각이 없어 보였다.

"마루에다 씨는 모치즈키 지히로 씨에게 비소를 받았던 거죠?"

아까 물어보려다 끊긴 질문을 다시 꺼냈다.

"그렇다고 한다면요?"

"네?"

"그렇다고 하면 어떻게 되나요?"

마루에다는 시험하는 듯한 눈빛으로 가쓰키를 바라보았다.

그렇다고 하면 어떻게 되나. 가쓰키는 마음속으로 그 말을 되뇌었다.

비소의 입수 경로가 밝혀진다. 하지만 가쓰키가 알고 싶은 것은 따로 있었다.

"그럼 만약의 이야기를 한번 해보죠. 만약에 마루에다 씨와 모치즈키 지히로 씨가 8년 전 조잔케이 집단자살 사건 때 만났다고 칩시다. 마루에다 씨는 그때 죽으려고 했던 거겠죠. 그런데 왜 그 선택을 번복한 건가요? 모치즈키 지히로 씨와 무슨 일이 있었던 거죠? 모치즈키 지히로 씨는 왜 마루에다 씨에게 비소를 준 건가요? 마루에다 씨는 왜 그걸 받았나요? 그리고 마루에다 씨는 왜 그 비소로 사람들을 죽여야겠다고 생각했나요?"

"죽이는 편이 낫잖아요."

마루에다는 시원시원하게 대답했다.

뜻밖의 대답에 가쓰키는 허를 찔린 듯한 기분이었다.

"살해당할 바에는 살해하는 쪽을 선택했을 뿐이에요. 누구나 그렇잖아요? 가쓰키 씨도 살해당하는 쪽보다 살해하는 쪽을 선택하시지 않겠어요? 인생의 마지막에 한 번쯤은 살해하는 쪽에 서보는 것도 괜찮잖아요. 가쓰키 씨는 제가 하는 말을 이해하지 못하시겠죠. 그건 부족함 없는 환경에 푹 잠겨 계셔서 그래요. 누가 나를 죽이기 전에 내가 먼저 죽인다. 그걸 실천했을 뿐이에요."

하지만, 하고 반론하려는데 목소리가 갈라져서 나왔다. 가쓰키는 가볍게 헛기침을 하고 다시 입을 열었다.

"하지만 마루에다 씨가 죽인 사람들은 마루에다 씨를 죽이려고 하지 않았잖아요. 그들이 마루에다 씨에게 무슨 짓을 했다는 거죠?"

"그 사람들은 저를 죽이려 했던 사람들 중 일부니까요."

"…… 일부라고요?"

"그녀도 똑같지 않았을까요. 살해당하기 전에 살해했을 뿐인 거죠."

모치즈키 지히로 씨를 말하는 건가요, 하고 물을 새도 없이 마루에다는 하던 말을 이어갔다.

"결국 그녀는 살해당해서 땅에 묻혔죠. 하지만 그건 자신의 행동으로 인해 되돌아온 죽음이니까 그녀가 직접 선택한 죽음과 다름없어요. 저도 마찬가지고요. 저는 아마 사형을 선고받겠지만, 저는 이 세상에 살해당하는 게 아니라 제가 스스로 죽음을 선택한 겁니다."

마루에다는 사형이 집행되기를 바라는 듯했다.

"후회도 반성도 하고 있지 않은 거죠?"

허무함을 느낌과 동시에 체념하는 마음으로 물었다.

"네, 꼴 좋다고 생각해요."

"그건 피해자들에 대한 마음인가요?"

마루에다는 입술을 꾹 다물었다가 가쓰키를 다시 바라보았다.

"아마 이 세상에 대한 마음인 것 같아요."

"이 세상이요?"

"이 세상 모든 것에요. 물론 저 자신한테도요."

교도관이 면회 시간이 종료되었음을 알렸다.

"가쓰키 씨는 제가 방금 한 말도 기사로 쓰실 거죠? 저는 괜찮으니 써

주세요. 오히려 마음이 놓일 것 같아요."

마루에다가 일어서며 말했다.

"마음이 놓인다고요?"

"이제야 제게 이름이 생겼고, 사람들이 제 이름을 불러주는 것 같은 느낌이에요."

마루에다는 쑥스러운 듯 눈을 내리깔고 입을 오므렸다. 작게 고개를 숙이며 "안녕히 가세요."라고 말한 뒤 돌아섰다.

가쓰키는 의자에 앉은 채로 그 뒷모습을 배웅했다.

누군가를 살해함으로써 간신히 이름을 얻은 인생.

가쓰키는 끝내 마루에다의 내면을 보지 못했다. 마루에다가 말한 것처럼 가쓰키는 그의 사고도 행동도 전혀 이해할 수 없었다.

처음 마루에다를 봤을 때 평범하다는 단어가 머릿속에 떠올랐던 것을 회상했다.

대량 살상을 계획한 남자. 세 명을 죽이고 네 명을 다치게 한 남자. 반성하기는커녕 꼴 좋다고 말한 남자. 그런데 가쓰키의 앞에 나타난 마루에다는 소극적이지만 꽤 괜찮은 청년 같았다.

마루에다의 인상은 세 번의 면회를 거치면서도 크게 달라지지 않았다. 사이코패스를 연상시키는 섬뜩함도 잔인무도함도 느껴지지 않았다. 역시 평범하다는 단어만 떠올랐다. 하지만 그는 처음 만난 세 명을 죽인 것에 후회도 반성도 하지 않는다고 단언했다.

그런데도 가쓰키는 마루에다가 정상 궤도에서 벗어난 괴물로는 보이지 않았다.

그것은 마루에다뿐만이 아니라 하세 구니코도, 지히로를 대신에 구니코의 딸이 된 아카이 미쓰바도 마찬가지였다. 그들은 매일 괴로워하고 초조해하면서도 어떻게든 자신의 인생을 살아내려 했던 것이 아닐까.

이 세상은 자신을 포함해 이러한 인간들로 만들어져 있는 것은 아닐까. 그렇게 생각할 수밖에 없었다.

도쿄구치소를 나온 가쓰키는 걸음을 잠시 멈추고 뒤를 돌아보았다.

이 회색 건물 어딘가에 하세 구니코가 있다. 그녀는 모치즈키 지히로와 다네다 하루카의 시체 유기 혐의로 체포되었지만, 줄곧 묵비권을 행사하고 있어 접견이 불가한 상태였다.

위압감이 느껴지는 건물에서 시선을 살짝 돌리자 푸르스름한 빛을 머금은 칙칙한 하늘이 가을이 오고 있음을 알려주는 듯했다.

불과 한 시간 전에 도쿄구치소를 나왔을 때만 해도 푸르스름했던 하늘이 사무실 건물 옥상에서 보니 회색으로 보였다.

약속한 시각에 미도리 탐정 흥신소를 방문하자 오가타 사토시는 옥상에 있다고 했다. 가쓰키는 엘리베이터를 타고 가장 높은 층에서 내려 또다시 계단을 올라간 곳에 있는 옥상 문을 이제 막 여는 참이었다.

서양식 정원 같은 분위기의 옥상이었다. 울타리를 따라 꽃과 나무가 심어져 있고, 우드 데크 위에 가든 테이블과 의자가 놓여 있었다. 쾌적한 공간이기는 했지만 고층 건물에 둘러싸여 있어 탁 트인 느낌은 없었다. 해 질 무렵의 애매한 시간대라 그런지 남자 둘만 의자에 앉아 있을 뿐이었다.

그 두 사람을 본 가쓰키는 어? 하고 목소리가 새어 나왔다.

가쓰키를 발견한 오가타가 의자에서 일어났다. "가쓰키 씨, 어서 오세요." 하며 고개를 숙였다.

"고생 많으십니다. 마루에다와의 면담은 어떠셨어요?"

그렇게 물어온 것은 후와 사카에였다. 후와는 오늘 유급휴가를 냈다.

"왜 편집장님이 여기 계세요?"

머릿속 의문이 고스란히 말로 튀어나왔다.

"이 근처에 볼일이 있어서 왔다가 잠깐 오가타 씨 얼굴 보러요."

후와는 히죽 웃으며 대답했다.

"얼마 전에 후와 씨랑 한잔했거든요."

오가타가 보충하듯 설명했다.

"가쓰키 씨는 다친 지 얼마 안 돼서 안 불렀어요."

또다시 후와가 덧붙였다.

탁상시계로 머리를 맞은 가쓰키는 뇌내출혈이나 두개골 골절은 없었지만, 상처 부위를 두 바늘 꿰매야 했다.

그때 오가타가 문을 열고 들어오지 않았다면 어떻게 되었을까, 하고 가쓰키는 몇 번이고 생각했다. 아카이 미쓰바나 하세 구니코에게, 아니, 더욱 가능성이 큰 것은 공모한 두 사람에게 살해당해 어딘가에 묻혔을지도 모른다. 다네다 하루카처럼 말이다.

다네다 하루카의 시체는 아직 발견되지 않았다.

경찰은 자세한 수사 상황을 밝히지 않았지만, 지금으로부터 석 달쯤 전에 하세 구니코가 운전하는 차량이 사이타마에 있는 산으로 향하는 모습이 N시스템(주행 중인 차량의 번호판을 읽어내는 시스템-옮긴이)에 찍힌 듯했다. 그때

조수석에 아카이 미쓰바가 앉아 있었던 것도 확인되었다. 두 사람이 함께 다네다 하루카의 시체를 유기한 것이 이때였을 것으로 추측되었다.

오가타에게도 경찰이 찾아왔다. 경찰이 오가타에게 보여준 다네다 하루카의 사진은 아카이 미쓰바의 행방을 찾아달라고 의뢰했던 여성이 틀림없었다.

"감사 인사가 늦어져 죄송합니다."

가쓰키는 오는 길에 산 전병과 차로 구성된 선물 세트를 내밀었다. 전화로는 몇 번 이야기를 나눴지만 사건 이후 오가타를 직접 만나는 것은 처음이었다.

"신경 쓰지 마세요."

"아닙니다, 제 생명의 은인이신걸요."

"그 표현은 너무 과한데요."

"아니요, 정말이에요. 다음에 맛있는 술도 한잔 사겠습니다."

"맛있는 술이라면 기쁘게 받겠습니다."

"그때는 나도 불러 줘." 하고 후와가 끼어들어 세 사람은 함께 웃었다.

바람이 웃음소리를 싣고 날아가 몇 초의 침묵이 흘렀다.

"역시 마루에다는 아무 말도 안 해?"

어느새 진지해진 목소리로 후와가 말을 꺼냈다.

옅은 색 선글라스에 살짝 가려진 두 눈은 여느 때처럼 날카로웠다.

"구체적인 건 아무것도. 비소는 예전부터 집에 있던 거라고 변호사한테 거짓말을 한 것 같아."

"다음 달이 첫 공판이지? 마루에다는 이대로 아무것도 털어놓지 않고

기소 내용을 인정할 생각이겠지. 그리고 판결이 나오면 끝.”

끝, 이라는 단어에 후와의 한숨이 섞여 나왔다.

도요스 바비큐 사건은 이미 색이 바랜 과거의 일이 되어버렸다. 지금은 하이토 마을 일가족 살인사건과 그 사건에 얽힌 모치즈키 지히로 살인사건으로 세상이 떠들썩했다.

엄마가 딸을 죽였을 가능성이 있는 것. 공범인 여자를 딸의 신분으로 살아가게 한 것. 살해당한 딸이 하이토 마을 일가족 살인사건의 범인일지도 모른다는 것. 그것이 사실이라면 그녀는 당시 중학교 1학년이었던 것. 자극적인 의문점이 많지만 무엇 하나 제대로 밝혀진 것이 없다는 사실이 사람들의 관심을 더욱 부채질했다.

하세 구니코는 줄곧 묵비권을 행사하고 있다.

아카이 미쓰바는 모습을 감췄다.

모치즈키 지히로는 이미 세상을 떠났다.

마루에다 이쓰오는 그녀들과의 접점을 털어놓지 않는다.

진실을 밝힐 사람은 아무도 없어 보였다.

“12년 전 하이토 마을 일가족 살인사건은 어떻게 될까요? 아카이 미쓰바의 메모만으로는 증거가 되지 않을 텐데요.”

오가타의 목소리에는 우려가 담겨 있었다. 그가 다네다 하루카의 죽음에 가책을 느끼고 있는 것은 분명했다. 아니나 다를까 “그때 제가…….” 하고 이어가려 했지만, 이미 몇 번이나 같은 대화를 반복했는지 후와가 그의 말을 가로막았다.

“그러니까, 그건 어쩔 수 없는 일이었다고 몇 번이나 말했잖아요. 오가타 씨는 오가타 씨의 일을 했을 뿐이라고요. 어떻게 하면 막을 수 있었는데요? 비난받아야 할 사람은 그녀를 죽인 범인이에요. 하세 구니코거나, 아카이 미쓰바거나, 아니면 둘 다이거나요."

오가타는 머리를 긁적이며 "뭐, 그건 그렇지만, 그래도요." 하고 중얼거렸다.

"전부 미제로 남을 가능성도 있겠죠."

후와의 말에 가쓰키와 오가타는 작게 고개를 끄덕였다.

"하이토 마을 일가족 살인사건의 범인도, 모치즈키 지히로를 죽인 범인도, 다네다 하루카를 죽인 범인도, 누군가가 입을 열지 않는 한 추측은 가능해도 해결은 불가능할지도 모르죠. 분명 아무도 말을 안 할 테니까요. 특히 하세 구니코는 체포된 이후로 한마디도 안 했다니까 아마 비밀을 무덤까지 가져갈 생각이겠죠."

친딸인 지히로를 죽였다는 의혹에 더해 아카이 미쓰바를 딸의 신분으로 살게 한 하세 구니코는 인터넷 뉴스나 주간지에서 '나쁜 엄마', '기시모진(남의 자식을 훔쳐 잡아먹었던 것으로 알려진 불교를 수호하는 선녀신 중 하나–옮긴이)의 반대 버전' 등으로 불렸다. 하이토 마을 일가족 살인사건을 포함해 전부 그녀가 계획한 것이 아니겠냐는 추측성 기사를 내는 주간지도 있었다.

"다들 뭘 어떻게 하고 싶었던 걸까요."

오가타가 혼잣말처럼 중얼거렸다.

모두 당연한 것을 바랐던 것인지도 모른다. 가쓰키는 그렇게 생각했다.

다들 엉뚱한 생각을 한 것이 아니라 부족한 부분을 채우고 싶다거나 조금 더 편해지고 싶다는, 누구나 무의식중에 갖고 있는 그런 욕망이 모종의 자극을 받아 형태가 바뀌어 버린 것은 아닐까. 이 모든 일의 시작은 인간의 뿌리에 있는 행복해지고자 하는 마음에서 비롯된 것은 아닐까.

"살해당할 바에는 살해하는 쪽을 선택한다."

혼잣말 같은 가쓰키의 중얼거림에 후와와 오가타가 동시에 그를 바라보았다.

"아, 아뇨. 아까 마루에다가 했던 말이에요. 살해당할 바에는 살해하는 쪽을 선택했을 뿐이라고요. 누구나 그렇게 하지 않겠냐고요."

"그럴지도 모르지." 하고 후와가 깔끔히 인정했다. 팔짱을 낀 채 고층 건물 사이사이를 꿰매는 듯한 시선으로 말을 이어갔다.

"살해하기보다 살해당하는 쪽을 선택하겠다고 생각하면서 살아도 실제로 그런 상황이 닥치면 간단히 살해하는 쪽으로 넘어갈 거라고 생각해요. 저는 그래요."

"저도 분명 그럴 거예요."

오가타도 그렇게 말하며 먼 곳을 바라보았다.

"그러고 보니 경찰 발표는 없었지만 아카이 미쓰바와 살고 있던 후카가 모치즈키 지히로의 딸이라는 내용이 인터넷 뉴스에 떠돌아다니는 걸 봤어요."

후와가 그늘진 목소리로 말했다.

그 아이는 앞으로 어떤 행복을 바라며 살게 될까.

가쓰키는 엄마라고 믿어 의심치 않았던 아카이 미쓰바의 손을 잡고 걸으며 큰 목소리로 노래를 부르고 뒤뚱거리며 스텝을 밟던 천진난만한 그 아이의 뒷모습을 떠올렸다.

에필로그

후와와 오가타를 만난 다음 날 오후, 가쓰키는 회색빛 마을을 내려다보고 있었다.

흐린 하늘을 비추는 회청색 바다. 그곳에서부터 이어지는 경사진 마을의 풍경은 회색의 얇은 막으로 덮여있는 것처럼 칙칙해서 마을 전체에 생기가 하나도 남아 있지 않은 것처럼 보였다. 자세히 보니 해안가를 달리는 차와 언덕길을 느릿느릿 오르내리는 차들이 있음에도 불구하고 가쓰키의 눈에는 시간이 멈췄다기보다 이 마을만 똑같은 시간을 끝없이 반복하고 있는 것처럼 보였다.

왼쪽으로 시선을 돌리자 바로 눈앞에 한때 모치즈키 지히로가, 하세 구니코가, 시오지리 에쓰코가 살았던 집이 보였다. 현관을 막아 놓은 노란색 출입 금지 테이프가 바람에 흔들리고 있었다.

마을 주민들의 목소리를 듣기 위해 하이토 마을을 다시 찾았지만, 취재에 응해주는 사람은 단 한 명도 없었다. 도어폰을 눌렀을 때 대답해 주는 경우는 그나마 나은 편이었고, 대부분이 집에 없는 척을 했다. 〈취재 거부〉, 〈딩동 누르지 마시오!〉 등이 적힌 종이를 문 앞에 붙여 놓은 집도 많았다.

두 달쯤 전에 대화를 나누었던 난부의 집에도 〈취재 요청은 일절 거절합니다〉라고 적힌 종이가 붙어 있었다.

모든 집에 창문이 닫혀 있었고, 현관 앞에도 마당에도 사람의 모습은 없었다. 밖에 나와 노는 아이들도 모여서 잡담을 나누는 노인들도 없었다. 겨우 사람의 모습을 발견했다고 생각하면 가쓰키와 마찬가지로 취재하러 온 언론관계자였다.

가쓰키는 난부의 집 문 앞에 붙어 있는 〈취재 요청은 일절 거절합니다〉라는 글자를 바라보았다. 아마 지금껏 수많은 기자들이 이 집 도어폰을 눌렀을 것이다.

지금 난부가 어떤 것을 기억하고 무슨 생각을 하고 있을지 알고 싶었지만, 종이를 무시하고 도어폰을 누를 수는 없었다.

가쓰키는 언덕을 올라갔다. 사거리 바로 앞에 있는 마지막 집에는 〈야마네〉라는 문패가 붙어 있었다. 지난번 방문했을 당시 가쓰키가 신분을 끝까지 밝히기도 전에 코앞에서 문을 닫아버렸던 것을 기억하고 있었다. 야마네의 집 문 앞에는 〈딩동 금지! 녹화 중! 신고합니다!〉라는 문구가 붙어 있었다.

아무래도 '안쪽' 주민들에게 이야기를 듣는 것은 어려울 듯했다. 하지만 '마을' 주민들이라면 자신들과는 상관없는 일이라고 생각해 취재에 응해줄지도 모른다. 가쓰키는 예전에 이야기를 들었던 상점에 다시 가보기로 했다.

렌터카는 한때 아카이 가족이 살았던 집이 있는 산길 변에 세워 두었다. 차를 가지러 가기 위해 사거리를 지나가던 중 신사가 있었던 것을 기억해냈다.

가쓰키는 사거리에서 왼쪽으로 걸어갔다.

공터에 자란 억새가 산에서 불어오는 바람에 흔들리고 있었다. 도쿄는 아직 늦더위가 이어지고 있었지만, 하이토 마을에 부는 바람은 서늘하고 축축하면서도 희미한 탄내를 머금고 있었다.

문득 이 마을에서 일어났다던 화재가 생각났다.

초등학생 여자아이가 희생되었던 화재, 야미가미 신사에서 났던 작은 불, 그리고 아카이 미쓰바의 집을 전부 태워버린 화재. 들불 냄새를 실어 나르는 바람처럼 근거 없는 소문이 이 마을 곳곳을 떠돌아다니며 전부 아카이 미쓰바가 저지른 짓이라고 속삭였다. 이 마을 주민들은 아마 지금도 같은 말을 할 것이다.

가쓰키는 돌계단 앞에 멈춰서서 꼭대기에 있는 기둥문을 바라보았다.

오늘이야말로 한번 올라가 볼까, 하고 첫 번째 계단에 발을 얹었다. 그 순간 섬뜩할 정도로 맑은 공기에 휩싸였다. 돌계단 위로 잎과 가지를 빽빽하게 뻗은 나무들 때문인 듯했다. 가쓰키는 그대로 힘차게 걸음을 내디디려 했지만, 아무리 체중이 줄었다고 해도 역시 백 개 가까이 되는 돌계단을 오르는 것은 무리라고 생각을 바꾸었다.

가쓰키는 다시 눈 밑의 풍경을 내려다보았다.

차가워 보이는 회청색 바다는 딱 절반쯤 되는 지점에서부터 색감이 바뀌며 먼바다 쪽은 먹물을 떨어트린 것 같은 어둡고 깊은 색을 띠고 있었다. 저 멀리 있는 흰색 선박은 멈춰 서 있는 것처럼 보였지만 조금씩 오른쪽에서 왼쪽으로 이동하고 있었다.

여전히 회색빛인 마을은 잠들어 있는 것 같기도, 멸종해버린 것 같기도 했다.

가쓰키는 후카의 가방 안에 남겨져 있던 아카이 미쓰바의 메모를 마음 속으로 되뇌었다.

내 가족을 죽인 건 모치즈키 지히로다.
지히로가 음식에 비소를 넣었다.
나는 다시 하이토 마을로 갈 것이다.
당한 것을 되갚아주기 위해서.
마지막에 웃기 위해서.

곧바로 경찰이 하이토 마을로 향했지만 아카이 미쓰바는 발견되지 않았고, 목격 증언도 없는 듯했다.

"아카이 미쓰바."

가쓰키는 마을을 내려다보며 메모의 맨 마지막에 적혀 있던 이름을 소리 내어 말했다.

그 순간 테이블에 걸터앉아 컵라면을 먹던 뒷모습이 눈앞에 선명하게 되살아났다. 그때 이해할 수 없는 괴물을 보고 있는 듯한 감각에 휩싸였던 것을 떠올렸다.

"그녀는 어디로 가버린 걸까."

그렇게 중얼거리자 미와코에게 말을 걸고 있는 듯한 기분이 들었다.

바다와 하늘이 맞닿는 먼바다를 바라보며 "미와코." 하고 소리 내어 불러보았다.

그때 그 아이는 괴물이 아니었어. 가족을 죽이지 않았어.

이렇게 말하면 미와코는 뭐라고 답해줄까.

레드 클로버

초판 1쇄 발행	2024년 2월 7일
초판 4쇄 발행	2024년 11월 1일

지은이	마사키 도시카
옮긴이	이다인

펴낸이	황윤재
디자인	오아름
교정교열	혜로
표지그림	반지수
편집 · 제작	네오시스템

펴낸곳	허밍북스
출판등록	2022년 11월 23일 제2022-000030호
주소	(42699) 대구시 달서구 문화회관11길 31, 3층
전화	053-591-1010
팩스	053-591-1075
이메일	jaeo@hmbs.co.kr
인스타그램	@humming__books

ISBN	979-11-981830-7-1 03830
값	16,800원

*** 허밍북스는 네오시스템의 출판 브랜드입니다.**